Monate nach dem tragischen Tod seiner Frau Hanna nimmt der Psychotherapeut Drik de Jong seine Arbeit wieder auf, doch der Weg zurück ins »normale« Leben fällt ihm schwer. Er kann die Erinnerungen nicht einfach beiseiteschieben. Und sein erster neuer Patient, der junge Psychologiestudent Allard Schuurman, gibt ihm Rätsel auf; es scheint sogar eine gewisse Bedrohung von ihm auszugehen. Driks Zweifel an der eigenen Kompetenz, ja an Sinn und Zweck seines Berufes werden immer stärker. Seine Schwester Suzan hingegen, die mit ihm Hanna bis zu ihrem Ende begleitet hat, scheint in ihrer wiederaufgenommenen Arbeit als Anästhesistin voll aufzugehen, sie liebt die kollegiale Gemeinschaft im Krankenhaus, den klar umrissenen, wenn auch übervollen Arbeitsalltag. Doch auch bei Suzan werden Brüche offenbar. Als ihr eines Tages ausgerechnet Allard Schuurman als Praktikant zugewiesen wird, spitzen sich die Dinge dramatisch zu: Obwohl Suzan augenscheinlich glücklich verheiratet ist und eine Tochter in Allards Alter hat, lässt sie sich auf eine Affäre mit ihm ein …

Anna Enquist wurde 1945 in Amsterdam geboren, studierte Klavierspiel, dann Klinische Psychologie und arbeitet als Psychoanalytikerin. Seit 1991 veröffentlicht sie Gedichte, Romane und Erzählungen. Ihre Werke wurden mit zahlreichen Literaturpreisen ausgezeichnet und in bis zu fünfzehn Sprachen übersetzt. Anna Enquist lebt in Amsterdam.

Anna Enquist bei btb
Das Meisterstück. Roman (73695)
Die Erbschaft des Herrn de Leon. Roman (73747)
Die Verletzung. Erzählungen (73138)
Die Eisträger. Roman (73235)
Letzte Reise. Roman (73776)
Kontrapunkt. Roman (73969)

Anna Enquist

Die Betäubung

Roman

*Aus dem Niederländischen
von Hanni Ehlers*

btb

Die Originalausgabe erschien 2011 unter dem Titel
»De verdovers« bei De Arbeiderspers, Amsterdam.

Verlagsgruppe Random House FSC® N001967
Das für dieses Buch verwendete FSC®-zertifizierte
Papier *Lux Cream* liefert Stora Enso, Finnland.

1. Auflage
Genehmigte Taschenbuchausgabe September 2014
btb Verlag in der Verlagsgruppe Random House GmbH, München
Copyright © der Originalausgabe 2011 Anna Enquist
Copyright © der deutschsprachigen Ausgabe 2012
Luchterhand Literaturverlag, München, in der
Verlagsgruppe Random House GmbH
Umschlaggestaltung: semper smile, München, unter Verwendung
der Umschlaggestaltung von R·M·E, Ruth Botzenhardt/
Rosemarie Kreuzer
Umschlagmotiv: © plainpicture / BY.
Druck und Einband: CPI – Clausen & Bosse, Leck
CP · Herstellung: sc
Printed in Germany
ISBN 978-3-442-74762-7

www.btb-verlag.de
www.facebook.com/btbverlag
Besuchen Sie auch unseren LiteraturBlog www.transatlantik.de

I. Exposition

1

Drik de Jong wartet.

Er wartet in seinem eigenen Wartezimmer, das eigentlich kein Zimmer ist, sondern eine Nische unter der Treppe, in die nur ein einziger Sessel passt. An der geraden Wand hängt ein Foto von einer Baumreihe in einer Polderlandschaft.

Drik de Jong wartet auf einen neuen Patienten. Will er spüren, wie es für so jemanden sein mag, hier zu sitzen und zu warten? Unwahrscheinlich. Hier sitzt so gut wie nie jemand, denn Drik legt seine Termine so, dass reichlich Zeit dazwischen ist und sich die Patienten nicht über den Weg laufen.

Die Flügeltür zu seinem Sprechzimmer steht offen, die Lampen über dem Schreibtisch und schräg hinter dem Therapeutensessel sind an, obwohl es elf Uhr vormittags ist. Er hat kurz dort Platz genommen und auf die schmuddelige Gardine vor dem bewölkten Himmel geschaut – es ist Oktober, das Licht nimmt ab. Aber nicht hier, dachte er, in dieses Zimmer gehört warmes, gelbliches Licht. Einen Vorrat Glühbirnen anlegen, jetzt, da es noch geht, die vorgeschriebenen neuen Energiesparlampen sind grässlich. Gefängnisbeleuchtung.

Er blickt auf seine Armbanduhr. In drei Minuten. Noch kurz pinkeln? Lieber nicht. Da wäschst du dir dann gerade die Hände, und hinter dir gurgelt der Spülkasten, wenn es klingelt.

Nicht nur der Patient ist vor dem Erstkontakt angespannt. Auch für den Therapeuten ist das ein kritischer Moment. Da hat so vieles gleichzeitig zu geschehen. Hinschauen, zuhören, Kontakt herstellen, sich ein Bild machen, urteilen, entscheiden, einprägen. Während man sich bestmöglich konzentriert, muss man dennoch so entspannt sein, dass man auch wirklich einen Eindruck von seinem Gegenüber gewinnen kann. Drik holt tief Luft.

Er hat mehr als ein halbes Jahr lang nicht gearbeitet. Als seine Frau ernstlich krank wurde, hatte er seine Praxis zugemacht. Zwei Analysen konnte er noch abschließen, vorzeitig und etwas zu abrupt, aber es ging. Einen dritten Analysanden überwies er an einen Kollegen, ebenso wie einige Therapiepatienten. Neue Fälle nahm er nicht mehr an. Mit einem Mal waren die Tage leer, und er kam kaum noch in sein Sprechzimmer.

Das Gartenzimmer wurde zum Schwerpunkt des Hauses. Dort lag Hanna in so einem viel zu hohen Krankenhausbett und erwartete ihren Tod. Dort tauchten Sauerstoffflaschen, Morphinpumpe, Infusionsständer auf. Dort drängten sich viele Menschen – der Hausarzt, Freunde, Krankenschwestern, ein Anästhesiepfleger aus dem Krankenhaus. Drik selbst stand mit dem Rücken an der Wand und hielt sich aus allem raus. Seine Schwester war da, Suzan.

Er hatte sie immer als die kleine Schwester gesehen, die vier Jahre Jüngere. Jetzt übernahm sie die Regie. Zu seiner Verblüffung setzte sie ihre Beurlaubung auf unbestimmte Zeit durch. Es treffe sich gut, sagte sie, sie hätten ohnehin gerade zu viele Anästhesisten auf der Abteilung, weil die Hälfte der Operationssäle umgebaut werde, da könne sie getrost eine Zeitlang wegbleiben. Sie hatte Hanna gern und wollte ihm eine Stütze sein. Sie wollte es ihrer Schwägerin ermöglichen, den ganzen traurigen Weg in ihrem eigenen Haus, mit Blick auf den Garten zurückzulegen. Gegen Ende blieb sie oft über Nacht. Auf der Analysecouch.

Nicht daran denken jetzt. Nicht an das Ende. Die Beziehung zu Suzan, das ist etwas, woran er denken kann. Sie kam ihm so nahe wie früher, aber in einer anderen, vertauschten Rolle. Auf einmal war sie die Tonangebende, und er wurde von ihr abhängig. Dabei ist es in mancher Hinsicht auch geblieben. Mindestens dreimal die Woche setzt er sich bei seiner Schwester an den Tisch und isst mit ihr, ihrem Mann Peter – der zugleich sein bester Freund ist – und manchmal auch ihrer beider Tochter Roos zu Abend. Das gefällt ihm, das ist, als sei er Teil einer Familie. Er möchte nicht, dass sich das ändert. Eine regressive Regung. Er gesteht sie sich zu.

Drik lehnt sich im Sessel zurück und lässt den Kopf an der Wand ruhen. Irgendwo draußen sitzt jetzt ein junger Mann im Auto und wartet, dass es elf Uhr wird. Vor ein paar Wochen hat Peter angerufen: »Wird es nicht allmählich Zeit, dass du wieder etwas tust? Du beteiligst dich bei unseren Intervisionsabenden immer so rege, da dachte ich mir, es wäre vielleicht gut, so langsam wieder anzufangen.«

Obwohl Drik seine Arbeit niedergelegt hatte, war er weiterhin zu den zweiwöchentlichen Intervisionstreffen gegangen. Er konnte zwar selbst keine Patienten mehr einbringen, hörte sich aber gerne an, was seine Analytikerkollegen aus ihrer Praxis erzählten. Manche hatten ja auch ehemalige Klienten von ihm in Behandlung, so dass er deren Leben ein bisschen weiterverfolgen konnte. Doch je schlechter es Hanna ging, desto weniger Anteil konnte er nehmen. Er saß noch dabei, weil Worte gesprochen wurden, die nicht Hanna betrafen, weil er unter Freunden, aus dem Haus sein wollte. Aber gerade weil es nicht um Hanna ging, schienen die Freundschaftsbande immer dünner zu werden. Er fühlte sich mehr und mehr allein. Gegen Ende war er nicht mehr hingegangen.

»Hast du eine Überweisung?«, hat er Peter gefragt. Peter arbeitet im Psychiatrischen Krankenhaus und ist dort für die fachärztliche Weiterbildung zuständig. Dazu gehört auch, dass er die Lehrtherapie koordiniert, die alle angehenden Psychiater im Laufe der Weiterbildung machen müssen. Gerade hatte ein junger Mann bei ihm vorgesprochen, der schon ernsthaft an eine Therapie dachte, obwohl er gerade erst angefangen hatte – die meisten schoben das bis zum dritten oder vierten Jahr der Weiterbildung hinaus, wenn sie selbst bereits längere Behandlungen übernehmen mussten. Dieser junge Mann wollte jetzt schon. Peter dachte dabei an Drik.

»Sag ihm, er soll anrufen. Wie heißt er?«

Wenn einer so schnell anfangen will, steckt etwas dahinter, überlegte Drik. Er dürfte irgendwas auf dem Herzen haben, Hilfe benötigen. Da kann ich gleich richtig anfangen und brauche nicht wochenlang herumzustochern, bis das verdrängte Elend zutage kommt.

Er streckt die Beine aus. Zwei gleiche Socken, das ist schön. Ungeputzte Schuhe, das schon weniger. Der Holzfußboden im Flur glänzt. Die Garderobe ist bis auf einen Regenschirm leer. Durch die offen stehenden Türen des Sprechzimmers strömt Licht. Alles bereit, denkt er. Jetzt noch ich. Bekanntschaft schließen, Anhaltspunkte dafür finden, was er will und was er erwartet, Konditionen vereinbaren, eine feste Zeit – obwohl, ich bin jetzt so flexibel wie nur was –, den Tarif, die monatliche Abrechnung, die vermutliche Dauer des Ganzen, fünfzig Sitzungen werden ihm im Rahmen seiner Ausbildung vergütet, alles darüber hinaus muss er selbst zahlen, gut, das schon mal zu sagen, Zeitdruck kann ich nicht brauchen – ob Suzan heute Abend kocht oder Peter? Nachher, nach diesem Patienten, eine Runde Fahrrad fahren oder laufen, das hebt die Laune. Nur nicht, wenn man dabei ins Grübeln gerät. Er sieht das bleiche Gesicht Hannas vor sich, und ein übermächtiges Gefühl des Scheiterns ergreift Besitz von ihm.

Die Kinderlosigkeit. Krampfhaft hatten sie sich ihrer Arbeit gewidmet, waren bemüht gewesen, für alles Mögliche Interesse aufzubringen – Bergwandern, Oper, Freunde. Alles vom Scheitern gefärbt, wenn sie auch nie darüber redeten. Hanna hatte wirklich Spaß an ihrer Arbeit gehabt. Historische Untersuchungen zur Mentalität der Menschen im achtzehnten Jahrhundert – Aufklärung, Wissenschaft, religiöser Wandel. Sie gab glutvolle

Seminare für Studenten, von denen sie mit aufrichtigem Engagement sprechen konnte. Er spitzte dann sein professionelles Ohr und forschte nach Spuren von Ambivalenz, nach allzu aufgesetztem, allzu rigidem Optimismus, nach Hinweisen für innere Abwehr. Lass sie doch, dachte er anschließend, sie heuchelt nicht, sie scheint das wirklich zu genießen. Diese Kinder mögen sie, und sie ist dort in ihrem Element, Zufriedenheit allenthalben. Warum musst du denn wieder etwas zu bemängeln haben? Was sie tut und wie sie es tut, unterscheidet sich doch nicht wesentlich von deiner Haltung zur Arbeit, und die ist in deinen Augen ganz normal. Du liebst deinen Beruf und findest ihn faszinierend, obwohl man ihn genauso gut blödsinnig finden könnte. Eine rund zehnjährige Ausbildung, *nach* dem Facharzt für Psychiatrie oder, wie Peter es gemacht hatte, nach der Ausbildung zum klinischen Psychologen. Völliges Eintauchen in ein größtenteils überholtes psychoanalytisches Denken, Unterwerfung unter ein obsoletes Konstrukt aus Kursen, Seminaren und Supervision, jahrelange Lehranalyse. Das kostete insgesamt so viel Zeit, Geld und Aufmerksamkeit, dass man den Eindruck haben konnte, es sei das Allerwichtigste auf Erden. Die hierarchische Struktur der psychoanalytischen Vereinigung, in deren Händen die Ausbildung lag, hatte etwas von einer Glaubensgemeinschaft, einer Sekte, und ließ die angehenden Psychoanalytiker zu Schulkindern mutieren. Beim wöchentlichen Kursabend saßen sie zu zehnt mit dem Dozenten am Tisch und hatten Angst, dass sie drankommen könnten. Sie hatten ein schlechtes Gewissen, wenn sie die aufgegebenen Artikel nicht gelesen hatten, und alberten herum wie Grundschüler. Tagsüber leisteten sie eine schwere und verantwortungsvolle Arbeit, abends fielen sie in eine Rolle zurück, die nicht zu ihrem Alter passte. Gar nicht so unangenehm oft. Aber schon seltsam.

Es gab auch eine andere Seite: Er hatte dort viel gelernt und die Gelegenheit gehabt, sich in unterschiedlichen Ausbildern zu spiegeln, ein Gefühl dafür zu entwickeln, ob er so werden wollte oder nicht. Er war gezwungen gewesen, zu reflektieren und seinen eigenen Weg zu finden, und dieser Prozess hatte ihn zu dem Therapeuten geformt, der er heute war. Die Freundschaft zu Peter war dabei von unschätzbarem Wert gewesen. Mit gegenseitiger Hilfe war es ihnen gelungen, sich von der vorgeschriebenen analytischen Identität zu lösen, und begeistert hatten sie ihr neues Wissen in die psychiatrische Weiterbildung eingebracht, in der sie beide tätig waren. Peter war es früher als ihm selbst geglückt, die Bedeutung der psychoanalytischen Vereinigung zu relativieren, weil die Familie für ihn von größerer Wichtigkeit war. Kinder gehen vor.

Drik hatte mit dem unerfüllt bleibenden Kinderwunsch, dem Misserfolg, dem Scheitern jahrelang ganz gut umgehen können. Er hatte sich an Hannas Unerschütterlichkeit aufgerichtet. Und als die Phase der Fruchtbarkeitsuntersuchungen vorbei war, hatten sie ihr gemeinsames Geheimnis stillschweigend für sich behalten. Eine merkwürdige Erleichterung hatte ihn damals erfasst. Es musste nicht mehr sein.

Unterdessen war Roos zur Welt gekommen. Drik sieht noch vor sich, wie Hanna das Baby im Arm hielt, ein stehendes Bild mit der Klarheit eines Jan van Eyck, in kräftigen Farben, ohne Ton. Er selbst stand, von sinnlosen, bleischweren Schuldgefühlen gepeinigt, in der Tür, hin- und hergerissen zwischen Hoffnung und Angst. Sie wird in eine unbehandelbare Depression stürzen, apathisch werden, mich verstoßen. So dachte er. Das Baby griff nach Hannas Finger und führte ihn an seinen Mund. Saugte daran. Hanna lachte und schaute ihn an. Sie sah glücklich aus.

Er hatte daran glauben wollen. Sie hatten sich beide für ihre kleine Nichte ins Zeug gelegt, waren neben den Eltern zu wichtigen Bezugspersonen für Roos geworden. Peter und Suzan hatten sie großherzig und wie selbstverständlich an allen Familienfeierlichkeiten teilhaben lassen. Geburtstage, Sinterklaas, Ferien.

Jede innige Beziehung birgt Schmerz in sich. Roos ist an

Hannas Krankheit fast kaputtgegangen. Anfangs wollte sie es nicht wahrhaben und ging hartnäckig davon aus, dass sie wieder gesund werden würde. Als sie daran nicht mehr festhalten konnte, brachte sie es kaum noch fertig, ihre Tante zu sehen. Wenn sie kam, sagte sie kein Wort, sondern stürmte gleich wieder aus dem Krankenzimmer hinaus in die Küche und weinte untröstlich. Sie wandte sich von ihrer Mutter ab – die war Ärztin und konnte das Unheil doch nicht verhüten. Roos fühlte sich verraten. Zwanghaft und überstürzt suchte sie sich eine eigene Wohnung, sie musste weg von zu Hause, so schnell wie möglich. Suzan ließ es geschehen, schließlich war das Kind ja neunzehn und studierte schon. Peter machte sich Sorgen, wollte seiner Tochter aber keine Steine in den Weg legen. Er tat alles dafür, den Kontakt zu ihr nicht zu verlieren.

Das Arbeitsbündnis gewährleisten, denkt Drik. Er muss schmunzeln und merkt, wie sehr er die Gesichtsmuskeln angespannt hat. Das Arbeitsbündnis hat Priorität, das darf ich nicht vergessen. Keiner hat etwas davon, wenn der Patient wegläuft. Und das tut er, wenn du ihn mit Ansichten und Erkenntnissen konfrontierst, bevor er dir ausreichend vertraut. Also: Nicht alles sagen, was du dir denkst, verkneif dir das, versuch zu erspüren, was dein Patient in diesem Moment braucht.

Es ist zwei Minuten nach elf. Der Patient ist entweder spät dran, oder Driks Uhr geht vor. Er erhebt sich und spaziert durch den Flur. Auf dem lackierten Holz des Fußbodens machen seine Sohlen ein klatschendes Geräusch. An der Schwelle zu seinem Sprechzimmer bleibt er stehen und schaut.

Was für eine abgewohnte Rumpelkammer eigentlich. Dieser Therapeutensessel mit den blank gewetzten Armlehnen und der speckigen Kopfstütze. Mit der Mulde, die er in zwanzig Jahren hineingesessen hat. Im Fußbereich verschlissene Stellen im Teppich, eingetretene Pfade zu Patientensessel und Schreibtisch. Die nutzlos gewordene Couch mit ihren Kissen, das wackelige

Tischchen mit der Box Papiertaschentücher. Das Bücherregal mit uralten analytischen Standardwerken: Kohut und Kernberg, Karen Horney, Fenichel, ein Meter Freud, der rätselhafte Greenson. Auf den unteren Regalbrettern liegen ungeordnete Stapel kopierter Artikel, noch vom Kurs. Staubiges, teilweise eingerissenes Papier. Es sieht aus wie die Zeitungssammlung eines Messies in seiner zugemüllten Wohnung. Wenn das einer vom Sozialamt sähe, würden sie mich gleich abtransportieren lassen. Im »blauen Wagen«, wie wir früher sagten. Damit drohte ich Suzan immer, wenn sie nicht tat, was ich sagte. Warum werfe ich dieses ganze Zeug nicht weg? Ich schaue ja doch nicht mehr rein.

Die neueren Bücher, viel Psychiatrie und Neurowissenschaften, stehen zum Teil auf Regalbrettern über dem Schreibtisch. Der Tisch selbst ist leer. Alle alten Patientenakten sind in Schubladen darunter verstaut. Neue Akten gibt es nicht. Hier wird nicht geschrieben, keine Fachliteratur gelesen.

Notizblock, denkt er. Stift. Lesebrille. Er sucht die Sachen zusammen und legt sie auf das Tischchen neben seinem Sessel. Ein paar Dinge wird er notieren müssen. Er kann sich auf einmal nicht mehr auf sein Gedächtnis verlassen, sein Erinnerungsvermögen, seine Fähigkeit, alle neuen Informationen und Eindrücke rasch zu ordnen. Das erfüllt ihn mit gemischten Gefühlen, Enttäuschung, aber auch Verärgerung. Früher wusste er immer alles, konnte darauf bauen, dass er sich mühelos würde merken können, was ein Patient während der fünfzigminütigen Sitzung sagte, und alle Gegebenheiten mitsamt den dazugehörigen Gefühlen hervorzaubern würde, wenn er den Patienten wiedersah, ob das nun in der darauffolgenden Woche im Sprechzimmer war oder zehn Jahre später auf der Straße. Er wusste es einfach wieder: die Selbstmordgedanken, das schamvolle Liebesleben, der Charakter der Mutter, die Todesursache des Vaters, der gehasste kleine Bruder, das abgebrochene Studium.

Er betrachtete seine Gedächtnisleistung distanziert, von höherer Warte. Man durfte sie gar nicht näher untersuchen, dann litt die Zauberkraft. Total aufmerksam zuhören und zugleich entspannt, ja fast willenlos im Sessel lehnen, darauf kam es an. Nicht zu bemüht sein. Nicht abschweifen. Ein Widerspruch in sich. Drik weiß es und weiß es nicht. Ganz normal, denkt er, verhalt dich ganz normal, wie du es immer getan hast. Aber was ist mit dem Notizblock? Na gut, Adresse, Telefon, Alter, und dann die Hände ruhen lassen und zuhören. Wenn der Patient gegangen ist, gleich alles aufschreiben. Auf der Schreibtischplatte liegt eine dünne Staubschicht.

Drik erschrickt, als es klingelt. Ein kurzes, fast versuchsweises Klingeln und dann noch einmal, etwas länger. Betont langsamen Schrittes geht Drik den Flur hinunter. Er öffnet die Tür und streckt die Hand aus. Stellt sich vor.

Der junge Mann vor der Tür erwidert seinen Händedruck.

»Ich bin Allard Schuurman«, sagt er.

2 Während Suzan ihr Fahrrad aus dem Schuppen bugsiert, denkt sie an den Wochentag. Es ist Montag, ein Tag, den viele hassen. Für sie ganz unverständlich. Sie prüft den Reifendruck und knipst das Licht im Schuppen aus. Ist doch eher ein schöner Tag, denkt sie. Alles geht wieder los und erwacht zum Leben. Eine ganze Woche liegt vor dir, voller Ereignisse und Überraschungen. Sie bleibt kurz auf dem Gehweg stehen, knöpft ihren Mantel zu und legt ihre Tasche in den Fahrradkorb. Ihr Blick wandert nach oben, und im Licht der Straßenlaternen sieht sie, dass die Platane ihre Blätter verliert. Das Geäst zeichnet sich schwarz gegen den schmutzig grauen Himmel ab. In einer halben Stunde wird es hell, wird es richtig Montag.

Der Asphalt ist nass und dunkel. Suzan atmet die feuchte Luft tief ein. Kaum zu glauben, dass der Regen immer gerade aufgehört hat, wenn sie aufs Rad steigt! Sie schaut noch einmal zum Küchenfenster zurück und sieht schemenhaft Peter an der Spüle stehen. Psychologen fangen nicht so früh an. In der Anästhesiologie hat man allerspätestens um halb acht zur Morgenbesprechung zu erscheinen. Auch wenn man gerade Dienst in der Ambulanz hat oder seinen Schreibtischtag in Anspruch nimmt. Sie empfindet es nicht als Strafe, zeitig anfangen zu müssen. Der Tag ist dann schön lang, und es hat etwas, wenn man die Sonne aufgehen sieht, ihr voraus ist.

Nasses Laub auf dem Radweg, das saugende Geräusch der Reifen, der angenehme Widerstand der Pedale. Platz da, ich komme! Sie beschleunigt, schwenkt in das Viertel mit den frei stehenden Häusern in weitläufigen Gärten und ordnet sich in den Verkehr auf der Durchfahrtsstraße ein. In der Ferne sieht sie schon das Krankenhaus. In den beiden obersten Stockwerken, wo sich die Operationssäle befinden, sind die Fenster erleuchtet. Unwillkürlich erhöht sie das Tempo, das Pferd wittert den Stall. Sie lacht.

Als Hanna krank wurde, hat sie, ohne lange zu überlegen, Urlaub genommen, damit sie die Pflege ihrer Schwägerin koordinieren konnte. Kein Gedanke daran, dass ihr die Arbeit fehlen würde. War auch eigentlich nicht so. Ein bisschen merkwürdig anfangs, dass sie nicht mehr um sechs aus dem Schlaf gerissen wurde. Ungewohnt, so lange mit ihrem Becher Kaffee in der Küche zu sitzen, Peter zu verabschieden und dann erst zu duschen und ihre kleinen Aufgaben anzugehen. Nach und nach wurde das Tagesprogramm voller, hektischer, unvorhersehbarer. Je näher der Tod rückte, desto länger blieb sie bei Hanna. Als wohnte sie im Haus ihres Bruders. Sie hat Besucher hereingelassen und ihnen gesagt, ob sie das Krankenzimmer betreten durften oder nicht, sie hat Kaffee gemacht, Suppe gekocht.

Sie erinnert sich, wie sie erschrak, als eines Tages, kurz nach Mittag, zu einer irgendwie toten Stunde, ihre eigene Tochter vor der Tür stand. Fast hätte sie es nicht gehört, denn Roos hatte in der Aufregung auf den Klingelknopf der Praxis gedrückt. Oder wollte sie eigentlich Drik sprechen? Suzan hatte, während sie in der Küche beschäftigt war, ein entferntes Summen gehört und war sicherheitshalber zur Tür gegangen. Da stand Roos, einen Topf weißer Narzissen in den Händen. Stumm.

Suzan bewegt im Fahren die Schultern, als wollte sie eine Last von sich abwerfen. Rollenverwirrung, Ungeschicklichkeit. Sie war als Pflegerin da, als Ärztin, und musste bei Roos' Erscheinen unvermittelt Mutter sein, was dazu führte, dass sie beide Rollen unzulänglich ausfüllte.

»Du kannst gern zu ihr gehen«, sagte sie, »sie ist frisch gewaschen und hat was gegen die Schmerzen bekommen.« Ihre Tochter schaute sie schief an und lief den Flur hinunter Richtung Gartenzimmer, ohne ihren Mantel auszuziehen. Später kam sie aber doch kurz in die Küche, immer noch bis oben hin zugeknöpft.

»Bist du jetzt Hannas Ärztin?«

Suzan überlegte. »Nein, nicht direkt, sie hat natürlich ihren Hausarzt. Ich helfe nur. Bei den Medikamenten ist das schon praktisch. Kaffee?«

»Weißt du, wann es so weit ist, wann sie stirbt? Lasst ihr sie sterben, wenn es nicht mehr geht?«

»Das weiß ich nicht, Roos. Auf jeden Fall möchte ich nicht, dass sie Schmerzen hat oder keine Luft mehr bekommt.«

An die Arbeitsplatte gelehnt, trank Roos ihren Kaffee und schaute ihre Mutter nachdenklich an.

»Ich finde das merkwürdig. Warum ist sie nicht im Krankenhaus, sie ist doch krank?«

Neunzehn, in dem Alter dürfte man eigentlich nicht mehr so naiv sein, dachte Suzan ärgerlich. Lies doch mal was, denk doch mal nach. Gleichzeitig hatte sie Mitleid mit ihrem blassen Kind, das seine Lieblingstante verlieren würde und miterleben musste, wie der Tod sie beschlich – nicht im grässlichen Krankenhaus, das nun mal für schlimme Sachen da war, sondern einfach hier zu Hause, im Gartenzimmer. Ihr war nicht wohl in ihrer Haut, sie hätte gern etwas getan, aber sie wusste nicht, was.

»Wie ist es in deiner Wohnung?«

»Geht so. Ich komme heute Abend zum Essen nach Hause. Oder bleibst du hier?«

Dankbar für die Annäherung beteuerte Suzan, dass sie zu Hause sein würde. Roos war schon wieder auf dem Weg zur Tür.

Der letzte Streckenabschnitt führt durch ein Neubaugebiet. Die Straßen sind nach Entdeckungsreisenden benannt: Tasman, Kolumbus, Cook. Es wäre doch mal nett gewesen, wenn der Stadtrat die Lage dieses Viertels berücksichtigt und die Wundermittel ihres Fachgebiets zur Namensgebung herangezogen hätte. Fentanylsteg, Propofolallee, Sevofluranplatz! Sie hätte denen gern eine Liste gemacht. Ignoranten.

Von der Fahrradgarage eilt sie zum Eingang. So früh es ist, herrscht doch bereits reger Betrieb. Vor der Tür rauchen Mitarbeiter noch rasch eine Zigarette, bevor ihr Dienst beginnt, der Pförtner sitzt auf seinem Posten, Menschen strömen in die Empfangshalle. Sie nimmt den Fahrstuhl nach oben. Umziehen muss sie sich heute nicht, die Ambulanz kann sie mit weißem Kittel über der Straßenkleidung machen. Sie strebt gleich dem Konferenzraum zu. An dem großen ovalen Tisch sitzen schon ein paar Kollegen, die sich weiße Kittel über die blaue OP-Kluft gezogen haben. Auf dem Kopf tragen sie den vorgeschriebenen Haarschutz. Bei den einen sind das wenig kleidsame Duschhauben, bei anderen kecke Kappen, auf die offensichtlich Sorgfalt verwendet wurde. Einer hält die Kopfbedeckung noch in der Hand. Sie geht zu einem freien Stuhl neben Kees, einem kräftigen Mann mit Schnurrbart, der sie stürmisch begrüßt. Die Assistenten stehen um den Tisch mit dem Kaffee und tauschen sich darüber aus, bei wem sie heute eingeteilt sind. Schade, dass ich nicht im OP bin, denkt Suzan. Das wird ein langweiliger Tag. Am Schreibtisch habe ich nicht viel zu erledigen. Andere Fachärzte jammern über die Berichte, die sie schreiben müssen. Bei uns ist das anders. Wir haben keine eigenen Patienten. Das eigentliche Narkoseprotokoll wird vom Gerät selbst ausgespuckt. Unsereins braucht nie das Gefühl zu haben, dass noch eine schwere Aufgabe wartet, wenn die normale Arbeit getan ist. Was Peter und Drik dagegen erledigen müssen: Protokolle von Therapiesitzungen, Arztbriefe, Mitteilungen an Versicherer, Abschlussberichte. Grässlich. Bei uns rattert eine Seite aus dem Drucker, das ist alles, was vom Abenteuer im OP bleibt.

Das Zimmer hat sich gefüllt. Der Weiterbildungsassistent, der diese Nacht Dienst hatte, geht ans Rednerpult. Er nimmt einen Schluck Wasser aus dem Plastikbecher und wartet. Simone, Facharztkollegin und Freundin Suzans, bittet laut um Ruhe. Sie war heute Nacht die Supervisorin.

Der junge Assistent beginnt zu erzählen, springt von einem Vorfall zum nächsten. Eine Reanimation in der Notaufnahme, eine Epiduralanästhesie auf der Entbindungsstation, eine Notoperation wegen Blutungen nach einem Baucheingriff, ein komplizierter Kaiserschnitt.

»Produktiv?«, fragt ein älterer Mann mit spitzem Gesicht und Brille.

Der junge Assistent ist etwas verwirrt und blättert fahrig in seinen Unterlagen. Er kann seine Notizen zu dem Kaiserschnitt nicht gleich finden.

»Was kam raus?«

»Ach so«, sagt er, »ein Baby.«

Alle lachen, und der junge Mann wird rot.

»Gesund, ein gesundes Mädchen.«

Er fährt fort. Dem Herrn mit der Nachblutung geht es gut. Ein Patient, der über heftige Schmerzen klagte, ist mit hoher Schmerzmitteldosis und Interkostalblockade erfolgreich behandelt worden. Ein weiterer Kaiserschnitt ging weniger glücklich aus, das Baby musste beatmet werden, es sah nicht gut aus. Ein Verkehrsunfall mit zwei Verletzten. Einer konnte mit leichten Prellungen gleich wieder nach Hause, beim anderen besteht Verdacht auf eine intrathorakale Blutung. Er wartet auf die Operation. Bei einer Frau, die heute entbinden soll, muss eine Epiduralanästhesie gesetzt werden. Aufgaben für den Tagdienst.

Suzan ist mit ihren Gedanken abgeschweift und hört kaum, was der junge Assistent sagt. Ob er sich wegen der Frage nach dem Resultat des Kaiserschnitts verulkt gefühlt hat? Muss nicht unbedingt sein, die Atmosphäre in der Weiterbildung ist seit den letzten Jahren ausgesprochen angenehm. Nicht streng, sondern ernsthaft, seriös. Kollegial. Die angehenden Fachärzte dürfen wirklich etwas lernen: Fertigkeiten, Abläufe, Szenarien bei Notfällen. Sie brauchen nicht alles schon zu können und zu wissen, nur aufmerksam sollen sie sein und lernfähig. Jeder von ihnen hat einen Supervisor an seiner Seite oder kann ihn sofort hinzurufen. Jeden Tag einen anderen, so dass sie alle fachlichen Variationen zu sehen bekommen. Das kann schon mal verwirrend sein, ist aber bestimmt besser als das alte System, bei dem man wochen- oder gar monatelang an ein und denselben Anästhesisten gekoppelt war.

Ich bin heute allein, denkt Suzan. Ach Quatsch, ich bin überhaupt nicht allein, ich sehe fünfzehn Patienten, die mir die Ohren vollquasseln werden. Und am Nachmittag Unterricht vor voll besetzten Klassen. Trotzdem fühlt es sich so an.

Mit großen Schritten betritt ein Mann in leuchtend orangefarbener Sicherheitskleidung den Raum und entschuldigt sich für sein spätes Kommen. Die Abteilung ist auch für den Rettungsdienst zuständig; auf dem Dach des Krankenhauses steht der Rettungshubschrauber. Heldenhaft, denkt Suzan. Eine tolle Arbeit, bei der es wirklich darauf ankommt. Man muss improvisieren und blitzschnell überlegen können, während man auf dem Pflaster kniet, der Wind einem um die Ohren pfeift und rundherum lautes Geschrei herrscht. Bedrohlich. Trotz aller Hochachtung hat sie aber nie Anstalten gemacht, selbst dem Rettungsdienst beizutreten. Der Fahrstil im Rettungswagen macht ihr Angst, es geht so schnell, dass sie fürchtet, sie würde dabei den Überblick verlieren. Und im Hubschrauber möchte sie schon gar nicht sitzen, so ganz ohne Halt. Sie zuckt die Achseln.

»Was ist, stört dich was?«, fragt Kees.

»Ambulanz heute. Keine Lust.«

»Dann komm doch vorher zu mir, ich habe eine mindestens fünfstündige OP am offenen Herzen. Bypass, neue Klappe, das volle Programm. Die Ambulanzpatienten kommen nicht so früh, die gehen zuerst zum Chirurgen.«

»Und danach alle gleichzeitig zu mir. Um elf Uhr. Allesamt beunruhigt, und keiner hat die Erläuterungen verstanden. Da darf ich ihnen dann die ganze Operation noch einmal auf einem

Zettel aufmalen. Und das in Windeseile, weil noch zehn andere draußen auf dem Flur sitzen.«

»Man müsste das zusammen machen«, sagt Kees. »Hab ich schon oft gedacht. Eine präoperative Sprechstunde von Chirurg und Anästhesist gemeinsam. Gleich zwei Ärzte an einem Schreibtisch, das macht einen guten Eindruck. Und keiner von beiden könnte sich so ohne weiteres verdrücken. Da kann der Chirurg nicht mehr nach zwei Minuten aufstehen und ganz lapidar verkünden: ›Ich operiere Sie dann nächste Woche, auf Wiedersehen.‹ Du, ich muss los. Ich will den Chirurgen nicht warten lassen.« Er zwinkert ihr zu. »Harinxma. Den darf man nicht schon so früh am Morgen auf die Palme bringen.«

»Frohes Schaffen«, murmelt Suzan. Sie erhebt sich langsam, um noch ein paar Worte mit Simone zu wechseln, die mit grauem Gesicht an der Tür steht.

»Schöner Dienst«, sagt sie, »aber jetzt reicht's. Ich gehe schlafen. Ein richtiger Schatz, dieser Jeroen. Wir haben alles zusammen gemacht, er hat ja gerade erst angefangen. Und es macht Spaß, alles zu erklären. Er fragt die verrücktesten Sachen, über die du selbst nie nachdenkst. Wer ist für den Blasenkatheter verantwortlich? Warum schreien sie in der Notaufnahme alle so? Wer hat dort eigentlich das Sagen? Richtig süß. Wollen wir nächste Woche mal zusammen essen?«

Suzan nickt und tätschelt kurz den Arm der Freundin. Dann geht sie auf den Flur hinaus, in den Fahrstuhl, ins Freie.

Die Ambulanzen befinden sich in einem separaten Gebäude, das vom Krankenhaus aus nur über eine Grünfläche zu erreichen ist. Suzan pflügt mit ihren schönen Stiefeln durch den Matsch. Die Ambulanz ist eine Vorhölle, ein Übungsraum, wo andere Gesetze gelten. Simone macht hier Forschung, wird darüber promovieren. Ein Buch schreiben. Artikel. Wer schreibt, ist wirklich existent. Hanna schrieb auch. Ihr Buch – über die Popularität der Wissenschaft um das Jahr 1780 – liegt zu Hause neben Suzans Bett. Ein tolles Buch, mit flüssig geschriebenen Schilderungen von Klubs aus Hobbywissenschaftlern, Menschen des achtzehnten Jahrhunderts, die im Verein mit Chemikalien und Elektrizität zu experimentieren begannen. Man hört Hanna reden, wenn man das liest. Drik hat auch einiges über sein Fachgebiet publiziert. Nicht, dass sie die Bücher alle gelesen hätte, aber sie stehen im Regal. Es gibt sie.

Für ihre präoperativen Befragungen dürfen die Anästhesisten ein kleines Zimmer im Erdgeschoss benutzen, das sich neben den Behandlungsräumen der Schmerzambulanz befindet. Dort steht eine Tür offen. Suzan schaut hinein.

»Berend!«

»Suus, nett, dass du vorbeischaust, komm rein.«

Sie nimmt Berends Zimmer in sich auf. Zeitschriften- und Bücherstapel, eine Kaffeemaschine oben auf einem Aktenschrank, an der Wand, zwischen Fotos von Segelbooten, eine prachtvolle anatomische Zeichnung vom Nervensystem des Menschen. Das Fenster ist mit Zimmerpflanzen zugewuchert.

Berend, ein großer, hagerer Mann um die fünfzig, sieht ihren Blick.

»Wenn ich mit den Nadeln arbeite, gehe ich in ein anderes Kabuff, wo es sauberer ist. Möchtest du Kaffee, ich habe eine neue Maschine?«

»Ich hole noch kurz meinen Plan.«

Die Sekretärin am Empfangstisch vom Warteraum hat eine Namensliste für Suzan.

»Sie können sie im Computer aufrufen, der Chirurg müsste seine Planungen schon eingegeben haben. Ihr erster Patient ist bereits da.«

Auf einer der Bänke sitzt eine dicke Frau, eine Tasche neben sich, einen Stock zwischen den Knien.

»Ich habe noch kurz zu tun«, sagt Suzan. »Ich rufe die Dame dann gleich herein.« Sie nickt in Richtung der Frau, die verwundert zurückschaut.

Bei Berend duftet es nach frischem Kaffee. Sie bleibt an der Tür stehen. Berend zieht fragend die Augenbrauen hoch.

»Ich muss noch den ganzen Vormittag sitzen.«

»Hübsch getöpferte Stiefel hast du an.«

Sie schaut auf ihre Füße und muss lachen. Gelbgrauer Schlamm bedeckt das weiche schwarze Leder.

»Unter dem Schreibtisch kein Problem. Wann fängst du an?«

»Erst um halb neun. Setz dich doch!«

»Wie gefällt es dir eigentlich, tagaus, tagein auf der Ambulanz? Fehlt dir der OP nicht?«

»Keine Sekunde«, sagt Berend. »Das war genau die richtige Entscheidung. Ich sehe wirklich nicht den ganzen Tag Patienten, weißt du, ich muss auch Assistenten anleiten und betreuen, wir machen Forschung, und wir konferieren eine ganze Menge. Beraten uns mit Neurologen und Physiotherapeuten. Und der Psychologie natürlich. Ich habe es gut hier. Es ist schön, die Patienten richtig kennenzulernen, das sind mitunter jahrelange Kontakte. Der Partner kommt oft mit, ich weiß, wo sie arbeiten, wenn sie arbeiten, wie es ihren Kindern geht, wie sie wohnen. Einen OP-Patienten siehst du nie wieder. Ein dösiger Blick bei der Ausleitung, und wenn du besonders eifrig bist, schaust du im Aufwachraum noch mal kurz nach ihm. Der Kontakt im Vorfeld ist auch superkurz – bei wie vielen Patienten, die du gleich sehen wirst, machst du selbst die Anästhesie? Das sind ein oder zwei von fünfzehn. Oder auch kein einziger. Kann keiner steuern. Ich will nicht sagen, dass es unpersönlich ist oder dass die Versorgung schlecht ist oder so, aber da fehlt die durchgehende Linie. Da wird verkannt, wie sehr sich persönlicher Kontakt auswirken kann. Bei uns ist das anders, wir arbeiten damit, setzen ihn als Instrument ein. Neben den Medikamenten und den Nadeln natürlich.«

Suzan trinkt ihren Kaffee aus. Er hat recht, er kann so reden, dass er immer recht hat, auch wenn es Unsinn ist. Das jetzt ist zwar kein Unsinn, aber trotzdem. Wenn ich jemanden zur

Operation hole, denkt sie, wenn ich ein Gesicht sehe, jemandes Haut fühle, Angst registriere, Schmerzen, wenn ich etwas erkläre, wenn ich beruhige, wenn ich jemandem auf den Tisch helfe und ihm leise zurede, während ich den venösen Zugang lege, wenn ich dafür sorge, dass es einen Moment still ist im OP, und ihn dann erst in Schlaf versetze – dann ist das genauso wie früher, wenn ich Roos ins Bett gebracht habe.

Sie verabschiedet sich von Berend und tritt in ihren Schlammstiefeln auf den Flur hinaus.

3   Auf Driks Schreibtisch liegt nun ein Notizblock. Er reißt die beschriebenen Seiten ab und breitet sie vor sich aus. Viel Text ist es nicht. »Schuurman«, steht da, »27«. »Mutter!«, mit einem Kreis darum herum. Alles in großer, krakeliger Schrift. Um vernünftig schreiben zu können, müsste er die Lesebrille aufsetzen, aber das will er nicht, weil das den direkten Kontakt zum Patienten behindern würde.

Er schreibt Namen und Datum oben auf ein neues Blatt. »Erstgespräch«, mit Unterstreichung. »27jähriger Psychiatrieassistent, hat gerade mit der Weiterbildung angefangen, ist zur Lehrtherapie hier.« Er ächzt, lehnt sich zurück und streckt die Beine aus.

Welchen Eindruck hat der junge Mann auf ihn gemacht, wie war sein Gefühl bei ihm? Drik ist sich unsicher. Liegt das an dem jungen Mann oder daran, dass diese Konsultation in seinem eigenen Leben einen besonderen Stellenwert hat? Er weiß es nicht. Er fühlt sich inkompetent, konfus. Er hat nicht herausfinden können, was dem Jungen fehlt, ob ihm überhaupt etwas fehlt. Die Begegnung war eigenartig – hinterhältig möchte er den Jungen gewiss nicht nennen, aber irgendetwas war nicht so, wie es sein sollte, irgendetwas hat er vermisst. Nun behalten Menschen ja bei einem ersten Gespräch häufig Dinge für sich, sie schämen sich, fühlen sich noch nicht sicher genug oder sind sich nicht darüber im Klaren, welche Bedeutung das Verschwiegene hat. Aber hier war das irgendwie anders gewesen. Gleichzeitig verspürt Drik großes Mitgefühl, der Patient tut ihm leid. Warum eigentlich? Der Junge möchte Psychiater werden, möchte Gedanken und Gefühle von Menschen verstehen, wie er sagt. Es fasziniere ihn, was auf diesem Gebiet alles falsch laufen könne. Welche Rolle die Genetik, die Pharmakologie, die Lebenserfahrungen spielten.

Aber er hat Angst. Als er über die Arbeit sprach, die Abteilung, das unkalkulierbare Verhalten der stationär aufgenommenen Patienten, die Schwere der Symptome, den Lärm, presste er die Hände zu Fäusten zusammen, und Schweiß trat ihm auf die Stirn. Jetzt, da er gegangen ist, riecht Drik den Angstschweiß im Sprechzimmer. Da besteht ein Konflikt. Woher rührt diese Angst? Und das Bedürfnis, ihr zu trotzen? Der Junge könnte doch auch Dermatologe werden, praktischer Arzt, Geriater. Er entscheidet sich für das, was ihm am meisten Angst macht. Wie ist das mit seiner persönlichen Geschichte verknüpft? Drik weiß es nicht, und das ärgert ihn. Kaffeesatzlesen ist das hier, denkt er, Wünschelrutenlaufen, Herumbastelei mit Fakten, die du gefunden zu haben glaubst.

Also, was weiß ich? Er wuchs ohne Vater auf, der Vater ist abgehauen, als der Junge fünf war. Zunächst kein Kontakt, dann sporadisch und mit Unbehagen, seit dem zwölften Lebensjahr gar nicht mehr, denn da war der Vater tot. Krankheit, Herzversagen? Noch nachfragen. Er wird einen Vater in mir suchen, denkt Drik, vielleicht ist er deshalb so auf der Hut und signalisiert mir, dass es Dinge gibt, die er zwar leidenschaftlich gern möchte, die ihm aber auch Angst einjagen. Er fürchtet wahrscheinlich, dass ich tot umfalle, wenn er mich verärgert.

Die Mutter war bestimmt zu nah, zu sehr von ihrem Sohn abhängig. Kann fast nicht anders sein. Es klang nett, wie er über sie sprach, er scheint sie wirklich gern zu haben. Warum die Scheidung? Warum keine weiteren Kinder? Hat sie einen neuen Partner? Wie steht er dazu?

Ich brauche nicht gleich alles zu wissen, aber es wäre schon gut, wenn ich eine ungefähre Vorstellung hätte, was der Junge sucht, mir sicher sein könnte, dass er kooperiert. Will er sich überhaupt mit mir zusammen anschauen, was los ist? Das ist nicht eindeutig. Irgendetwas stimmt da nicht ganz. Wahrscheinlich liegt es an mir, denkt Drik, als er die Angaben zu dem jungen Mann zu Papier bringt. Mit Lesebrille. Ich messe dieser einen Konsultation zu viel Bedeutung bei, muss mir selbst beweisen, dass ich es noch kann. Damit hat der Junge nichts zu tun, ihm steht eine gute Lehrtherapie zu, die vom Unglück im Leben seines Therapeuten möglichst unbeeinträchtigt bleiben sollte. Ich denke zu schwerfällig, ich habe keinen Überblick. Diese Therapie zerrt mich in eine Zukunft, die ich nicht angehen will. Sollte ich mich womöglich selbst eine Zeitlang in Behandlung begeben? Aber bei wem? Ich kenne sie alle, und zu den meisten habe ich kein Vertrauen. Nein, ich werde mir selbst Beine machen, werde das Institut anrufen, dass meine Praxis wieder offen ist für Überweisungen. Arbeit ist gut. Auch wenn es mir selbst nicht gutgeht, sind meine Leistungen gut genug.

Bohrende Unsicherheit und Widerwillen befallen ihn. Ich muss raus, denkt er, an die frische Luft, weg hier.

Laufen stimuliert das assoziative Denken. Drik spaziert am Fluss entlang, auf einem Weg, der für den Fahrzeugverkehr gesperrt ist. Auch Radfahrer sind an diesem grauen Montag kaum unterwegs. Wasservögel suchen das Ufer nach Futter ab, was sollen sie machen, wie wappnen sie sich gegen den Winter?

Er starrt über das Wasser. Es ist windstill und eigentlich nicht wirklich kalt. In der Ferne sieht er das Krankenhaus. Suzan geht dort jetzt ihrem Betäubungswerk nach, diese Mauern grenzen eine Welt ab, in der die Menschen nichts von dem mitbekommen, was sich außerhalb abspielt. Die Drehtür zur Empfangshalle verschluckt jeden, jeder Besucher verabschiedet sich vom Tageslicht. Außer durch den Haupteingang kommt man nur durch versteckte Ventile in das Krankenhaus hinein, die Notaufnahme zum Beispiel, das Wichtigste von allen. Die weiteren sind: Lieferanteneingang, Hubschrauberlandeplatz, Leichenhalle. Suzan erzählte, dass die neuen Operationssäle Fenster haben, so dass man während der Arbeit auf die Himmelslandschaft hinausschauen kann. Merkwürdig.

Keine Bebauung mehr, nur sumpfiges Weideland ohne Vieh. Bedauernswert, dieser Junge ohne Vater. Ein fünfjähriges Kind denkt, dass es seine Schuld ist, wenn der Vater das Weite sucht. Dass es nicht lieb genug war. Oder zu erfolgreich im Wettstreit um die Mutter, auch möglich. Das ödipale Drama – er hat das schon immer gehasst. Überbewertet, findet er. Die Schicksalsschläge in den ersten drei Lebensjahren sind um ein Vielfaches relevanter.

Ein Bild von seinem eigenen Vater kommt ihm in den Sinn. Verwirrter alter Mann in stinkendem Aufenthaltsraum von Altenpflegeheim. Er müsste mal wieder zu ihm, bringt es aber in den letzten Monaten nicht fertig. Suzan geht regelmäßig, obwohl sie viel mehr um die Ohren hat als er. Sie ist tatendurstig, unternimmt gerne was. Sie schaut mit dem Pflegepersonal die väterliche Krankenakte durch, räumt sein Zimmer auf, wirft Dinge weg, schafft andere herbei. Wenn sie fertig ist, gibt sie dem dementen Mann einen Kuss auf die Stirn und verschwindet wieder. Er kann das nicht. Wenn er seinen Vater besucht, setzt er sich zu ihm, versucht, so etwas wie Kontakt zu ihm herzustellen, und spürt, wie die Ratlosigkeit in ihm aufsteigt. So war es vielleicht auch nach Mamas Tod, denkt Drik. Vielleicht führen Suzan und er im Altenpflegeheim ein Theaterstück auf, dessen Szenario vor fünfundvierzig Jahren geschrieben wurde.

Er war vier: ein beunruhigtes, besorgtes Kleinkind, das seinen Vater nicht aus den Augen lassen wollte und voller Furcht bei dem schwermütigen Mann sitzen blieb. Mit Unbehagen. Seine Schwester lernte schnell, dass sie den Vater ablenken, ja vielleicht sogar aufmuntern konnte, wenn sie etwas tat. Sie zeigte ihm ihr Spielzeug, schenkte ihm mit ihrem Puppenservice imaginären Tee ein, zwang ihn zuzuschauen, wenn sie sich auf ein Bein stellte. Das war natürlich später, Suzan war ja noch ein Baby gewesen, als es passierte, sechs Monate alt. Vermutlich war sie gerade abgestillt, und die Eltern fanden, dass sie jetzt ruhig mal eine Woche zusammen wegfahren konnten, um irgendwo in England eine Wandertour zu machen. Südwales, oben an der Steilküste entlang, mit Blick auf den Ozean. Drik ist nie dort gewesen. Er hat Fotos von den Klippen gesehen, den Gesteinsformationen, dem tosenden Wasser in der Tiefe. Dort oben sind sie den Küstenpfad entlanggelaufen, mit Rucksack und Wanderschuhen.

Zu Hause übernahm Leida das Regiment, die Zwillingsschwester von Vater. Sie ist geblieben. Hatte sie kein eigenes Leben, keinen Beruf? Oder ließ sie nach dem Unglück alles stehen und liegen? Warum hat ihn das nie beschäftigt? Was er aber noch weiß, ist, wie schlimm es für ihn war, dass seine Eltern weggingen. Leida stopfte die Decke viel zu fest unter die Matratze, wenn sie ihm gute Nacht sagte, er lag da wie in einer Zwangsjacke. Sie schloss die Tür, so dass er das Licht auf dem Flur nicht sehen konnte und steif vor Angst auf den Schlaf wartete. Es roch anders im Haus, als sie da war.

Was haben sie ihm erzählt, als Vater zurückkehrte? Die Erinnerungen daran sind für ihn nicht greifbar. Wahrscheinlich sind sie ein für alle Mal verloren gegangen, der zerstörerischen Gehirnchemie nach dem Trauma zum Opfer gefallen. Es muss Besuch da gewesen sein, die Polizei, der Bestattungsunternehmer, der Hausarzt, Freunde. Er weiß nichts mehr davon. Das einzige Bild, das er noch hat, ist in seinem eigenen Zimmer angesiedelt. Er sitzt mit dem Rücken an der Wand auf dem Fußboden, die Beine vor sich ausgestreckt. Er horcht: Ein Baby weint, es klingelt an der Haustür, jemand kommt die Treppe herauf. Sogar jetzt noch verspürt er Widerwillen, darüber nachzudenken.

Wie seine Mutter abgestürzt ist und zweihundert Meter tiefer auf den Felsen in der Brandung zerschmetterte. Die Wellen werden ihre Haare bewegt haben. Sein Vater wird nach unten geschaut haben, auf die Knie gesunken sein. Und dann?

Nie ist über diese Dinge gesprochen worden. Kein Wort. Für Vater zu schmerzlich, für ihn zu beängstigend. Eine stillschweigende Übereinkunft. Nach heutigen Erkenntnissen scharf zu verurteilen. Die Phantasie ist immer ärger als die Realität, so grauenhaft diese auch sein mag. Drik hat Höhenangst, eine Phobie, die er nicht einmal in seiner Lehranalyse zu thematisieren wagte.

Erst jetzt fallen ihm die eigenartigen Parallelen zwischen seinem und dem Leben seines Vaters auf. Beide haben sie viel zu früh ihre Frau verloren, beide sind sie, was Haushalt und Strukturierung des Alltags betrifft, von ihrer Schwester gerettet worden. Über die Unterschiede lässt sich einfacher nachdenken: bei Vater ein abrupter Bruch, bei ihm selbst ein langsames Auseinanderreißen. Vater blieb erschüttert, aufgelöst zurück, mit einem Kleinkind und einem Baby. Und er selbst – tja, wie eigentlich? Apathisch, müde, aber nicht erschüttert.

Er geht von dem asphaltierten Weg auf den Grünstreifen daneben und spürt, wie der Boden unter ihm federt, spürt die Kraft in seinen Beinen. Er blieb mit nichts zurück. Und verließ die gemeinsam mit Hanna hart erkämpfte Scheinwelt, in der sie sich damit versöhnt hatten, keine Kinder bekommen zu können, in der das Leben trotzdem unendlich reich und befriedigend und lebenswert war. Er schämt sich, als ihm bewusst wird, dass ihn das erleichtert. Er kann es jetzt ganz einfach furchtbar finden. Ein Unglück. Zum Heulen. Er braucht nicht mehr tapfer zu sein, braucht niemanden mehr zu schützen, braucht sich keinen Zwang mehr anzutun. Er errötet. Eine primitive, vegetative Reaktion, denkt er, schäm dich. Ist es denn so schlimm, dass ich mich befreit fühle, froh bin, dass es vorbei ist? Nicht nur das demoralisierende Krankenbett, sondern vor allem auch das vorhergehende Theater. Wenn das einem Patienten von mir passieren würde, wüsste ich, was zu tun ist. Ich würde ihn in den verbotenen Regungen bestärken, würde vollstes Verständnis für seine heimliche Freude haben. Ich würde andächtig zuhören, und es würde mir nicht im Traum einfallen, seine Gedanken zu verurteilen oder abwegig zu finden. Wenn es um mich selbst geht, kann ich das nicht.

Ohne dass er es gemerkt hat, sind seine Schritte in Stampfen übergegangen, der Schlamm spritzt in alle Richtungen. Ich muss, ich muss, denkt er. Aber was sollte er müssen, und wer sagt das?

Gegen sechs macht er sich zu Peter und Suzan auf. Als er sein Fahrrad am Gartenzaun ankettet, kommt Peters letzter Patient aus dem Haus, eine schöne Frau in einem teuren, offen hängenden Mantel. Er nickt ihr zu und wartet, bis sie durch die Pforte hinaus ist. Dann geht er zur Tür und klingelt. Er küsst Suzan, die ihm aufmacht.

»Du siehst heute aber gut aus«, sagt sie. Wieder schämt er sich. Die Erleichterung hat mich aufatmen lassen, sie sieht das an der Durchblutung meiner Haut, an der Entspannung meiner Gesichtsmuskeln. Hör auf, denkt er, lass dieses medizinische, analytische Beobachten. Jetzt ist Feierabend, wieder ist ein Tag vorbei, du bist unter Freunden, du bist geborgen.

»Wie war dein Tag?«

»Langweilig«, sagt Suzan. »Ambulanz. Ich habe fünfzehn Menschen gefragt, ob sie noch ihre eigenen Zähne haben und ob ich ihnen kurz in den Rachen schauen darf. Ich habe sie auf die Waage gestellt und ihre betrübliche Lunge abgehorcht. Nicht gerade erhebend, das Ganze. Sie fragen, ob sie mich bei der Operation sehen werden. ›Ihr Arzt wird Sie operieren‹, sage ich dann, ›ihn sehen Sie ganz bestimmt. Und einer meiner Kollegen wird Sie in Schlaf versetzen.‹ Unpersönlich, nicht?«

»Sie suchen einen Halt. Es ist ja nicht ohne, die Regie über seinen Körper aus der Hand zu geben. Das macht Menschen zu kleinen Kindern. Kein Wunder, dass sie dich an ihrem Bett haben wollen.«

»Manche können das nicht«, sagt Suzan. »Die fehlende Kontrolle versetzt sie in Panik. So jemanden hatte ich heute. Die Frau will unbedingt wach bleiben. Nun, das lässt sich schon machen. Ich kann einen Block setzen oder eine Spinalanästhesie machen. Für mich wär das ja nichts, aber wenn ein Patient es möchte, mach ich's.«

Sie berührt ihn am Arm. »Schön, dass du da bist. Whisky?«

Sie stellt das Glas auf den Küchentisch, vor seinen Stuhl. Drik hängt sein Jackett über die Rückenlehne und setzt sich. Leichter Muskelkater in den Beinen, aber angenehm. Er blickt auf den Rücken seiner Schwester. Kerzengerade. Mühelos findet sie sich in dem Chaos aus Geschirr, Flaschen und Gemüse zurecht, bereitet einen Salat zu, füllt eine Auflaufform mit Lasagne, jongliert mit Kasserolle und Käsereibe. Sie drehen beide das Gesicht zur Tür, als sie Peters Schritte auf der Treppe hören.

Peter legt Suzan kurz die Hand auf den Rücken und klopft Drik auf die Schulter. Dann reibt er die Hände und schenkt sich ein Glas ein.

»Ich habe deine letzte Klientin weggehen sehen. Sie hat sich nicht mal die Zeit genommen, ihren Mantel zuzuknöpfen.«

Peter lacht. »Auf der Flucht! Essensdüfte und Gemütlichkeit im Haus deines Therapeuten, da musst du sehen, dass du wegkommst. Kann ich etwas tun, Suus?«

»Setz dich und unterhalte uns. Ich habe hier alles unter Kontrolle.«

Sie geht in die Hocke und schiebt die Auflaufform in den Backofen. Mit einem kräftigen Wasserstrahl spült sie die Töpfe aus. Geschirrspüler. Handtuch auf den Halter. Drik kann sich auf einmal vorstellen, wie sie im Operationssaal vom Medikamentenschrank zum Narkosegerät geht, Schläuche kontrolliert, unter den Tisch kriecht, um nach möglichen Obstruktionen zu schauen, Spritzen zählt, an Knöpfen dreht. Alles gleichzeitig.

»Ist der junge Schuurman schon bei dir gewesen?«, fragt Peter.

»Ich habe ihn heute gesehen.« Sofort verspürt Drik wieder

dieses eigenartige Gefühl des Unvermögens, das während des Gesprächs in ihm aufkam, die Angst, sein Können verloren zu haben, zu scheitern. Ich werde jetzt nicht darüber reden, denkt er. Es ist nur logisch, dass ich erst wieder hineinkommen muss. Monatelang nicht gearbeitet, unter starkem Stress gestanden, kritisches Lebensereignis gehabt. Natürlich verliere ich dann den Biss, die Intuition. Das geht vorüber. Nur Geduld. Abwarten, wie es nächste Woche wird.

»Ich habe heute Nachmittag im Institut Bescheid gegeben, dass sie wieder Leute an mich überweisen können. Und einen Termin beim Verlag ausgemacht. Es wird Zeit, dass ich mein Buch fertigstelle.«

»Ich warte schon darauf«, sagt Peter. »Ein Buch über unser Fach. Das ist gut, auch für unseren Nachwuchs. Davon haben sie was. Ja, setz dich schnell wieder an den Schreibtisch.«

Drik leert sein Glas und starrt vor sich hin. Man sollte seinen Patienten mit einer gewissen Autorität begegnen, mit dem Bewusstsein, dass man etwas für sie darstellen kann – vielleicht nicht das, was sie sich erwarten, nicht Glück, nicht Heilung, aber etwas Wertvolles, etwas Echtes. Das gelingt nicht, wenn man sich selbst für einen inkompetenten Scharlatan hält, für einen armen Tropf, der angeschlagen im Lehnstuhl hängt. Ich werde mich am Riemen reißen. Das muss sich ändern. Von jetzt an. Er hebt sein Glas, und Suzan gießt ihm nach. Peter liest die Zeitung. Die Lasagne duftet.

4   In der Holding Area liegt die Frau mit dem kaputten Knie und harrt der Dinge, die da kommen sollen. Die Schwester hat ihr schon mal eine OP-Haube über das dunkle Haar gezogen. Suzan geht mit ausgestreckter Hand auf das Bett zu.

»Ich bin Doktor Lagrouw, von der Anästhesie. Ich mache gleich die Narkose bei Ihnen. Aber vorher möchte ich noch einige Fragen stellen. Haben Sie Bedenken?«

Die Frau lächelt schwach und zuckt die Achseln. Suzan greift zu den Formularen und feuert die obligatorischen Fragen ab: Geburtsdatum, Name, an was werden Sie operiert, darf ich mal Ihr Armband sehen, ist Ihr Bein markiert? Eine stumpfsinnige, scheinbar überflüssige Prozedur, die jedoch dazu beiträgt, fatale Versehen zu vermeiden. Etwa, dass ein Gallenblasenpatient unter den Händen des Chirurgen ein Bein verliert. Die Frau zeigt Suzan den schwarzen Pfeil, der das schmerzende Knie anzeigt.

»Sind Sie gegen irgendetwas allergisch, Jod, Pflaster? Haben Sie Ihre Schlaftablette bekommen? Hatten Sie früher schon einmal eine Vollnarkose?« Das wurde bereits beim präoperativen Gespräch in der Ambulanz abgeklärt und muss irgendwo in der Patientenakte verzeichnet sein. Aber wir wiederholen, denkt Suzan. Wiederholung weckt Vertrauen, und es ist gut, ein paar Sätze miteinander zu wechseln, auch wenn es immer wieder dieselben Sätze sind.

Die Anästhesieschwester Carla kommt herein, eine schon etwas ältere Mitarbeiterin mit graublonder Kurzhaarfrisur.

»Ich habe das Gerät schon überprüft und deine Utensilien bereitgelegt. Gehen wir?« Sie setzt ihren Haarschutz auf, und zu zweit steuern sie das Bett durch den engen Flur. Auf der einen Seite steht jemand, der gerade einen Medikamentenwagen belädt, ein Stück weiter sind Putzkräfte dabei, ihre Ausrüstung herzurichten. Alle tragen die gleiche Bekleidung, Haarschutz und Clogs.

Carla lenkt das Bett behutsam um die Ecke und sorgt dafür, dass es nicht gegen die Wand stößt. Alles soll glatt und ruhig verlaufen, keine Schocks, nichts Unvorhergesehenes. Carla arbeitet schon seit mehr als zwanzig Jahren hier, und Suzan ist froh über ihren Erfahrungsschatz. Carla weiß oft schon, bevor Suzan es formulieren kann, was sie gerade benötigt. Wenn die Patientin später in Narkose liegt, kann Suzan sie getrost Carla überlassen, um anderswo die nächste Einleitung zu machen.

Carla tritt auf den Fußschalter neben dem Eingang zum Operationssaal, die Tür öffnet sich, und sie fahren das Bett hinein, neben den schmalen Operationstisch. Suzan fällt auf, dass sich die Patientin gar nicht umschaut, das imposante Narkosegerät mit seinen Schläuchen und Monitoren nicht zu sehen scheint, die weggeklappten OP-Leuchten nicht registriert. Die Patientin schwingt sich selbst vom Bett auf den Tisch hinüber. Carla fährt das Bett auf den Flur zurück.

Suzan kontrolliert, ob die Frau gut liegt, und setzt sich auf einen Hocker zu ihr, um den weiteren Ablauf zu erklären. Zuerst der venöse Zugang, dann das Warten auf den Chirurgen, dann der Schlaf. Eine junge Frau in voller OP-Montur mit Mund- und Haarschutz betritt den Saal.

»Hallo«, sagt Suzan, »wir haben schon mal angefangen.« Ihre Assistenzärztin. Die hat nicht zu spät zu kommen, denkt sie, aber ich werde jetzt nicht meckern. Sie stellt sie der Patientin vor: »Meine Kollegin Doktor Moens. Wir beide werden gut für Sie sorgen.«

»Ich weigere mich, hier rumzuhängen, bis diese Chirurgen sich endlich mal blicken lassen«, sagt Birgit Moens. »Jeden Morgen das gleiche Lied. Rücksichtslos. Unkollegial. Ich ruf sie auch nicht mehr an.« Sie klingt beleidigt. Suzan sieht sie an. Gut, dass der Mundschutz ihren zweifellos missfällig verzogenen Mund verdeckt.

»Möchtest du den Zugang legen, Birgit?« Suzan macht Platz, und ihre junge Kollegin beugt sich über die Hand der Patientin.

»Wo bleiben die denn bloß? Unmöglich! Wie sollen wir denn da den Zeitplan einhalten? Das *geht* doch nicht!«

»Vielen Dank, Doktor Moens«, sagt Suzan, als die Kanüle sitzt. »Kommen Sie bitte mal kurz zu mir?«

Hinter dem Narkosegerät stehen sie einander einen Moment gegenüber. Du hast deine Weiterbildung abgeschlossen, du bist technisch versiert, aber eine gute Ärztin bist du nicht, würde Suzan am liebsten sagen. Du stellst keinen Kontakt zu deinen Patienten her, und du bist eine unangenehme Kollegin. Wenn du reinkommst, ist keiner darüber erfreut.

»Du hast recht, Birgit. Es ist sehr ärgerlich, dass die Operateure laufend zu spät kommen. Das können wir leider nicht ändern. Aber wir können dafür sorgen, dass es hier im OP ruhig ist. Der Patient hat nichts mit unseren Zeitproblemen zu tun. Und die soll er auch nicht zu spüren bekommen. In Ordnung?«

Über dem Mundschutz läuft Birgits Gesicht rot an. Sie wendet sich brüsk ab und inspiziert die bereitliegenden Medikamente. Suzan seufzt und setzt sich wieder neben den Operationstisch.

»Wir warten noch eben auf den Chirurgen, der möchte Ihnen auch noch ein paar Fragen stellen. Liegen Sie gut?«

Carla hat die Frau mit einer wärmenden Decke zugedeckt. Hinter der Tür zum Vorbereitungsraum ertönt das Klappern von Metall auf Metall. Die OP-Schwester macht den Instrumententisch fertig, durch das Fenster in der Tür sieht Suzan ihr über die Zangen und Scheren gebeugtes ernstes Gesicht. Das Lüftungssystem gibt ein leises Schlürfen von sich. Die Leuchten summen. Die Uhr tickt weiter.

Dann, endlich, kommen die Chirurgen herein, mit großen

Schritten, die Arme entblößt. Auf einmal ist der Raum gefüllt. Die Patientin auf dem Tisch wird angesprochen und erneut nach Geburtsdatum, Armband, Pfeil auf dem Knie befragt. Der Operateur kreuzt die Antworten auf seiner Liste an und blickt zu Suzan.

»Doktor Lagrouw, Sie können. Wir gehen zum Waschen.« Die Chirurgen verschwinden in den Waschraum, wo sie sich Hände und Arme zu schrubben beginnen.

»Jetzt versetzen wir Sie in Schlaf«, sagt Suzan. »Bitte ein paarmal tief atmen, in die Maske, ja, so ist es gut.« Sie drückt die Kappe über Nase und Mund, gut so, noch einmal, tief einatmen. Sie legt die Hand auf die Schulter der Patientin und gibt Birgit ein Zeichen, dass sie anfangen kann. Der dicke, milchige Saft des Vergessens fließt in die Vene der Frau, sie versucht noch etwas zu sagen, aber verstummt. Ihr Gesicht entspannt sich.

»Sie ist weg«, sagt Birgit. »Soll ich intubieren?« Sie hat das Laryngoskop schon in der Hand. Suzan nickt, und Birgit beugt sich über den Kopf der Patientin. Sie späht konzentriert durch das eingeführte Laryngoskop und schiebt vorsichtig den Tubus zwischen den Stimmbändern hindurch.

»Ich bin drin!« Mit dem Ellenbogen drückt sie den grünen Beatmungsbeutel, den sie sich unter den Arm geklemmt hat, gegen ihre Rippen. Dann horcht sie mit ihrem Stethoskop die Lunge ab. Der Brustkasten bewegt sich im Takt des Beutelrhythmus. Alles einwandfrei.

Suzan sieht, wie Birgit dasteht – zufrieden, triumphierend –, wie sie die Schläuche anschließt und überprüft. Nichts als ein Mädchen, das alles richtig machen möchte, denkt sie, das so schnippisch tut, weil es Angst hat zu versagen. So würde Drik denken und Peter auch. Die würden sich fragen, woher dieses Unleidliche bei ihr rührt. Die würden ihre Persönlichkeitsstruktur in ihre Überlegungen einbeziehen, wertfrei, ohne die Verärgerung, die ich immer verspüre.

Sie greift zu den Seitenstützen und montiert sie am Tisch,

polstert sie mit Gelkissen und bettet die Arme der Patientin sorgfältig dagegen. Dann schließt sie deren Augenlider mit Klebeband und schaut nach, ob auch nirgendwo ein Schlauch abgeklemmt wird. Der Medikamentenwagen wird näher herangerollt, plötzlich sind alle in Aktion. Jemand macht den Wandcomputer an, ein anderer trägt den Tritt für die OP-Schwester herbei, zwei Leute heben das Bein, das operiert werden soll, in die richtige Position. Mitten in dem Gewusel öffnet sich die Tür zum Vorbereitungsraum, und die OP-Schwester fährt den hohen Tisch mit den Instrumenten herein. Wie auf Kommando binden sich alle den Mundschutz über Mund und Nase.

Die OP-Schwester reißt Packungen mit sterilen Tüchern auf, deckt die Patientin ab, blickt über ihre Schulter, ob die Chirurgen schon so weit sind, ja, sie schreiten, die sterilen Arme erhoben, in den OP, Schürzen müssen ihnen jetzt umgebunden, Handschuhe angezogen werden – die Verpackungen landen in einer Ecke. Das grüne Tuch am Kopfende des Tisches muss in die Senkrechte, Suzan rollt einen Infusionsständer heran und befestigt das Tuch beidseits mit großen Wäscheklammern. Hinter dieser Zeltwand verrichtet sie ihre Arbeit. Sie befühlt kurz die Wange der Patientin. Nicht schwitzig, gute Temperatur.

Wir sitzen im unreinen Teil, denkt sie. Jenseits des Tuches ist alles steril, heilig. Wir sind irdischer. Birgit hat den Koffer mit den Opiaten geöffnet, und Suzan bereitet die Schmerzstillung vor. Sie blickt auf den Monitor. Wenn der Chirurg anfängt zu schneiden, wird sich die Herzfrequenz rasant beschleunigen, der Blutdruck steigen. Sie spritzt Fentanyl in den Venenzugang.

»Dreiviertelstunde, schätze ich«, sagt der Chirurg. Augen und Brauen übernehmen den Rest der Kommunikation.

»Schön«, sagt Suzan, »dann können wir den Patienten für den zweiten OP einleiten. Kommst du mit, Birgit?«

Carla bleibt zur Überwachung da, sie wird Suzan anpiepsen, falls irgendwelche Unregelmäßigkeiten auftreten sollten.

Das bei ihnen praktizierte System von Parallelnarkosen nötigt Suzan, den ganzen Tag zwischen zwei OPs hin- und herzuflitzen. Es ist eine Kunst für sich, die Narkosen so zu planen, dass die riskanten Phasen jeweils zeitlich versetzt liegen; eine reife Leistung, wenn es gelingt, dabei eine Einleitung nach der anderen in Ruhe abzuwickeln. Wenn sich Eingriffe in die Länge ziehen, muss sie überall gleichzeitig sein. Die Anforderung von Hilfstruppen empfindet sie als kleine Niederlage, aber die liegt nun mal im System begründet, und dann bleibt ihr keine andere Wahl, als den diensthabenden Kollegen anzupiepsen. Wenn sie selbst Dienst hat, findet sie es nicht schlimm, irgendwo einspringen zu müssen – eine Überraschung, eine Herausforderung, sich auf die Schnelle in eine neue Situation einleben zu müssen. Doch wenn die Rollen vertauscht sind, merkt sie, dass sie nur schwer um Hilfe bitten kann.

»Der Nächste ist für dich«, sagt sie zu Birgit. »Ich helfe dir kurz, das Bett hinzufahren, und dann kannst du allein schalten und walten. Du weißt mich ja zu finden, wenn du etwas mit mir besprechen möchtest.«

Birgit scheint förmlich zu wachsen. Sie richtet sich gerade auf und löst den Mundschutz. Ich darf sie nicht in ihrer Würde verletzen, denkt Suzan, muss ihr Freiräume geben, Verantwortung übertragen. Soll sie doch die Mitarbeiter gegen sich aufbringen, soll sich doch mit den Chirurgen anlegen.

In der Holding Area bleibt sie an die Wand gelehnt stehen, während Birgit sich dem Patienten vorstellt und das Frageritual abspult. Dann rollen sie gemeinsam das Bett auf den Flur hinaus.

Suzan zieht die unteren Bänder ihres Mundschutzes auf. Sie braucht mehr Luft zum Atmen. Zurück zur Knieoperation. Carla erstattet Bericht: gute Sauerstoffsättigung, Blutdruck in Ordnung, keine Komplikationen.

»Ich schließe gerade, du kommst genau zur rechten Zeit«,

sagt der Operateur. Sie lachen. Suzan stoppt die Propofolzufuhr. »Vielleicht noch etwas Schmerzmittel, das wird angenehmer für sie sein, wenn sie aufwacht«, sagt sie zu Carla. Sie entfernt das grüne Tuch und reibt der Patientin über die Wange.

»Es ist vollbracht, aufwachen, wir sind fertig!«

Wie Menschen aus den Tiefen des künstlichen Schlafs emporklettern, ist jedes Mal wieder ein Wunder. Das Zittern eines Augenlids kündigt das wiedererwachende Bewusstsein an, in die Muskeln scheint eine gesunde Spannung zu treten. Bewegungsdrang und das Bedürfnis zu husten oder zu schlucken machen sich bemerkbar, sowie der Patient den Tubus wahrnimmt.

Sie saugt den Rachenraum aus. »Tief einatmen jetzt, dann holen wir das Ding raus, nur zu, jetzt!«

Mit geübter Hand zieht sie den Tubus heraus. Die Patientin hustet, bewegt den Kopf, sieht Suzan an. »Ist es schon vorbei?«, fragt sie verwundert.

Zeitgefühl, denkt Suzan, darüber sollte mal jemand einen Artikel schreiben. Wenn man schläft, und sei es noch so tief oder betrunken, hat man immer eine Ahnung davon, dass Zeit vergeht. Bei manchen ist das Zeitgefühl so präzise, dass sie keinen Wecker brauchen, bei anderen ist es vager, aber vorhanden ist es immer. Irgendwie bleibt man im Schlaf mit der Welt in Kontakt, auch wenn man sich dessen vorübergehend nicht bewusst ist. Man kann die Dimension von Raum und Zeit nie ganz loslassen.

Beim künstlichen Schlaf ist das anders. Patienten erwachen aus der Narkose und haben keine Ahnung, dass fünf Stunden vergangen sind, sie glauben es nicht, sie müssen sich neu auf die Uhrzeit einstellen. Ihnen fehlt etwas.

Das stiftet fast immer Verwirrung. Die einen nehmen es hin und vertrauen den Pflegekräften, die sie auf der Station versorgen, so wie sich ein Kind dem Tagesrhythmus unterwirft, den die Eltern vorgeben. Andere macht es wütend, dass sie die Kontrolle über die Zeit verloren haben. Sie fühlen sich in ihrer Autonomie verletzt, die Ärzte haben ihnen ihre Stunden geraubt. Wo sind sie? Verflogen, restlos.

Die Frau mit dem Knie ist jetzt voll da. Carla und Suzan schieben ihr eine Rollmatte unter den Rücken und ziehen sie auf das bereitstehende Bett. Nun geht es in den Aufwachraum. Dort ist es noch ruhig, der Platz am Fenster ist frei. Oberpfleger Ron, ein freundlicher Surinamer, stellt sich der Patientin vor. Er zieht die Vorhänge um das Bett zu, und Suzan macht die Übergabe: Die Flüssigkeitszufuhr läuft noch kurz durch, wenn nötig, dürfen weitere Schmerzmittel verabreicht werden.

Sie lassen die Frau allein und gehen zur Theke des OP-Koordinators. Suzan füllt ein Formular für die Patientenakte aus. Carla langt hinter einen Computerbildschirm, wo ein kleiner Eimer voll Naschzeug steht. Ron lacht. »Zuckerspiegel anheben, das ist gut.«

»Und Sie müssen was trinken«, sagt er zu Suzan, »man dehydriert hier schnell.«

Er füllt ein Glas mit Limonade, giftige Farbe, viel zu süß. Suzan trinkt, weil sie den Mann so nett findet. Eine Oase ist das hier, denkt sie, eine Oase der Ruhe, bevor sich dieser Raum mit Patienten füllt, die lange, komplizierte Operationen hinter sich haben und an Schläuchen und Monitoren hängen. Dann wird es hier hoch hergehen, ein Konzert aus Pieps- und Klingeltönen, rennende Schwestern, Ärzte, die um ein Bett bitten, Techniker, die ein Gerät justieren, Assistenzärzte, die einen Griff in den Nascheimer tun wollen, bevor ihre nächste Operation beginnt. Jetzt aber noch Ruhe.

Hastig radelt Suzan zu dem Restaurant, in dem sie sich mit Simone verabredet hat. Zu dieser Zeit des Jahres scheint es gar kein Tageslicht zu geben, sie ist nur noch in der Dunkelheit unterwegs. Vorsichtig quert sie die Straßenbahnschienen. Je öfter man in der Notaufnahme gearbeitet hat, desto umsichtiger wird man im Straßenverkehr.

Simone ist schon da. Ein Glas Wein vor sich und eine Fachzeitschrift auf dem Schoß, sitzt sie schräg neben dem Bassin mit den Hummern, deren Scheren mit dickem Gummiband zusammengebunden sind. Ihr Blick ist leer, hellt sich aber auf, als er Suzan einfängt.

Mantel aus, Schal, Handschuhe. Suzan hört das Klimpern von Gläsern und Besteck und denkt: Wieso mache ich das, wieso treffe ich mich nicht mit Roos, meiner widerspenstigen Tochter? Das muss anders werden. Wenn ich arbeite, tue ich gerade so, als hätte ich keine Tochter, das geht nicht mehr so weiter. Später eine SMS schicken.

Seufzend lässt sie sich ihrer Freundin gegenüber nieder. Weißwein. Sie bestellen, was sie hier immer bestellen, Austern, Fisch. Keine Verpflichtungen jetzt. Morgen weitersehen.

Simone erzählt von ihrer Forschungsarbeit. Es geht um die Bekämpfung chronischer Schmerzen, den ganzen Tag hat sie Daten eingegeben, sie arbeitet mit einigen peripheren Krankenhäusern zusammen, und es verlangt ihr einiges ab, die Kollegen dazu zu bewegen, ihre Daten in der gleichen Form zu übermitteln, sie versteht das nicht, daran sollten doch alle mitarbeiten, es geht doch um die wissenschaftliche Untermauerung ihres Fachs.

»Na ja«, sagt Suzan, »was ist denn das eigentlich, unser Fach? Kann doch für jeden was anderes bedeuten, oder?«

»Du meinst: Umsatz machen und Segelyacht kaufen? Ich habe nie an das Geld gedacht, früher. Mich hat die Biochemie fasziniert, die Physiologie. Ich wäre auch gerne Neurologin geworden. Etwas von der Reizübertragung, dem Bewusstsein verstehen, das möchte ich.«

»Ich hatte einen Scheißtag heute«, sagt Suzan. »Schwierige Assistenzärztin, ich kann einfach nicht mit dieser Frau. Da komme ich in den OP – ich hatte sie machen lassen –, und sie legt sich mit Harinxma an. ›Anästhesie, Tisch hoch‹, schreit er. Darauf lässt sie den Tisch bis an die Decke hochschießen. Er natürlich wütend, er ist nun mal ein kleiner Mann. Sie die gekränkte Unschuld.«

»Ist doch aber auch unverschämt von so 'm Kerl!«

»Ja, schon, aber man kann auch anders damit umgehen. Ihn mit seinem Namen ansprechen, fragen, was er möchte. Man kann ihn darauf aufmerksam machen, dass man selbst auch einen Namen hat, scherzhaft, was weiß ich. Anders. Ich bin zwar nicht so gut in diesen psychologischen Dingen, aber das sehe ich bei so einer Frau schon. Leider ist der Umgang damit nicht meine stärkste Seite.«

»Wirklich? Du unterrichtest doch. Oder ist das auch nicht so dein Fall?«

Suzan schenkt die Gläser wieder voll.

»Doch, das macht mir wirklich Spaß. Aber das ist praktischer Unterricht: periphervenösen Zugang legen, zentralvenösen Katheter legen, intubieren. Dinge, in denen man Fingerfertigkeit gewinnen muss, damit man sich sicher fühlt. Je konkreter, desto besser. Ich vergesse nie, wie ich selbst mit der Nadel umzugehen gelernt habe, an einer Orange! Wie es ist, die Nadel durch die Schale zu drücken, den Widerstand zu spüren und dann den Freiraum, wenn du hindurch bist – als ob du selbst zur Nadelspitze wirst. Herrlich, geht mir immer noch so. Neulich war ich mit Kees zusammen im OP – wie der punktiert, großartig. Mühelos legt der einen Arterienkatheter, und schnell dazu. Währenddessen plaudert er mit dem Patienten. Das ist fast wie Ballett, alle Bewegungen fließen ineinander. Eine Augenweide.«

Der Ober kommt mit dampfenden Tellern.

»Meine Schüler sind noch Anfänger. Im ersten Jahr. Die wollen alles lernen, sind richtig begierig. Was ich auch vormache oder erzähle, sie saugen es auf. Mit denen, die schon weiter sind, tue ich mich schwerer, die müssen selbstständig werden, aber wie soll ich das anstellen? Wenn ich ihnen zu sehr auf die Finger schaue, werden sie böse, wenn ich ihnen zu viele Freiheiten lasse, fühlen sie sich verloren. Ich finde nicht die rechte Balance.«

Simone schaut von ihrem Teller auf. »Wenn man dich so reden hört, könnte man meinen, du hast pubertierende Kinder zu erziehen. Es ist schwierig, klar. Aber die im fünften Jahr der Weiterbildung, die fast fertig sind, mit denen kann man doch reden, oder? Beratschlagen? Das sind einfach Kollegen.«

»Ich kann es nicht«, sagt Suzan. »Ich kann das nicht mal mit meiner eigenen Tochter. Die hockt stur in ihrer Studentenbude. Sie ist nicht glücklich, glaube ich. Aber was kann ich nur machen? Wenn ich mit einer Tasche voller Einkäufe komme, sieht sie mich so verächtlich an, dass mich gleich mein ganzer Mut verlässt. Sind deine Jungs auch so?«

»Schlimmer. Aber ich nehme mir das nicht so zu Herzen. Zwillinge sind in der Hinsicht einfacher, die haben ja immer den anderen, da brauchst du dir keine Gedanken zu machen, dass sie einsam sein könnten. Seit ich in der Schmerzambulanz arbeite, habe ich auch mehr Zeit für sie, da brauche ich mich nicht mehr vor Freundlichkeit zu überschlagen, wenn wir uns sehen. Diese unregelmäßigen Schichten, die vielen Dienste – das hat mich verrückt gemacht.«

»Vermisst du sie nicht, die normale Arbeit?«

Simone legt ihr Besteck hin und wischt sich mit der Serviette über den Mund.

»Das war die vernünftigste Entscheidung, die ich je gefällt habe. Und mit Berend verstehe ich mich gut.«

Suzan unterbricht sie. »Einfach nur gut oder gefährlich gut?«

»Gut, habe ich gesagt«, sagt Simone streng. »Fachlich ist er ein As, er ist geistreich, und er ist flexibel. Die Abteilung ist richtig klasse geworden. Auch die längeren Patientenkontakte finde ich schön, du betreust jemanden monate- oder sogar jahrelang, du lernst die Menschen richtig kennen. Und bei uns sterben sie auch nicht dauernd unerwartet, das ist sehr angenehm. Man weiß vorher, dass es so weit ist. Was *du* machst, ist eigentlich ganz schön schwer. Wenn du jemanden narkotisierst, bist du für seine lebenswichtigsten Funktionen verantwortlich. Ich war mir dessen immer viel zu sehr bewusst. Atmung, Blutdruck, Kreislauf, Körpertemperatur, das alles übernimmst du, und wenn etwas schiefgeht, ist es deine Schuld. Du nimmst etwas auf dich, was du eigentlich nicht auf dich nehmen kannst. Richtig unheimlich ist das.«

Der Ober räumt die Teller ab. Sie haben jetzt Platz, die Arme auf den Tisch zu legen. Sie bestellen Kaffee.

»Ich empfinde es nicht so, wie du es gerade gesagt hast«, sagt Suzan. »Es ist zwar so, da hast du recht, aber ich erlebe es nicht auf diese Weise. Ich betrachte das Ganze in Scheibchen, in einzelnen Aufgaben, die ich zu erledigen habe. Ich gehe vom einen zum nächsten. Ich plane das sehr gut, sorge immer dafür, dass ein kleinerer Tubus bereitliegt, dass ein Tracheotomie-Set da ist, ich weiß, wie gut der jeweilige Anästhesiepfleger ist, ich kenne den Chirurgen. Ich denke nicht: Jetzt übernehme ich die Atmung, jetzt hängt das Leben des Patienten von mir ab. Ich schaue in seinen Rachen, ich sehe das schwarze Dreieck zwischen den Stimmbändern, und dort hinein schiebe ich den Tubus. Ich horche auf die Lunge. Ich achte auf das Kapnogramm. Alles kleine Aufgaben. Wenn ich die sorgfältig erledige, bin ich zufrieden. In Notfällen läuft es genauso ab, nur schneller. Nein, es ist nicht schwer. Es ist toll. Es ist genau das, was ich immer gewollt habe.«

5

Am Tag nach dem ersten Gespräch mit Allard stellt Drik seine Sprechzimmersessel vors Haus. Er rollt den Teppich zusammen und legt ihn zu den Sesseln hinaus. Das Bücherregal räumt er aus, verstaut die gesamte analytische Weisheit in Umzugskartons, nimmt die Vorhänge herunter. Nun stehen die Kartons und die Analysecouch mitten im Zimmer unter Plastikplanen. Drik hat eine Leiter aufgestellt und tüncht die Wände weiß.

In der Küche ist Roos dabei, Kaffee zu kochen. Der Duft vermischt sich mit dem Kalkgeruch der Wandfarbe. Die Anwesenheit seiner Nichte vermittelt Drik ein beschwingtes Gefühl. Als Roos gestern Abend bei ihren Eltern vorbeischaute, kamen sie irgendwann auf die abgenutzte Ausstattung seines Arbeitszimmers zu sprechen. Roos sprang sofort darauf an, erklärte sich bereit, neue Vorhänge für ihn zu bestellen, meinte, dass ein anderer Teppich, ein besseres Bücherregal, neue Sitzmöbel hermüssten. Heute Morgen sind sie zusammen in ein Möbelgeschäft gefahren, um alles auszusuchen. Schnell zuschlagen hat Drik gedacht, solange du Wind unter den Flügeln hast, wenn du erst gelandet bist, schwingst du dich nicht so bald wieder auf. Roos hat auf einen Sessel gezeigt, er solle sich mal hineinsetzen und sagen, wie es sich anfühle. Einmütig, fröhlich haben sie einen Teppich ausgewählt, ein Bücherregal aus Naturholz. Die hellen Vorhänge werden nach Maß gefertigt, inklusive Haken zum Aufhängen; übermorgen wird das Ganze geliefert.

»Und wir streichen inzwischen, Onkel Drik, ich helfe dir. Ich hatte vorige Woche Zwischenprüfung, da darf ich jetzt ruhig mal ein paar Tage nichts tun.«

Also sind sie auch im Baumarkt gewesen. Drik hat Roos amüsiert bei der Auswahl der Utensilien zugeschaut: Farbeimer, Pinsel, Abdeckfolie, Gummihandschuhe. Genau wie Suzan, hat er gedacht. Sie wird es nicht hören wollen, aber in diesen praktischen Dingen ist sie ganz ihre Mutter.

Roos kommt mit dem Kaffee herein, und Drik steigt von der Leiter. Sie setzen sich neben dem Plastikhügel auf den Fußboden.

»Jetzt geht es noch«, sagt Drik. »Ich bekomme lauter neue Patienten, die es hier nicht anders kennen werden als so picobello. Wenn meine Praxis voll wäre, würden solche Veränderungen ein Riesengezeter auslösen. Die Leute mögen das nicht. Alles soll so bleiben, wie es ist. Man bekommt dann höchstens Kommentare zu hören wie: Geschmacksverirrung, Plunder, Kitsch und was nicht noch alles.«

Roos lacht. »Findest du das schlimm?«

»Na ja, man kann natürlich alles Mögliche besprechen, das muss für die Therapie gar nicht von Nachteil sein. Aber mir ist es lieber, wenn sie es toll finden und meinen guten Geschmack loben – beziehungsweise deinen guten Geschmack. Oder? Aber das ist ja jetzt kein Problem, denn ich habe nur einen einzigen Klienten. Damit werde ich schon fertig.«

»Es ist gut, dass du es jetzt machst«, sagt Roos ernst. »Ein Neuanfang. Man muss sich in seinen eigenen vier Wänden wohlfühlen. Du bist jetzt allein. Da musst du gut für dich sorgen. Ich versuche das auch.«

»Höre ich da Peter sprechen?«

»Stimmt, Papa sagt das häufig. Und er hat recht. Aber ich fühle mich dabei oft so einsam. Meine Wohnung ist wirklich nicht übel, aber manchmal weiß ich nicht, was ich anfangen soll, wenn ich keine Vorlesungen habe. Einem Sportverein beizutreten ist nichts für mich, mit Sport hab ich's nicht so. In ein Orchester würde ich gern gehen.«

»Hast du deine Geige wieder ausgepackt?«

»Lieber würde ich bei den Bratschisten mitmachen. Ich habe voriges Jahr eine Bratsche geschenkt bekommen. Bratschisten dürfen immer mitspielen, weil sie Mangelware sind. Außerdem ist der Klang viel schöner, angenehm tief. Und mit der Bratsche sitzt du mittendrin, zwischen Cello und Geige eingepackt. Super.«

»Kannst du das so einfach? Brauchst du keinen Unterricht?«

»Ich habe ein paar Stunden von meinem alten Geigenlehrer bekommen. Der kann auch Bratsche spielen. Jetzt schau ich mal, vielleicht können mir die anderen in der Gruppe ja ein paar Tipps geben. Ich übe jeden Tag.«

Sie schaut sich in dem ausgeräumten Zimmer um und mustert das Gesicht ihres Onkels von der Seite.

»Weißt du, manchmal stehe ich mitten im Zimmer und streiche die Saiten, ohne sie zu greifen. Dann vibriert alles, und dann muss ich plötzlich heulen.«

Drik streichelt kurz ihre Hand.

»Nicht, dass ich allein bin oder so, das ist es nicht, ich habe jede Menge Freunde. Ich weiß nicht, was es ist. Es wird sich schon wieder geben.«

»Alles hat sich verändert«, sagt Drik. »Es ist nicht leicht, dass Hanna nicht mehr da ist, dass du nicht mehr bei Peter und Suzan wohnst. Dass ich mitten am Tag die Wände streiche und nicht meiner Arbeit nachgehe. Dass du nicht mehr in einer Klasse voller Mitschüler sitzt, die du schon sechs Jahre lang kennst.«

Roos wischt sich mit dem Handrücken über die Augen.

»All das zu können und Spaß daran zu haben – das ist nicht so einfach. Dafür musst du gut ausgeruht sein. Jetzt bist du auch noch traurig, das macht müde. Kannst du denn gut schlafen?«

»Nicht immer. Mama hat mir Tabletten gegeben, aber die nehme ich nicht. Liegst du auch manchmal nachts wach? Und stehst dann auf, weil du Angst davor hast, wieder einzuschlafen?«

»Ja, ich bin nachts hin und wieder wach. Dann zerbreche ich mir den Kopf darüber, wie es weitergehen soll. Sinnloses Gegrüble, das zu nichts führt. Ist vielleicht gar nicht so schlecht, dass du die Tabletten hast, für den Notfall, oder?«

Roos hat sich erhoben und nimmt das Tablett mit den Kaffeebechern vom Boden hoch. Sie dreht eine Pirouette und seufzt zufrieden. »Wie schön es hier ist! Wollen wir zusammen zu Hanna gehen, wenn wir fertig sind? Oder ist dir das unangenehm?«

»Nein. Das machen wir. Ich gehe gern mit dir dorthin. Ehrlich.«

Am späten Nachmittag spazieren sie über den Friedhof. Auf ihren Händen sind Farbspritzer. Drik spürt seine Muskeln, er ist es nicht gewohnt, den ganzen Tag auf einer Leiter zu stehen und mit den Händen über dem Kopf zu arbeiten. Roos scheint keine Beschwerden zu haben. Im Blumenladen hat sie einen Strauß ausgesucht, den sie jetzt vor dem Bauch trägt. Unter den Platanen gehen sie auf Hannas Grab zu.

»Es kommt ein Stein drauf«, sagt Drik. »Das dauert noch ein bisschen.« Er will gerade hinzufügen, dass sich das Grab noch setzen und einsinken wird, verkneift es sich aber, als er plötzlich das Bild einer ausgestreckten Frau vor Augen hat, die ergeben hinnehmen muss, dass auf ihrem Körper meterhoch Erde festgestampft wird. Auf dem kleinen Schild, das das Friedhofspersonal angebracht hat, sind Hannas Name und das Datum der Bestattung vermerkt. Auf dem Grab stehen Kübelpflanzen. Roos übergibt Drik den Blumenstrauß und holt am Brunnen Vase und Gießkanne. Sie spießt die Vase mit ihrem spitzen Fuß tief in den Boden, füllt sie mit Wasser und arrangiert die Blumen. Dann stehen sie nebeneinander da und starren auf die zwei Quadratmeter Erde, unter denen Hanna ist. Drik empfindet nichts, höchstens eine gewisse Sorge um seine Nichte. Roos hat die Arme um ihre Mitte geschlungen und weint. Sie lässt die

Tränen einfach laufen, wie ein Kind, denkt Drik. Es hält lange an.

Nach zwei, drei Minuten reicht er ihr sein Taschentuch. Sie schnäuzt sich die Nase. Sie nicken beide kurz zum Grab hin, bevor sie sich abwenden und gehen. Absurd, denkt er, dieses magische Denken, tschüs, wir gehen jetzt, bis zum nächsten Mal. Schuldgefühle. Idiotisch.

Er liest die Texte auf den Grabsteinen entlang des Wegs: »Wer glaubt, geht nicht verloren«, »Siehe, ich mache alles neu«. Text ist nicht besonders dauerhaft, über die Zeit hinweg. Am schönsten findet er: »Alf Kok, Gitarre«, ohne Daten.

»Durch Hanna bin ich dazu gekommen, Geschichte zu studieren«, sagt Roos, die sich wieder gefasst hat. »Sie wollte immer alles über die Dozenten wissen, und was ich lesen musste. Jetzt kann ich nichts mehr erzählen.«

Stille. Ihre Eltern wollen das doch bestimmt auch gern hören, denkt Drik. Oder fragen sie nicht, weil sie fürchten, Roos könnte sich dann kontrolliert fühlen? Wie macht man das, ein Kind loslassen? Wann? Roos redet weiter, sie spricht jetzt von Suzan, als hätte sie seine Gedanken erraten.

»Ich habe mich immer vor dem gegruselt, was sie macht. Ich weiß noch, wie ich sie einmal mit Papa zusammen abholen sollte. Wir mussten warten, denn in der Notaufnahme war plötzlich jemand eingeliefert worden, und da konnte sie nicht weg. Wir standen an der Tür, wo die Krankenwagen reinfahren. Du konntest direkt in den Raum sehen, in den sie den Patienten gebracht hatten. Der lag auf einem hohen Tisch, und Mama stand an seinem Kopfende. Sie hatte eine merkwürdige schwarze Schürze an, eine Art Bleikleid. Ihre Haare steckten unter einer Plastikhaube, und sie hatte einen Mundschutz vor dem Gesicht. Ich konnte nur ihre Augen sehen. Es waren ganz viele Leute da, die sich alle gegenseitig vor die Füße liefen. Sie fuhrwerkten mit Schläuchen und Geräten herum. Mama hat dann mit einem kleinen Messer einen Schnitt unter dem Schlüsselbein von dem

Mann gemacht und da ein Kabel reingeschoben. Herzstillstand oder so, er sollte Elektroschocks bekommen. Jemand rollte einen Wagen heran und gab Mama diese Dinger, wie man die manchmal im Fernsehen sieht, zur Wiederbelebung, du weißt schon. Mama rief: »Los!«, und man sah, wie es den Mann durchzuckte. Sie haben ihm mit 'ner Art Gartenschere die Kleider runtergeschnitten. Papa und ich standen nur da und guckten. Eigentlich wollten wir ja zu dritt ins Kino gehen. Sie machte mir richtig Angst. Als sie später rauskam und ihre eigenen Sachen anhatte, war wieder alles normal. Aber ich kann das nicht vergessen. Als ob sie zwei Personen wäre, sie ist meine Mutter, aber sie ist auch jemand, der andere bewusstlos spritzt und ihnen gruselige Nadeln in den Körper sticht. Sie weiß, wie man jemanden töten kann. Das ist doch nicht normal. Wer kann so etwas gut finden? Da muss man doch gestört sein!«

»Hast du sie denn schon mal gefragt, warum ihr dieser Beruf so gut gefällt?«

»Nein.« Roos lacht schnaubend und schlurft hörbar durch den Kies. Sie blickt zu Boden.

»Empfindest du das, was Peter macht, auch als so abartig?«

»Das ist anders. Das kann ich besser verstehen. ›Die Leute kommen, weil sie verwirrt sind‹, hat er mal gesagt, als ich klein war. Und da habe ich mir gedacht: Er entwirrt sie wieder. Ich hab manchmal heimlich aus dem Fenster geschaut, wenn jemand kam, ob ich dem was ansehen konnte. Aber da war nichts zu erkennen. Alles ganz normale Menschen. Sie blieben eine Stunde drinnen, und dann durfte ich nicht auf dem Flur Fußball spielen. Meistens war ich sowieso in der Schule und bekam gar nichts davon mit. Ich hab Papa, wenn er mir gute Nacht sagen kam, manchmal gefragt: ›Was hat denn der Mann gesagt, der so verwirrt war, worüber hast du mit ihm geredet?‹ – ›Das darf ich nicht sagen, das ist geheim‹, sagte er dann. ›Und wenn ich es sagen würde, wäre es kein Geheimnis mehr.‹ Eure Arbeit ist nicht so gruselig, so eklig. Vor kurzem wurde Mama mal von jemandem aus dem Krankenhaus angerufen. Sie ging mit dem Telefon auf den Flur raus, aber ich habe gelauscht. ›Die Nadel muss raus‹, habe ich sie sagen hören, ›die darf nicht länger als vierundzwanzig Stunden im Knochen bleiben. Hast du jetzt einen guten Zugang? Dann schraub das Ding gleich raus.‹ Eine Nadel im Knochen! Mir wird übel, wenn ich nur dran denke. Ich hab sie anschließend gefragt, wozu denn so eine Nadel im Knochen gut ist. ›Oh, die ist sehr praktisch‹, hat sie geantwortet. ›Wenn man auf die Schnelle keine Vene findet, sticht man einfach eine Stahlkanüle in ein breiteres Knochenstück. Die Knochenmarkhöhle ist gut durchblutet, da hat man den Zugang, den man braucht. Aber immer im rechten Winkel zum Knochen, sonst könnte man etwas Wichtiges beschädigen.‹«

»Die Wachstumsfuge«, murmelt Drik.

»Kann sein. ›Tut das denn nicht weh?‹, hab ich gefragt. Sie meinte, schon, aber der Zugang sei wichtiger als die Schmerzen. Ihre Hauptbeschäftigung besteht darin, irgendwo reinzukommen. Wenn sie einen neuen Patienten vor sich hat, guckt sie sich als Erstes seine Adern und seinen Rachen an. Zugang!«

Roos beschleunigt ihre Schritte. Sie kommen an Grabmälern vorüber, die die Größe von Gartenlauben haben und mit Engelsskulpturen und stilisierten zerbrochenen Säulen ausgeschmückt sind. Drik verspürt das Bedürfnis, etwas Nettes über seine Schwester zu sagen und die Anästhesie zu verteidigen, aber er hält den Mund. Er hat sich mal durch ein ungeschicktes Manöver beim Schlittschuhlaufen das Schienbein gebrochen. Als der Anästhesist mit langen Nadeln anrückte, die er ihm zur lokalen Betäubung sowohl in die Leiste als auch in die Wirbelsäule stechen wollte – »kurz eine Blockade setzen« –, bat er feige um Bewusstlosigkeit. Die Vorstellung, dass jemand mit einer Nadel zwischen seinen Wirbeln herumtasten, schützende Bänder durchstechen und das betäubende Gift in den Raum spritzen würde, in dem seine Nerven lagen, versetzte ihn in Panik.

Zu beiden Seiten des Weges stehen jetzt, in einen niedrigen

Erdwall gebettet, kleine quadratische Steine mit Namen darauf. Asche in Urnen, denkt er. Man hat einen Ort zum Gedenken an einen Menschen, aber dessen Körper ist streubar geworden. Praktisch in einem Behälter zu verstauen, der in eine Tragetasche passen würde. Der Körper ist etwas Grässliches. Was daran nicht alles defekt werden kann – und wohin damit, wenn kein Leben mehr darin ist? Was soll er mit der Erinnerung an Hannas vom Leiden gezeichnetes Gesicht, warum schiebt sich das Bild von ihrem kranken Leib, dem geblähten Bauch, den spindeldürren Beinen vor seine Erinnerung an ihren einst so makellosen Körper?

»Komm, wir trinken jetzt einen Kaffee. Dann kannst du mir von deiner Prüfung erzählen. Gehen wir ins Café?«

Roos nickt.

Montag, elf Uhr. Das Sprechzimmer hat eine Metamorphose erfahren und sieht tipptopp aus. Driks Bücher – staubfrei nun, da Roos sie Stück für Stück ausgeklopft hat –, stehen in dem neuen Regal, das zwei Wände über Eck einnimmt. Die Stapel angeschmuddelter Artikel sind fest hinter Schiebetüren verstaut. Was dunkel war, ist hell. Drik reibt sich mit zufriedenem Lächeln die Hände.

Pünktlich auf die Minute klingelt es. Drik lässt den Jungen vorangehen und folgt ihm durch den geraden Flur ins Sprechzimmer. Der Name ist Allard, denkt er. Allard hat keinen Mantel an, wohl aber einen dicken Schal um den Hals. Drik schließt die Flügeltür und nimmt in seinem neuen Sessel Platz, dem Jungen schräg gegenüber. Der hat seinen Schal abgenommen und legt ihn ans Fußende der ungenutzten Analysecouch, die einen neuen Bezug erhalten hat, hell, makellos.

Allard sieht ihn an. Drik nickt, als heiße er ihn ein zweites Mal willkommen, sagt aber nichts. Stille. Der junge Mann gräbt in den Taschen seines Jacketts und wirft Handy und Terminkalender zu dem Schal, als wären es tote Ratten, die er einer Würgeschlange hinwirft.

»Und, wie ist es dir seit letzter Woche ergangen?«, fragt Drik. »Hast du noch über unser Gespräch nachgedacht?«

Dumm, dumm, dumm, denkt er. Zwei Fragen auf einmal, drei eigentlich. Die erste hätte ausgereicht. Er lässt mich nicht los mit seinen Augen, schwierig, mich dabei auf meine Gedanken zu konzentrieren. Warum schaut er sich nicht um, warum bemerkt er nicht, dass das Zimmer völlig verändert aussieht? Er muss das doch registrieren, irgendwie, aber offenbar nimmt ihn etwas anderes so sehr in Beschlag, dass die Wahrnehmung nicht bewusst werden kann. Oder macht er das extra? Spürt er, dass ich stolz auf die neue Einrichtung bin, dass ich einen Kommentar und Komplimente erwarte, die er mir vorenthält, um mich zu ärgern? Er blinzelt fast gar nicht. Angst. Trotzdem kommt mir der Gedanke, dass er mich ärgern will. Nichts sagen jetzt, abwarten, bis ich eine Ahnung bekomme, worum es geht.

Allard erzählt. Er habe eigentlich eine gute Woche gehabt. Die Psychiaterin, die ihn bei seiner Arbeit betreue, habe ihm geholfen, besser hineinzufinden.

»Keine komplizierten, abgehobenen Sachen, sondern ganz praktisch. Wie man das Zimmer eines möglicherweise gefährlichen Patienten betritt. Dass man in der Nähe der Tür bleiben und einer Pflegekraft Bescheid geben sollte, die abrufbereit im Flur steht. Dass man eine kleine, konkrete Bitte an den Patienten richten sollte – würden Sie bitte das Radio leiser stellen, könnten Sie mir bitte die Taschentücher reichen –, so etwas. Dann ist ein Kontakt hergestellt. Man sollte Abstand wahren und den Patienten nicht einschüchtern, aber die Zügel in der Hand behalten. Und man darf nicht zu viel erwarten. Um solche Sachen ging es. Sie hat mir auch manches vorgemacht.«

Er erzählt mir etwas, denkt Drik. Er hat eine angenehme Stimme, der hört man gerne zu. Was ist die Botschaft? Dass er, genau wie sein gefährlicher Patient, in destruktive Wut ausbrechen wird, wenn ich ihm zu nahe trete? Dass ich mit ihm über praktische Dinge reden soll und nicht über abstrakte Konflikte?

Er lässt sich von einer freundlichen Frau helfen, aber nicht von mir. Er traut sich nicht, sich umzuschauen, hält mich aber mit seinem stechenden Blick gefangen. Er vertraut mir nicht.

Ich muss ihn mit seinen wahren Gefühlen in Kontakt bringen. Sagt Peter immer. Das ist unsere Aufgabe. Wenn man erkennt, was wirklich in einem vorgeht, fühlt man sich besser, so unangenehm die Empfindungen auch sein mögen. Ist es wirklich so? Würde es ihm selbst bessergehen, wenn er die Verzweiflung zuließe, die er hinter seinem Alltagsgehabe vermutet? Drik weiß es eigentlich nicht mehr.

»Du bist froh über die Hilfe deiner Kollegin.«

Allard nickt. »Man hört oft anderes«, sagt er. »Dass der Betreuer dich einfach deinem Schicksal überlässt oder ständig was an dir auszusetzen hat. Da bin ich schon dankbar, dass ich sie zugewiesen bekommen habe.«

»Irgendeine Ahnung, warum du diese konkrete Hilfe so sehr benötigst?«

Der Junge sieht ihn erschrocken an. »Ist das nicht gut? Ich bin in der Weiterbildung, ich muss auf die hören, die mich ausbilden. Die haben es nicht so gern, wenn man gleich eigene Wege geht, dafür bekommt man keinen Beifall. Meinen Sie, dass ich zu unterwürfig bin? Ich habe dort gerade erst angefangen, alles ist neu für mich. Ich möchte lernen.«

»Du scheinst meine Frage als Kritik aufzufassen.«

»Ist doch auch so! Sie lassen durchklingen, dass ich ein Dussel bin, der sich an die Hand nehmen lässt. Das ist ganz und gar nicht so. Ich weiß sehr wohl, was ich tue.« Allards Stimme klingt ungemein scharf.

Drik lässt eine kurze Stille eintreten. Dann sagt er: »Ist es denn abwegig, wenn du dich in einer derart neuen und wohl auch beängstigenden Situation gern von einer erfahrenen Kollegin anleiten lässt?«

Ich muss die Angst erreichen, denkt er. Dieser Junge sitzt in seinem Sessel wie ein vor Schreck erstarrtes Kaninchen, weiß nicht mehr ein noch aus und empfindet alles, was ich sage, als persönlichen Angriff. Vielleicht hatte er ja letzte Woche so große Angst, dass er das ganze Zimmer hier nicht gesehen hat, den alten Plunder, die vergilbten Farben. Er hat nur mich angesehen, darauf geachtet, ob ich ihn angreifen, herabsetzen, vernichten würde. Er wird stinkwütend auf mich sein. Das ist zu viel und zu heftig, um es jetzt zu besprechen. Er ist zum zweiten Mal hier, von Arbeitsbündnis kann noch kaum die Rede sein – eine derart massive Übertragung kann ich jetzt nicht zur Sprache bringen, dann verjage ich ihn garantiert. Ruhe. Sicherheit. Darum geht es jetzt.

»Ich habe über das, was Sie voriges Mal gesagt haben, nachgedacht«, sagt Allard leise. »Ob mir mein Vater fehlt. Wie sich das auswirkt.«

Dass junge Patienten ihn siezen, während er sie automatisch duzt, ist Drik gewohnt. Trotzdem stört es ihn jetzt, vermittelt es ihm das Gefühl, dass Allard ihn auf einen Sockel stellt. Schämt sich der Junge für seinen Ausbruch, versucht er diesen auszubügeln, indem er ihm nach dem Mund redet? Drik wird bewusst, dass er gar kein gutes Gefühl bei der Arbeit hat, im Gegenteil, ihm ist nicht wohl in seiner Haut, er ist verunsichert. Klar bin ich das, denkt er. Zum ersten Mal seit Hannas Tod wieder aktiv, in einer völlig veränderten Umgebung. Oder rührt das Unbehagen woanders her, wird es ihm von seinem Gesprächspartner zugeschoben, weil der es nicht ertragen kann? Plötzlich tut ihm der Junge leid – wie schade, dass man sich in einer Situation, die im Grunde eine Hilfe darstellen soll, so unsicher und ungeborgen fühlt.

»Und, was hast du gedacht?«

»Alternative Väter«, sagt Allard. »Ich habe immer Ersatzväter gesucht und sie manchmal auch gefunden. Ein Chemielehrer auf der weiterführenden Schule. Der Hockeytrainer. Der Chirurgieprofessor während des Studiums. Und jetzt der Mann, der die psychiatrische Weiterbildung leitet. Ich träume von diesem Mann, phantasiere davon, dass er mich auserwählt, einen wichtigen Vortrag zu halten. Dass er mich als seinen zukünftigen Nachfolger vorstellt. Lächerlich. Aber es ist so. Ich orientiere mich an diesem Mann und möchte so werden, wie er mich haben möchte. Ich habe auch große Angst, dass mir das nicht gelingt. Das hat natürlich etwas mit meinem Vater zu tun. Ich werde wohl als Kind gedacht haben, dass er abgehauen ist, weil ich nicht gut genug war.«

Viel zu glatt, denkt Drik. Er versucht, sich mit der Übernahme einer Deutung, die ich ihm vorige Woche angeboten habe, bei mir einzuschmeicheln. Wenn er so redet, empfinde ich nichts, keine Empathie, kein Mitleid. Höchstens eine leichte Verärgerung. Das ist demonstrativer Gehorsam, aber dahinter steckt etwas ganz anderes. Er umgeht den aufrichtigen Kontakt. Was soll ich damit? Die Zeit ist auch fast um, ich kann nichts mehr anschneiden. Er darf nicht verwirrt gehen. Das Arbeitsbündnis ist oberstes Gebot.

»Wenn das so ist«, sagt Drik, »dann werden wir dem im Laufe der Lehrtherapie schon auf die Spur kommen. Machen wir nächste Woche weiter?«

6   An diesem Morgen ist irgendwie alles komisch, verschoben, merklich anders. Suzan steht in einem der Operationssäle für sogenannte »kleine« Eingriffe, mit einem jungen HNO-Arzt als Operateur. Als sie die kleine Patientin geholt hat, eine Zehnjährige mit Minderwuchs, die eher wie eine Fünfjährige aussieht, saß der Arzt schon auf der Bettkante der Kleinen und plauderte mit ihr und ihrer Mutter. Er hat das Mädchen bereits mehrfach operiert, die Lunge ist in einem erbärmlichen Zustand, und die Schleimhäute sind permanent angegriffen. Das Kind atmet schnell und flach, die oberen Atemwege sind durch Verkrustungen und Ablagerungen teilweise blockiert. All das Zeug soll heute rausgeholt werden.

»Ha, Suzan! Fein, dass du da bist!« Der Arzt, mit ausladender rosafarbener Duschhaube auf dem Kopf, hat sie durch seine großen Brillengläser erfreut angesehen. Das Kind, in einem viel zu groß ausgefallenen, mit Elefanten bedruckten Schlafanzug, blätterte in einem Buch.

Suzan hat das Mädchen und die Mutter begrüßt und etwas zum weiteren Ablauf gesagt. Der ist vertraut, das Kind hat alles schon einmal mitgemacht. Sie haben die Mutter im Zimmer zurückgelassen und das Bett in den OP gefahren.

Sowie das Mädchen auf dem Tisch lag, war Suzan ganz konzentriert. Sie hat leise auf ihre kleine Patientin eingeredet: »Jetzt setze ich dir die Maske aufs Gesicht. Ganz tief atmen, so tief du kannst. Gut so.«

Reiner Sauerstoff, dann Sevofluran, dann Bewusstlosigkeit. Sie hat rasch den Zugang gelegt, dann intubiert. Das Kind hat nicht geweint und schien keine Angst zu haben. Suzan ist zufrieden. Sie überprüft Schläuche und Anschlüsse und wirft einen Blick auf den Monitor. Sieht gut aus.

»Ruud, ich bin fertig.«

»Einen Moment, wir wollen das Ganze noch einmal kurz durchsprechen«, sagt der gutgelaunte Operateur. Er winkt der Anästhesieschwester und ruft auch den OP-Pfleger, ja sogar den Springer hinzu. Sie stehen alle zusammen um das schlafende Kind herum.

»Ich werde so viel wie möglich von dem ganzen Mist herausholen. Durch die Nase. Die Narkose hat gut funktioniert?«

»Die Sauerstoffsättigung ist am unteren Limit, aber das war nicht anders zu erwarten«, sagt Suzan. »Was schätzt du, wie lange es dauern wird?«

»Halbe Stunde. Höchstens. Hat noch jemand Fragen?«

Der Springer möchte wissen, ob die Krusten zur Analyse ins Labor sollen. Der Operateur verneint, es sei denn, dass etwas Eigenartiges zutage gefördert wird.

»Wir fangen an«, verkündet Ruud. Er beugt sich über den Kopf der Kleinen. Das ist es, denkt Suzan, der Patient liegt andersherum. Ich müsste am Kopf sitzen. Irgendwie bin ich jetzt stärker mit einbezogen, bin mehr als sonst Teil des Teams, weil ich nicht hinter einer grünen Tuchwand sitze.

Der Arzt gräbt in dem weit aufgesperrten Nasenloch und holt grünliche Klümpchen und Krusten heraus, die er immer kurz hochhält, um sie den anderen zu zeigen. Er streift das Zeug an der bereitgelegten Gaze ab und gräbt weiter.

»Unglaublich, welche Mengen«, stöhnt er, »und da soll man noch atmen können! Wir hatten ernsthaft erwogen, eine Lungentransplantation vorzunehmen. Aber das würde die Schleimhautproblematik leider nicht lösen. Binnen kürzester Zeit hätten wir wieder die gleiche Situation. Hoffnungslos. Und es ist so ein aufgewecktes Kind.«

Muss er das denn jetzt laut sagen, denkt Suzan. Der Blutdruck steigt an, und sie spritzt noch etwas Schmerzmittel nach. Es ist bekannt, dass Patienten manchmal unerklärlicherweise Erinnerungen an Vorfälle während der Operation haben. Sie erinnern sich daran, dass man ihre Lage auf dem OP-Tisch verändert hat, rekapitulieren einzelne Wörter, ja manchmal sogar vollständige Sätze, die gesagt wurden. Sie schliefen, sie waren nicht bei Bewusstsein, aber unter der Decke der Betäubung haben sie offenbar doch vorhandene Reize registriert, die ihnen dann später einfallen. Unheimlich. Wir sollten also auf unsere Stimme achten, keine Panik durchklingen lassen. Wir sollten nichts über das Aussehen des Schlafenden sagen, sein Übergewicht etwa. Nichts über seine Prognose oder den Zustand, in dem man Bauch- oder Brustraum vorfindet. Wir sollten nicht von Urlaubsplänen reden. Nicht schimpfen, nicht fluchen. Vielleicht auch nicht lachen. Aber das ist jetzt nicht schlimm, sagt sie sich. Wir haben alle Mitleid mit dem Mädchen und versorgen es so gut wie möglich. Die Verfassung von Lunge und Schleimhäuten ist Tatsache. Er spricht mit Empathie. Es ist gut.

Weil alle so achtsam sind, wird kaum etwas gefragt. Der OP-Pfleger reicht Ruud schon die Zange, bevor er überhaupt aufgeschaut hat. Als die kleine Patientin unruhig zu werden scheint, hat die Anästhesieschwester schon das richtige Mittel für Suzan parat. Ruud lächelt ihr zu.

»Wir sind ein prima Team heute Morgen. Musst du nicht in den anderen OP?«

»Nein, ich bleibe hier. Ich habe Tjalling gebeten, mich dort zu vertreten. Macht er gern. Er liebt die Arbeit.«

Vorsichtig zieht Ruud seine Instrumente aus der Nase des Mädchens. Suzan wartet darauf, dass die Kleine wach wird. Sie legen sie auf die Seite. Ihre Augenlider beginnen zu zittern, der schmale Brustkorb weitet sich unter einem Hustenreiz. »Aufwachen, Süße, wir sind fertig!« In einer fließenden Bewegung zieht Suzan den Tubus heraus, genau in die richtige Richtung, so dass es möglichst wenig irritiert.

»Jetzt kommst du wieder in dein Bett zurück. Wir bringen dich zu Mama.«

Das Mädchen nickt mit schwachem Lächeln. Ruud streicht ihm über den Kopf. »Ich schau später noch mal nach dir, versprochen«, sagt er.

Suzan schiebt das Bett aus dem OP. Der Infusionsständer mit dem Beutel für die Flüssigkeitszufuhr steht wie ein Flaggenmast auf dem schmalen Schiff, mit dem sie durch die Flure in den Hafen des Aufwachraums fahren.

Am Ende des Nachmittags versammeln sich die Anästhesisten im Konferenzraum. Das ist ein Usus, den Professor Norbert Vereycken, der neue Lehrstuhlinhaber, gleich nach seinem Antritt vor zwei Jahren eingeführt hat. Bei dieser Versammlung soll alles angesprochen werden, was Anlass zur Besorgnis gibt; keine medizinischen Schnitzer und Debakel, dafür gibt es ein anderes Forum, sondern Dinge, die für Verärgerung sorgen oder Fragen aufwerfen. Anfangs gab es einen festen Themenplan, bei dem das neue Weiterbildungsmodell im Vordergrund stand: Anpassungen in der Lehre, die Einrichtung eines Mentorensystems, das die Betreuung der Berufsanfänger durch fortgeschrittenere Assistenten vorsieht, die Neugestaltung der Supervision dahingehend, dass der Assistent während der Weiterbildung keinen festen Supervisor mehr hat, sondern täglich unter der Obhut eines anderen Anästhesisten steht.

Nachdem die Neuerungen durchgesetzt waren, hatte sich Vereycken mehr und mehr zurückgenommen und die Ärzte selbst Themen vorschlagen lassen. Zur Strukturierung des Ganzen regte er an, die Sitzung jeweils von ein oder zwei Beteiligten leiten zu lassen. Er hatte eigentlich vor, die Besprechungen nach einer gewissen Zeit einzustellen – es gibt schon genügend Sitzungen, und die Arbeitstage sind lang –, doch daraus scheint nichts zu werden. Man kommt gern, begrüßt die Gelegenheit, Anregungen oder auch Klagen vorzutragen, und schätzt die kollegiale Atmosphäre, in der Anschuldigungen oder Anordnungen nichts zu suchen haben. Vereycken hat das akzeptiert und seine Sekretärin, die den zauberhaften Namen Livia Labouchere trägt, darum gebeten, für diese wöchentliche Anästhesiesitzung wirklich köstliches Gebäck besorgen zu lassen. Sie kauft es persönlich ein, beim belgischen Bäcker. Der Professor bezahlt.

Als Suzan den Raum betritt, sitzt Tjalling schon da, in blauer OP-Kluft, die langen Beine ausgestreckt. Suzan setzt sich neben ihn. »Vielen Dank noch mal«, sagt sie. »Nett, dass du für mich eingesprungen bist.«

»Schön gearbeitet? Lief es gut?«

»Nein, es lief nicht gut, aber schön gearbeitet habe ich. Das muss ich sagen.«

Eigentlich ist das heute ein einziges Unglücksprogramm gewesen, denkt sie. Zuerst dieser hoffnungslose Fall mit den dramatischen Schleimhäuten, so ein Kind, das man zugrunde gehen sieht, ohne dass man etwas tun kann. Danach wurde ein Mann hereingefahren, dem Gehirnflüssigkeit aus der Nase austrat. Sie mussten lange auf den Neurologen warten, der ein Kontrastmittel spritzen sollte. Als das endlich geschehen war, laborierte Ruud auf der Suche nach dem Leck mit Spiegeln und Lampen in der Rachenhöhle des Patienten herum, ohne etwas zu finden. Ihnen blieb nichts anderes übrig, als abzubrechen und den Mann aufwachen zu lassen. Blutend und stöhnend wurde er wieder abtransportiert. So ist es den ganzen Tag weitergegangen. Operationen misslangen, und wenn sie nicht misslangen, fragte man sich, was man mit ihnen erreicht hatte und ob das Ergebnis wirklich das Elend wettmachte, das der Patient dafür in Kauf nehmen musste. Der letzte Eingriff war eine Tonsillektomie bei einem erwachsenen Mann. Ruud ließ seinen Assistenzarzt operieren, vorsichtig um den eingeführten Tubus herum. Der junge Mann hatte sich eine grelle Stirnlampe aufgesetzt, die Kabel hingen ihm unordentlich über die Schulter, der Akku steckte in seiner Gesäßtasche. Wieder und wieder versuchte er, die Gaumenmandeln zwischen den Blättern seiner blitzenden Zange einzufangen, aber es gelang ihm nicht, er sah nur Verwachsungen und Verklebungen. Der Schweiß brach ihm aus, und er bat darum, dass ihm jemand das Gesicht abtupfte. Zu guter Letzt nahm Ruud ihm die Zange aus der Hand. Der Patient hat viel zu stark geblutet, die Narkose hat zu lang gedauert, der Erfolg ist zweifelhaft.

So viel Arbeit, so viel Kummer, so wenig Hoffnung. Wie kann es nur sein, dass sie trotz alledem Zufriedenheit verspürt?

»Wir haben unser Bestes gegeben. Wir waren ein tolles Team«, sagt sie zu Tjalling. Er muss lachen.

»Das ist wirklich typisch für dich. Lausiges Produkt, aber erstklassiger Prozess, und damit bist du zufrieden. Wenn ich das nur könnte!«

Suzan zuckt die Achseln und schaut zur Sekretärin, die Teller mit Schokoladen- und Mandelgebäck zu den Thermoskannen stellt. Der Raum hat sich jetzt mit Kollegen gefüllt. Der Platz am Fenster bleibt frei, der ist für Vereycken.

»Der Professor hat eine Besprechung mit dem Vorstand des Klinikums«, sagt Livia, »er kommt gleich, er hat gerade angerufen.«

Suzan versucht, den Gedanken über Produkt und Prozess weiterzuspinnen. *Ihr* Produkt heute war schon gut, die Patienten hatten keine Schmerzen und wurden zur rechten Zeit wieder wach. Dass das Vorhaben des Operateurs nicht von Erfolg gekrönt war, dafür kann sie nichts. Oder ist ihr Produkt Teil des seinen? Ist ihre Tochter eigentlich das missratene Produkt eines befriedigenden Erziehungsprozesses? Daran mag sie jetzt nicht denken. Hier ist ihre Arbeit. Ich werde Peter heute Abend fragen, nicht jetzt darüber grübeln, denkt sie. Ich wollte Roos doch eine SMS schicken. Vergessen. Dumm.

Vereycken kommt herein und schaut sich erfreut um.

»Pardon, dass ich so spät bin«, sagt er. »Welch reger Zulauf, seid alle herzlich willkommen. Und greift bitte zu, Livias Leckereien sehen ja wieder mal verführerisch aus. Wir danken vielmals, Livia!«

Die Sekretärin geht errötend hinaus. Vereycken nimmt Platz. Seine Stattlichkeit verleiht ihm eine natürliche Autorität, die durch sein ernstes Gesicht und seine gepflegte Kleidung noch unterstrichen wird. Nicht pedantisch oder blasiert, denkt Suzan, sondern einfach gut. Nahezu einhellig sehen sie und ihre Kollegen in ihm den Retter der Abteilung, die unter ihrem vorherigen Kommandanten alle Merkmale eines sinkenden Schiffs hatte. Fachärzte, die nur noch ihr eigenes Ding im Blick hatten und sich nicht um Kollegen scherten, Weiterbildungsassistenten, die sich verloren vorkamen, ja regelrecht unglücklich waren, Mitarbeiter, die gleich zu Dutzenden kündigten. Keiner machte sich die Mühe, regelmäßig mit den Reinigungskräften zu sprechen, und infolgedessen waren die OPs nicht einwandfrei sauber. Medikamentenwagen wurden nicht aufgefüllt, in Dienstplänen wurde eigenmächtig herumgestrichen, auf die Einhaltung der Bekleidungsvorschriften wurde gepfiffen.

Vereycken ernannte als Erstes Ab Taselaar zum OP-Koordinator. Alle mögen Ab, sein Einsatz und Engagement sind über jede Kritik erhaben. Dann ließ der neue Chef Livia ein Festessen für alle seine Anästhesisten organisieren, bei dem er eine kleine Ansprache hielt, seine Pläne für die Weiterbildung erläuterte und sein Vertrauen in ihrer aller Kreativität zum Ausdruck brachte. Erst später sollte er dann die Zügel anziehen. Klug. Da ging es schon fast von selbst. Weil Vereycken sich mindestens einen Tag in der Woche ganz normal für den OP einteilen ließ, gewann er das Vertrauen der Kollegen, denn sie konnten sehen, wie er arbeitete. Nun achteten auch sie darauf, dass ihre Clogs sauber waren und keine Haare mehr unter der OP-Haube hervorschauten. Und sie waren pünktlich.

»Tjalling wollte uns heute etwas über die Anwerbung von anästhesietechnischen Assistenten aus Indien erzählen«, sagt Vereycken. »Das ist ein aktuelles Thema, zu dem ich gern eure

Meinung und eure Erfahrungen hören würde. Aber ich möchte es lieber auf nächste Woche verschieben, wenn du einverstanden bist, Tjalling.«

Tjalling nickt, faltet den Zettel, den er gezückt hat, wieder zusammen und steckt ihn in seine Brusttasche.

Suzan nimmt eine andere Sitzhaltung ein und greift zu einem Schokoladenkeks. Sich die Finger ableckend, blickt sie zufrieden auf ihre Beine. Sie hat schon ihre Straßenkleidung an, schwarze Strümpfe, hohe Absätze. Das fühlt sich elegant an. Was er wohl ansprechen will? Dass das kürzlich eingerichtete Time-out zur Absprache zwischen Operateur und Anästhesist kurz vor der Operation so oft weggelassen wird? Dass wir einen weißen Kittel über den OP-Anzug ziehen sollen, wenn wir den OP-Bereich verlassen? Dass dieser Nascheimer endlich aus dem Aufwachraum verschwinden muss? Er könnte das ruhig sagen, wir würden uns nicht angegriffen fühlen. Er hat ja Argumente: Es ist unhygienisch, alle grabbeln mit unsäglich versifften Fingern nach der Süßigkeit, die sie am liebsten mögen. Man malt sich besser nicht aus, was der jeweilige noch kurz zuvor mit diesen Fingern gemacht hat. Vielleicht führt er auch etwas anderes an, zum Beispiel, dass es nicht gerade von Solidarität mit den Patienten zeugt, wenn man sich etwas in den Mund schiebt, während sie nichts essen dürfen. Dann würden wir nachdenken und nicken. So würde das ablaufen.

»Ich habe diese Woche einen Artikel in einer Zeitschrift gelesen, die vielleicht nicht zu eurer regelmäßigen Lektüre gehört«, beginnt Vereycken, »der *Zeitschrift für Suizidforschung*. Ein Kollege aus Antwerpen, mein Nachfolger dort, hat mich darauf aufmerksam gemacht. Ich bin da auf etwas gestoßen, was ich euch gerne unterbreiten möchte. Thema war eine schlichte beschreibende Untersuchung zur Suizidprävalenz in den verschiedenen medizinischen Fachgebieten. Wobei ich vor allem die von den Autoren empfohlenen Präventionsmaßnahmen bemerkenswert fand. Die Fakten sind ja nicht neu. Wir führen die

Rangliste an! An zweiter Stelle folgen die Psychiater, dann die Hausärzte. Auch unter Zahnärzten ist die Ziffer hoch. Unsere weiblichen Kollegen sind besonders gefährdet. Ich finde das tragisch – und unerklärlich.«

Er blickt freundlich in Suzans Richtung, und sie fühlt sich sofort angesprochen. Zu denen gehöre ich ganz sicher nicht, würde sie am liebsten sagen, ich würde das niemals erwägen, geschweige denn tun. Ihr Blick geht in die Runde, auf der Suche nach Simone, doch die schaut andächtig zu Vereycken auf.

»Wir haben alle unsere Erfahrungen. Wohl fast jeder von uns bekommt im Laufe seiner Ausbildung oder danach irgendwann einmal mit, dass ein Kollege seinem Leben ein Ende setzt, die Wahrscheinlichkeit ist einfach sehr groß. Weil wir den nötigen Sachverstand haben, sind Selbstmordversuche immer erfolgreich, wenn man es so nennen darf. Die Rede ist also von einer durchaus häufigen, grausigen Begleiterscheinung unseres schönen Berufs. Dabei ist mir aufgefallen, dass dieses Phänomen kaum thematisiert wird. Wir reden einfach nicht darüber. Ist das Aberglaube? Will man es nicht beschreien? Oder machen wir uns wirklich keine Gedanken darüber? Unsere suizidalen Kollegen, die Psychiater, würden da wohl von Verdrängung sprechen. Ich finde das besorgniserregend.«

»Die beste Prävention ist, dafür zu sorgen, dass die Arbeitsbedingungen gut sind«, sagt Ab. »Und die sind hier bei uns schon in Ordnung.«

Es kommt zu einer Diskussion. Suzan hört zu und registriert da und dort ein Argument.

»Die Arbeit ist belastend, man sieht Schreckliches, junge Menschen sterben einem unter den Händen weg.«

»Man arbeitet unter Stress«, sagt ein anderer, »man muss sich gegen die Chirurgen behaupten, es ist ein ständiger Kampf.«

Simone schaltet sich ein und spricht von der Verantwortung für die lebenswichtigen Funktionen eines anderen Menschen, wie unerträglich das sei, wenn man einmal darüber nachdenke.

Eine junge Kollegin findet, es sei schwer zu ertragen, dass einem immer jemand über die Schulter schaut. »Man fühlt sich permanent dem Urteil anderer ausgesetzt.«

»Das ist doch gerade ein Vorteil«, wendet ein anderer ein. »Du kannst um Hilfe bitten, du bekommst Unterstützung. Das empfinden wir hier zum Glück nicht als Schande.«

Vereycken hört sich alles an. Dann ergreift er wieder das Wort.

»Wir sollten uns, glaube ich, nicht vormachen, dass wir hier eine geschützte Enklave bilden, die sich der Statistik entzieht. Solange die Ursachen nicht besser bekannt sind, ist Wachsamkeit geboten. Ihr habt eine Reihe von Faktoren genannt – Spannungen, Stress, große Verantwortung, Unsicherheit –, die wir bei unseren Besprechungen hier sicher mit Gewinn näher unter die Lupe nehmen können. Und das werden wir auch tun. Aber da ist noch mehr. In dem Artikel wird eine erhöhte Neigung zu Suchterkrankungen angeführt. Ärzte, namentlich Anästhesisten, greifen zu Alkohol oder Medikamenten. Ich will euch damit nichts unterstellen, sondern ich sage das, weil ich ganz kollegial mit euch darüber sprechen möchte. Und noch etwas kommt bei uns häufiger vor als bei vergleichbar stressigen Berufen, bei der Feuerwehr oder der Polizei: Depressionen.«

Suzan erschrickt. Das Wort gehört in die Welt von Peter und Drik. Wir hier auf der Abteilung sind nicht schwermütig, wir haben Pläne, wir sind aktiv.

»Das eine kann mit dem anderen zusammenhängen«, sagt Vereycken, »es ist denkbar, dass ein schwermütiger Mensch zu Alkohol oder Opiaten greift. Oder dass sich ein Suchtkranker eher schwermütig fühlt. Das ist nicht mein Fachgebiet, aber durch diesen Artikel werden wir damit konfrontiert und müssen etwas tun. Schaut, wir sorgen gemeinsam für die Hygiene in den Operationssälen, und ich denke, dass die meisten von uns sich nicht scheuen würden, einen Kollegen darauf anzusprechen, wenn er sich nicht die Hände wäscht. Das hoffe ich jedenfalls. Keiner sollte das als Vorhaltung auffassen, wir helfen einander vielmehr dabei, die Vorschriften einzuhalten. Und in Analogie zur Hygiene könnten wir vielleicht auch die Sorge um das psychische Wohlbefinden gestalten. Ich merke schon, ich beginne mich immer geschraubter auszudrücken. Das ist kein einfaches Thema.«

»Wir sollten nicht anfangen, uns gegenseitig zu bespitzeln und zu kontrollieren«, sagt Kees. »Das wäre ein Schuss nach hinten, das sollten wir lieber bleiben lassen. Jeder von uns hat seinen Verantwortungsbereich, also respektiert auch jeder den Verantwortungsbereich seiner Kollegen.«

»Aber wenn man nun sieht, dass es einem anderen nicht gutgeht«, entgegnet Berend. »Wir haben doch alle ein Leben außerhalb der Arbeit, mehr oder weniger. Man kann zu Hause ein krankes Kind haben oder Eheprobleme, Geldsorgen oder was auch immer. Ich frage schon manchmal nach, ob irgendetwas ist. Für mich ist das kein so großes Problem.«

»Das ist Freundschaft und keine Kontrolle«, sagt Bibi van den Boogaart, eine kleine Frau mit indonesischen Zügen. Wenn man sie so sieht, im Schneidersitz auf ihrem Stuhl, würde man nicht denken, dass sie eine international renommierte Kinderanästhesistin ist. Unter ihrer OP-Haube schauen Strähnchen ihrer nahezu grauen Haare hervor, und sie hält in jeder Hand einen Keks. »Es steht doch jedem frei zu sagen: Misch dich da bitte nicht ein. Punkt, aus. Oder sollen wir es weitergeben, wenn wir einen bestimmten Verdacht haben?«

»Ich weiß es nicht«, sagt Vereycken. »Ich suche. Dem Artikel zufolge sind wir ›Hilfemeider‹, wie die Autoren es nennen. Ärzte betrachten sich nicht so leicht als krank oder hilfsbedürftig. Wir suchen keinen Psychotherapeuten auf, wenn unsere Schwermut allzu lange anhält.«

Tjalling setzt sich auf. »Man sieht das schon, wenn jemand abrutscht«, sagt er. »Ich habe das an meinem vorherigen Krankenhaus miterlebt. Ein Kollege, der immer dünner wurde und sich immer schlechter konzentrieren konnte. Er vergaß alles Mögliche. Und dauernd wollte er Nachtdienst machen. Opiatabhängigkeit, wie sich später herausstellte. Wir haben den Schlüssel zum Medikamentenschrank, sogar der Chirurg muss um Fentanyl bitten. Es wird uns auch leicht gemacht.«

»Wie ist es mit diesem Mann ausgegangen?«, fragt Berend.

»Er wurde erwischt. Reagierte nicht auf seinen Piepser, lag wie tot irgendwo im Flur und musste reanimiert werden. Überdosis. Soweit ich weiß, arbeitet er nicht mehr. Er war aber schon eine Weile stationär in einer Klinik.«

Vereycken sinniert weiter. »Und wenn ein Arzt mal in Therapie geht, wird er oft unzureichend behandelt. Der Therapeut ist ja eine Art Kollege und tut sich schwer damit, energisch einzugreifen. Also selbst dort lässt man uns zu viel Freiraum und hilft uns nicht ausreichend dabei, uns an die Regeln zu halten. So muss man das wohl sehen. Es ist keine Frage des Verdächtigens und Verpetzens, sondern der Anteilnahme und Hilfe. Ich weiß, das klingt ein bisschen gefühlsduselig, aber ich weiß nicht, wie ich es anders formulieren soll. Die Autoren geben wie gesagt bemerkenswerte Empfehlungen ab: Man sollte jemanden einstellen, der als Vertrauensperson fungiert, man sollte Hotlines zu einigen Psychiatern oder Psychotherapeuten außerhalb des eigenen Krankenhauses unterhalten. Hier kennen sich alle untereinander, das ist auch so eine Sache.«

Schaut er jetzt zu mir rüber, denkt Suzan, weiß er, was Peter macht? Damit habe ich nichts zu tun, ich kann doch bei meinem eigenen Mann oder Bruder wohl schwerlich Therapieplätze für meine Kollegen organisieren. Erwartet er Ratschläge von mir? Sie blickt starr auf den Tisch, auf das Mandel- und Schokoladengebäck.

»Denkt mal darüber nach«, sagt Vereycken. »Wir kommen darauf zurück. Jetzt wünsche ich allen einen schönen Abend, beziehungsweise einen guten Dienst. Nächste Woche dann Tjallings Thema.« Er erhebt sich. Sofort wird es rundum laut, man greift zu seiner Tasche, schaut aufs Handydisplay, zieht sich den Haarschutz vom Kopf. Rudolf Kronenburg, ein feiner Herr im Maßanzug, sieht zu, dass er wegkommt. Er kann nicht gut mit Vereycken und hat sich massiv gegen dessen Neugestaltung der Weiterbildung gesperrt. Suzan hat eigentlich erwartet, dass er gehen würde, als der Lehrstuhl neu besetzt wurde, doch es scheint, als gefalle ihm seine Dissidentenrolle ganz gut. Ohne sich von irgendwem zu verabschieden, marschiert er auf den Flur hinaus.

Suzan geht langsam aus dem Raum. Simone schließt sich ihr wortlos an. Auf dem Flur treffen sie Kees. Sie bleiben kurz beisammen stehen.

»Schon gut, dass er das angeschnitten hat«, sagt Simone. »Aber es ist schwer, zu dem Thema etwas Gescheites zu sagen.« Sie schaut über Kees' Schulter zu Berend und Bibi, die in lebhafter Unterhaltung, die Köpfe zueinander hingebogen, Richtung Ausgang laufen.

Kees schüttelt nachdenklich den Kopf. »Er muss das schon machen, ja, aber ich habe so meine Zweifel. Wenn das zu einer Atmosphäre führt, in der wir uns alle misstrauisch beäugen, fährt man den Karren doch erst recht in den Dreck.«

»In den Dreck?« Suzan schrickt auf. Sie sieht plötzlich Roos vor sich, einen Karren mit ihren Siebensachen ziehend, der immer tiefer im Schlamm versinkt.

»Wir sind einfach nicht gut im Reden«, fährt Kees fort. »Wir sind Macher, Problemlöser. Es reicht schon, dass wir so intim mit den Patienten sind, sie liegen nackt auf unserem Tisch, und wir dringen durch alle Öffnungen in sie ein. Da möchte man auf anderen Gebieten lieber etwas mehr Abstand. Und ich bin auch permanent mit der Arbeit befasst. Ich kontrolliere Narkosegerät und Opiate selbst. Da bleibt mir doch gar keine Zeit, Simone zu fragen, ob sie zu Hause Probleme hat.«

Er zwickt Simone freundschaftlich in den Nacken. Suzan sieht, dass Simone plötzlich Tränen in den Augen hat. Was ist denn bloß los?, denkt sie. Durch die Besprechung denken wir jetzt alle an zu Hause, an die Welt außerhalb des Krankenhauses, in der wir nicht für jede Krise eine Lösung parat haben und Abhilfe schaffen können wie der rettende Klempner. Simone geht es nicht gut. Mir vielleicht auch nicht. Aber ich bin hier am richtigen Ort, hier weiß ich, woran ich bin. Das lasse ich mir nicht nehmen.

Sie legt den Arm um Simone. »Komm, zieh dich um. Ich begleite dich.«

Sie lassen Kees allein und verschwinden im Umkleideraum. Vereycken meint es gut, denkt Suzan, und was er zur Sprache bringt, *ist* gut. Warum habe ich dann das Gefühl, dass auf unserer Abteilung etwas kaputtgemacht worden ist? Ich muss heute Abend mit Peter reden.

Sie öffnet mit ihrer Ausweiskarte die Tür und lässt ihre Freundin vorangehen. Draußen vor den Fenstern des Umkleideraums ist der Himmel schwarz.

7 Das Pflaster vor dem Haus von Peter und Suzan ist noch nass, aber es regnet nicht mehr. Es ist windstill und kalt. Warmes Licht fällt aus den Fenstern auf die Straße. Man hantiert in der Küche, hat den Fernseher angemacht, leitet den Abend ein.

Drik und Peter sind im Sturmschritt Richtung Stadtzentrum, zum Gebäude der psychoanalytischen Vereinigung unterwegs, wo sie dem zweiwöchentlichen wissenschaftlichen Vortrag beiwohnen wollen. Drik, der diese Treffen monatelang ausfallen ließ, hat sich jetzt von Peter dazu überreden lassen. Ich nehme den Faden wieder auf, denkt er, den Gang in das therapeutische Klubhaus, das Wiedersehen mit Kollegen. Der Form nach zumindest. Das Interesse ist gespielt, ihm liegt nicht das Geringste an alldem. Todmüde macht ihn dieser alte Wein in neuen Schläuchen. »Mentalisierung«, »Bindungsstil«, er hasst diese Wichtigtuerei, diese Idealisierung einer mehr als hundert Jahre alten Behandlungsform, diese Ignoranz im Hinblick auf eine wissenschaftliche Untermauerung. Wäre an sich alles nicht so schlimm, denkt er, wenn sie der Forschung gegenüber nicht auch noch herablassend wären, wenn wenigstens eine gewisse Neugierde vorhanden wäre, welche Erfolge mit weniger orthodoxen Behandlungsmethoden erzielt werden. Ich verstehe nicht, dass Peter jetzt wieder so vergnügt hingeht. Als er voriges Jahr diesen Vortrag über die Verwendbarkeit des »psychoanalytischen Gedankenguts«, wie sie es dort so gern nennen, in der heutigen Psychiatrieausbildung gehalten hat, wurde er regelrecht durch den Fleischwolf gedreht. Er verschleudere die analytische Terminologie, er werfe das »Gold« der Analyse zum

Fenster hinaus und biete den Lernenden stattdessen ein billiges Replikat, hieß es. Peter hatte ein sinnvolles, praxisnahes Plädoyer für die Ausdünnung der Theorie gehalten, für Bemühungen darum, das analytische Denken mit der Entwicklungspsychologie und den neueren Ergebnissen der neuropsychologischen Forschung zu kombinieren. In der wirren Diskussion hatte Drik ihn unterstützt, aber nicht viel damit erreicht. Sie wurden beide als Verräter betrachtet.

Ich bin müde, denkt er, deshalb habe ich so säuerliche Gedanken. Wenn ich mehr Energie hätte, würde ich den Laden aufrütteln wollen, würde ich die am wenigsten borniertem Kollegen auffordern, mal über den Tellerrand zu blicken und sich anzuschauen, wie die Therapielandschaft heute aussieht. Aber ich bin müde. Ich habe schon wieder vergessen, worum es heute Abend eigentlich gehen soll. Leide ich schon an Alzheimer, oder bin ich einfach nur apathisch?

»Indikation«, sagt Peter. »Ob eine diagnostische Voruntersuchung für die Indikation der Psychoanalyse sein muss. Und wenn ja, wie. Man kann sich jetzt schon denken, wie die Diskussion laufen wird. Einfach alle auf die Couch, denn Freud hat sein segensreiches Werk ja auch ohne irgendeine vorherige Prüfung aufgenommen. Die strukturierte Befragung zu Lebensgeschichte und Triebhaushalt steht im Widerspruch zu den Grundwerten der Analyse. Das werden sie sagen, die Orthodoxen. Und dann folgt ein Gegenangriff von den Leuten, die im Institut arbeiten, denn die betreiben fundierte Indikationsforschung und wissen, dass ein Borderline nicht mehr auf die Couch gehört. Wenn das wieder auf eine Zerreißprobe hinausläuft, trete ich aus diesem Verein aus. Das überlege ich mir sowieso schon seit einer Weile, seit diesem Debakel mit der kombinierten Ausbildung. Was wir da für Zeit hineingesteckt haben! Alles für die Katz!«

Er schüttelt den Kopf und ballt die Fäuste. Vor ein paar Jahren haben sich Drik und Peter mit einigen Kollegen intensiv darum bemüht, die verschiedenen psychoanalytischen Ausbildungen im Land zusammenzuführen. Dahinter stand der Gedanke, dass Lernende und Lehrende bei aller Unterschiedlichkeit der Ausbildungen – die eine ist eher an der althergebrachten Analyse ausgerichtet, die andere an weniger verbreiteten Therapieformen – eine bestimmte Art des Denkens miteinander gemein haben dürften. Sie wollten den Fokus von den Unterschieden auf die Gemeinsamkeiten verlegen. Sie wollten mit Gleichgesinnten eine Front gegen die von Politik und Versicherern erzwungene Flut kurzer, verhaltensorientierter Verfahren und die Überbewertung der medikamentösen Behandlung bilden. Anfangs schien ihnen das zu gelingen. Sie bekamen viele, vor allem jüngere Kollegen auf ihre Seite. Doch am Ende wurde das schon ziemlich weit gereifte Vorhaben von denen, die das Sagen hatten, torpediert. Sie mussten kapitulieren, und alles blieb so, wie es war.

»Du kennst das doch«, sagt Drik.

Hundert Meter vom Gebäude entfernt bleiben sie stehen.

»Diese ganze analytische Bewegung zehrt von Differenzen. Das ist der Nährboden, so ist es immer gewesen. Gegen einen gemeinsamen Feind fühlen die Leute sich miteinander verbunden. So simpel ist das. Du denkst natürlich: Warum also nicht alle gemeinsam gegen die biologische Psychiatrie? Aber so läuft das nicht. Der größte Feind ist einer, der einem ganz nahe ist. Der Konkurrent, der Rivale. Also zieht man gegen seinen nächsten Kollegen zu Felde, der die gleiche Ausbildung hat wie du, aber felsenfest davon überzeugt ist, dass eine Analyse erst Analyse heißen darf, wenn sie fünf- und nicht viermal die Woche stattfindet. Der Narzissmus der kleinen Unterschiede – war bei uns früher Unterrichtsthema. Das ist die Energie, die den ganzen Laden da antreibt.«

Sie blicken auf das Gebäude und erinnern sich, wie sie dort vor Jahren wöchentlich zum Kurs zusammenkamen, jung und noch voller Erwartung, beglückt darüber, Dinge zu lernen, eingeweiht zu werden. Sie sehen graue Frauen aus ihren Volvos steigen und hineinhuschen. Alte Männer in Regenmänteln ketten ihre Fahrräder am Zaun an. Ein betagter Lehranalytiker mit Spazierstock bewegt sich langsam auf den Eingang zu.

»Weißt du, was«, sagt Peter, »wir machen kehrt. Wir gehen nicht hin.«

Im Café lehnen sie sich entspannt zurück. Es ist nicht voll, es spielt keine Musik, das Licht ist gedämpft. Sie kommen sich vor wie Schüler, die am Tag der Klassenarbeit spontan beschlossen haben zu schwänzen, und würden am liebsten kichern.

»Schön, sich vorzustellen, dass sie jetzt alle in dem Saal da hocken, die Koryphäen vorn, die Schüler hinten – und wir hier«, sagt Peter. »Trotzdem fällt es schwer, das Band zu durchtrennen. Das Ganze hat einen ja doch geformt. Und für mich ist es nach wie vor die fruchtbarste Art und Weise, darüber nachzudenken, wie der Mensch tickt, was ihn bewegt. Aber diese Borniertheit, diese Arroganz, diese Scheuklappen – da bekomme ich Zustände. Denkst du manchmal daran, auszutreten?«

»Austreten! Als verließe man einen Klosterorden! Nein, das beschäftigt mich überhaupt nicht. Ich mache sowieso mein eigenes Ding, ich habe mit alldem nichts zu tun. Na ja, so ganz stimmt das natürlich nicht, schließlich habe ich lauter Leute in der Praxis, die vom Institut an mich überwiesen wurden. Ich bin auch manchmal zu einer Spezialistenbesprechung über Verlauf oder Indikation dort. Das ist meist ganz angenehm, mit den Leuten kann man gut reden, und sie nehmen sich Zeit. Aber die Vereinigung mit ihrem Gehabe tangiert mich nicht. Jedenfalls nicht in diesem Jahr.«

»Du bist jetzt schon seit zwei Monaten wieder bei der Arbeit. Gefällt es dir eigentlich?«

Drik trinkt sein Bier aus und bestellt gleich noch eins.

»Ja. Teilweise zumindest. Es ist schön, dass die Tage wieder ausgefüllt sind und dass es mir tatsächlich gelingt, mich immer wieder für eine Stunde ganz auf jemanden zu konzentrieren. Die Kluft zwischen Arbeit und normalem Leben, die bereitet mir Schwierigkeiten. Wenn ich beschäftigt bin, denke ich: Ich funktioniere, mir fehlt nichts. Aber danach sitze ich in einem leeren Haus, in dem noch überall Hannas Sachen stehen. Dann flüchte ich zu euch und lasse mich von Suzan umsorgen. Das tut zwar gut, und ich habe das gewiss gebraucht, aber es beklemmt mich auch. Ich möchte nicht von jemandem abhängig sein. Und ich habe den Eindruck, dass ich Suzan zur Last falle, obwohl sie es selbst nicht so empfinden dürfte, glaube ich.«

Peter sieht ihn nachdenklich an. Sie schweigen. Ein Grüppchen junger Mädchen kommt herein. Makellose, unbekümmerte Kinder, die ihre Mäntel abwerfen und ihre Haare ausschütteln. Sie setzen sich in die andere Ecke des Lokals. Ihre Unterhaltung ist wie das Meeresrauschen, ihr hin und wieder aufklingendes Lachen wie eine umschlagende Welle.

»Suzan findet es schön, dass sie etwas für dich tun kann«, sagt Peter. »Sie denkt, dass sie dich immer benutzt hat, als Vorbild, an dem sie sich spiegeln und aufrichten konnte. Sie war immer die kleine Schwester, und jetzt genießt sie ihre Überlegenheit. So ist zumindest mein Eindruck. Aber es ist wohl noch ein bisschen komplizierter, es hat auch mit Hanna zu tun. Hanna war ihre beste, vertrauteste Freundin. Wenn Suzan jetzt für dich kocht, tut sie etwas für Hanna. Und ein Abwehraspekt spielt auch noch mit hinein: Wenn man so improvisiert und leicht verzweifelt zusammen am Küchentisch sitzt, hält das irgendwie die Zeit an, und es ist, als läge Hanna immer noch im Sterben. Wir brauchen uns noch nicht in die Wirklichkeit zu begeben, wir bleiben in dem Moment, da sie noch da war.«

Die Mädchen haben Cocktails bestellt und flachsen mit dem Barkeeper, der sie ihnen bringt.

Peter seufzt. »Roos«, sagt er. »Mit Roos liegt natürlich etwas im Argen. Hanna war eine Art zweite Mutter für sie. Das müsste Suzan jetzt auffangen, und das geht nicht. Sie kann es nicht. Und Roos entzieht sich ihr, ist mitten in der Krise zu Hause ausgezogen. Das ist natürlich theatralisch, sie agiert. Suzan geht mit ihr um, als wäre sie erwachsen, aber momentan ist sie nichts anderes als ein unreifes Kind. Suzan kapiert das nicht, ich kann nicht mit ihr darüber reden.«

»Suzan hat ja selbst keine Mutter gehabt«, sagt Drik. »Sie weiß nicht, wie das ist, wie das geht. Sie kümmert sich, wie sie es von Tante Leida kennt, die uns aufgezogen hat. Und da sie Roos jetzt nicht mehr zum Kümmern hat, kümmert sie sich um mich. Vielleicht wäre es anders, wenn sie eine Analyse gemacht hätte. Vielleicht auch nicht. Bei all diesen frühen Traumata kann man doch wenig machen. Versuch das mal zu verstehen, wenn du im Alter von sechs Monaten von der Mutter im Stich gelassen wirst. Das geht gar nicht. Du kannst es höchstens als Geschichte in dich aufnehmen, die ein anderer in Worte gefasst hat. Und dir dann einbilden, dass es passiert ist, weil du nicht gut genug warst, was ja all die Adoptivkinder denken. Suzan versucht schon ihr ganzes Leben lang zu beweisen, dass sie doch zu etwas taugt, deshalb ist sie auch so kompetent in ihrer Arbeit. Sie braucht Beifall, man soll mit ihr zufrieden sein. Dann hat sie ein Daseinsrecht. Du kannst mit ihr natürlich nicht über so was reden, da fühlt sie sich nur unbehaglich. Nicht von ungefähr sind ihre Patienten bewusstlos.«

»Ich fand das so anziehend an ihr«, sagt Peter, »dass sie jemand ist, der für unsere Psychologisiererei ganz und gar unempfänglich ist, der keine Vorstellung davon hat, wie wir sind, wenn wir uns von unserer schlechtesten Seite zeigen – distanziert und abgehoben, weil wir Schiss haben, aufs Glatteis zu geraten. Es war erfrischend. Sie akzeptiert die Dinge, wie sie kommen, und teilt sich Probleme in kleine Portionen auf, die sie Stück für Stück in Angriff nimmt. So hat sie das bei Hanna gemacht. Das war großartig. Das half.«

Ich habe keine Lust, hier meine Schwester auseinanderzunehmen, denkt Drik. Worauf lasse ich mich ein, wo stehe ich?

Aber Peter liegt etwas auf der Seele. Er ist dein Freund. Also mach dir nicht ins Hemd.

»Einmal, als Roos gerade das Apartment gefunden hatte«, sagt Peter, »bin ich kurz hingeradelt. Ich war zwar nicht damit einverstanden, dass sie so Knall auf Fall ausgezogen war, aber ich wollte doch mal schauen, wie sie jetzt untergekommen war. Ein Umzugswagen stand vor der Tür. Roos und Suzan liefen mit Kartons voller Geschirr und Lampen hin und her. Ein paar Jungs waren auch dabei, Freunde von Roos. Sie trugen die schwereren Sachen. Ich habe zugeschaut, ohne dass sie mich bemerkten. Suzan war so nett, so patent. Es wurde gelacht, beratschlagt, dirigiert – das sah alles fröhlich und ganz normal aus. Aber das war es natürlich nicht. Gut, Roos ist in dem Alter, da man zu Hause auszieht, aber so eine Entscheidung sollte sich von selbst ergeben und nicht von der Krise mit Hanna abhängen. Ich dachte: Das ist Abwehr, sie agiert, und sie tut sich selbst keinen Gefallen damit. Sie konkurriert mit Hanna um Suzans Aufmerksamkeit, und sie flüchtet in die Einsamkeit, obwohl sie eigentlich dazugehören möchte. Ich stand da mit meinem Fahrrad und sah, wie Suzan vorbehaltlos mitspielte in diesem neurotischen Theater. Das Kind will weg? Gut, dann sorgen wir dafür, dass das Kind optimal wegkommt. So etwa. Ich fand das gar nicht gut, aber ich fand auch mich selbst zum Kotzen, mit meinen stereotypen analytischen Kommentaren, die mir durch den Kopf gingen. Übrigens, wie läuft es eigentlich mit diesem jungen Schuurman, den ich an dich überwiesen habe?«

Komische Assoziation, findet Drik. Sieht er in dem Jungen einen neurotischen Schauspieler? Oder will er nur schnell von seinen Erziehungsproblemen ablenken? Drik überlegt, was er sagen soll. Der Junge arbeitet schließlich bei Peter, er muss ihn beurteilen. Ich sollte den Mund halten, denkt er. Andererseits würde ich gerne wissen, was Peter von ihm hält, wie er sich auf seiner Abteilung anstellt. Er? Warum nenne ich ihn nicht beim Namen?

»Es läuft. Ich kann noch nicht viel sagen. Ich habe ja noch andere, Lehrtherapien meine ich, von anderen Krankenhäusern. Erstaunlich, wie schnell sich so eine Praxis wieder füllt.«

Zwei junge Männer sind hereingekommen. Sie gesellen sich zu den lachenden Mädchen, holen sich Stühle heran und rufen laut nach Getränken.

»Ich wünschte, Roos würde sich Hilfe suchen«, sagt Peter. »Aber sie selbst sieht das natürlich ganz anders. Es gehe ihr gut, sagt sie. Studium, Freunde, Aktivitäten – alles problemlos. Sie könnte also gewissermaßen in dem Grüppchen da drüben sitzen. Da geht man doch nicht in Therapie, oder?«

»Warte doch erst mal ab. Wichtig ist nur, dass du den Kontakt zu ihr nicht verlierst. Sie schaut auch regelmäßig bei mir vorbei, weißt du? Nicht, dass sie viel erzählen würde, aber ich bekomme doch einen Eindruck davon, wie sie drauf ist. Mein Sprechzimmer hat sie jedenfalls großartig eingerichtet. Noch trauert sie um Hanna. Wart's ab, das muss sich erst legen. Nehmen wir noch ein Bier?«

Erst als Drik an der Theke steht, um zu bezahlen, spürt er, wie beschwipst er ist. Zu viel getrunken, zu wenig gegessen, zu miserable Verfassung. Weiß Gott. Er fürchtet, dass seine Knie nachgeben könnten, und lehnt sich schwer auf den Tresen. Mit äußerster Konzentration gelingt es ihm, das Portemonnaie aus der Gesäßtasche zu ziehen. Im selben Moment will jemand vorbei, es ist zu eng, oder die Leute stehen zu dicht gedrängt, jedenfalls stößt ihn jemand von hinten an und bringt ihn ernstlich aus dem Gleichgewicht. Er hält sich an der Stange fest, die um die Theke herumführt, und lässt das Portemonnaie fallen. Jetzt mit Bedacht, denkt er. Langsam bücken, den Gegenstand lokalisieren und dann, gegen das braune Holz gelehnt, die Hand danach ausstrecken. Er sieht die Beine des Remplers in Richtung Toilette gehen. Bekannte Schuhe. Das kann doch wohl nicht wahr sein, ist es dieser Junge, dieser Schuurman? Sieht er mich jetzt mit besoffenem Kopf über den Boden robben und nach meinem Geld tasten? Hat er mich hier stehen sehen und mir absichtlich einen Stoß versetzt? Nur mit der Ruhe jetzt, keine Panik. Er legt den Kopf auf die Knie. Klemmt das Portemonnaie zwischen beide Hände. Hoch jetzt, denkt er, aufrichten, bezahlen und weg. Du kannst es.

Als er nach der Transaktion zum Tisch zurückgeht, blickt er vorsichtig über seine Schulter zur Toilettentür. Nichts zu sehen. Peter wartet schon mit seinem Mantel. Hat er den Jungen auch gesehen? Drik fragt nicht. Er hat Mühe, in seinen Mantel zu kommen, und legt sich den Schal wie in Zeitlupe um. Geschafft. Raus jetzt. Peter scheint keinerlei Probleme zu haben. Die zugeworfene Cafétür schneidet abrupt das Stimmengewirr und Lachen der jungen Leute ab. In der Stille draußen auf der Straße scheint die Fröhlichkeit noch kurz nachzuhallen, nicht unbedingt angenehm, denkt Drik, eher wie ein Abschied, Leere. Dort drinnen wird gelebt, und hier draußen stehen zwei sorgenvolle Männer mit Kummer und Leid. Das hängt mir ganz schön zum Hals heraus. Schwer zu verstehen, dass Peter so beunruhigt ist, Roos ist eine gut funktionierende junge Frau, Suzan eine adäquate Partnerin. Er weiß ja gar nicht, wie viel Glück er hat. In der Klinik sieht er doch Tag für Tag, dass es auch ganz anders sein kann. Essstörungen, Suchterkrankungen, Psychosen. Was ist dagegen schon das bisschen Schwermut, die kleine Störung des Verhältnisses zueinander? Viel Lärm um nichts. Abgesehen davon läuft doch alles sehr gut. Drik legt ein strammes Tempo vor, die frische Luft wirkt sich heilsam auf seinen berauschten Zustand aus. Ich arbeite wieder, sagt er sich. Es geht gut, es macht mir Spaß. Dass ich einen Patienten habe, den ich nicht richtig einordnen kann, dass ich da vielleicht Dinge übersehe – ach, das kam früher auch schon mal vor. Auch ich sollte mich nicht beklagen. Bei der nächsten Sitzung besser aufpassen, das Problem vielleicht einfach mal ansprechen, wer weiß, das ist doch meistens das Beste. Und *wenn* er es war, Schuurman, vorhin im Café, was soll's? Ich habe niemanden beschimpft, niemandem den Kopf eingeschlagen. Ein bisschen angetrunken, in meiner Freizeit. Scheint mir kein verwerfliches Verhalten zu sein. Drik versucht, wieder mit Peter im Gleichschritt zu laufen.

»Keine Sorge«, sagt er, »es wird alles wieder gut. Ist es doch schon, im Großen und Ganzen.«

Er fasst seinen Freund bei der Schulter. »Mann, ich hab echt einen sitzen. Ist das gut oder nicht?«

Peter muss lachen. »Hak dich bei mir ein. Bloß nicht hinfallen.«

Drik schiebt seinen Arm unter den seines Freundes. Dicht aneinandergedrückt tapern sie den Gehweg entlang wie ein betagtes Ehepaar.

»Ich bin froh, dass du wieder aktiv bist«, sagt Peter. »Dass das Schlimmste überstanden ist. Wer weiß, vielleicht lernst du noch mal jemanden kennen. Eine neue Partnerin, meine ich. Auf lange Sicht. Du bist erst fünfzig. Dass Suzan wieder auf dem Posten ist, ist auch ein Segen. Allmählich normalisiert sich alles wieder. So traurig die Gegebenheiten auch sind. Der Verlust.«

Neue Partnerin, denkt Drik, wie kommt er bloß darauf? Das ist das Letzte, woran ich denken würde. Aber es kommt vor, regelmäßig sogar, vor allem bei Männern, dass sie es einfach nicht aushalten, allein zu sein. Nach drei Monaten sind sie schon wieder bei einer Internetbekanntschaft oder einer geschiedenen Kollegin eingezogen. Suzan erzählte von einem Chirurgen, der nach dem Tod seiner Frau in Thailand Erholung suchte und mit einem gefälligen Frauchen zurückkehrte, das kein Wort Englisch sprach. Man sollte doch meinen, dass darüber Zeit vergehen muss, Zeit zum Vermissen, zum Trauern, zum Wütendsein. Allein. Ist das ein überholter psychoanalytischer Gedanke? Vielleicht ist es ja tatsächlich vernünftiger, den Deckel über dem ganzen Elend zuzumachen und nach vorn zu schauen. Auf zu neuen Ufern. Denn ein Verlust rührt immer auch frühere Verluste wieder auf, und es fragt sich, ob du die Kraft hast, dem standzuhalten.

Ich weiß nichts, denkt Drik, ich erinnere mich nicht wirklich an meine Mutter. Müsste ich eigentlich, ich war vier. Ein Bild habe ich vor Augen: Sie steht in einem Sommerkleid im Garten, lachend, schwanger, du würdest am liebsten zu ihr hinlaufen, du bist dir sicher, dass sie sich bücken und dich in die Arme nehmen wird. Du wirst ihre Haare riechen, ihren Lippenstift. Das ist keine Erinnerung, das ist ein Foto, schwarzweiß. Und eine Traumvorstellung, die ich daraus gemacht habe. Danach ist alles in grauen Nebel gehüllt.

Der gleiche Nebel kam in den letzten Monaten von Hannas Leben auf. Es hat keinen Sinn, sich da hineinfallen zu lassen, ich muss mich dagegen wehren, mich an gut Verwurzeltem festhalten, an Peter, an Suzan. Roos, der Praxis, meinem Buch. Alkohol ist schlecht, den muss ich meiden. Alle Hände voll zu tun. Keine Energie für eine neue Frau. Nein.

An seinem Brustkorb vibriert etwas. Gedämpft ist das Klingeln eines Handys zu hören. Sie bleiben stehen.

»Ist das meins? Oder deins?«, fragt Drik. Vorsichtig knöpft er seinen Mantel auf und tastet die Innentaschen ab. Peter tut das Gleiche, etwas zielstrebiger, aber gleichermaßen erfolglos.

»Herrgott noch mal, wo hab ich denn das Ding?« Peter fasst in seine Hosentasche und fällt gegen Drik. Der hat sein Handy gerade gefunden und hält es triumphierend in die Höhe. Durch den Zusammenstoß fliegt es ihm aus der Hand und knallt aufs Pflaster. Er bückt sich. Alles fällt mir runter. Ich bin gezwungen, auf dem Boden herumzukrabbeln wie ein kleines Kind, das ohnmächtig sein kaputtes Spielzeug zusammensucht.

Er richtet sich auf und kickt sein Handy in den Rinnstein. Peter hat inzwischen seins hervorgefischt und drückt es ans Ohr. Er schüttelt den Kopf.

»Zu spät. Dieses Theater immer. Ohne die Dinger ging es doch früher auch. Komm, wir gehen weiter.«

Während Peter das Handy in seine Tasche steckt, fängt es erneut an zu klingeln. Konzentriert drückt er auf die Empfangstaste.
»Ja?« Er verstummt, hört zu.
»Ich komme«, sagt er.

8   Zwei Operationssäle sind immer für unvorhergesehene Eingriffe reserviert. In einen davon fahren Suzan und Winston – er ist im fünften Jahr seiner Facharztausbildung und macht heute den Zwölfstundendienst mit ihr – eine wimmernde Frau, bei der in der Nacht wegen eines akuten Magendurchbruchs eine Notoperation vorgenommen wurde und nun der Verdacht besteht, dass die Übernähung die Perforation nicht ausreichend abschließt. Der Bauch muss erneut aufgemacht werden, das Ganze dürfte eine zeitraubende Prozedur werden. Suzan versetzt die Frau rasch in Narkose, die OP-Schwester legt einen Blasenkatheter. Jetzt heißt es auf den Chirurgen warten.

Suzans Piepser ertönt. Sie geht an das Telefon, das an der Wand hängt. »Lagrouw, Anästhesie.« Während sie zuhört, schweift ihr Blick durch den OP: Winston am Narkosegerät, Anästhesieschwester Leila beim Herrichten der Medikamente auf einem Tablett.

»Ich gehe kurz in den Aufwachraum, einen Zugang legen«, verkündet sie. »Ihr kommt hier schon zurecht, denke ich.« Sie klopft auf ihre Brusttasche, um Winston zu signalisieren, dass er sie anrufen kann, sowie er das für nötig hält. Er winkt sie mit breitem Grinsen zur Tür hinaus.

Der Zwölfstundendienst ist die schönste Art, ihren Beruf zu praktizieren, findet Suzan. Einsatzgebiet ist das gesamte Krankenhaus, man wird von hier nach dort gerufen, muss überall schnell die Situation überblicken und dann einen Eingriff machen, den andere nicht beherrschen oder sich nicht zutrauen. Man erledigt die Aufgabe und zieht weiter zum nächsten Vorfall. Man kommt auf Abteilungen, die man kaum kennt, begegnet in diesen zwölf Stunden Dutzenden von Menschen, lässt die Patienten, denen man helfen musste, in den Händen anderer zurück. Wie es schließlich ausgeht, erfährt man manchmal gar nicht. Man muss weiter, seine Arbeit fortsetzen.

Aus diesem Grund hat sie sich für die Anästhesiologie entschieden. Als sie während ihres Medizinstudiums in den Semesterferien im Krankenhaus gejobbt hatte, war ihr aufgefallen, dass der Anästhesist immer dann gerufen wurde, wenn es wirklich brenzlig war. Ein machtloses Team in der Notaufnahme atmete auf, als der herbeigeeilte Anästhesist einen Tubus in Kindergröße zwischen die geschwollenen Stimmbänder zu zwängen wusste. Eine schimpfende Schwester, die keine Vene finden konnte, überschlug sich vor Dankbarkeit, als der Anästhesist schnell und schmerzlos einen Zugang legte. Wenn es darauf ankommt, wenn es ernst ist, dann übernimmt der Anästhesist das Ruder und lotst das Team zu einer Lösung, so dramatisch die Situation auch sein mag. Ein Bauch wird brüsk aufgeschnitten, um ein Baby aus der Bedrängnis zu retten, ein von Kugeln durchsiebter Mann liegt schreiend in der Notaufnahme, ein unter einer Straßenbahn zerquetschtes Bein wird auf der Straße amputiert – der Anästhesist bringt Erlösung.

Du bist so etwas wie der Torwart in einer Fußballmannschaft, denkt Suzan. Während der Operation kann es lange Zeit langweilig sein, du wartest und behältst alles im Auge. Das Spiel findet auf der anderen Seite statt, hinter dem Tuch. Aber plötzlich setzt die Bedrohung ein, der Ball kommt in deine Richtung. Dann musst du bereitstehen, eingreifen, mit ganzer Aufmerksamkeit eine adäquate Rettungsaktion ausführen.

Die Schmerzbekämpfung schenkt ihr die größte Befriedigung. Ihr kommt es zu, den Patienten vor Schmerzen zu bewahren. Jeder hat Angst vor einer körperlichen Verletzung und den damit verbundenen Schmerzen. Sie kann das Opfer von diesen Schmerzen erlösen. Sie stellt sich den Schmerz als flammend roten, versengenden Feuerball vor, der auf den hilflos daliegenden Patienten zugeschossen kommt und alles zu zerstören droht. Und wie sie dann aufsteht, zu einem Opiat greift und die erlösende Spritze setzt. Der Patient entspannt sich, Ruhe tritt ein, der Feuerball löst sich auf. Dann lächelt sie kurz und empfindet tiefe Zufriedenheit.

Im Aufwachraum sitzt eine hagere alte Dame im Rollstuhl und schaut zu, wie ein junger Assistent die Vene in ihrer Armbeuge zu punktieren versucht. Um ihren Oberarm, der kaum dicker als ein Besenstiel ist, baumelt die Manschette. Suzan nimmt sie ab und setzt sich zu der Frau auf den Hocker, den der Assistent eilends verlassen hat. Sie nimmt die Hand der Frau und massiert den Handrücken.

»Wir sollten lieber distal anfangen«, sagt sie zu dem Assistenten. »Wenn es weiter oben schon zerstochen ist, kriegst du nur Hämatome und Komplikationen. Da hast du dann nichts mehr davon, wenn es peripher schließlich doch geht. Wir arbeiten lieber von außen nach innen.« Der junge Mann nickt.

Suzan heftet den Blick auf die blassblauen, dünnen Gefäße, es scheint, als versuchte sie sich in die minimale Blutzirkulation der alten Frau hineinzuversetzen. Sie klopft sachte auf die Vene – komm, zeig dich, gewähr mir den Zugang – und sticht treffsicherer mit ihrer dünnen Nadel das Gefäß an. »Drinnen!«, sagt sie zu dem Assistenten. Er ist gleich mit Pflaster zur Stelle, um das Ganze zu fixieren. »Es hat überhaupt nicht wehgetan«, sagt die alte Dame überrascht. »Danke schön, Schwester.«

Suzan greift in den Nascheimer und steuert den Operationssaal an. Ihr Piepser geht. Akute Gallenblase. »Ich hole ihn«, sagt sie ins Telefon. »Wir gehen in den anderen OP.«

In der Holding Area liegt ein massiger Mann im Bett. Er blickt mit seltsam anmutender Aufgeräumtheit um sich und begrüßt Suzan, als kenne er sie schon seit Jahren. Ein Beutel voll dunklem Urin baumelt unter dem Bett. Auf Suzans Fragen hin kann der Patient zwar seinen Namen nennen, doch es gelingt ihm nicht, sich sein Geburtsdatum zu vergegenwärtigen. »Schmerzen. Schmerzen im Bauch«, lautet die Antwort auf die Frage, woran er operiert werden soll. Seine Nase und seine Ohren sind überproportional groß.

Blasenkarzinom, liest Suzan in der Patientenakte. Operation, seither Blasenstoma. Daher der Beutel. Der Mann hat einen riesigen Narbenbruch. Heute soll die Gallenblase raus. Er kann nicht sagen, ob er gegen irgendetwas allergisch ist.

Selbst als sie im OP angelangt sind, blickt sich der Mann noch voller Zuversicht um. All die Leuchten und Apparaturen scheinen ihm nichts auszumachen.

Mit Mühe bugsieren Suzan und Anästhesiepfleger Sjoerd den Mann auf den Tisch. Schläuche sind im Weg, der große Kopf findet kaum Platz, und die Armstützen müssen mit Gewalt in die richtige Stellung gerammt werden. Ein chirurgischer Assistenzarzt hockt mit einer Gesäßhälfte auf der Tischkante und telefoniert. Er reagiert nicht, als Suzan ihn fragt, wer operieren wird.

»Hallo! Ich habe etwas gefragt!«

»Oh«, sagt der junge Mann, »Annemiek. Doktor Lelieveld, meine ich. Sie kommt gleich.« Er setzt sein Telefongespräch fort.

Es hat wenig Sinn, mit dem Patienten zu reden, während sie auf den Chirurgen warten. Der Mann hat keine Erinnerung an frühere Eingriffe und meidet, obwohl weiterhin freundlich dreinschauend, den Blickkontakt mit Suzan. Als die Operateure endlich beim Waschen sind, narkotisiert sie den Patienten und intubiert ihn problemlos.

»Das ging gut!«, sagt Sjoerd begeistert. Er hat gerade erst mit seiner Ausbildung angefangen, Suzan kennt ihn, weil sie die Neuen vorige Woche unterrichtet hat.

»Ja. Soll ich dich mal testen? Wenn ich sage: Mallampati I, ASA IV, weißt du dann, was das bedeutet?«

Sjoerd lacht. »Das Haus ist eine Ruine, und die Tür steht sperrangelweit offen.«

»Großartig«, findet Suzan, »genauso funktioniert's, du musst dir zu all diesen Tabellen etwas vorstellen. Dann hast du bei jeder dieser Ziffern ein Bild vor dir. Du hast Talent, Sjoerd. Der Bauch verhält sich aber merkwürdig, schau mal!«

Die OP-Schwester, eine der aus Indien rekrutierten Kräfte, reibt den Bauch gerade mit tiefrotem Desinfektionsmittel ein. Die Bauchwand hebt und senkt sich mit der Atmung. Aus dem Bruch quillt etwas hervor, was eigentlich im Innern zu bleiben hätte. Suzan horcht mit ihrem Stethoskop die Lunge ab und konstatiert auf beiden Seiten zufriedenstellende Geräusche. Sie zuckt die Achseln.

Die Inderin rückt jetzt dem Nabel zu Leibe. Mit einer Pinzette entfernt sie einen harten Klumpen, den sie mit einem Klicken in ein Becken fallen lässt.

»Ein Nabelstein!«, jauchzt Sjoerd. »So was hab ich noch nie gesehen.«

Die OP-Schwester hat inzwischen ein Blasenkatheterset geholt und macht Anstalten, den Katheter einzuführen. Es dauert einen Moment, bevor allen bewusst wird, dass das wegen des künstlichen Blasenausgangs ja gar nicht nötig ist, so als habe sich die Zerstreutheit des Patienten auf das ganze Team übertragen. Konzentration, denkt Suzan, ich muss besser aufpassen. Wie schön diese Inderin aussieht, mit dem aufgerollten Haar unter den Bändern ihres Mundschutzes, so vornehm und elegant. Ich glaube nicht, dass sie versteht, was wir sagen, aber sie wirkt hellwach, ihr entgeht nichts. Na ja, abgesehen von dem Stoma. Mit größter Sorgfalt bewegt die Frau den dunkelroten Wattetupfer mit der langen Zange um den Nabel herum, langsam und ohne Hast.

Erneut der Piepser. Winston ist bei der Übernähung fertig und kommt sie ablösen, damit sie auf der Entbindungsstation eine Epiduralanästhesie setzen kann.

Die Chirurgin, eine ruhige, sympathische Frau, hat ein Endoskop durch den Nabel eingeführt, um nach dem Stiel zu suchen, an dem die Gallenblase hängt wie eine reife Birne. Der Blutdruck sinkt, aber Winston betrachtet das eher als Herausforderung.

»Geh du nur«, sagt er. »Wir sehen uns später.«

Komisches Zimmer, denkt Suzan, als sie zu der Schwangeren hineingeht. Sie tun so, als ob das hier ein normales Wohnzimmer wäre, mit Topfpflanzen und Holzschränkchen und dergleichen. Aber wie unecht das alles wirkt! Allein schon dieses hohe Bett. Sie schiebt den Gedanken an das Sterbebett ihrer Schwägerin beiseite. Die Schwangere sitzt aufrecht und keucht. Sowie sie zu Atem kommt, schreit sie, dass sie Schmerzen habe, viel zu starke Schmerzen, sie halte das nicht aus, sie habe ein Recht darauf, betäubt zu werden. Ihr Mann stiehlt sich auf den Flur hinaus, als Suzan die Nadel zückt. Die Schwester hilft der Frau in die richtige Position am Bettrand.

»Entspannen Sie sich«, sagt Suzan, »lassen Sie den Rücken ruhig krumm.«

Die Knie auf der Matratze, befühlt Suzan die Muskulatur, die ganz hart ist vor Angst und Aufregung. So bekommt sie die Nadel niemals hinein. Sie umspritzt die anvisierte Punktionsstelle daher mit Lidocain.

»Jetzt werden Sie nichts spüren. Und wenn wir fertig sind, sind Sie die schmerzhaften Wehen los.«

Sie zählt die Wirbel ab und plaudert dabei über warmes Wasser und Sonnenschein, um die Patientin in einen entspannteren Zustand zu versetzen. Sie muss dreimal punktieren, bevor sie durch das zähe Ligament hindurch ist, das den Epiduralraum abgrenzt. Hinter sich hört sie die Tür auf- und wieder zugehen. Der verschreckte Ehemann, denkt sie, der geht noch eine weitere Runde um den Block. Für jemanden mit intakten Grenzen ist es bedrohlich, dieses Eindringen mit anzuschauen. Ich sehe auch bestimmt ziemlich gruselig aus, mit den Handschuhen und dieser großen sterilen Schürze. Andererseits kann er froh sein, dass das

Brüllen und Jammern gleich vorüber ist. Der Epiduralkatheter sitzt, und die Frau kann sich wieder in die Kissen zurücklegen.

»Ich spüre noch was«, sagt sie, »ich spüre die Wehen!«

»Das muss auch so sein«, erwidert Suzan, »nur die Schmerzspitzen sind weg. Wenn nötig, kann jederzeit etwas nachgespritzt werden, Sie brauchen also keine Angst zu haben, und Ihr Mann kann auch wieder hereinkommen.«

Sie wirft ihre Schürze in den Abfalleimer und geht in das kleine Büro, um ihre Intervention in die Patientenakte einzutragen. Du schiebst die Beine unter fremde Tische, du bist nirgendwo zu Hause, aber überall willkommen, du kritzelst deine Angaben in Akten, die von anderen geführt werden, und zwischendrin bekommst du Kaffee und Kuchen, denkt sie. Auf der Entbindungsstation stehen immer Torten und Pralinenschachteln auf Bücherregalen und Schreibtischen, man kommt sich vor wie in einer Konditorei.

Suzan eilt zur Gallenblasenresektion zurück.

»Ein riesiges Ding«, sagt Annemiek, die Chirurgin. »Ich habe sie leergesaugt, aber sie ist immer noch viel zu groß. So etwas habe ich noch nie gesehen.«

Sie zieht und zieht, wie ein Angler, der mit einem mächtigen Hecht ringt. Suzan wirft einen Blick auf den Monitor, die Werte sind passabel, Winston hat seine Arbeit gut gemacht.

»Jetzt kommt sie, ich fühl's!« Die Chirurgin zieht noch einmal kräftig und fördert einen grünlich braunen Sack von gut zwanzig Zentimeter Umfang durch den Nabel zutage. Sie hält ihn hoch, damit alle das Wunder sehen können.

»Hurra«, ruft Sjoerd, »wir wollen sie ›Gallenblase‹ nennen!«

Im Kaffeeraum stehen zwei große Tische. Am einen sitzen die Mitarbeiter der Chirurgie, der andere ist der Anästhesie vorbehalten. Niemand hat das so bestimmt, die Trennung ist von allein zustande gekommen. Suzan lässt sich zwischen Winston und Jeroen, einem Assistenten im ersten Weiterbildungsjahr, nieder, die über die furchtbaren Verletzungen fachsimpeln, welche man sich beim Umgang mit Pferden zuziehen kann. Abgebissene Finger, Trümmerbrüche, Querschnittslähmungen. Dann versuchen die beiden zu berechnen, wie viel Propofol man für eine Vollnarkose bei einem Pferd bräuchte. Hinter den großen Fenstern beginnt der Himmel schon wieder dunkel zu werden. An den vorüberziehenden Wolkenmassen kann man sehen, dass ein starker Wind geht. Turbulentes Wetter, denkt Suzan, aber hier ist alles ruhig. Auf der Fensterbank liegen Kartons mit Gesellschaftsspielen, und an der Wand steht ein Sjoelbak, als befänden sie sich hier im Aufenthaltsraum eines Pfadfindervereins. Die Reinemachetrupps ziehen los, um die Operationssäle zu desinfizieren, die Behälter mit schmutziger Arbeitskleidung müssen geholt, Mund- und Haarschutzbestände aufgefüllt werden. Ein OP-Team nach dem anderen trudelt nach getaner Arbeit ein. Man zögert die Heimkehr noch ein wenig hinaus, nimmt Anlauf für den Sprung über den Graben, will sich sicher sein, dass man mit der blauen Arbeitskleidung auch das Elend der Patienten hinter sich zurücklässt.

Winston geht essen, während Suzan kurz in die Notaufnahme gerufen wird, wo ein bulliger Mann mit klobigen Arbeitsschuhen an den Füßen hereingefahren wird. Er hatte einen Auffahrunfall und verspürt Schmerzen im Brustbereich, dort, wo er den Sicherheitsgurt umgelegt hatte. Keiner kann verstehen, was er sagt, er spricht irgendeine slawische Sprache. Endlich kommt ein Dolmetscher hinzu, der x-te Akteur auf der ohnehin schon überfüllten Bühne der durcheinanderschreienden Figuren. Mit vereinten Kräften drehen sie den Mann auf die Seite, um nachzusehen, ob womöglich ein Messer oder eine Kugel in seinem Rücken steckt. Das ist nicht der Fall. Er atmet, er hat einen Blutdruck, Suzan kann weg. Am Eingang zum Kaffeeraum begegnet sie Bibi.

»Kommst du mit mir essen, Suzan? Ich möchte kurz hier essen, bevor ich nach Hause gehe.«

Bibi sieht müde aus. Suzan begleitet sie ins Restaurant. Am

Büfett lassen sie sich die Teller füllen: Reis, unidentifizierbares Gemüse, ein Stück Geflügelfleisch. Es schmeckt nach nichts, wie sie feststellen, als sie einander am Fenster gegenübersitzen.

»Diese nervigen Sitzungen machen mich unendlich müde«, sagt Bibi, »viel mehr als die normale Arbeit. Neue Systeme, Diagnose-Behandlungs-Kombinationen. Inwieweit uns das betrifft. Schwierig, schwierig.«

»Wir behandeln doch gar nicht«, findet Suzan, »außer in der Schmerzambulanz. Der Operateur behandelt, und wir ermöglichen es ihm. Wir sind unterstützend tätig. Ist doch so, oder?«

»Ein Produkt nennen sie das, die Versicherer.« Bibi sagt es missbilligend. »Tonsillektomie, Beinamputation, Darmresektion – das sind ›Produkte‹. Der Operateur schließt einen Behandlungsvertrag mit dem Patienten oder, wie es in meinem Bereich der Fall ist, mit dessen Eltern ab. Und danach liefert er das Produkt. Wie in irgendeinem Laden. Verkaufen wir eigentlich Produkte?«

Suzan denkt nach. »Was ist mit Vergessen? Könnte man darüber einen Vertrag abschließen?«

Dieser ganze Kram verderbe ihr Fach, meint Bibi. Schade, denn sie habe Spaß an der Arbeit und würde sie gern noch eine Weile weiter ausüben. »Die Schichtdienste, die wäre ich gerne los. Die werden mir in meinem Alter zu schwer. Die Sitzungen auch. Ich rege mich zu sehr auf. Und keiner versteht, worüber.«

Suzan glaubt, dass sich hier Einflüsse aus den USA bemerkbar machen. »Wenn der Patient einen Vertrag mit dir hat, kann er dich verklagen. Wenn du das Produkt nicht lieferst, bist du dran. Eh wir uns versehen, bezahlen wir uns an Versicherungen dumm und dämlich. Ich steck den Kopf in den Sand, solange es noch geht. Du bist leitende Oberärztin, du musst wohl oder übel.« Sie streicht Bibi über die kleine dunkle Hand. Bibi seufzt und schiebt den Plastikteller mit ihrem Essen von sich.

»Und geht es dir wieder einigermaßen, Suzan? Trauerst du noch sehr um deine Schwägerin?«

»Wenn ich arbeite, geht es mir gut. Und ich kümmere mich um meinen Bruder. Koche für ihn und so. Es ist schön, viel in Kontakt zu sein. Und etwas tun zu können. Aber ich muss mich vorsehen, er ist ganz anders als ich. Er ist Psychiater, denkt viel nach. Da lebt man ganz langsam, weißt du. Er geht allem auf den Grund. Ich trabe lieber weiter. Wenn es nach mir ginge, hätte ich ihm schon sein ganzes Haus neu geordnet, Hannas Sachen aussortiert, die Kleiderschränke leer geräumt. Nein, es ist gut, dass ich wieder arbeite. Ich weiß nicht, wie ich an Hanna denken soll. Es ist seltsam, wenn jemand stirbt, der genauso alt ist wie du selbst. Eigentlich glaube ich sogar, dass ich nicht sterben kann, weil ich Ärztin bin. Ich weiß, dass das Unsinn ist, klar, so denkt ein Kind, aber trotzdem habe ich das Gefühl, dass mir diese blaue Kluft irgendwie Schutz bietet.«

Sie verabschiedet sich von Bibi und eilt in den OP-Bereich zurück. Im Aufwachraum herrscht Unruhe. Der Gallenblasenmann will weg. Immer wieder richtet er sich an der Infusionsstange auf. Er hat die Bettdecke weggestrampelt, und mit entblößtem Unterleib versucht er, aus dem Bett zu steigen. Dabei reißt er an den Schläuchen und Kanülen, die in seinem Leib stecken. Winston steht bei ihm und bemüht sich vergeblich, ihn zu beruhigen.

Mit Oberpfleger Ron beratschlagen sie, was zu tun ist. Im Nascheimer sieht Suzan nur noch Lakritze und Bonbons, die keiner mag. Sie schiebt den Eimer hinter den Computer.

»Lasst es uns mit Haldol versuchen, fünf Milligramm.« Es ist fünf vor halb acht. »Geh ruhig nach Hause, Winston, wir sind fertig. Ich warte noch kurz auf Tjalling, dann gehe ich auch.«

»Ein toller Dienst war das, danke«, sagt Winston. »Bis morgen!«

»Wenn es nicht hilft, forderst du wohl am besten eine psychiatrische Konsultation an«, sagt Suzan zu Ron. »Das ist nicht gut, er reißt noch alles kaputt.« Sie schaut kurz zu dem furchterregenden Kopf des verwirrten Mannes hinüber und wendet den

Blick ab. Der Eingriff ist gemacht, der Patient ist wach, wie es weitergehen soll in diesem erschwerten Leben, das liegt nicht mehr in ihrer Kompetenz. Sie sieht, wie Ron dem Mann zuredet, lieb, mit gesenkter Stimme – Sie müssen sich wieder hinlegen, dann wird schon alles gut –, aber der Mann starrt mit glasigen Augen an seinem Tröster vorbei und rupft an seinem Stoma.

Der Piepser. »Schockraum, in fünf Minuten. Bauchtrauma.«

Ich gehe kurz hin, denkt Suzan, und übergebe dann an Tjalling. Sie spürt ihre Beine nach einem Tag Stehen und Rennen.

Unten steht das Team bereit, mindestens zwölf Leute drängen sich um den leeren Tisch. Die Sirene des Krankenwagens wird immer lauter. Dann kommen die Sanitäter hereingerannt. Sie tragen grüngelb fluoreszierende Anzüge. Einer von ihnen, eine Frau mit streng nach hinten gebundenem blondem Haar, teilt allen Anwesenden laut die Fakten mit.

»Junge Frau, Radfahrerin, durch Lastenfahrrad von links umgefahren, über den Lenker gestürzt, Lenkerende in Bauchhöhle gedrungen, große Wunde in Symphyse, Infusion angelegt, bei Bewusstsein, starke Schmerzen.«

Suzan nimmt ihre Position am Kopfende des Tisches ein. Sevofluran, denkt sie, ich muss sie so schnell wie möglich narkotisieren. Sie schaut vom Narkosegerät auf, das junge Mädchen liegt jetzt auf dem Tisch – habe ich gezählt, haben wir sie herübergehoben? Sie weiß es nicht. Es ist Roos. Die schwarzen Locken. Die Lederjacke. Jetzt nicht ohnmächtig werden. Die Zügel in die Hand nehmen.

»Kleidung wegschneiden«, sagt sie, während sie dem Unfallopfer die Maske über Nase und Mund setzt. Das Mädchen wird schlapp. Intubieren. Der Blutdruck ist in Ordnung. Die Atmung ist sichergestellt. Ich stehe hier und habe die Übersicht. Das Mädchen ist nackt. Der Chirurg hebt den Gazebausch auf der Bauchwunde an. Das Bauchfell hängt heraus. Er deckt die Wunde wieder ab. »Sofort in den OP, jetzt!«

Während des Transports bleibt Suzan nah am Kopf des Mädchens. Regelmäßig und entschieden drückt sie den Beatmungsbeutel und sieht, wie sich der Brustkorb bewegt.

Im OP geben sich alle gegenseitig Befehle, ein Chaos, das an Suzan vorbeigeht. Mit sicherer Hand schließt sie die Schläuche an. Die zerschnittenen Kleidungsstücke und sonstigen Habseligkeiten des Mädchens werden in eine Plastiktüte gestopft, die irgendwer in eine Ecke wirft.

»Kein Blut in der Blase«, ruft der Chirurg. »Ich will jetzt in den Bauch schauen. Kann jemand ein Foto für die Polizei machen?«

Sie vermeidet es, zum Gesicht des Mädchens zu schauen, und verfolgt genauestens, was der Chirurg macht. Er hat den Bauch weit geöffnet. Sie sieht prachtvolle rosafarbene Darmschlingen, die vor Gesundheit strotzen.

»Was für ein Schaden! Kann jemand die Plastische anrufen?« Der Chirurg inventarisiert die Risse und schätzt, wo die Läsionen liegen.

»Sie hat ein Riesenglück gehabt«, sagt jemand in Suzans Ohr. »Einen halben Zentimeter weiter, und der Lenker hätte die Aortabifurkation verletzt. Dann wäre sie verblutet.«

Sie schaut zur Seite. Tjalling. Freundliche Augen hinter Brillengläsern.

»Es ist Roos, Tjalling, es ist Roos.« Jetzt erst merkt sie, wie sehr ihr die Knie zittern.

»Ich übernehme. Du gehst nach draußen.« Sie wird ohnmächtig.

Später findet sie sich auf einem Hocker vor dem Innenfenster wieder, durch das man in den OP schauen kann. Der plastische Chirurg ist hinzugekommen, der Darm wird mit ingeniösen Apparaten genäht, es dauert Stunden. Sie sieht die Anästhesieschwester – es ist Carla – zu der Plastiktüte gehen und darin herumsuchen, bis sie eine Brieftasche herausgefischt hat. Carla blickt zu Tjalling und ruft etwas. Dann stürmt sie aus dem OP und steht plötzlich bei Suzan.

»Sie heißt Marijke. Es ist nicht Roos.«

Suzan weint. Carla nimmt sie in die Arme. »Sie ist es nicht, sch, ganz ruhig.«

Suzan empfindet extreme Verwirrung. An wen soll sie dieses Entsetzen jetzt weitergeben? Sie braucht es nicht mehr zu empfinden, das Mädchen ist nicht ihre Tocher, aber wessen Tochter dann? Da liegt jemand, der ernstlich verletzt ist. Eine Tochter, aber nicht die ihre.

Sie greift zu ihrem Handy.

9

Die Pflegemanagerin des Altenpflegeheims hat gesagt, dass das Weihnachtsessen in diesem Jahr Mitte Dezember stattfinden wird.

»Wenn wir bis zu den Festtagen warten, wird das viel zu teuer, Herr de Jong – Gehaltszuschläge für das Personal, verstehen Sie –, und unsere Bewohner wissen meistens sowieso nicht so genau, welches Datum wir gerade haben. Wir machen es einfach so, haben wir beschlossen. Für Ihren Vater ist also in zwei Wochen schon Weihnachten.«

Drik hat sich einen Kommentar verkniffen und einen Besuchstermin vereinbart. Die Betreuung seines Vaters ist ganz passabel, so sein Eindruck, die jungen türkischen und surinamischen Pflegerinnen gehen lieb mit den überwiegend dementen Bewohnern um. Seine Wut richtet sich gegen die Führungsebene, die Leute, die nie eine Windel wechseln, aber Zigtausende einstreichen – für Berichte voll sinnloser Planungen, abgefasst in einer Sprache, die bei Drik negativste Empfindungen weckt. Sein Vater hat es gut, er hat ein Einzelzimmer, er darf im gesonderten Wintergarten jeden Mittag seine Zigarre rauchen, und die Pflegerinnen sprechen ihn mit seinem Namen an. Drik wird dieses Gleichgewicht nicht durch Beschwerden stören, selbst dann nicht, wenn die neuen Oberhemden seines Vaters schon nach der ersten Wäsche verschwunden sind. Suzan ist besser in diesen Dingen, sie geht seelenruhig ins Büro, um sich die Tageseinteilung anzusehen und zu kontrollieren, ob die angegebene Personalbesetzung auch tatsächlich zutrifft. Sie merkt sich die Namen der verantwortlichen Personen und spricht diese bei ihrem nächsten Besuch auf Vereinbartes an. Vor Suzan haben sie Respekt, sagen Frau Doktor zu ihr. Ihn halten sie für einen übellaunigen Nörgler, davon ist er überzeugt.

In seinem geräumigen Audi hat er Strawinskys *Oedipus Rex* laut gedreht. Er muss selbst darüber lachen, aber er findet diese Musik einfach toll. Und sie überdeckt das unheilverkündende Geräusch, das sein Auto in letzter Zeit von sich gibt. Mach endlich was, ruf die Werkstatt an, gleich morgen!

Weihnachten am 14. Dezember, es wird immer schöner. Was er selbst Weihnachten machen wird, weiß er noch nicht. Es wird wohl wieder darauf hinauslaufen, dass er zum Essen bei Peter und Suzan ist. Voriges Jahr war Hanna noch dabei, und alle wussten, dass es das letzte Mal sein würde. Es hat nicht wirklich geschmeckt.

Drik biegt von der Autobahn ab und fährt plötzlich durch einen Nadelwald. Bei einem Verkehrsschild mit querendem Hirsch geht er vom Gas herunter. Weihnachten rangiert weit oben auf der Stressskala – gut, Krieg ist schlimmer, der Tod des Partners, auch ein Umzug, aber gleich danach ist man auch schon unterm Christbaum angelangt. Im Kreise der Familie. Er merkt das in der Therapie: Ehepaare geraten sich über die Pflichtbesuche bei den Eltern in die Haare, Eltern schäumen vor Wut, weil sich die Kinder in den Skiurlaub absetzen, früheres Leid kommt wieder hoch, und alte Vorwürfe erhalten neue Nahrung, wenn das Jahr sich dem Ende zuneigt.

Wut und Schuld. Drik hat es sich zur Gewohnheit gemacht, alle seine Patienten beizeiten nach ihren Weihnachtsplänen zu fragen. Dann hat man noch Raum, auf die Konfrontationen vorzubereiten und die dazugehörigen Gefühle bewusstzumachen. Von der Familie, aus der man stammt, geht ein starker Sog aus, der Mensch wird in seine frühere Rolle zurückgeworfen, und meistens fühlt er sich wie eh und je machtlos, aus dieser Rolle auszusteigen. Wenn man mit ihm darüber redet, ihn dazu bringt, sich auszumalen, wie es beim Familienessen zugehen könnte, wird es ihm oft auch in der grimmigen Wirklichkeit möglich sein, auf das zurückzugreifen, was er sich in der Behandlung erworben hat. Zum ersten Mal lässt sich der Patient dann nicht mehr von einem rivalisierenden Bruder provozieren, zum ersten Mal zieht er sich bei unterschwelligen Vorwürfen seitens seiner Mutter nicht mehr gekränkt in sein Schneckenhaus zurück, zum ersten Mal muss er nicht mehr um die Anerkennung des Vaters buhlen, die er vor zwanzig Jahren hätte brauchen können. Das sind erfreuliche Dinge, und wenn so etwas gelingt, ist Drik glücklich über seinen Beruf.

Seinen Patienten bei der Gestaltung ihrer Weihnachtsfeiertage auf die Sprünge zu helfen ist eine Sache, diese Tage selbst befriedigend hinter sich zu bringen eine ganz andere. Drik ist nicht der Typ für eine Gruppenreise nach Feuerland. Einsam zu Hause sitzen und so tun, als wenn nichts wäre, kann er jetzt auch nicht. Also Familie.

Am Empfangsschalter des Altenpflegeheims riecht er es schon, dieses Gemisch aus Uringestank und synthetischem Tannenaroma. Durch die Glastüren wirft er einen Blick in den Aufenthaltsraum, das »Wohnzimmer«, wo alte Leute in Rollstühlen hocken und ins Leere starren. Reiß dich zusammen, es muss jetzt sein! Dass diese Hölle existiert, heißt noch lange nicht, dass du selbst eines Tages darin landen wirst. Es ist nur dein Vater.

Weil er Hendrik de Jong nicht im Aufenthaltsraum sieht – er sitzt auch allein dort, wenn es nicht anders geht, während der Mahlzeiten beispielsweise, denn er hasst die Dudelmusik, die im Speisesaal immer viel zu laut angestellt ist –, geht er den Flur hinunter zum Zimmer seines Vaters. Dabei muss er am Büro der Pflegemanagerin vorüber. Die Tür steht sperrangelweit offen – hier herrschen schließlich Transparenz und ein von Wärme geprägter Führungsstil.

»Herr de Jong, da sind Sie ja endlich!«, ertönt es aus dem Büro, sowie die Frau ihn erspäht hat. »Ich hatte Sie schon viel früher erwartet.«

Drik ist sich sicher, dass sie seit Stunden auf der Lauer liegt, weil sie es kaum erwarten kann, ihm seine Versäumnisse unter die Nase zu reiben.

»Hätten Sie einen Moment Zeit für ein Gespräch unter vier Augen? Der regelmäßige Kontakt mit der Familie liegt uns sehr am Herzen, und ich hatte bisher so wenig Gelegenheit zu einem Gedankenaustausch mit Ihnen.«

Das wollen wir auch so halten, denkt Drik, dem nichts ferner liegt, als seinen Umgang mit Hendrik mit einer »Managerin« zu besprechen. Er findet die Frau dumm, egozentrisch und gehässig, und er glaubt nicht, dass sie irgendeine staunenswerte Beobachtung zu seinem Vater angestellt haben könnte. Garantiert ist er ihr vollkommen schnuppe, da bei Leuten wie ihr die ganze Leidenschaft darin besteht, das Pflegepersonal zu schikanieren und Besuchern Schuldgefühle zu machen.

Die Frau hat eine Akte aus dem Schrank genommen und beginnt, Sätze daraus vorzulesen. Herr J. sei zunehmend verwirrt, Herr J. neige dazu, sich in sein Zimmer zurückzuziehen, »und das dient unserer Meinung nach nicht den Interessen der Bewohner, die unser Anliegen sind und für die wir uns verbürgen«. Herr J. scheine wenig Anschluss bei seinen Mitpatienten zu haben.

Drik möchte von ihr wissen, welche Medikamente sein Vater bekommt und wie er darauf anspricht. Mit solchen Einzelheiten könne sie ihm nicht dienen, da müsse er dann schon mal in die Sprechstunde des Heimarztes kommen. »Doktor Gaarland bespricht sich gern mit der Familie, wie Sie zweifellos wissen werden.«

Drik erhebt sich, das muss er sich nicht länger antun. Der Besuch bei seinem Vater ist schon schlimm genug, und auf dieses spezifische Schlimme will er sich konzentrieren. Wut über Nebensächlichkeiten lenkt nur ab. Als spüre die Frau, dass er seine Aufmerksamkeit auf den eigentlichen Zweck seines Besuchs verlagert, feuert sie noch einen letzten Schuss ab, während er schon in der Tür steht, direkt unter einem Arrangement aus Tannenzweigen und Christbaumkugeln.

»Wissen Sie, die meisten Bewohner werden zu Weihnachten von ihren Kindern nach Hause geholt. Das ist auch ein Grund dafür, dass wir die Feier vorziehen. Wir möchten unseren Klienten das Eintauchen ins Familienleben nicht vorenthalten, wie Sie verstehen werden. In den vergangenen Jahren haben wir so viele Anfragen von den Familien bekommen, ob sie Vater oder Mutter zu den Feiertagen mit nach Hause nehmen dürfen. Diesen Bitten kommen wir gerne nach.«

Ja, denkt Drik, dann kannst du den Laden hier mit halber Belegschaft am Laufen halten und die eigentliche Arbeit die lieben Kinder machen lassen, die für diese erstklassige Pflege noch dazu ordentlich berappen dürfen. Trotz des in ihm aufwallenden Zorns reicht er der Frau die Hand.

»Dann wünsche ich schon mal frohe Feiertage«, sagt er.

Die Tür zu Hendriks Zimmer steht einen Spaltbreit offen. Wird wohl Vorschrift sein. Drik wirft einen letzten Blick den langen Gang hinunter, seufzt tief und drückt die Tür auf. Das kleine Zimmer wird von einem hohen Bett mit Absperrgittern dominiert. Am Fußende, wo das Fenster ist, hat gerade noch ein Sessel Platz. Neben dem Bett steht ein hoher Schrank für Kleidung und sonstige Habseligkeiten. Das war's, das armselige Domizil seines Vaters. Keine meterlangen Bücherregale mehr, keine Stereoanlage, keine Schuh- und Stiefelreihen.

Der alte Mann steht vor dem Fenster und schaut nach draußen. Er hat Pantoffeln an den Füßen und trägt eine Drik unbekannte Bluse aus glänzendem Stoff. Es ist sehr warm im Zimmer. Drik tritt ein und schlägt laut die Tür hinter sich zu. Keine Reaktion.

»Vater? Ich komme dich besuchen.«

Langsam dreht sich der alte Mann um. Die glänzende Bluse steht offen und spannt an den Oberarmen. Darunter ist ein schmuddeliges Unterhemd zu sehen. Schau ihn dir an, denkt Drik, hier steht dein Vater, in Damenbluse und fleckiger Hose. Schau. Die milchigen Augen unter den graublonden Haaren starren an Drik vorbei. Der alte Mann grabbelt in seinen Hosentaschen, sucht etwas –

»Ich bin es, Drik, dein Sohn.«

»Können Sie mein Hörgerät finden?«

Drik sieht die Brille seines Vaters auf der Fensterbank liegen und reicht sie ihm. Hendrik setzt sie auf, seine Hände zittern leicht.

»Setzen wir uns«, sagt Drik. Er drückt Hendrik in den Sessel und zieht für sich selbst einen Hocker unter dem Bett hervor. Der alte Mann hat den Blick jetzt andächtig auf Driks Gesicht gerichtet. Er sucht, denkt Drik, in diesem Kopf dort spürt er den verfallenden Gedächtnisschleifen nach, Bilder vom Audiometrieassistenten, vom Heimarzt, von sich selbst im Spiegel blitzen auf und verflüchtigen sich wieder, irgendetwas an meinem Aussehen kommt ihm bekannt vor, aber er kann es nicht greifen, und Worte zu finden dauert so lange, dass die Erinnerungsbilder schon wieder erloschen sind, bevor sich die Zunge bewegt.

»Wo ist Suzanne?«, fragt der Alte plötzlich.

Drik lächelt.

»Ich bin jetzt an Suzans Stelle hier. Wollen wir einen Spaziergang machen?« Er sehnt sich nach frischer Luft. Und Hendrik ist immer gern und viel gelaufen. Also los.

Es ist ein ziemliches Unterfangen: Schuhe, Mantel, der Spazierstock, die Benachrichtigung des Personals. Dann schieben sie sich durch die Eingangstür in den Park hinaus. Drik stützt seinen Vater, dessen Schritte erstaunlich flott sind und der hin und wieder den Kopf hebt, um zu den Bäumen aufzuschauen. Platz, Sauerstoff. Eine gute Entscheidung.

Welchen Anteil erbliche Faktoren an der Entstehung der verschiedenen Demenzerkrankungen haben, weiß man noch nicht genau. Leida, Hendriks Zwillingsschwester, ist noch topfit und völlig klar im Kopf. Werde ich ungeschoren davonkommen?, fragt sich Drik. Suzan?

»Wo meine Wanderschuhe geblieben sind, weiß ich nicht«, murmelt Hendrik. »Alles ist abhandengekommen.«

»Du bist immer mit Mutter gewandert«, versucht Drik einen Vorstoß. »In England. Lange Strecken.«

»Mit kleinen Kindern geht das nicht mehr. Das wirst du schon noch merken. Manchmal zieht man zum Wandern besser Stiefel an. Wenn es sumpfig ist und so.«

Wer bin ich jetzt für ihn? Soll ich ihn ins Hier und Jetzt holen? Oder lieber ins Früher?

»Als unser Sohn geboren wurde, unser Sohn Diederik, haben wir das Wandern aufgegeben. Oder zumindest verschoben.«

»Nach Suzans Geburt seid ihr doch noch einmal wandern gewesen, oder nicht?«

Hendrik bleibt stehen und wendet das Gesicht Drik zu.

»Das war ein großer Fehler. Man sollte eine Mutter niemals von ihrem Neugeborenen trennen. Das kann nicht gutgehen, sage ich Ihnen.«

Sie stehen an einem Teich, der Weg daneben führt durch trockenes Schilf, in dem das Rascheln von Vögeln zu hören ist. Oder von Ratten, denkt Drik. Er erkennt mich nicht, und doch bin ich ihm vertraut. Oder tragen die Schleier der Demenz dazu bei, dass man jedem zu vertrauen beginnt, der einen entschlossen beim Arm nimmt? Ich sollte ihn nicht noch weiter verwirren. Was ich jetzt tue, ist total falsch.

»Inwiefern denn?«, fragt er. Sanft schiebt er Hendrik wieder an, sie spazieren weiter über den mit Tannennadeln bestreuten Weg, vom Teich weg, einen Hang hinauf. Schafft er das? Mit Leichtigkeit. Körperlich hat Hendrik noch Kraft.

»Die Polizei überprüft alles, das weiß man doch. Es gibt Ermittlungen. Ich muss ja wohl nicht *alles* erklären!«

Wenn ich erfahren will, was damals passiert ist, sollte ich Tante Leida fragen. Das hier hat keinen Zweck. Leida hat noch

Zugriff auf ihre Erinnerungen und Gedanken. Drik weiß, dass auch das nichts nützen wird. Menschen stilisieren ihre Erinnerungen und verformen sie im Laufe der Zeit immer mehr. Was am Ende dabei herauskommt, hat mit dem, was wirklich war, nicht mehr viel zu tun. Vielleicht sollte er doch lieber den plötzlichen Gedächtniseruptionen Hendriks lauschen, denn dabei handelt es sich um Brocken ursprünglichen Materials, die wie bei einem Vulkanausbruch hervorgeschleudert werden.

Sie stehen auf einer kleinen Anhöhe und blicken auf das Hauptgebäude des Altenheims. Aus den Fenstern fällt Licht, es ist ein bewölkter, dunkler Nachmittag.

»Sie müssen mich ins Gefängnis zurückbringen«, sagt Hendrik. »Wir haben nicht so lange Ausgang, wissen Sie.«

»Ja, wir kehren um«, sagt Drik, der Gefängniswärter. »Es wird Zeit.«

Sie gehen den Hang hinunter. Drik sieht sein Auto auf dem Parkplatz stehen. In Gedanken flitzt er schon die schmalen Straßen entlang. Nicht mehr lange.

»Mord, das bedeutet natürlich lebenslänglich«, brabbelt Hendrik. »Das lässt sich nicht ändern, damit finde ich mich ab. Es ist sehr schlimm für die Kinder. Ich bin ihnen kein guter Vater.« Er schluchzt auf.

Emotionale Inkontinenz, denkt Drik. Was erzählt er da eigentlich? Ist das Heim die Strafe für den Mord an seiner Frau? Er schaudert, als ihm bewusst wird, was sich sein Vater da zurechtgelegt hat, unter welcher Last er leben muss. Er weiß nicht, was er sagen soll. An der Eingangstür zieht er sein Taschentuch heraus und wischt Hendrik das Gesicht ab.

»So. Jetzt aber rein. Wir bekommen bestimmt Tee. Danach muss ich gehen.«

Im »Wohnzimmer« hat irgendwer die Adventsbeleuchtung angemacht und eine CD mit Weihnachtsliedern aufgelegt.

»Soll ich Ihnen den Tee aufs Zimmer bringen?«, fragt eine freundliche Pflegerin. Kurz darauf kommt sie mit zwei bauchigen Tassen und einer Schale Weihnachtskringeln. Drik rührt Zucker in Hendriks Tee und gibt ihm die Tasse in die Hand. Der Alte sieht ihn an.

»Diederik! Wie schön, dass du da bist! Das ist aber nett!«

So ein Mist, denkt Drik, gerade jetzt, wo ich weg will. Für ihn dauert mein Besuch fünf Minuten, während ich hier schon den ganzen Nachmittag herumhänge. Auf dem Tee liegt ein fluoreszierender Belag. Drik stellt seine Tasse weg. Es ist traurig, es ist ungerecht, aber so ist es nun mal. Alles hat seine Grenzen, und die Grenze dessen, was ich heute ertrage, ist jetzt erreicht. Er erhebt sich, um sich von seinem Vater zu verabschieden.

»Ich komme bald wieder«, sagt er heuchlerisch.

»Das ist gut, Junge, danke für deinen Besuch, das rechne ich dir hoch an.«

Drik sucht schleunigst das Weite.

Entkommen. Drik fährt zu schnell und flucht, als er an einer Ampel hinter einem Suzuki mit einer älteren Frau am Steuer halten muss. Auf der Autobahn gibt er Gas. Er würde am liebsten rennen, keuchen, schwitzen. Mit dem Audi zu rasen, der zudem laut klopft, ist ein armseliger Ersatz und befreit ihn nicht von seinen Gedanken. Introspektion, den Blick nach innen richten und nicht vor dem zurückschrecken, was du dort antriffst, so hat er es in seiner Ausbildung gelernt. Aber dazu hat er jetzt überhaupt keine Lust. Dessen ungeachtet schießen ihm die Gedanken durch den Kopf.

Wie die Ehe zwischen seinen Eltern war, was weiß er darüber? Wollte sein Vater überhaupt Kinder, oder nötigte ihn seine Frau dazu? Er war ein Vater auf Abstand, oft auf Reisen und, wenn er nicht auf Reisen war, oft in seinem Studierzimmer. Leida hatte in Sachen Erziehung freie Hand.

Ich weiß vor allem, dass ich weg wollte, denkt Drik, weg von diesem Tisch mit den schweigend kauenden Menschen. Für die Schule büffeln, um auf jeden Fall den Abschluss zu schaffen und möglichst schnell möglichst weit entfernt zu studieren. Suzan gab sich noch Mühe, sie erzählte interessante Sachen, um Vaters Aufmerksamkeit zu erringen. Sie half Leida, ohne zu murren, beim Abwasch. Und sie schluckte ihre Enttäuschung runter, wenn das alles nichts nützte. Als sie einmal stolz mit riesengroßen, erdverschmierten Möhren aus ihrem Schulgarten nach Hause kam, warf Leida diese wie selbstverständlich in den Abfalleimer – »die sind holzig«, sagte sie, er hört es noch genau. Auch das Gesichtchen Suzans sieht er noch vor sich, stumm und verbissen. An irgendetwas mit Bezug zu seiner Mutter entsinnt er sich nicht. Da war nur dieses eine Foto im Bücherregal.

Er hat mich erschreckt mit seinen unerwarteten Äußerungen. Als hätte er seine Frau von dieser Steilküste in die Tiefe gestoßen. Kann genauso gut ein Wunschtraum sein, womöglich war er rasend eifersüchtig auf die Kinder, es kommt sehr häufig vor, dass Männer mit Neugeborenen und Kleinkindern rivalisieren, als wären es Erwachsene. Die es einfach nicht ertragen, dass ihre Frau dem neuen Kind einen so großen Stellenwert einräumt. Er hat sie bestimmt gezwungen, eine Woche mit ihm zu verreisen, weil er hoffte, dass alles wieder so sein würde wie früher. Sie war vielleicht verzweifelt und wollte zurück zu ihrem Baby und ihrem kleinen Sohn, er war vielleicht wütend und tief gekränkt. Und jetzt muss er für seine Rage mit der Einbildung büßen, man hätte ihn eingesperrt. Das könnte sein, das wäre eine plausible Hypothese. Möglichkeiten, sie zu verifizieren, gibt es nicht, das ist in der Psychoanalyse ja keine Seltenheit. Wir Analytiker sind Geschichtenerzähler, und die beste Geschichte hauen wir dem Patienten um die Ohren. Auf diese Geschichte einigen wir uns im Laufe der Therapie, diese Geschichte wird zu der Wahrheit, an der wir alle Gefühle und Einbildungen festmachen. So kommen Ruhe und Struktur in das Denken des Patienten über sich selbst, und wir können den Abschied vorbereiten. Wir sind keine Historiker wie Roos.

Ich bin erschrocken. Ich mache die ganze Zeit Ausflüchte,

wenn ich so über mein Fach philosophiere. Er hat mich geschockt. Mein Vater war, ist jemand, der seine Emotionen ungebremst in eine destruktive Tat umsetzt. Jemand, der sich nicht in der Gewalt hat, der nicht sagen kann: Das ist ein Gefühl, warte, das legt sich wieder. Ich bin erschrocken.

Um Punkt elf Uhr klingelt es, und Drik öffnet die Tür. Er hat im Sprechzimmer das Fenster aufgemacht, als der Patient von zehn Uhr ging; jetzt ist alles wieder ordentlich, Fenster zu, der von Roos ausgesuchte Vorhang davor, Lampen an gegen das Dezemberdunkel. Es ist noch ein bisschen kalt nach dem Lüften.

Allard behält seinen Schal um. Den Mantel hat er auf die Couch geworfen. Er will weggehen können, ohne erst zur Garderobe zu müssen, denkt Drik. Er fühlt sich hier nicht sicher. Drik bewegt sich bewusst langsam. Er setzt sich in aller Ruhe und schaut Allard an. Der Junge sieht schlecht aus. Er wirkt abgemagert. Seine Haut ist gelblich bleich, und unter seinen gereizten Augen liegen blauschwarze Schatten.

»Wie geht es dir?«, fragt Drik.

Der Junge bewegt sich unruhig in seinem Sessel, schlägt die Beine übereinander, wippt mit dem Fuß. Turnschuhe, schmutzige Socken. Es ist still.

»Das hier bringt mich nicht weiter. Ich schlafe jetzt fast gar nicht mehr.«

Drik fragt, was er fragen muss: Schwierigkeiten einzuschlafen, durchzuschlafen, wach zu werden? Träume, Gedanken, die ihm Angst machen? Als keine klare Antwort kommt, greift er den ersten Teil der Mitteilung auf.

»Du findest, dass es dir besser gehen müsste, da du in Therapie bist?«

Der Junge krümmt sich in sich zusammen, erwidert aber nichts.

»Ich glaube, du möchtest damit sagen, dass ich meine Arbeit nicht gut mache. Du nimmst die Mühe auf dich, regelmäßig hierherzukommen, und das Resultat ist nicht das, was du dir erwartest. Es könnte sein, dass du mir das vorwirfst.«

Allard nickt. Mehr kommt nicht. Da ist Hopfen und Malz verloren, denkt Drik. Er hat Angst, aber Gott weiß wieso, warum, wovor. Er vermittelt mir das Gefühl, dass ich nichts kapiere und nichts richtig mache. Ich kann überhaupt nicht denken, und das ärgert mich. Dabei ist es erst fünf nach elf.

Allard schweigt und blickt zu Boden. Mit einem Mal weiß Drik: Das ist *sein* Gefühl. *Er* hat Angst, nicht zu genügen, *er* kann nicht denken. Er lässt mich fühlen, wie lähmend das ist. Dieser Gedanke ist befreiend, Drik merkt, wie sein Ärger schwindet.

»Weißt du, Allard, ich habe die starke Vermutung, dass du vor irgendetwas Angst hast. Wir könnten mal untersuchen, wie es sich damit verhält. Was dich so ängstlich macht. Ich weiß, dass du ohne Vater aufgewachsen bist, vielleicht hat es ja damit zu tun.«

Ruckartig schaut Allard auf. »Wie denn?«

»Vielleicht bin ich eine Art Vater, und du musst dein Bestes geben, um mir zu gefallen. Wie du das auch bei deinen Lehrern und später bei deinem Professor getan hast. Du kannst, denke ich, nicht glauben, dass es mir nicht um gute Leistungen geht, dass du nicht beizupflichten brauchst, wenn ich dir irgendwelche Hypothesen unterbreite. Dass ich einfach nur mit dir ins Gespräch kommen möchte.«

»Wenn das so ist«, sagt Allard langsam, »wenn ich mir hier alle Mühe gebe, der beste Patient aller Zeiten zu werden, den das, was Sie über meinen Vater sagen und so, unheimlich weiterbringt, dann trägt dieses softe Gelabere von wegen Ins-Gespräch-Kommen echt nicht dazu bei, dass ich das ablege.«

Drik sieht ihn fragend an.

»Ich finde das ziemlich absurd«, fährt Allard fort, »und ich glaube Ihnen auch nicht. Therapeutengewäsch. Ich kann mir nicht vorstellen, dass das wirklich ehrlich gemeint ist.«

Drik erläutert, gerade hier liege das Problem. Er versucht dem Jungen ein Lob auszusprechen, da er soeben seinem Ärger über ihn Luft machen konnte. Er versucht ihm zu sagen, dass das Haus trotzdem immer noch steht und sie noch genauso ruhig zusammensitzen.

Dann ist es geraume Zeit still. Keine unangenehme, gehemmte Stille, sondern eher eine Stille zum Verschnaufen und Zu-sich-Kommen.

»Ich habe das schon gesehen, als ich zum zweiten Mal herkam. Dass das ganze Zimmer renoviert worden ist. Alles neu und verschönert. Für mich, dachte ich. Beim ersten Mal war ich zur Probe hier, ich habe bestanden, und Sie kaufen einen neuen Teppich.« Er lacht abfällig. »So denke ich also.«

»Ja«, sagt Drik. »Als müsstest du immer und überall Prüfungen ablegen. Du darfst natürlich nicht enttäuschen.«

Es scheint, als entspanne sich Allard jetzt. Er lässt die Schultern ein bisschen fallen, und seine Miene sieht zugänglicher aus. Traurig auch. Lass ihn mal eben, denkt Drik.

»Ich konnte heute Morgen eigentlich gar nicht weg. Auf der Station war so viel los. Zwei Neuaufnahmen und viel Geschrei. Ein Mann bedrohte eine Schwester, nahm sie auf dem Flur in die Zange und fuchtelte mit einem Stuhl herum. Durch seine Angst war der Mann bärenstark. Eigentlich sollte man da das Weite suchen, aber das Gegenteil ist gefordert. Der Psychiater muss etwas tun. Das ist total absurd. Man hockt jahrelang über Büchern und paukt, es wird erwartet, dass man nachdenkt, philosophiert. Was soll man damit in der Praxis? Zu fünft springt man auf so einen gefährlichen Kerl drauf! Der reinste Zirkus. Vier für Arme und Beine, und einer mit der Spritze.«

»Wie war das denn, heute Morgen?«

Allard reibt sich die Augen.

»Sie hockten auf dem Kerl drauf. Er biss einem Praktikanten ins Bein. Alle riefen und schrien. Ich hatte die Haldolspritze in der Hand. Sie schrien, dass ich mich beeilen sollte, sie könnten ihn nicht länger halten. Andere Patienten waren schon in Panik geraten, aus dem Aufenthaltsraum drang ein Heidenlärm. Die Musik war auch noch an, voll aufgedreht. Borsato. Ich stand da und konnte mich nicht vom Fleck bewegen. Sie hatten dem Mann die Hose runtergezogen, ich sollte hin und die Nadel in seinen käsigen Hintern stechen. Fünf Schritte, bücken, rein damit. Die Spritze kullerte über den Boden. Ich hab sie einfach aus der Hand rutschen lassen.«

Drik hört zu. Er achtet nicht auf die Uhrzeit, er ärgert sich nicht, er geht in der Szene auf, die Allard ihm schildert.

»Hinter mir kamen Leute auf den Flur. Hilfstruppen. Irgendwer hatte natürlich den Alarmknopf gedrückt. Meine Supervisorin war dabei. Sie schob mich zur Seite, fluchte. Sie kniete sich neben den Mann, in ihrem feinen Röckchen, und hat ihm die Spritze verpasst. Da war es vorbei. Sie zerrten ihn in die Isolierzelle, und die Supervisorin erhob sich. Ich stand immer noch da, ich konnte vor Schreck nicht denken. Sie kam zu mir und zog ihren Pulli gerade. Da habe ich mich umgedreht und bin weggelaufen. Geflohen.«

»Wie fühlte sich das an?«

»Furchtbar. Ich dachte: Ich muss hier weg, sonst schlag ich sie nieder. Ich dachte: Ich bin kein bisschen besser als der Kahlkopf, den sie gerade sediert hat. Ich dachte: Diesen Beruf will ich nicht. Ich bin dafür nicht geeignet. Die zierlichsten Mädchen machen das ganz ohne Probleme. Ich kann es nicht.«

10

Im Eingangsbereich des Restaurants erwartet Livia Labouchere die Gäste. Professor Vereycken ist als Erster eingetroffen, er steht gerade in der Garderobe und zieht sich die Überschuhe aus, als Suzan eintritt.

Sie hatte keine Lust. Sie erwog, mit Ab Taselaar zu tauschen, der heute Abend Dienst hat, obwohl er als OP-Koordinator eine so zentrale Rolle spielt, dass er bei der Weihnachtsfeier der Anästhesie eigentlich nicht fehlen darf. Peter bemerkte ihren Unmut und fragte, was los sei. Müde, murmelte sie, einfach keine Lust. Das glaubte er ihr nicht, sie möge ihre Kollegen doch, die ganze Abteilung, sie gehöre doch dazu. Suzan zuckte die Achseln und legte die Beine aufs Sofa. Reden, Worte, dachte sie. Ihre Augen brannten – bitte keine Tränen jetzt, Schluss, sofort.

»Seit der Nacht, als du dieses Mädchen für Roos gehalten hast, bist du neben der Spur«, sagte Peter. »Da sind unsere Probleme plötzlich in deinen OP eingedrungen. Seitdem traust du dem allen nicht mehr.«

Sie blieb stumm. In solchen Gesprächen war sie nicht geübt. Sie wollte, dass er damit aufhörte. Den Gedanken an das Mädchen hätte sie am liebsten ein für alle Mal eliminiert. Nach der gelungenen Operation, der Reparatur des Darms und der sorgfältigen Rekonstruktion der lädierten Symphyse durch den plastischen Chirurgen war das Mädchen noch in derselben Nacht einem unerklärlichen Herzstillstand erlegen. Suzan hatte nichts damit zu tun gehabt, sie brauchte den Eltern nicht Rede und Antwort zu stehen, ihre Rolle war längst gespielt. Trotzdem war das Gefühl des Entsetzens nicht gewichen. Es kam ihr so vor, als hätte sie heimlich, unrechtmäßig mit jemandem getauscht, mit einer Mutter, die jetzt verzweifelt auf den Leichnam ihrer Tochter blickte. Eigentlich hätte sie das sein müssen, aber sie hatte sich mit List und Tücke aus der Affäre gezogen.

Das Ganze hatte ihre Entfernung zu Roos noch vergrößert. Was hatte man von solchen Gedanken, sie waren zu nichts nütze, brachten keine Lösung. Nicht nur die über Achtzigjährigen starben, die alle naselang auf dem Operationstisch lagen, um sich neue Herzklappen einsetzen zu lassen, während die Adern, durch die das Blut mit erneuerter Kraft hindurchschnellen sollte, in erbärmlichem Zustand waren. Auch junge Menschen konnten sterben, bekamen einen Hirntumor, ein Melanom, verunglückten im Straßenverkehr. Wenn jemand auf dem Tisch starb, mussten Chirurg und Anästhesist gemeinsam zur Familie. Im Studium waren sie darin geschult worden, wie man solche schlimmen Nachrichten übermittelte. Wie alt war sie da gewesen, Anfang zwanzig? Sie hatte keine Ahnung von der Bedeutung, der Tragweite gehabt. Gleich sagen, was Sache sei, hatte der Psychologe empfohlen. Kurz erläutern, wie es sich abgespielt habe, Einzelheiten hätten Zeit bis später. Betonen, dass alle ihr Bestes gegeben hätten und sämtliche Maßnahmen ergriffen worden seien. Dann abwarten, was an Reaktionen komme. Strukturieren, etwas Konkretes anbieten – ein Glas Wasser, die Möglichkeit zu telefonieren –, egal was, Hauptsache, es würde helfen, die Betroffenen wieder aus ihrer Hölle herauszuziehen. Suzan ließ immer den Chirurgen das Wort führen. Sie stand daneben und fühlte sich unbehaglich, nicht dort, wo sie hingehörte.

»Jetzt geh dich mal hübsch machen«, hat Peter gesagt, »dann bringe ich dich zu dem Restaurant. Ich hole dich auch wieder ab, wenn du möchtest. Es wird dir guttun, du wirst sehen.« Er zog sie vom Sofa und schob sie die Treppe hinauf. Sie musste unwillkürlich lachen.

Jetzt steht sie Livia gegenüber. Über die Schulter der Sekretärin hinweg wirft sie einen Blick in den Saal, der mit runden, mit Tannenzweigen und dezentem Engelshaar geschmückten Tischen vollgestellt ist. In einer Ecke sind Mikrofone aufgestellt.

»Schön, dass du da bist«, sagt Livia. »Das Menü hat Professor Vereycken persönlich festgelegt. Und wir wollen Speeddating machen. Schöne Räumlichkeiten, nicht?«

»Hast du wieder mal großartig ausgesucht«, sagt Suzan, die sich erst noch von der Nachricht mit dem Speeddating erholen muss. »Wie ist die Sitzordnung? Darf ich mich hinsetzen, wo ich möchte?«

Vereycken, von seinen Überschuhen befreit, stellt sich zu ihnen.

»Gemischt«, meint er. »Soweit es möglich ist. Fachärzte und Assistenzärzte durcheinander. Sinn der Sache ist doch, dass wir einander besser kennenlernen, und da sollte man sich nicht mit lauter alten Freunden an einen Tisch setzen. Die wissenschaftlichen Angestellten kommen auch. Mischen heißt die Devise.«

Der Eingangsbereich füllt sich rasch. Wir sind es gewohnt, pünktlich zu erscheinen, denkt Suzan, deshalb wollen jetzt vierzig Leute gleichzeitig ihre Mäntel aufhängen. Ohne Haar- und Mundschutz sorgen die Gesichter der Kollegen mitunter für ein Überraschungsmoment, und es dauert etwas, bis das Erkennen wirklich in ihr Bewusstsein dringt. Tjalling hat den gleichen schmuddeligen Anzug an wie im vorigen Jahr, Bibi trägt einen farbenfrohen Batikschal um die Schultern. Die jüngsten Assistenten stehen schüchtern in einer Ecke zusammen. Suzan erkennt Jeroen und begrüßt ihn. Vereycken und Livia haben sich an den Eingangstüren zum Speisesaal aufgestellt und winken alle herein.

»Ihr dürft nicht zusammensitzen«, sagt Suzan. »Kommst du mit, dann mischen wir uns schon mal. Du auch?« Sie sieht ein dünnes Mädchen an, das neben Jeroen steht. Das Kind nickt und spricht Suzan mit leiser Stimme an – sie heiße Hettie, sie finde das sagenhaft, ein Essen, zu dem sie auch kommen dürften, das hätte sie nie erwartet, so eine Offenheit. Sie bündelt ihre glatten Haare im Nacken und steckt sie mit einer Klammer hoch. Schnittlauchlocken, denkt Suzan. Diese Mädchen stecken ihre Haare heute mit einer solchen Leichtigkeit hoch, das konnten wir früher nicht, bei uns war das immer eine Entscheidung, zu der man sich durchringen musste, runterhängen lassen oder hochstecken, jeden Morgen, ein Kampf mit Spangen und Haarspray. Sie wählt einen Tisch aus und zieht Hettie und Jeroen mit. Tjalling sitzt schon dort, das ist schön. Sie setzt sich neben ihn. Kurz darauf gesellen sich Birgit und Kees dazu.

»Ich hatte gar keine Lust«, sagt Suzan zu Tjalling, »ich wollte echt nicht kommen. Jetzt finde ich es doch ganz nett.«

»Wir unterwerfen uns der Abteilungsdisziplin. Sehr gut, wie Vereycken das aufzieht, die Assistenten fühlen sich aufgenommen. Die Neuen müssen sich ja in kürzester Zeit Dutzende von Namen merken, dabei hilft so ein Abend natürlich. Ich gebe mich gern dafür her. Außerdem kann ich jetzt endlich mal in Ruhe mit dir schwatzen.«

Es wird Wein eingeschenkt. Vereycken stellt sich an ein Mikrofon und heißt alle willkommen. Wo ist Simone, denkt Suzan plötzlich, ob sie Dienst hat? Ich hätte sie anrufen sollen. Gleich morgen. Bericht erstatten. Nicht vergessen.

»Achtung, jetzt wird's interessant«, sagt Tjalling. Der Professor dankt Livia für ihre Bemühungen und spricht allen Anästhesisten seinen Dank dafür aus, dass sie sich so schnell der neuen Weiterbildungsstruktur verschrieben haben. Auch für die Assistenten hat er ein freundliches Wort, und die Wissenschaftler ernten Lob, da die Forschungsgruppe Schmerz Drittmittel in beachtlicher Höhe hereingeholt hat.

»Wir sind hier mit fast sechzig Personen versammelt. Unmöglich, da auch noch die anästhesietechnischen Assistenten, die Pflegekräfte und das Reinemachepersonal einzuladen. Aber wir sollten uns darüber bewusst sein, dass all diese Mitarbeiter gleichermaßen zu unserer Abteilung gehören. Sie tragen ihren

Part dazu bei, das sollten wir nie vergessen. Zu guter Letzt wünsche ich euch allen ein geselliges, festliches Mahl und erhebe mein Glas auf die schönen Erfolge des zurückliegenden Jahres. Vielen Dank euch allen!«

Wie macht er das nur, denkt Suzan. Er erteilt uns einen Verweis, er will damit sagen, dass wir dem Personal gegenüber zu unachtsam sind, dass wir den Putzkräften nicht die nötige Anerkennung zollen – und man empfindet es wie eine freundliche Anleitung, eine beiläufige Bemerkung, man hat überhaupt nicht den Eindruck, dass er uns zurechtweist. Ich wünschte, ich könnte das. Etwas zu Roos sagen, ohne dass es klingt, als wolle ich sie kritisieren. Die Gabe müsste man haben.

»Total überzogen«, hört sie Tjalling sagen. Ruckartig ist sie wieder in der Gegenwart. Wovon redet er?

»Wenn vier verschiedene Leute kommen, um dich zu fragen, wie du heißt und woran du operiert werden sollst, stimmt doch etwas nicht. Da denkst du doch, du bist in der Klapsmühle. Das ist hirnrissig.«

Suzan hat mehr Verständnis für diese Sicherheitsmaßnahmen. Verwechslungen sind eine Katastrophe. Und bei der heutzutage geforderten Transparenz ist man sofort dran, und die Abteilung mit. Jedes Krankenhaus hat eine Beschwerdekommission. Sie weiß zwar, dass es nicht so einfach ist, die Beschwerde auch tatsächlich vorzubringen, denn auf der Website ist keine Adresse oder Telefonnummer zu finden, doch der hartnäckige Patient sucht weiter oder ruft gleich bei einer Zeitung oder einem Fernsehsender an. Das ganze Krankenhaus gerät in Misskredit und wird von den Versichererlisten gestrichen. Ein unglaublicher Schlamassel – von dem, was der Patient durchmacht, ganz zu schweigen.

»Das kommt daher, dass wir uns untereinander nicht kennen«, wettert Tjalling weiter. »Alles zu groß. Zu viele Leute. Du besprichst die Operation mit deinem Patienten, in der Ambulanz, und dann siehst du ihn nie wieder. Der hat am Morgen seiner Operation ein anderes Gesicht über sich. Ein Fremder fragt nach seinem Namen und der Art des Eingriffs. Das sollte sich Vereycken mal vornehmen. Wer sich ein bisschen in Logistik auskennt, könnte im Handumdrehen ein Computerprogramm dafür entwickeln. Wenn wir Menschen mit Robotern operieren können, muss so eine Programmierung doch ein Klacks sein.«

Die Vorspeise ist serviert worden. Suzan lässt sich noch einmal Wein einschenken.

»Warum reden wir über so was, Tjalling. Erzähl mir lieber, wie es dir geht. Fährst du in Urlaub?«

»Ich hasse Urlaubsreisen. Ich arbeite lieber. Weißt du, dass ich noch zwei Jahre bleiben darf? Vorige Woche hatte ich ein Gespräch mit Vereycken. Alles paletti.«

»Aber irgendwann wird es so weit sein, mit deiner Pensionierung.«

»Herzstillstand während der Arbeit. Und ich untersage euch, mich dann zu reanimieren.«

Suzan denkt an die Sitzung, in der es um die Selbstmorde ging. Soll sie jetzt etwas sagen oder fragen? Tjalling hat Frau und Kinder, ja sogar Enkelkinder. Warum ist Arbeit da das Einzige, wofür er sich erwärmen kann? Sie nehmen vor dem Tod Reißaus, sagte Peter einmal. Männer jenseits der sechzig, die sich auf dem Rennrad oder beim Eisschnelllauf kaputttrainieren, weil sie hoffen, den körperlichen Verfall damit aufhalten zu können.

Tjalling sieht ihr Erschrecken und legt ihr den Arm um die Schultern.

»Keine Sorge, Suus. Wenn ich hier fertig bin, gehe ich in die Entwicklungshilfe. In Burundi operieren, herrlich. Arbeit gibt es überall.«

Bram Veenstra, ein junger, idealistischer Anästhesist, in dessen Aufgabenbereich der Simulationsunterricht fällt, hat sich ans Mikrofon begeben, um das Prozedere des Speeddating zu erklären. Ein heftiger Tumult hebt an, als alle aufstehen und damit beginnen, ihre Stühle in zwei konzentrischen Kreisen aufzustellen. Die Hälfte der Anwesenden soll sich auf die Stühle im Innenkreis setzen, die andere Hälfte zu fröhlicher Musik darum herumparadieren. Sowie die Musik abbricht, sollen sich die Läufer auf die Stühle des Außenrings setzen, um mit demjenigen, den sie nun als Gegenüber haben, ein dreiminütiges Gespräch zu führen.

»Und macht bitte ein richtiges Gespräch daraus«, ruft Bram. »Unsere Patientenkontakte kurz vor der Operation dauern ja auch nicht länger als ein paar Minuten. Nehmt euch diese Zeit, um euch näherzukommen! Fragt nicht nach Urlaubszielen oder dem neuen Auto, sondern sprecht etwas Wesentliches an! Stellt wirklich Kontakt zueinander her!«

Suzan reiht sich bei denen ein, die im Kreis laufen werden. Bram drückt auf einen Knopf, und alberne Marschmusik schallt durch den Saal. Die Reihe setzt sich in Bewegung, Suzan marschiert an den sitzenden Kollegen vorbei. Aus dem Augenwinkel sieht sie Livia, Winston, Vereycken. Die Musik bricht abrupt ab, alle lassen sich auf einen Stuhl fallen. Sie findet sich Bibi gegenüber wieder.

»Ach, wie nett. Komme ich auch mal dazu, ein Wort mit dir zu wechseln. Warum tun wir uns das hier nur an, Bibi?«

Bibi beugt sich vor und legt die Hand auf Suzans Knie.

»Wie beim Kindergeburtstag! Aber ich finde den Einfall gar nicht so schlecht. Hör doch mal.«

Sie sind still und hören tatsächlich das Stimmengewirr von dreißig lebhaften Unterhaltungen.

»Fällt dir irgendein wesentliches Problem ein, über das wir wirklichen Kontakt herstellen könnten?«

»Das Alter«, sagt Bibi. »Junge Leute wie du operieren den ganzen Tag alte Leute. Ohne zu wissen, wie so ein alter Mensch lebt. Viele dieser Eingriffe sind überflüssig, davon geht es niemandem besser, und wenn doch, dann kommt irgendein anderes Gebrechen ans Licht. Für den Chirurgen ist das gut, kann er wenigstens üben. Und der Dienstplan ist gefüllt.« Sie schüttelt den Kopf. »Ich hätte gern mehr Aufmerksamkeit für die Kinder. Für die Eingriffe, die wirklich notwendig sind.«

»Wir sind nicht Gott«, sagt Suzan. »Wer soll entscheiden, ob man ein altes schwaches Herz besser unbehandelt lässt? Sie können einen Bypass legen, also tun sie es auch. Das ist nicht aufzuhalten. Sag mal, weißt du, warum Simone nicht hier ist?«

Bibi schaut sich um. »Sie wollte eigentlich kommen. Ich weiß nicht. Vielleicht irgendwas mit ihren Jungs?«

Die Musik setzt wieder ein, und Suzan erhebt sich. »Stuhlpolonaise, so hieß das früher. Wir sprechen uns später, ja?«

Ein Stück weiter weg sieht sie Hettie niedergeschlagen, mit kreidebleichem Gesichtchen auf ihrem Stuhl hocken. Noch bevor die Musik wieder abbricht, lässt Suzan sich auf den Stuhl vor ihr plumpsen. Das verursacht einiges Durcheinander und kleinere Kollisionen, aber am Ende sitzen alle wieder.

»Was ist los? Hattest du ein unangenehmes Gespräch?«

Hettie schluckt. Tränen.

»Mit wem denn? War es so schlimm?«

»Er sagte, dass ich ungeeignet bin. Zu schüchtern. Wird nie was mit dir, hat er gesagt.«

»Worüber habt ihr denn gesprochen?« Suzan ist aufgebracht. Das ist doch keine Art, so ein junges Ding dermaßen einzuschüchtern. Noch dazu auf einer Feier.

»Er sagte, man müsse sich auf den Tritt stellen und über das Tuch schauen. Den Chirurgen im Blick behalten. Zähne zeigen. Seinen Platz behaupten. Das könne ich nicht, sagte er.« Ihre mageren Schultern zucken jetzt unkontrolliert.

»Am besten steigen wir hier mal aus«, beschließt Suzan. »Komm, wir gehen dein Gesicht waschen.«

Am Waschbecken schauen sie dann beide in den Spiegel. Hettie schluchzt noch ein bisschen.

»Aus meiner Sicht gibt es zwei Arten von Anästhesisten«, erklärt Suzan. »Die Angepassten und Dienstbaren auf der einen

Seite, und die Herrscher auf der anderen. Die Herrscher nehmen den Kampf auf, die wollen neben den Chirurgen aufs Podium. Die fordern einen eigenen Behandlungsvertrag mit dem Patienten.«

Hettie starrt in den Spiegel. Sie nimmt die Klammer von ihrem Hinterkopf, und die Haare fallen zu beiden Seiten ihres Gesichts herunter.

»Ich habe noch gar nicht richtig angefangen«, sagt sie. »Ich kenne mich noch gar nicht aus.«

»Nimm dir Zeit. Schau dich gut um. Vereycken hat dich schließlich angenommen, oder? Das heißt, dass er sich etwas von dir verspricht. Du solltest dich nicht so schnell einschüchtern lassen. Wer war denn der Kerl?«

Hettie wischt sich vorsichtig mit einem Papierhandtuch die Wangen ab.

»Ich konnte seinen Namen nicht verstehen. Er trägt eine Brille.«

»Jan-Peter«, weiß Suzan. »Ja, das ist ein Alphamännchen. Er ist gut in seiner Arbeit, aber er muss sich auch überall in Szene setzen. Nimm es dir bloß nicht so zu Herzen.«

Sie zieht ihr Handy aus der Tasche und schickt Simone eine SMS. »Wo steckst du? Du verpasst was!« Die Marschmusik ist bis in die Toilette zu hören.

»Geht es wieder? Kommst du mit?«

Inzwischen haben sich weitere Kollegen der oktroyierten Kontaktaufnahme entzogen. Hettie geht zu einem Grüppchen mit einigen anderen Neulingen hinüber, die ein wenig verschreckt in einer Ecke stehen. Suzan spaziert durch den Saal und fängt Gesprächsfetzen auf.

»Ein Dilemma! Am Ende der Facharztausbildung weißt du nicht, wofür du dich entscheiden sollst. Angenommen du bleibst, dann bist du Anästhesiologe an einer Universitätsklinik, betreibst Forschung. Prestige! Aber wenn du in die Provinz gehst, verdienst du Zigtausende mehr. Zigtausende!«

Wer sagt das? Suzan dreht sich um und sieht einen stämmigen Mann mit schwarzgerandeter Brille, der auf Winston einredet. Der von sich selbst überzeugte Jan-Peter.

Die entbrannten Diskussionen sind so lautstark, dass niemand mehr auf die Musik achtet. Bram schreit vergeblich ins Mikrofon. Überall stehen Grüppchen beisammen und schwatzen, die Stühle sind verwaist.

»Die Schmerzgruppe ist so überflüssig wie ein Kropf. Hypertrophie! Schmerzen muss man einfach aushalten, so ist es doch!«

»Ein ganz schön übler, kalvinistischer Standpunkt. Ich bitte dich, die Wissenschaft ist doch nun weiß Gott über das achtzehnte Jahrhundert hinaus!«

»Ich finde es einfach empörend, dass Hunderte von Patienten mit ihren Schmerzen Karriere machen. Und es ist bedauerlich, dass wir daran mitwirken.«

Wo ist Berend, wenn man ihn braucht?, denkt Suzan. Der könnte hier ein erlösendes Wort sprechen. Aber das wäre vielleicht gar nicht erwünscht. Das Eis ist gebrochen, die Kollegen nehmen sich plötzlich die Freiheit, bisher für sich behaltene Meinungen zu äußern, scharf und rückhaltlos.

Sie gelangt in eine Gruppe um Rudolf Kronenburg und Luc, den Hubschraubermann. Die beiden stehen zu nah beieinander, und ihre Stimmen sind zu laut. Es wirkt eher wie ein Streit als eine gewöhnliche Unterhaltung.

»Abseitig«, sagt Kronenburg. »Was habe ich mit Luftfahrt zu tun? Dass man mit so einer Heuschrecke schneller bei einem Unfall ist, okay, das verstehe ich. Aber diese Vergötterung von allem, was mit Fliegen zu tun hat – das kann ich nicht nachvollziehen.«

»Es gibt viele Übereinstimmungen«, sagt Luc. »Es geht um Leben und Tod. Es geht darum, sich schnell ein Bild von der Lage zu machen. Beherzt einzugreifen. Unter extremem Stress zu funktionieren.«

»Du lässt dich von diesen Uniformen einwickeln. Wenn einer goldene Streifen am Ärmel hat, fällt ihr ihm gleich zu Füßen. Diese Lehrfilmchen, mit denen die armen Assistenten zugeschüttet werden – lächerlich!«

Lucs Miene wird frostig.

»Da bin ich absolut nicht deiner Meinung. Die finden das alle nützlich. Standardlösungen für Notfälle sollte man automatisieren und regelmäßig üben. Das gilt für uns genauso gut wie für die Piloten.«

»Nervtötend. Gerade weil es Standardsituationen sind, weißt du doch schon alles und langweilst dich bei so einem Film zu Tode.«

»Man weiß es vielleicht, aber in der Praxis zeigt sich, dass man es nicht in die Tat umsetzt«, sagt Luc ernst. »Dadurch kommt es zu Fehlern. Opfern.«

»Ich wüsste nicht, wie mich so ein emporgestiegener Lastwagenfahrer vor einem Fehler bewahren könnte. Du schwärmst für diese Angeber wie ein Backfisch. Das ist doch alles Schaumschlägerei! Womöglich geben diese Heinis demnächst noch Kurse, an denen wir teilnehmen müssen, eine Horrorvorstellung! Wenn ich Pilot hätte werden wollen, wäre ich zur Luftfahrtschule gegangen.«

»Reg dich nicht so auf, Rudolf.« Tjalling gesellt sich zu ihrem Grüppchen. »Dieses Trockenschwimmen, diese Übungen in einer Simulationskabine oder, bei uns, mit einer Puppe – das ist eine gute Sache. Ein bisschen experimentieren und testen, ohne dass es tödliche Folgen haben kann. Daran ist doch nichts auszusetzen!«

»Ja, gut, im Rahmen der Weiterbildung vielleicht. Obwohl es Unmengen kostet. Was mich stört, ist die Idealisierung. Die Heldenverehrung.« Kronenburg sieht Luc wütend an. »Ich lass mir doch von so einem Lackaffen im Karnevalskostüm nicht vorschreiben, wie ich meine Arbeit zu machen habe. Und von dir auch nicht!«

Luc erstarrt. »Nein. Deshalb vergisst du auch, den Sauerstoffschlauch zu kontrollieren, und dein Patient geht bei der Diathermie in Flammen auf«, sagt er kühl. Mit einem Mal ist es still. Suzan sieht die Sehnen an Kronenburgs Hals hervortreten. Das war eine scheußliche Tragödie gewesen. Im Brustraum des Patienten hatte sich ein Feuer entfacht, und er war auf dem Tisch gestorben. Sie blickt in die Runde. Luc steht unerschütterlich, mit fest aufeinandergepressten Kiefern da. Tjalling scheint etwas sagen zu wollen, doch in dem Moment dröhnt die Marschmusik wieder durch den Raum, gefolgt von Brams Stimme.

»Meine Damen und Herren, der Hauptgang wird jetzt serviert. Nehmen Sie bitte einen Stuhl und setzen Sie sich neben ihr nettestes Speeddate. Vielen Dank!«

Alle essen. Das schafft Ruhe. Die eingeschliffenen Handlungen – mit Messer und Gabel essen, nicht mit vollem Mund sprechen – befrieden die erhitzte Gesellschaft. Nach dem Hauptgang nehmen die Assistenten kichernd in einer Ecke des Saals Aufstellung und stimmen ein Lied an. Manche halten sich verlegen den Text vors Gesicht, andere trällern aus voller Kehle. Winston steht vorn und singt mit schöner, tiefer Stimme.

Suzan hasst solche Darbietungen von Liedern oder Sketchen, ob bei einer Hochzeit oder bei einer Abschiedsfeier. Die Worte, falls sie überhaupt zu verstehen sind, entspringen meist reinem Pflichtgefühl, die Melodie ist praktisch immer schlecht gewählt und der Vortrag mangelhaft. Weil sie sich stellvertretend für die anderen schämt, hört sie nur mit einem Ohr hin. Eigentlich würde sie lieber auf den Gang hinausgehen, um Simone anzurufen. Dennoch bekommt sie mit, dass jeder der Anästhesisten sein Fett abkriegt. Plötzlich ist sie an der Reihe. Sie wird rot. Jetzt kann sie nicht weg, so ein Mist, wäre sie doch bloß zu Hause geblieben, warum hat sie sich nur von Peter antreiben lassen, der braucht schließlich nicht hier zu sitzen, dumm, dumm, dumm ...

Zu ihrer Verblüffung schildern die Assistenten sie in ihrem Lied als eine sympathische junge Abteilungsmutter, vor der sie keine Angst zu haben brauchen. Eine, die sie in Schutz nimmt und auf die sie zählen können. Sie weiß gar nicht, wie ihr geschieht. Es will ihr nicht recht in den Kopf.

Sobald es geht, fischt sie ihr Handy aus der Tasche und verlässt den Saal. Simone nimmt nicht ab. Suzan hinterlässt eine kurze Nachricht auf dem Anrufbeantworter. Bestimmt früh ins Bett gegangen. Vernünftig.

Alle löffeln Eis, als sie zurückkommt. Wie gerne würde sie jetzt gehen. Aus Solidarität setzt sie sich neben Luc, zwischen ihm und Livia ist gerade ein Stuhl frei. Ich muss etwas Nettes sagen, denkt sie, ich muss ihn nach diesem Angriff von Kronenburg trösten. Aber ihr fällt nichts ein.

»Du kannst mein Eis haben.«

Sie schiebt ihm ihren Teller hin. Er lacht, und Suzan entspannt sich. Sie plaudert noch ein bisschen mit Livia und erhebt sich dann, um ihren Mantel zu holen. Sich zu verabschieden bringt sie nicht mehr fertig. Furchtbar unhöflich, denkt sie, das tut man einfach nicht. Innerlich schimpfend und fluchend, schleicht sie sich aus dem Saal.

Es ist windig. Ihr Rock schlägt hoch, und nur mit Mühe kann sie ihren Mantel zuknöpfen. Sie hört die Restauranttür zufallen, Schritte, eine Stimme: »Kann ich dich mitnehmen?«

Kronenburg. Er drückt sich einen breitkrempigen Hut auf den Kopf. Das geht schief, denkt sie, der Hut landet gleich auf dem Straßenpflaster. Kronenburg steht zu nah, sie riecht seinen Atem. Alkohol. Wie soll sie das jetzt wieder abwimmeln?

»Mein Mann holt mich ab. Aber danke.«

»Bist du sicher?« Er wirkt beleidigt. Sie weiß, dass er ein sehr schönes Auto hat.

»Was für ein grässlicher Abend übrigens. Die Infantilität unserer Abteilung kennt keine Grenzen, bislang. Tschüs, und komm gut nach Hause.«

Du solltest nicht mehr fahren, will sie ihm nachrufen, als er mit der Hand auf dem Hut davongeht. Sie tut es nicht.

Was jetzt? Ein Taxi rufen? Sie greift zu ihrem Handy und sucht in der Namensliste nach dem Taxiunternehmen. Bevor sie es gefunden hat, klingelt das Telefon.

»Ja?«

»Suus? Peter. Ich hol dich ab. Taselaar rief gerade an. Simone ist eingeliefert worden. Sie liegt auf der Intensivstation.«

II. Durchführung

11

Jetzt, im Sommer, treffen sich Peter und Drik jeden Montagmorgen um halb neun auf dem Tennisplatz. Eine Stunde lang schlagen sie sich mit größtmöglicher Wucht scharfe Bälle zu, anfangs, um in Fahrt zu kommen, dann, um zu punkten. Ein Pappelhain umgibt den Tennisplatz, die Bäume stehen voll im Laub. Die Luft ist frisch und duftet von den benachbarten Fußballplätzen her nach Gras.

Sie keuchen und schwitzen. Beide holen alles aus sich heraus, um auch schwierige Bälle noch zu erreichen. Peter ist gelenkig, Drik entschlossen. Das Geräusch von gut getroffenen Bällen erfüllt sie mit Zufriedenheit, es signalisiert Ruhe, lässige Kompetenz. Nichts geht über einen schönen, mit der Mitte des Rackets geführten Schlag gegen einen neuen Tennisball.

Drik folgt dem gelben Punkt, wenn dieser sich von Peters Racket löst. Er antizipiert die Flugkurve des Balls, läuft an die Stelle, von der er den optimalen Return schlagen kann. Herrlich, wenn das gelingt. Es ist keine Zeit dafür, die Freude mit Peter zu teilen, er muss den Ball im Auge behalten, das Netz, aber er weiß sich mit dem Mann auf der gegenüberliegenden Seite verbunden. Ansonsten keine Gedanken. Die melden sich erst zurück, wenn er unter der Dusche steht, wenn die Freunde sich in die frühe Sonne hinaussetzen und einen Kaffee bestellen.

Dort sitzen sie jetzt, mit nassen Haaren und angenehm müden Muskeln. Auf dem Platz spielen inzwischen vier Frauen. Kinder zur Schule gebracht und dann schnell mit den Freundinnen los, denkt Drik. Arbeiten, nein danke. Kostspieliges Studium absolvieren, um sich nun hier die Zeit beim Ballspielen und Herumalbern zu vertreiben. Aber ich sitze auch hier. Vielleicht haben sie ja schwere Nachtschichten als Krankenschwestern oder Polizistinnen hinter sich. Ich sollte nicht immer gleich das Schlechteste annehmen.

Trotz des munteren sportlichen Intermezzos sieht Peter bedrückt aus. Das Croissant, das Drik ihm anbietet, lässt er liegen. Sie unterhalten sich über die Arbeit. Dort drückt Peter der Schuh nicht, denn er ist damit zufrieden, wie es in seiner Klinik läuft, und lebt richtig auf, als er Driks Fragen beantworten und von seinem Alltag erzählen kann. Roos also? Ist etwas mit Roos nicht in Ordnung? Sie habe vielleicht einen Freund, meint Peter, obwohl sie es nicht so eindeutig sage. Sie rede schon seit einer Weile von einem Jungen, mit dem sie manchmal in Konzerte gehe. Mit dem sie sich am Wochenende verabrede. Dann komme sie nicht zum Essen nach Hause.

»Er arbeitet also«, sagt Drik, »wenn er nur an den Wochenenden Zeit hat. Das ist gut.«

»Wir würden sie natürlich gern alles Mögliche fragen«, sagt Peter. »Wie alt er ist, ob sie richtig zusammen sind oder noch in der Annäherungsphase, wie sie sich mit ihm fühlt und so weiter. Aber sowie man etwas fragt, wechselt sie das Thema. Sie hat ihn im Orchester kennengelernt, wie sie mir einmal aus Versehen verraten hat. Er hat ihr wohl am Anfang ein bisschen geholfen. Er spielt Cello. Das sind meistens angenehme Menschen, Cellisten. Mir ist es eigentlich sympathisch, dass sie es so für sich behält, aber Suus kann das nur schwer ertragen. Die will Klarheit. Sie würde ihn am liebsten zum Essen einladen. Und am Küchentisch verhören. Damit darf man Roos aber nicht kommen.«

»Gibt das Orchester nicht mal Konzerte oder so? Da könntest du dir doch die Cellogruppe anschauen. Wahrscheinlich siehst du es auf Anhieb.«

»Gute Idee. Werde ich mal anregen. Ist dir übrigens etwas an Suzan aufgefallen in letzter Zeit?«

Peters Blick ist erwartungsvoll, ja fast ängstlich. Er scheint richtig verlegen zu sein, denkt Drik. Das ist es also. Suzan. Seit dem Abend, als Peter sie bei ihrer Weihnachtsfeier anrufen und mit ihr ins Krankenhaus fahren musste, weil Simone eingeliefert worden war, ist sie nicht mehr die Alte.

»Weißt du, sie war davon überzeugt, dass Simone einen Selbstmordversuch unternommen hätte. Taselaar hat auf der Intensivstation mit uns geredet, unheimlich nett und freundlich, hat zu erklären versucht, was passiert war. Herzinfarkt. Simones Mann hatte sie gefunden, reiner Zufall, er war schon aus dem Haus gegangen, musste aber noch mal zurück, um seine Lesebrille zu holen. Da lag Simone im Schlafzimmer, völlig weggetreten.

Na gut, wir standen also da, Suus zitternd und total mit den Nerven runter, ich beunruhigt und irgendwie fehl am Platze, und Taselaar redete und redete. Von Thrombolyse und koronarer Herzkrankheit. Dass sie unter Schmerzmitteln stehe, dass ein Stent besser sei als irgendetwas anderes, und was weiß ich noch alles. Es drang einfach nicht zu Suzan durch, sie reagierte nur, als er das mit den Schmerzmitteln erwähnte. Welche Dosis, fragte sie, und wie Simone darangekommen sei. Ob ein Abschiedsbrief gefunden worden sei und warum niemand sie davon abgehalten hätte. Da merkte Taselaar, dass etwas nicht stimmte.«

Drik, der die Geschichte in groben Zügen längst kennt, horcht mehr auf die Aufgeregtheit von Peters Stimme als auf das, was er sagt. Peter ist geschockt, denkt er, noch immer. Seine nüchterne, klarsichtige Frau hat sich von einer Angstphantasie irreleiten lassen. Ist das eine Nachwirkung der stressbelasteten Zeit oder etwa der Vorbote einer Dekompensation? Er verspürt eine leichte Unruhe im Magen. Um halb elf muss er auf sein Fahrrad steigen, um rechtzeitig für seine Sitzung mit Allard Schuurman zu Hause zu sein. Heimlich schaut er auf seine Armbanduhr. Zehn, noch Zeit genug.

»Es dauerte ewig, bis der Groschen fiel. Wir saßen inzwischen in einer Ecke zwischen Aktenschränken, Taselaar lief auf und ab, um uns mit Tee zu versorgen, und zitierte dabei aus dem Handbuch für Herzkrankheiten. Dann ging sein Piepser, und er musste weg. Ich muss sie irgendwie von diesem Wahn abbringen, dachte ich, und ich war drauf und dran, ihr ins Gesicht zu schlagen. Tja, Machtlosigkeit, das ist schon so was. Ich habe streng auf sie eingeredet. Ihr in die Augen geschaut. Langsam und deutlich gesagt, dass Simone *nicht* Selbstmord begehen wollte. Ein Infarkt, ein Herzleiden, sagte ich, guck dich doch um, wir sind hier auf der Herzüberwachung. Da ist sie dann in Tränen ausgebrochen.«

Drik spürt, dass er nervös wird. Unglaublich, dass ihm so vor einer Therapiesitzung graut. Denn das ist der Grund. Er darf gar nicht daran denken, dass er demnächst wieder Allard gegenübersitzt. Warum eigentlich? Er kann es einfach nicht benennen. Der Junge, als den Drik ihn jetzt sieht, gibt ihm auf subtile Weise zu verstehen, dass er von dieser nutzlosen Therapie nichts hat, dass er die Interpretationen, die Drik liefert, konstruiert und lächerlich findet, dass er Psychotherapeuten und ihr Fach zutiefst verachtet. Das müsste vertrautes Terrain sein, es ist bei weitem nicht das erste Mal, dass Drik beschimpft, verdächtigt, verhöhnt wird. Aber diesmal ist es anders, denkt er, ich bekomme es nicht in den Griff, und das beängstigt mich. Was ich auch sage, womit ich seinen Hohn auch in Zusammenhang bringe, es hilft rein gar nichts. Alles gleitet an dem Jungen ab. Entweder sagt er, dass ich es völlig falsch sehe und nichts begreife, oder es ist großartig, und er hat noch nie so etwas Erhellendes gehört – nur meint er das überhaupt nicht ernst, sondern es ist nur der Anlauf zur nächsten Schelte. Ich müsste ihn bei der Intervision besprechen, aber es ist mir peinlich. Ich würde mich bei meinen Kollegen blamieren. So ein Unsinn, das kann mir doch egal sein! Schluss mit dieser Grübelei. Überleg dir lieber, was du Peter sagen kannst. Etwas Relativierendes, etwas, das ihn beruhigt.

Der Kantinenwirt bringt ihnen ungefragt noch einen Kaffee. Die Sonne gewinnt an Kraft, Drik spürt es im Gesicht.

»Mach dir nicht solche Sorgen. Suus hat einen Verlust erlitten, als Hanna starb. Der rührt frühere Verluste auf, wie du weißt. Da ist es doch kein Wunder, dass sie Angst davor hat, noch weitere Menschen zu verlieren, oder? Deshalb verwechselt sie eine eingelieferte Patientin mit Roos, und deshalb denkt sie, dass ihre Freundin sich umbringen wollte. Gib ihr etwas Zeit. Häng dich da nicht so rein. Suzan ist stärker, als du denkst.«

Ich bagatellisiere seine Angst. Ich will, dass er jetzt mal mir zuhört. Dass er mich wegen diesem Allard beruhigt. Aber dazu müsste ich zuerst meine Beunruhigung äußern, und das will ich offenbar gar nicht. Stünden wir doch noch auf dem Platz! Ich mache mich jetzt auf den Weg. Radfahren.

Zu Hause packt er seine Tasche aus und wirft die Tennissachen in die Waschmaschine. Er trennt nicht mehr zwischen weißer und bunter Wäsche, sondern stopft neuerdings alles zusammen hinein, bis die Trommel voll ist. Was verfärbt herauskommt, wirft er weg. Einfach mit allem kurzen Prozess machen, keinen Gedanken daran verschwenden. Auf der Toilette schaut er in den Spiegel. Alter Mann mit rot verbranntem Gesicht. Sieht man ihm an, dass er allein ist? Dass er seinen Kram nur mit Mühe im Griff behält? Dass er mit Gefühlen totaler Inkompetenz zu kämpfen hat? Er knallt die Toilettentür zu und stampft ins Sprechzimmer. Die Patientenakte von Allard liegt auf dem Tisch, er wollte noch kurz hineinschauen, schiebt sie aber ungelesen in die Schublade. Dem Patienten unbefangen begegnen, das ist am besten. Er lehnt sich auf seinem Schreibtischstuhl zurück. Schöne Vorhänge, das hat Roos gut gemacht. An der Einrichtung des Zimmers wird es nicht liegen, die strahlt Professionalität aus. Die Klingel. Er springt auf, schiebt den Stuhl ordentlich an den Tisch und geht zur Tür.

Jedes Mal, wenn er Allard die Hand geben will, hat er einen

Moment Angst, dass der Junge ihm den Händedruck verweigern könnte. Auch jetzt wieder. Das ist absurd. Allards Gesichtsausdruck ist heute freundlich, und er tritt ohne Zögern ein. Drik schließt die Türen. Dann sitzen sie einander gegenüber, Patient und Therapeut. Stumm.

Nach einiger Zeit – nicht zu viel – sagt Allard, dass er etwas erlebt habe, wovon er erzählen wolle. Aber wo anfangen?

»Rede einfach, wie es dir in den Sinn kommt.« Während Allard spricht, tut es Drik schon wieder leid, dass er den Mund aufgemacht hat. Du brauchst dem Jungen keine Brücken zu bauen. Lass ihn doch stocken und stolpern, das macht nichts, umso größer der Informationsgehalt. Du lässt dich in die Rolle des netten Vaters drängen. Oder du möchtest, dass er dich freundlich und hilfsbereit findet. Das musst du registrieren. Jetzt hör zu und mach die Augen auf. Er schlägt die Beine übereinander und drückt den Rücken gegen die Sessellehne.

»Geschlossene Gerontopsychiatrie, da bin ich jetzt. Keine Demenzen, sondern die gängigen Bilder: Stimmungslabilität, Psychosen, Angst.«

Drik nickt. Weiter geht er nicht. Er muss an sich halten, aber seine Hände liegen entspannt auf den Armlehnen.

»Diese Depressionen, die sind schlimm. Schwer zu diagnostizieren, manchmal stellt sich auch heraus, dass der Betreffende doch eher apathisch und desorientiert ist. Dann schleusen wir ihn in die Psychogeriatrie weiter, denn das sind Zeichen von Demenz. Nimmt man an. Oder wir, muss ich jetzt sagen.«

Er stößt ein gekünsteltes Lachen aus. Stille.

»So ein alter Mensch, der hat so viel erlebt. Und dann komme ich mit meiner Fragenliste. Er reagiert nicht, sieht mich nicht mal an. Da komme ich mir ziemlich blöd vor, mit meinem Notizblock auf den Knien. Sie verstehen mich auch oft nicht. Teilnahmslos. Oder schwerhörig natürlich. Manchmal regen sie sich plötzlich furchtbar auf, und ich werde weggejagt. Das Pflegepersonal bietet keine Unterstützung. Die lachen mich aus.«

Er fühlt sich bloßgestellt und verurteilt, konstatiert Drik. Angst ist die Richtschnur. Die Wutausbrüche seiner Patienten machen ihm Angst, weil sie seine eigene versteckte Wut widerspiegeln, und davon will er nichts wissen. Leugnen, bagatellisieren, projizieren – und wie sie alle heißen, die Abwehrmechanismen. Er fährt sie alle auf.

»Wenn diese schweren Depressionen nicht medikamentös zu beheben sind, bleibt als äußerstes Mittel nur die Elektroschocktherapie. Unsere Abteilung betreibt Forschung auf dem Gebiet, daher wird sie relativ schnell verordnet. Haben Sie das mal miterlebt?«

»Das ist lange Zeit praktisch verboten gewesen«, sagt Drik. »Als ich in der Ausbildung war, betrachtete man die Methode als barbarisch. Was man stattdessen mit den melancholischen Patienten machen sollte, konnte aber auch niemand sagen. Nein, ich bin nie dabei gewesen.«

»Es hilft. Keiner weiß, warum. Dienstags fahren sie in die Uniklinik. Dort wird es gemacht. Der Psychiater fährt mit. Der muss es machen. Dazu eine Pflegekraft. Und ein Assistent. Ein Kleinbus fährt vor. In den müssen sie einsteigen. Teilnahmslose alte Leute. Manche haben Angst, andere hängen wie weggetreten in ihren Gurten. Ist doch komisch, dass zu so einer drastischen Methode gegriffen wird, ohne dass irgendwer erklären könnte, wie sie wirkt, nicht? Ich habe gesehen, wie es den Patienten schon nach wenigen Malen besser geht. Bei manchen dauert es lange, bis zu drei Monate, zweimal die Woche. Zu guter Letzt zeigt sich aber doch meistens ein Effekt. Bei uns promoviert jemand darüber. Elektrokrampfbehandlung bei alten Menschen.«

Drik nimmt eine andere Sitzhaltung ein. Allard spricht selten so lange am Stück. Worum es ihm eigentlich geht, ist nicht ersichtlich, aber Drik wird nicht ungeduldig und betrachtet das als Indiz dafür, dass der Erzähler emotional mit seiner Geschichte im Gleichklang ist.

»Vorige Woche musste ich plötzlich mit. Der Kollege, der das meistens macht, hatte frei. Ich sollte einen Mann begleiten, der schon seine zweite Schockserie bekommt. Die erste hat nicht geholfen. Er hatte so ein teigiges Gesicht und hängende Augenlider, dem sah man die Depression wirklich an. Er sagte kein Wort. Dafür war die Schwester, die dabei war, eine Frau, die überhaupt nicht mehr aufhören konnte zu reden. Als wir da waren, mussten wir mit dem Fahrstuhl ganz nach oben, in ein Kabuff neben dem Aufwachraum, in dem lauter Frischoperierte lagen, mit Infusionen und Monitoren über dem Bett. Ich hab den Mann in einen Rollstuhl gesetzt und geschoben, der konnte sich nicht mal mehr dazu aufraffen, selbst zu gehen. Der Psychiater schaute sich den Apparat an, einen kleinen, ziemlich primitiven Kasten, der auf der Fensterbank stand. Mein Patient musste sich aufs Bett legen. Er tat alles, was man ihm sagte, als hätte er keine Ahnung, was ihm bevorstand. Vielleicht interessierte es ihn auch gar nicht. Das Fußende vom Bett musste weg, daran hätte er sich verletzen können. Diese Schocks sind so heftig, dass sich die Leute glatt die Knochen brechen können. Sie bekommen Muskelrelaxanzien, sonst krampfen sie sich womöglich tot. Den Mann kümmerte es nicht. Der ließ alles mit sich geschehen. Sie rieben seinen Kopf ab und brachten die Elektroden an. Ich musste an eine Hinrichtung denken.«

Er blickt beschämt zu Boden. Drik brummt bestätigend und nickt. Hier ist nichts absonderlich. Nichts wird missbilligt oder verurteilt. Wahrscheinlich ist sich Allard gar nicht darüber bewusst, dass er sich mit dem Henker identifiziert. Wart ab. Halt den Mund.

Allard holt tief Luft und spricht weiter.

»Dann kam ein Mann in OP-Bekleidung herein, mit so einer komischen Duschhaube auf dem Kopf. Er stellte sich der Schwester vor, Veenstra, verstand ich, von der Anästhesie. Mir gab er auch die Hand. Ich vermutete, dass er mich für den Busfahrer hielt. Wir tragen ja keine Berufskleidung, keinen weißen Kittel.

Wir sehen nicht anders aus als die Patienten. Dieser Veenstra besprach sich mit dem Psychiater. Einseitige Schocks hätten keine Wirkung gehabt, sie würden es jetzt bilateral versuchen. Im rechten Arm wurde ein venöser Zugang gelegt, der linke musste abgebunden werden, bevor die Muskelrelaxanzien gespritzt wurden. An dem kann man dann die Dauer des Krampfs ablesen. Alles gut durchdacht. Ich schaute dem Anästhesisten zu. Er sprach mit dem Patienten, obwohl der nichts zu hören schien. Was man halt so sagt, dass er ihm jetzt ein bisschen wehtun müsse, ein kleiner Pikser, und dass er ihn dann in Schlaf versetzen werde. Währenddessen legte er den venösen Zugang, sehr geschickt und schnell. Ich stand in einer Ecke, die Tür war offen, so dass ich in den Aufwachraum blicken konnte. Da stand ein Surinamer mit ein paar jüngeren Assistenzärzten zusammen, und sie lachten und naschten irgendetwas, was sie sich aus einem kleinen Eimer nahmen. Der Patient bekam ein Schlafmittel gespritzt. Eigentlich sah man ihm kaum an, dass er nicht mehr bei Bewusstsein war, sein Gesicht war genauso ausdruckslos wie vorher. Der Psychiater zog die Manschette fest an, die war auf seiner Seite. Als Veenstra das Muskelrelaxans spritzte, sah man schon, dass der Mann sich entspannte. Glaube ich. Der Psychiater sagte: Jetzt!, und drückte auf einen Knopf. Der Mann zuckte und bebte, aber nicht übermäßig, fand ich. Es musste noch einmal wiederholt werden. Der Anästhesist wollte, dass die Tür zugemacht wurde, der Lärm im Aufwachraum störte ihn. Zwischen den Schocks hielt er dem Mann die Sauerstoffmaske aufs Gesicht und sorgte dafür, dass der Patient beatmet wurde. Ein Schauerstück. Die Schwester wollten sie nicht mehr dabeihaben, die redete zu viel. Der Psychiater drehte an den Knöpfen herum und kündigte den nächsten Versuch an. Man sah, wie sich die Muskeln des Patienten spannten, obwohl das Zeug gespritzt worden war. Da wurde eine gewaltige Kraft freigesetzt. Sein Gesicht verzerrte sich, er bekam Furchen und zog die Stirn kraus. Er sah wütend aus! Der Psychiater ließ den Schockknopf gar nicht mehr los, es dauerte ewig.

Als sie fertig waren, fischten sie ihm den Beißschutz zwischen den Zähnen raus – der muss rein, damit er sich die Zunge nicht abbeißt –, und er konnte wach werden. Mitsamt Bett fuhren wir ihn in den Aufwachraum. Veenstra sagte zu mir, dass ich ein Auge auf ihn haben sollte, es sei ein heftiger Schock gewesen. Ich sollte darauf achten, ob er desorientiert war. Und den Blutdruck messen. Sie nahmen sich den nächsten Patienten vor. Ich saß neben meinem Patienten auf einem Hocker und bildete mir ein, dass er mich anschaute. Aber eigentlich sah ich keine Veränderung bei ihm.«

»Wie fandest du es dort?«

»Anders. Die Patienten liegen in Betten und hängen an Schläuchen. Sie sind größtenteils nicht bei Bewusstsein. Es wurde jemand hereingefahren, der direkt aus dem OP kam. Dieser Surinamer zog die Vorhänge um das Bett zu, er ist offenbar der Oberpfleger im Aufwachbereich, und eine Anästhesistin machte die Übergabe. Ganz schnell, was passiert war, welche Medikamente gegeben werden mussten und wann, das war alles in anderthalb Minuten über die Bühne. Sie schrieb noch etwas auf und nahm sich etwas aus diesem Nascheimer, und dann verschwand sie wieder. Ganz anders.«

»Das klingt, als sage dir das zu.«

Allard schweigt. Drik blickt zur Uhr, die, zwischen Pflanzen versteckt, schräg hinter Allards Kopf im neuen Bücherregal steht. Noch zehn Minuten.

»Der Psychiater, der ist der Henker«, sagt Allard laut. »Er foltert so einen Mann. Das ist Misshandlung. Das widerstrebt mir, so will ich nicht werden. Die Menschen, die bei uns aufgenommen werden, sind doch total am Ende. Man muss sicherstellen, dass sie nicht Selbstmord begehen, und nimmt ihnen Gürtel und Schnürsenkel ab. Im Treppenhaus ist ein Fangnetz gespannt. Das regt doch womöglich ihre Phantasie noch an, wenn sie mal kurz nicht daran gedacht haben! Gruselig ist das. Aussichtslos. Ein tiefes, schwarzes Loch. Und was machen wir?

Wir stopfen ihnen die gräulichsten Medikamente rein, pures Gift, das in den alten Körpern stecken bleibt, weil sie nicht trinken, da findet keine Flüssigkeitszirkulation statt, das Zeug verteilt sich nicht. Und wenn die Vergiftung nicht den gewünschten Zweck erfüllt, müssen sie in den Bus, zu den Stromstößen. Widerlich.«

»Du willst nicht zu den Henkern gehören. Nicht gezwungen sein, hilflosen Menschen so aggressiv zu Leibe zu rücken.«

»Genau«, sagt Allard. »So ist es.«

Die Stille fühlt sich lastend an. Die Zeit ist fast um, denkt Drik.

»So ein Veenstra, der macht wenigstens was Positives. Der sorgt dafür, dass die Leute keine Schmerzen haben, dass sie weiteratmen, wieder zu Bewusstsein kommen. Das ist nützlich, davon haben die Leute was.«

»Der Anästhesist überlässt das Henkerswerk anderen«, sagt Drik. »Dank seiner Betäubung kann der Psychiater Schocks anwenden und der Chirurg schneiden. Wenn du im medizinischen Bereich arbeitest, entgehst du dem nicht: Du wirst mit Eingriffen konfrontiert, die Schmerzen bereiten. Für dich ist das offenbar gleichbedeutend mit Aggressivität. Das müssen wir uns anschauen. Warum dich Aggression derart beängstigt, meine ich.«

Allard springt auf.

»So läuft es hier ständig«, ruft er aus. »Ich erzähle etwas, was mich beschäftigt, etwas, was wichtig für mich ist und mit meiner Berufswahl zu tun hat, und die einzige Reaktion, die ich darauf bekomme, ist: Du hast krankhafte Angst vor Gewalt! Was bringt mir das?«

Er rauscht grußlos aus dem Zimmer. Drik hört die Haustür schlagen. Er zieht Allards Akte hervor und beginnt zu schreiben.

12

Suzan tritt durch die große Drehtür am Haupteingang und steht unvermittelt in der Sonne. Ein strahlender Vormittag. Von allen Seiten streben Menschen auf das Krankenhaus zu, Handy am Ohr, Tasche über der Schulter. Alle rüsten sich für einen langen Arbeitstag. Sie darf gehen.

Der Nachtdienst ist turbulent gewesen. Jan-Peter war ihr Assistent. Er kann selbstständig arbeiten, und das war auch nötig. Die beiden Operationssäle waren permanent in Benutzung. Während er einen Kaiserschnitt machte, war sie mit einem riesigen orthopädischen Eingriff befasst. Sie hatte den orthopädischen Chirurgen telefonisch aus dem Bett geklingelt, als ein junger Mann mit Oberschenkelbruch eingeliefert wurde, ein tätowierter Koloss, der kaum auf den Tisch passte. Es war ein einziges Geschiebe und Gezerre, bis sie ihn in der richtigen Position hatten; ehrlich gesagt, sah es ziemlich skurril aus, als er dann mit gespreizten Beinen dalag, die Geschlechtsteile wie auf dem Präsentierteller. Die OP-Schwester legte ein kleines Handtuch darüber. Der mächtige Metallbogen des Röntgengeräts wurde über den Tisch geschoben, und der Röntgenlaborant schloss, auf seinem Rollhocker herumpaddelnd, gähnend den Bildschirm an.

Sie bleibt auf dem Platz vor dem Eingang stehen und reckt sich. Zwei Tage frei. Es ist ein heimlicher Genuss, auf eigenen Beinen aus dem Krankenhaus hinausgehen zu können und die Patienten mit ihren Leiden und Schmerzen innerhalb der Mauern zurückzulassen. Der junge Mann mit dem gebrochenen Bein war nach der Operation kurz wach gewesen und hatte sich vor Schmerzen gekrümmt. Kein Wunder, an ihm war ja herumgehackt und -gehämmert worden wie in einer Schreinerwerkstatt. Operation konnte man es eigentlich nicht mehr nennen, wie da mit Muttern und Bolzen und einer Bohrmaschine zu Werk gegangen wurde, Bauarbeiten traf es schon eher. Der Orthopäde war geschäftig herumgesprungen und hatte den langen Femurnagel durch einen großen Schnitt an die Knochenstücke herangezwängt. Auch als eine Schraube in dem voluminösen Oberschenkel verlorenging, ließ er sich seine sonnige Laune dadurch nicht verderben, sondern suchte mithilfe des Röntgengeräts geduldig nach dem vermissten Gegenstand. Alle trugen Bleischürzen. Immer, wenn man sich erhob, versetzte einem das unerwartete Zusatzgewicht einen kleinen Schreck.

Um die Sicht auf den Bildschirm zu gewährleisten, waren Anästhesie- und Operationsbereich nicht mit einem grünen Tuch, sondern mit einer durchsichtigen Plastikplane voneinander abgeschirmt. Das verstärkte noch den Baustellencharakter. Suzan empfand das als angenehm, denn so gab es keine Aufteilung in vorn und hinten, und sie bildeten ein Team. Der junge Mann verlor literweise Blut, doch das bereitete niemandem Kopfzerbrechen. Gegen Ende des Eingriffs war er so weit vom Tisch gerutscht, dass er ganz hinunterzufallen drohte. Da stemmten der Orthopäde und der Anästhesiepfleger die Schultern unter ihn und bugsierten ihn mit Hauruck wieder in die richtige Position. Zu guter Letzt, als Nagel und Schrauben perfekt saßen, bekundete der Orthopäde seine Zufriedenheit: Für so etwas dürfe Suzan ihn ruhig öfter wecken, das mache er aus reinem Vergnügen. Bevor er ging – er hat sogar ungefragt dabei geholfen, den Patienten aufs Bett zurückzumanövrieren –, hat er allen Beteiligten, die mit ihren Clogs im Blut standen und lachten, gedankt. Es sei ein Fest gewesen.

So ein Chirurg ist eine Wohltat, hat sie gedacht, da lebt man richtig auf. Und was für ein Unterschied zur Herzchirurgie. Die Kardioleute tun immer so ernst und gewichtig. Sie fühlen sich in ihrer Konzentration gestört, wenn gesprochen wird, und haben nur ermahnende Blicke und tödliche Bemerkungen auf Lager. Stundenlang operieren sie, auf ihrem Tritt stehend, feierlich vor sich hin und durchbrechen die Stille höchstens mit einem schroffen Fluch, wenn ihnen eine falsche Zange gereicht worden ist.

In der Fahrradgarage ist es noch kalt. Suzan sucht ihr Rad, legt ihre Tasche in den Korb und fährt hinaus. Eine Viertelstunde in dieser Sonne, und du bist hellwach, denkt sie, der Körper will von Schlaf gar nichts mehr wissen. Trotzdem lieber kurz ins Bett nachher, und sei es nur, um das Gefühl zu haben, dass es eine Nacht gegeben hat. Während ihres Dienstes hat sie nicht länger als eine Dreiviertelstunde gelegen, gegen fünf, am toten Punkt der Nacht, wenn die Noteingriffe gemacht sind und der erste Verkehrsunfall noch kommen muss. In einem seit Jahren nicht renovierten Seitenflügel des Krankenhauses liegen die Schlafzimmer für die diensthabenden Ärzte. Kleine Kabuffs, bedeutend kleiner als eine Gefängniszelle, dienen dem Internisten, dem Neurologen und dem Anästhesisten als zeitweiliger Schlafplatz. In jedem Kabuff ein schmales Bett und ein kleiner Schreibtisch mit altmodischer Lampe darauf und Telefon, damit man auf den Piepser reagieren kann. Bei einem hereinkommenden Unfall stürmen sie allesamt aus ihren Türen wie Feuerwehrleute nach dem Alarm und rennen mit Schlaffrisur und zerknitterter Kleidung in die Notaufnahme.

Sie hat nicht wirklich geschlafen, ist aber froh gewesen, dass sie mal kurz die Beine hochlegen konnte. Sie lag da und sinnierte darüber, wie wechselhaft das Gefühl von Kompetenz war, das man in seinem Beruf erfuhr. So einer wie Jan-Peter, der seinen Facharzttitel fast in der Tasche hatte, strahlte aus, alles zu wissen und für jede Situation die passende Maßnahme improvisieren zu können. Sie konnte sich noch an dieses Gefühl erinnern, es entwickelte sich im Laufe der Lehrjahre und hielt bis zum ersten größeren Rückschlag an. Der konnte in wer weiß was bestehen, Missgeschicke kamen immer mal vor. Allerdings herrschte die stillschweigende Übereinkunft, die Wahrscheinlichkeit von Patzern zu bagatellisieren. Die Anästhesie war sicher. Punkt. Chirurgen machten Fehler, das lag in der Natur ihrer Arbeit. Bei ihr hat es geraume Zeit gedauert, bis sie einsehen musste, dass auch der Anästhesist nicht unfehlbar war. In ihrem Fall ging es um einen gesunden jungen Mann, der am Ellenbogen operiert werden sollte. Er wollte keine Vollnarkose und hatte keine Angst. Sie setzte eine Axillarisblockade und war stolz, dass ihr das schnell gelang. Kurz darauf geriet das gesamte Team in Panik – der Patient war offenbar allergisch gegen das Mittel, bekam einen Schock und war nicht mehr zu reanimieren. Obwohl es schon viele Jahre her war, dachte sie immer noch mit Schaudern daran. So etwas kam vor. Jeder von ihnen wurde irgendwann mit etwas Derartigem konfrontiert. Es konnte passieren, dass man keinen Atemwegszugang bekam und der Patient einem unter den Händen erstickte, es kam vor, dass man das falsche Medikament spritzte, so dass der Blutdruck in schwindelerregende Höhe stieg und der Patient an einer Massenblutung im Gehirn starb. Andere brauchten einen handgreiflich werdenden Streit mit dem Chirurgen, um aus der Illusion von der kompletten Beherrschung zu erwachen. Für sie alle kam irgendwann der Moment der Erkenntnis, dass der Beruf viel komplizierter und gefährlicher war, als sie in ihrer Unschuld gedacht hatten. Man brauchte den Übermut des Anfängers, um das Fach zu erlernen, doch das wirkliche Verstehen stellte sich erst später ein. Das wuchs langsam heran, und das meist nicht dank der Erfolge, sondern gerade anhand von Missgeschicken. Was würde Jan-Peter den Knacks versetzen? Und würde er sich, so wie sie damals, von Kollegen auffangen lassen?

Sie drehte sich in dem schmalen Bett auf die andere Seite. Was, wenn die mühsam erworbene Sicherheit, über die sie jetzt verfügte, wieder ins Wanken geriet? Sie hatte das ja in der Ausbildung auch schon erlebt und war damit nicht die Einzige gewesen. Nach dem ersten Jahr der Weiterbildung strotzten die angehenden Fachärzte vor Selbstvertrauen, doch je mehr sie lernten und erlebten, desto ohnmächtiger fühlten sie sich. Ab Mitte des vierten Jahres, spätestens aber im fünften Jahr stieg die Selbstvertrauenskurve dann wieder stetig an. Vielleicht war das ja eine kontinuierliche Wellenbewegung, und ihr Selbstvertrauen konnte erneut auf null absinken. Warum redeten sie nie über solche Sachen?

Der Piepser in ihrer Brusttasche drückte, und sie nahm ihn heraus und legt ihn neben dem Bett auf den Boden. Wäre das ein Thema für die Besprechung mit Vereycken? Drik würde das bestimmt verneinen. Jeder wappne sich auf seine Weise gegen das Auf und Ab des Selbstbewusstseins, würde er sagen, und daran solle man nicht herumdoktern. Trotzdem würde sie gern... Darüber schlief sie ein.

In der Morgensonne kann sie sich die nächtlichen Gedanken kaum noch vergegenwärtigen. Sie freut sich auf Kaffee in der Küche, die Zeitung, das frisch bezogene Bett und viel Platz im leeren, hellen Haus.

Es gelingt ihr, bis ein Uhr mittags zu schlafen. Dann sitzt sie geduscht und angezogen mit der x-ten Tasse Kaffee am Tisch. Was jetzt? Einkäufe machen und etwas Raffiniertes kochen? Simone anrufen und fragen, wie ihr der Wiedereinstieg bekommt? Nach drei Monaten Reha hat sie wieder halbtags in der Ambulanz angefangen. Sie müsste eigentlich mal zu ihr, einen Tee mit ihr trinken, sie aufbauen. Aber sie lässt das Handy in der Tasche und bleibt sitzen. Im Altenheim anzurufen, um sich zu erkundigen, ob ihr Vater seine Sommergrippe überstanden hat, reizt sie auch nicht gerade. Tante Leida müsste sie dringend mal besuchen, die kam immer zu kurz. Wenn du nicht krank bist und nicht klagst, besucht dich niemand, so ist es doch. Ich jedenfalls nicht, ich werde nur aktiv, wenn jemand Hilfe benötigt. Jetzt habe ich auf so viele Leute einfach keine Lust, gibt es denn gar niemanden, den ich gern sehen würde?

Doch, natürlich. Ich schaue einfach kurz bei ihr vorbei. Wenn sie nicht da ist, fahre ich weiter, zu Simone oder ins Schuhgeschäft. Wenn sie da ist, lass ich mich überraschen, mal sehen, wie es läuft. Ich nehme nichts mit. Ich schaue nur mal rein.

Das Haus, in dem Roos wohnt, wird von der Mittagssonne beschienen. Ein Fenster ist hochgeschoben, Roos lehnt über dem Sims, ihr dunkler Lockenschopf fünf Meter über der Straße. Suzan legt den Kopf in den Nacken und betrachtet ihre Tochter. Roos raucht eine Zigarette.

»Ich mach auf, warte!«

Der Kopf mit der Zigarette verschwindet, Suzan schließt ihr Fahrrad ab und wartet vor der Tür. Ein Trommelwirbel auf der Treppe, Gefingere am Schloss, ein Fluch. Und dann das Kind.

»Hallo, Mam.«

Nichts über das Rauchen sagen. Kinder, die zu Hause ausgezogen sind, machen alles Mögliche, was den Eltern nicht gefällt. Wenn du nichts davon wissen willst, darfst du nicht herkommen. Sie hat aufgemacht, sie steht vor dir. Nerv sie jetzt nicht mit der Frage, ob sie denn keine Vorlesung hat. Frag nichts. Aber was soll ich denn dann bloß sagen?

»Ich hab die Augen aufgeschlagen und gedacht: Ich schau mal eben bei dir rein. Vielleicht ein paar Blumen kaufen, für dein Zimmer?«

»Komm doch kurz mit rauf.«

Roos fliegt schon die Treppe hinauf. Sie hat alte, selbst gestrickte Wollsocken an und ein kariertes Flanelloberhemd.

»Möchtest du einen Tee? Ich habe gerade welchen gemacht.«

Sie hebt eine große Teekanne hoch und gießt zwei Gläser voll. Auf dem Tisch ist kaum noch Platz, alles liegt voller Bücher und Papiere. Es zieht. Durch den Luftzug schlägt die Badezimmertür auf. Das Licht über dem Waschbecken ist an, Suzan sieht einen Rasierpinsel auf der Glasplatte unter dem Spiegel. Ein Rasierpinsel! Sag jetzt nichts darüber, du hast dich bestimmt geirrt. Die ganze Nacht wach gewesen, da sieht man schon mal was, was gar nicht da ist.

»Schöne Musik hast du an.«

Roos nickt. »Quintette von Mozart. Mit zwei Bratschen. Gut, nicht?«

Suzan spürt, wie sich ihre Schultern entspannen. Ein bisschen. Was sagte Drik immer? Wenn du schweigst, gibst du dem anderen die Gelegenheit, etwas zu sagen.

Sie sieht Roos freundlich, aber schweigend an. Roos ordnet die Papiere und stapelt die Bücher aufeinander.

»Ich muss ein Referat schreiben. ›Wie hat sich die Haltung zur Partizipation von Frauen am Berufsleben in der zweiten Hälfte des zwanzigsten Jahrhunderts gewandelt?‹ Also viel Feminismusgelabere und so. Darauf hatte ich keine besondere Lust. Deshalb haben wir das Thema innerhalb meiner Arbeitsgruppe aufgeteilt. Einer von den Jungs macht den Feminismus, und eine Freundin von mir macht die Männer. Was die davon hielten. Ich möchte so was wie ein Porträt machen, zur Illustration, wie es konkret aussah. Ein Interview mit einer Frau aus der Zeit.«

»Gute Idee. Und effizient, das Ganze aufzuteilen.«

Suzan lacht. Roos sieht sie misstrauisch an.

»Du denkst bestimmt, ich kann nicht wissenschaftlich arbeiten und entscheide mich deswegen für etwas Journalistisches. Klar, was wir machen, ist natürlich was ganz anderes als bei dir, bei euch mit euren Versuchsanordnungen und eurer statistischen Signifikanz. Aber ich kann das sehr wohl. Wir lernen das.«

»Ich mache überhaupt keine wissenschaftliche Forschung«, erwidert Suzan betroffen. »Ich müsste eigentlich, alle Kollegen machen irgendetwas Wissenschaftliches, aber ich nicht.«

»Journalismus macht Spaß, ich würde gerne Journalistin werden. Deshalb habe ich mir das ausgedacht.«

Sag jetzt nicht, dass es gute Kurse für Wissenschaftsjournalismus gibt. Das wird sie schon selbst herausfinden. Oder sie weiß es bereits. Ein Rasierpinsel! Sie hat einen Freund, der bei ihr schläft und sich vor ihrem Spiegel rasiert. Der hier zu Hause ist. Ich weiß nicht mal, wo sie ihre Handtücher aufbewahrt.

»Weißt du schon, wen du interviewen wirst?«

»Ich hab gleich eine Verabredung. Mit Oma Leida. Sie findet das ganz toll.«

Die gehört *mir*, denkt Suzan perplex. Aber sie hat sich schnell wieder im Griff. Nachdenken kann sie später noch.

»Dann lass uns doch kurz über den Blumenmarkt laufen, da können wir ein Mitbringsel für sie kaufen. Und Blumen für dich.«

Leida. Wie kommt sie dazu? Alles geschieht hinter meinem Rücken. Ich wusste gar nicht, dass sie einen so engen Kontakt haben. Warum eigentlich nicht, Leida ist für Roos wie eine Großmutter. Ich sollte das begrüßen, es ist doch großartig, dass Roos an einer alten Frau wie ihr Interesse zeigt. Warum bin ich dann so geschockt? Wäre es mir lieber, sie würde mich in Sachen berufstätige Frauen interviewen? Wenn ich sage, dass ich mal aufs Klo muss, könnte ich mir diesen Rasierpinsel ansehen.

Roos unterbricht Suzans Gegrübel, als sie selbst zur Toilette geht. Suzan hört das Plätschern, den Spülkastenwasserfall, das Rauschen aus dem Wasserhahn. Dann steht ihre Tochter mit einem Notizblock unter dem Arm vor ihr.

»Hättest du Lust mitzukommen?«

Zuerst: Hau ab, und dann: Komm näher. Man weiß nie, woran man bei ihr ist.

»Störe ich denn nicht bei deinem Interview?«

»Es ist erst ein Vorgespräch«, erklärt Roos. »Ich will ihr erzählen, wozu das Ganze gut sein soll. Und sie fragen, ob ich es aufnehmen darf. Danach muss ich bestimmt noch zweimal wieder hin. Allein.«

Sie kaufen einen Strauß Rosen. Für sich selbst möchte Roos keine Blumen. Wer weiß, vielleicht ist dieser Freund dagegen allergisch, denkt Suzan, oder er wird eifersüchtig, wenn ein Blumenstrauß dasteht. Vielleicht will sie sich nichts von dir schenken lassen. Selbstständig sein. Nimm's einfach hin.

Suzan schiebt ihr Fahrrad neben sich her. In der belebten Straße fällt ihr plötzlich das Schaufenster von dem belgischen Bäcker ins Auge.

»Da haben sie ganz leckeres Gebäck, das kauft unsere Sekretärin immer. Ich hole was zum Mitnehmen, ja?«

Roos zuckt die Achseln und wartet draußen. Suzan studiert das Sortiment. Hat Leida noch ihre eigenen Zähne? Besser etwas nicht zu Hartes kaufen, Madeleines oder Kokosmakronen. Was für ein Theater, ich bin jetzt schon todmüde. Ich wünschte, ich könnte ganz normal mit meiner Tochter umgehen und einfach sagen, was mir gerade einfällt. Sie greift in ihre Tasche, um das Geld hervorzuholen und stößt auf den Zettel, auf dem sie heute Nacht die Patienten notiert hat, nach denen sie sehen musste. Alle, die Dienst haben, laufen mit solchen zusammengefalteten Zettelchen herum, eilig gekritzelten Notizen zu Alter und Diagnose, anästhesiologische Anmerkungen. Nie ein Name, da ist es auch nicht schlimm, wenn so ein Zettel in der Tasche eines weißen Kittels zurückbleibt. Auf der Türschwelle des Bäckerladens blickt sie noch einmal kurz auf den Zettel und muss lächeln, als sie an den jungen Mann mit der Femurfraktur denkt. Bei jungen Menschen heilt alles schnell; die Knochenstücke sind fest zusammengezimmert, das wird schon werden.

Roos wartet ungeduldig bei Suzans Fahrrad.

»Worüber grinst du denn?«

»Ach, nichts. Ich habe etwas von meinem Dienst heute Nacht gefunden. Es passt überhaupt nicht zum Jetzt. Hier auf der Straße, meine ich. Zu dir.«

Jetzt verfinstert sich Roos' Miene. Bestimmt wieder was Falsches gesagt. Schweigend gehen sie die Straße hinunter, um eine Ecke, durch eine Seitengasse. Nassrasur, das hat was Sympathisches. Besser als so ein summender Apparat, in dem all die ekligen Bartstoppeln drin hängenbleiben; eine Wolke aus dunkelgrauem Staub, wenn das Ding auseinanderfällt. Früher wurden Patienten vor einer Operation von einer Pflegekraft gründlich rasiert. Heute fährt man im Bedarfsfall auf dem Operationstisch kurz mit einer Haarschneidemaschine drüber. Die OP-Schwester klebt Klarsichtfolie auf den Bauch, und dahinein schneidet der Chirurg. Das sieht komisch aus, als schneide er Schinken, der noch eingeschweißt ist. Am liebsten arbeiten sie mit dem Diathermieschneider, der in einem Aufwasch auch die Blutgefäße zuschweißt. Dann breitet sich im Operationssaal der Geruch nach versengtem Fleisch aus. Ein angenehmer Geruch, wie Suzan findet, ein Geruch, der Anstrengung und Konzentration ankündigt. Das ist anomal, bei einem normalen Menschen würde er Brechreiz auslösen. Sie mag diesen Geruch.

Leidas Haus hat einen Vorgarten voll verschiedenfarbiger Hortensien. Suzan denkt: Leidas Haus. Aber es ist das Haus, in dem sie selbst aufgewachsen ist, in dem sie mit Drik, mit ihrem Vater gewohnt hat. Jetzt ist Leida allein dort zurückgeblieben. Ob sie Vaters Räume so gelassen hat, wie sie waren? Ob sie so tut, als wäre er krank, würde wieder gesund, käme zurück? Suzan schaut am Haus empor. Über dem Erker im Erdgeschoss sieht sie die großen Fenster von Hendriks Studierzimmer. Was er dort studierte, ist ihr immer ein Rätsel geblieben. Es ist ein großes, helles Zimmer.

»Sie hat ihr Bett in Opas Zimmer stellen lassen«, sagt Roos. »Ich habe ihr geholfen, seine Sachen zu verstauen und sie in sein Schlafzimmer zu bringen. Das kann jederzeit wieder rückgängig gemacht werden, sagt sie. Sie wollte nur nicht immer zwei Treppen raufmüssen. Er kommt nicht zurück, oder?«

»Nein, das wird er wohl nicht.«

»Sie weiß das auch, aber sie möchte nichts weggeben, solange er noch lebt. Sonst würde sie umziehen. Sie hätte lieber eine Etagenwohnung.«

Roos hat geklingelt. Suzan erschrickt über den vertrauten Ton der Klingel, teils, weil es sie unmittelbar in die Vergangenheit zurückversetzt, teils, weil ihr bewusst wird, wie lange sie nicht mehr hier war. Die Tür öffnet sich knarrend.

Wie kerzengerade sie dasteht, denkt Suzan, keine verkrümmte Wirbelsäule, nicht dieser vorgereckte Vogelkopf auf dem Rumpf, wie ihn die meisten Frauen ihres Alters haben. Eine würdevolle alte Dame mit Kurzhaarfrisur, gepflegten Nägeln und hübscher blauer Strickjacke zur schwarzen Hose. Komische Pantoffeln allerdings.

»Ich wollte dir gern noch was zu der Untersuchung erklären«, sagt Roos. »Mama ist mitgekommen. Die war gerade bei mir zu Besuch.«

»Kommt rein«, sagt Leida. Sie gibt Roos einen Kuss und winkt sie in den Flur. Suzan folgt, das Gebäck in der Hand wie eine Opfergabe.

»Hast du heute frei?« Leida hält ihr die kühle, weiche Wange hin.

»Ich hatte Nachtdienst.«

Leida nickt und geht in das Erkerzimmer voran. In der Küche, am Ende des Flurs, findet Suzan die Porzellanschale mit dem Blumenmotiv. Sie arrangiert das Gebäck darauf und bleibt kurz am Küchenfenster stehen. Durch die offenen Türen hört sie vage die Stimmen aus dem Wohnzimmer. Zögernd geht sie darauf zu, zaudert an der Tür, sieht Leida und Roos einander gegenübersitzen, im Gespräch.

»Soll ich die Rosen auch gleich machen?« Der Strauß liegt auf dem Tisch.

»Vasen stehen unter dem Spülbecken«, sagt Leida. Suzan nimmt die Blumen mit. Etwas zu tun. Stiele anschneiden, Blätter entfernen, aufpassen, dass sie sich nicht an den Dornen sticht.

Die Buche hinten im Garten ist ein Riese geworden, mit einem dicken Efeumantel um den Stamm. Der Garten sieht gut aus. Ob Leida selbst auf den Knien Unkraut jätet, oder leistet Roos ihr auch hier Hilfe? Ganz still steht Suzan mit der Vase voll Rosen in den Armen auf der Schwelle der Küchentür.

»Es war damals nicht üblich, dass Mädchen studierten«, hört sie Leida sagen. »Zur Untermiete wohnen, in einer fremden Stadt, nein, das geschah nicht so ohne Weiteres. In die Krankenpflege konntest du aber schon gehen, da wohnte man ja im Krankenhaus, intern. Also habe ich das gemacht. Hendrik durfte studieren. Ich habe ihn hin und wieder besucht. Er wohnte in einem Studentenwohnheim mit lauter Jungen, die sich ganz wichtig taten, aber noch gar nichts erlebt hatten. Dachte ich damals.«

»Fehlte Hendrik dir?«

Siehst du, denkt Suzan, wir hätten ein zweites Kind bekommen sollen. Sie hätte gern einen Bruder gehabt, sie braucht einen Bruder.

»Ja. Bis dahin hatten wir fast alles zusammen gemacht. Aber ich sah ihn relativ oft, erst recht, als er sich mit deiner Großmutter verlobt hat. Sie war meine Freundin.«

»Wie war es, Krankenschwester zu sein?«

»Ausschließlich Frauen. Es gab nur Schwestern. Heute heißt es ›Fachpflegekraft‹, weil auch Männer darunter sind. Wir trugen gestärkte Hauben auf dem Kopf. Wir waren Tag und Nacht beschäftigt. Man hatte Unterricht und man hat gearbeitet und man aß und man schlief – man brauchte das Krankenhaus eigentlich nie zu verlassen. Ich war zufrieden. Es ist so lange her.«

»Was hat dir denn daran so gut gefallen?«

Es ist einen Moment still. »Was den Menschen fehlte, das interessierte mich. Die Lehre von den Krankheiten, die Biologie, die Funktion der Organe. Ich las viel und hörte gut zu, wenn die Ärzte sich besprachen.«

»Du hättest vielleicht selbst Ärztin werden sollen.«

»Das wäre bestimmt ein befriedigender Beruf für mich gewesen. Aber es ist anders gekommen. Du kannst Pläne haben, aber ihre Verwirklichung hast du nicht immer in der Hand. Heute, scheint mir, denken junge Frauen, dass alles machbar ist, aber so ist es nicht.«

»Und wie ging es weiter?«

Suzan blickt durch die offene Tür auf Roos' Profil. Roos hört atemlos zu und ist mit Sicherheit davon überzeugt, dass sie ihre Pläne sehr wohl verwirklichen wird. Das muss man in dem Alter auch glauben, sonst kommt man zu nichts.

»Wenn du dann einen Mann hattest, war Schluss. So war das damals. Ich wollte keinen Mann. Ich schloss meine Ausbildung ab und machte noch die Zusatzausbildung zur Säuglingsschwester. Da bekamst du dann eine Nadel mit einem kleinen Storch darauf. Muss hier noch irgendwo liegen. Ich wollte alles lernen und wissen, deshalb konnte ich nicht verlobt oder verheiratet sein. Ich wurde schon in sehr jungen Jahren stellvertretende Oberschwester. Auf der Inneren, meiner Lieblingsstation. Ich träumte durchaus davon, Medizin zu studieren, weißt du, es gab damals schon Frauen, die Ärztin wurden. Meistens Kinderärztin. Wie das zeitlich und finanziell gehen sollte, wusste ich zwar nicht, aber ich dachte schon darüber nach. Hendrik war auch bereit, mir zu helfen, er hatte eine gute Stellung.«

»Aber es lief anders, hm?«

»Es lief ganz und gar anders. Hendrik stand plötzlich allein da, mit zwei noch sehr kleinen Kindern. Eine Tragödie. Er war völlig kopflos. Er konnte keinen Haushalt führen, und ein Baby versorgen schon gar nicht. Da habe ich gekündigt und bin zu ihm gezogen. Von dem Moment an war Hendriks Familie mein Beruf.«

»Wie schlimm für dich. Es muss doch schrecklich gewesen sein, dass du das Krankenhaus aufgeben musstest!«

Leida verrückt offenbar mit Gewalt ihren Stuhl, Suzan hört ihn über den Boden schrappen.

»Natürlich war das schrecklich. Aus meiner damaligen Sicht. Ich habe es aber nie bedauert. Es hat sich so ergeben, und es war klar, dass es so und nicht anders zu sein hatte. Ich habe daraus gelernt, dass man nicht zu weit im Voraus planen sollte. Und sieben Jahre lang habe ich immerhin mit ungeheurem Vergnügen gearbeitet und gelernt. Das bleibt. Später hat es mich sehr gefreut, dass meine Interessen offenbar auf die Kinder abgefärbt haben. Sie haben beide Medizin studiert. Was Drik dann schließlich damit angefangen hat, sagt mir nicht sonderlich zu, aber in Suzan erkenne ich das Interesse wieder, das ich auch immer hatte. Physiologie, Biochemie, Anatomie. Ich höre sie gern über ihre Arbeit sprechen. Nein, kein Bedauern. Es ist, wie es ist.«

Roos schweigt. Suzan betritt das Zimmer, verschanzt hinter der Vase mit den Rosen.

13   In den Wochen nach seinem Ausflug ins Krankenhaus und seiner Konfrontation mit der Elektrokrampfbehandlung hört Allard gar nicht mehr auf, von dem Anästhesisten zu sprechen, den er dort kennengelernt hat. Drik hört sich die Lobeshymnen mit wachsender Verärgerung an und weiß nicht recht, wo er mit eventuellen Interventionen ansetzen soll. In Allards Abwertung der Psychiatrie steckt ohne Zweifel eine gehörige Portion Wut, die ihm und seiner fruchtlosen Therapie gilt, aber sie scheint auch dazu zu dienen, die Angst abzulassen, die der Junge auf seiner Abteilung durchmacht. Drik hält die Idealisierung der Anästhesiologie für Aggressionsabwehr. Vielleicht verbirgt sich darin auch die Sehnsucht nach einem fürsorglichen Vater. Alles möglich. Welchen Faden soll er aufgreifen, womit ist seinem Patienten am meisten geholfen? Das ist keine analytische Überlegung, die Analyse will nicht per se, dass es dem Menschen bessergeht. Sie will verstehen. Was dann aufgrund dieses Verständnisses geschieht, ist weniger wichtig. Drik ist da anderer Auffassung, er möchte gern, dass die Psychotherapie den Menschen guttut. Worunter leidet Allard, von welchen Gefahren sieht er sich bedroht?

Er riskiert, seinen Weiterbildungsplatz zu verlieren, wenn er seine Angst vor den Patienten nicht überwindet, wenn seine Haltung weiterhin seine unterschwellige Wut auf die Psychiater verrät. Die letzten Beurteilungen waren nicht gut. Verwundert hört sich Drik an, welche Beurteilungsmethoden heutzutage in der Weiterbildung angewandt werden. »360°-Beurteilung« heißt das neueste Verfahren. Der arme Assistent muss Fragebogen an ein Dutzend Leute verteilen – Kollegen, Fachärzte, Pflegekräfte, Patienten, Sekretärinnen –, die anonym benoten dürfen, wie gut oder schlecht sie ihn zum Beispiel im »Umgang mit den Patienten«, in der »Kollegialität« oder in seinem »professionellen Verhalten« einschätzen. Der Benotete sammelt die ausgefüllten Fragebogen eigenhändig wieder ein und übergibt sie unbesehen seinem Chef. Das Urteil erfolgt einige Zeit später.

Allard regt sich maßlos darüber auf. Das sei legalisierte üble Nachrede und diene doch nur dazu, kritische Assistenten mundtot zu machen. Einen didaktischen Wert könne er in dieser Methode nicht erkennen.

Drik wagt einen Versuch: »Die Arbeit und die Ausbildung rühren alle möglichen Gefühle in dir auf. Gefühle, die dich mitunter überwältigen und dein Verhalten beeinflussen. Das ist unangenehm für dich und ungut für den Gang deiner Ausbildung. Wie wäre es, wenn wir uns diesen emotionalen Hintergrund einmal in Ruhe anschauen würden und du deine Gefühle währenddessen auf der Abteilung etwas besser zügelst? Meinst du, das wäre möglich?«

Allard sieht ihn unwirsch an. Ich bin der Henker, denkt Drik, das zuerst.

»Ich frage mich, ob die Tatsache, dass ich ebenfalls Psychiater bin, dir dabei im Weg steht. Dass du mir nicht vertraust, weil du mich als einen von denen betrachtest, einen, der im Grunde desinteressiert ist und mit Freuden foltert.«

Zu stark. Ich gehe auf sein Schwarzweißdenken ein. Und das ziemlich kindisch. Soll ich es nuancieren, soll ich sagen, dass ich vor allem Therapeut bin und erst an zweiter Stelle Psychiater? Ich bin zu geschwätzig, jetzt muss er mal was sagen, dann kann ich wenigstens einschätzen, was bei ihm vorrangig ist.

»Ich soll mich also bei der Arbeit anständig betragen, ist es das, was Sie mir sagen wollen?«

»Ich möchte nur nicht, dass du dir den Ast absägst, auf dem

du sitzt, bevor wir überhaupt wissen, welche Motive dahinterstecken.«

Drik findet, dass er sich anhört wie ein strenger Vater, und fragt sich, ob er in irgendeine Falle getappt ist. Es klingt ja gerade so, als läge es in seiner Verantwortung, dass der Junge seine Ausbildung schafft.

»Du machst mir Sorgen«, sagt er. »Kannst du das verstehen?«

Tief in Allards Mantel, der auf der Couch liegt, klingelt ein Telefon. Allard fischt es umständlich aus der Manteltasche, schaut kurz aufs Display und drückt den Klingelton weg. Er wirft den Apparat auf die Couch und sieht Drik an.

»Entschuldigung. Die Abteilung.« Sie müssen beide lachen.

»Ja«, sagt Allard, »ich weiß zwar nicht, ob ich es verstehe, aber ich spüre es schon. Ich mache mir auch Sorgen. Seit diesem Vorfall, als ich weggelaufen bin, meine ich, ist die Supervisorin ziemlich kühl. Distanziert. Ich traue mich nicht mal, einen Termin mit ihr zu vereinbaren.«

»Und deshalb reagierst du auch nicht auf ihren Anruf.«

»Ich stecke den Kopf in den Sand. Sie finden bestimmt, dass ich mit ihr reden sollte. Muss ich auch. Aber dass sie die Spritze kurzerhand reingehauen hat. In diesem Röckchen. Einfach gruselig.«

»Sie macht dir Angst?«

»Na, so hört es sich ja wohl an, oder? Der Mann, der die Schocks verpasst hat, ist auch so ein Fiesling. Er ist jetzt in der Gerontopsychiatrie mein Ausbildungsbetreuer. Ein Sadist. Logisch, dass mir da bange ist.«

»Und wie ist es hier?« Drik versucht es noch einmal, aber es ist eine schwere Geburt.

Allard sieht ihn mit unerwarteter Offenheit an.

»Das weiß ich nicht so recht. Sie werden mir nicht mit Elektroden oder Spritzen zu Leibe rücken, das nicht. Aber ich bin auf der Hut, ich erwarte Missbilligung. Ich müsse das eben ertragen können, diese Gewalt auf der Abteilung. Das ist die Botschaft. Sie halten mich für einen Schwächling.«

»Du musst überhaupt nichts«, entgegnet Drik. »Und es wäre gut, wenn du dir bewusst machst, dass die Missbilligung deinem eigenen Kopf entspringt. Du dichtest sie mir an, aber du selbst verurteilst dich.«

»Ich kann einfach nicht glauben, dass irgendwer etwas in mir sieht. Ja, meine Mutter vielleicht, aber die weiß nichts. Ich habe ein Mädchen kennengelernt, ich merke, dass sie in mich verliebt ist, aber ich kann das nicht verinnerlichen. Es kommt nicht wirklich bei mir an. Ich werde sie bestimmt enttäuschen, und dann zeigt sie mir die kalte Schulter, da bin ich mir sicher. Das hat mir an diesem Anästhesisten so gut gefallen: Er hat alles akzeptiert. Da kommt so ein völlig unzugänglicher, tief depressiver Patient, der sich total hängen lässt und einem mit seiner Schwermut wirklich den letzten Nerv rauben kann, und dieser Mann ist einfach lieb zu ihm. Fürsorglich! So möchte ich auch gerne sein.«

»Meinst du nicht vielleicht, dass andere so zu dir sein sollten? Niemand mehr, der dich ablehnt oder tadelt, eine Welt ohne Feindseligkeit. Du erzähltest, dass sich deine Eltern scheiden ließen, als du etwa fünf warst. Es könnte sein, dass du in der Zeit heftige Auseinandersetzungen zwischen ihnen miterleben musstest, die dir, als kleinem Kind, große Angst gemacht haben. Kein Wunder, dass du dich da nach reiner Harmonie sehnst. In der Realität können wir der Aggression nicht entgehen. Auch dein Anästhesist sticht Nadeln in seine Patienten.«

Was für eine blöde, pädagogisierende Bemerkung. Warum lasse ich ihn nicht in Ruhe über die Scheidung seiner Eltern nachdenken? Ich bin weder sein Erzieher noch sein Vater, und doch drängt er mich ein ums andere Mal in diese Rolle. Und ich lasse es geschehen, weil ich es immer zu spät erkenne. Seine Idealisiererei macht mich wahnsinnig. Er lässt nicht mit sich reden, er will diese Wunschvorstellung um jeden Preis aufrechterhalten.

»Veenstra spritzt mit den besten Absichten, um den Patienten zu retten. Er bewahrt ihn vor Schmerzen. Er sorgt dafür, dass er Sauerstoff bekommt. Er erhält ihn am Leben!«

»Retten, bewahren, zum Leben erwecken«, entfährt es Drik. »Dieser Anästhesist scheint ja der reinste Jesus Christus zu sein! Das ist doch völlig unrealistisch! Du machst etwas daraus, was überhaupt nicht stimmt.«

Soll ich sagen, dass meine Schwester diesen fabelhaften Beruf ausübt? Dann glaubt er mir vielleicht. Mit Mühe unterdrückt Drik ein Aufstöhnen. Allard hat sich erhoben. Die Zeit ist noch nicht um. Er kann aber keinen klaren Gedanken mehr fassen.

In der Woche darauf berichtet Allard, dass er mit seiner Supervisorin gesprochen habe. Er hat sich für sein Davonlaufen entschuldigt und Besserung gelobt. Da er inzwischen auf die Aufnahmeabteilung zurückgekehrt ist, arbeitet er wieder eng mit ihr zusammen. Es scheint ihm zu gelingen, seine Angst im Griff zu behalten. Er beobachtet eine ältere Pflegekraft, wie sie mit den Patienten umgeht. Er versucht, sich etwas davon abzuschauen.

Drik hört es sich an. Es beruhigt ihn ein wenig, obwohl er der Sache nicht ganz traut. Wie auch immer, sein Ärger ist jedenfalls verraucht, und er fühlt sich nicht mehr so machtlos. Sein Vorhaben, die Therapie einmal mit Peter zu besprechen, hat er auf die lange Bank geschoben. Das sollte nur im Notfall geschehen, lieber wahrt er die Diskretion und belastet seinen Freund nicht mit geheimen Kenntnissen über jemanden, der bei ihm in der Ausbildung ist.

Er hat damit begonnen, das Haus aufzuräumen. Suzan hilft ihm, wenn sie Zeit hat. Es erstaunt Drik, dass seine Schwester scheinbar ungerührt Hannas Kleider aus Schränken und Schubladen nehmen, sie begutachten und beherzt über ihre Verwendung entscheiden kann. Der größte Teil wandert in Plastiksäcke für die Rumänien-Nothilfe. Nur wenige Stücke, eine Strickjacke, ein Jäckchen, behält sie zurück.

»Für Roos«, sagt sie. Für sich selbst wählt sie die Wanderschuhe. Sie hat die gleiche Schuhgröße.

Drik trägt die Säcke nach unten. Im Flur sind Umzugskartons aufgestapelt. Hannas historische Bibliothek, für Roos bestimmt.

»Daran habe ich nicht einen Moment gedacht«, sagt Suzan. »Gute Idee. Wollte Roos sie denn auch?«

Drik nickt. »Ich bringe sie ihr morgen. Sie freut sich.«

In der Küche sprechen sie über ihren Vater. Suzan ist kürzlich bei ihm gewesen.

»Seit dieser Grippe ist er noch abwesender. Wenn sich das verschlimmert, wird er wohl auf die Krankenstation müssen. Die Endstation.«

Drik überlegt, ihr von seinem schockierenden Gespräch mit Hendrik zu erzählen. Aber warum erst jetzt? Das liegt schon ein halbes Jahr zurück. Ich halse ihr etwas auf, womit sie nichts anfangen kann. Seine Schuldgefühle, seinen Gefängniswahn. Ich muss selbst wieder einmal zu ihm, schauen, ob diese Gedanken anhalten. Suus hat ihren eigenen Kummer.

»Wie geht es deiner Freundin, der mit den Herzproblemen?«

Suzan stellt geräuschvoll einen Sack Schuhe und Stiefel im Flur ab. Als sie in die Küche zurückkommt, wäscht sie sich an der Spüle die Hände. Drik blickt auf ihren Rücken.

»Sie arbeitet wieder, halbtags. Sie ist gesund, nicht alt, nicht dick, sie raucht nicht und trinkt wenig. Wie kommt man da zu verstopften Gefäßen? Sie hat drei Stents gekriegt, alles läuft wieder prima durch. Das war natürlich ein Schock für sie. Sie hat die Intensivstation zum ersten Mal als Patientin erlebt. Es war furchtbar, sagt sie.«

»Ist sie depressiv? Bekommt sie irgendeine Nachsorge?«

»Das weiß ich nicht. Sie ist jedenfalls ständig müde. Nachsorge bekommt man bei uns nur für die körperliche Seite. Psychisch gibt's bei uns nicht. Sie hat einen netten Chef, Berend, du hast ihn bestimmt schon mal kennengelernt. Ich glaube, die beiden haben ein Verhältnis. Er schont sie jetzt wirklich, bei der Arbeit, sie kann sich ihrem Forschungsprojekt widmen und braucht keine Patienten zu sehen.«

»Ein Verhältnis? Hast du sie das mal gefragt? Sie ist doch verheiratet! Sie hat Familie!«

Suzan zuckt die Achseln.

»Kann doch passieren. Ich weiß es ja nicht mit Sicherheit. Roos hat, glaube ich, einen Freund. Hast du was darüber gehört? Nein, das sagst du mir natürlich nicht. Eine Vertrauensfrage.«

Sie fuhrwerkt energisch an der Spüle herum. Womöglich zerbricht sie noch etwas, denkt Drik.

»Wenn du mir etwas anvertraust, erzähle ich es doch auch nicht weiter. Roos muss selber wissen, was sie wem erzählen möchte. Siehst du sie oft?«

»Oft, oft«, brummt Suzan. »Nein, nicht oft. Ich arbeite, weißt du. Vorige Woche habe ich sie gesehen. Sie ging doch tatsächlich zu Leida und fragte, ob ich mitkäme. Ich war ziemlich alle, hatte einen Nachtdienst hinter mir.«

»Was hat Roos denn bei Leida verloren? Wusstest du, dass sie Kontakt zueinander haben?«

»Ich weiß nie etwas. Es geschieht einfach. Sie wollte Leida über berufstätige Frauen befragen. Für ein Referat oder so.« Sie setzt sich an den Tisch und stützt den Kopf in die Hände.

»Ich habe heimlich mitgehört. War natürlich wieder mal mit irgendwas in der Küche beschäftigt. Leida erzählte ganz begeistert von ihrer Zeit als Krankenschwester. Und dass sie ihren Beruf aufgegeben habe. Es klang nicht mal nachtragend. Ich hatte immer Schuldgefühle, dass sie ihren Beruf aufgeben musste, um für mich zu sorgen. Für uns. Sie sagte zu Roos, dass es sie freue, dass wir beide Ärzte geworden sind. Das hörte ich zum ersten Mal. Ich habe immer gedacht, sie hätte Probleme damit. Ich fand sie missgünstig damals. Ich durfte nie etwas über mein Studium erzählen.«

»Schade«, findet Drik. »Sie hat dir mal eine Anatomiepuppe

geschenkt. So eine mit Klappe im Bauch, aus der man die Organe herausnehmen konnte. Eine kleine Leber. Nieren. Ziemlich gruselig. Weißt du, dass ich völlig vergessen hatte, dass sie mal Krankenschwester war?«

»Ich erinnere mich schon daran, dass sie Geschichten über den Blutkreislauf und den Stoffwechsel erzählte, als ich klein war. Ich dachte, das seien bedeutsame Themen, weil sie so ernsthaft darüber sprach. Aber als es bei mir ernst wurde, durfte ich ihr nicht damit kommen. Oder habe ich das die ganze Zeit falsch gesehen?«

»Beides kann wahr sein. Sie wird dich sicher beneidet haben. Das schließt aber nicht aus, dass sie auch stolz auf dich ist. Roos gegenüber kann sie das vielleicht leichter äußern. Und sie ist jetzt alt. Da werden Menschen ja angeblich milder.«

»Glaubst du das? Ist das so?«

»Nein«, sagt Drik, »ich sehe, ehrlich gesagt, häufiger, dass Menschen im Alter erstarren und verbittern. Aber die, denen ich begegne, gehören natürlich auch einer Sondergruppe an, die nicht repräsentativ ist. Leida war schon starr, als wir jung waren, vielleicht geht es bei ihr also gerade andersherum, und sie wird jetzt lockerer. Nimm's dir nicht zu Herzen, du kannst nichts dafür, dass sie so ein schwieriger Mensch ist. Sei froh, dass Roos gerne zu ihr geht, dann müssen wir weniger oft hin.«

Ich kann sie nicht trösten, denkt er. Weil es mir früher selbst schlechtging und ich nicht daran erinnert werden mag? Ich hätte ihr ein besserer Bruder sein müssen. Ach, wie ich diese Grübeleien hasse! Womöglich bin ich neidisch auf Suzan. In ihrem Beruf herrscht Eindeutigkeit: Wenn der Blutdruck steigt, gibt man Nitroglyzerin, wenn er sinkt, ist man mit Epinephrin zur Stelle. In meinem Beruf muss man sich durch einen Sumpf aus Unklarheiten manövrieren, und das allein anhand seiner Intuition. Es gelingt mir nicht mehr. Ich kann nicht mal meine eigene Schwester verstehen. Er greift zur Whiskyflasche.

»Komm, Suzan, lass uns was trinken. Danke, dass du mir mit

Hannas Sachen hilfst. Ohne dich würde ich das nicht fertigbringen.«

Als sie anstoßen, sieht er, dass Suzan Tränen in den Augen hat. Er weiß nicht, was er sagen soll.

Drik hat Allards Akte vor sich auf den Tisch gelegt, um sie gründlich durchzugehen, vom Beginn vor rund neun Monaten an. Er hat es sich zur Gewohnheit gemacht, nach jeder Therapiesitzung aufzuschreiben, worüber er mit dem jeweiligen Patienten gesprochen hat und wie der Kontakt verlief. Nur mit Mühe kann er seine eigene Handschrift lesen. Er seufzt und setzt sich auf seinem Stuhl zurecht. Hinter seiner Stirn lauert ein stechender Kopfschmerz. Zu viel Alkohol gestern. Eine vage Erinnerung an die Nacht treibt ihm die Schamesröte ins Gesicht. Er sieht sich im Flur, neben den Kartons mit Hannas Büchern und den Kleidersäcken auf dem Fußboden sitzen und weinen. Sentimental, unbeherrscht. So will er nicht sein. Dieser Weinkrampf erleichterte ihn nicht, sondern machte ihm Angst. Er musste sich an den Umzugskartons festklammern, um nicht in einen pechschwarzen Abgrund zu stürzen. Das ist ein alter Traum, aus dem er als Kind immer schreiend erwachte, so dass er schließlich Schwierigkeiten hatte, überhaupt noch einzuschlafen. Wie war das gewesen, wenn er nachts wach wurde und schrie? Hatte Leida dann nach ihm geschaut, sein Vater? Suzan schlüpfte zu ihm ins Bett, fällt ihm jetzt ein. Sie konnte seinen Namen anfangs nicht aussprechen, »Diederik« war zu schwierig. Sie machte Drik daraus. Dass jemand zu ihm kam, der kleiner und ohnmächtiger war als er selbst, half ihm dabei, sich aus seiner Panik herauszuhangeln. Dank ihr wurde er wieder zum großen Bruder, zum Jungen mit den Worten, zum Beruhiger.

Heute Nacht war niemand zu ihm gekommen. Er war auf dem Fußboden sitzen geblieben, bis er vor Kälte mit den Zähnen klapperte. Wasser getrunken, gepinkelt, unter die Decke. Die Vorhänge zugezogen vor der aufgehenden Sonne.

Die Protokolle von den Sitzungen mit Allard wirken konfus. Da ist keine Linie zu erkennen, die Gespräche schießen hierhin und dorthin. Die Abschnitte, in denen es um die Kontaktentwicklung beziehungsweise um deren Nichtvorhandensein geht, zeugen von größerer Stringenz. Drik liest retrospektiv, wie er sich anstrengt, an Allard heranzukommen, und wie der Junge sich wütend wehrt, wenn das zu gelingen droht. Nach so einem Zusammenprall folgt eine mehrwöchige Phase, die Drik als »Pseudokontakt« bezeichnet. Dann scheint es, als habe Allard etwas von den Interventionen, als gehe es ihm besser. Er bezieht sich dann auch auf das, was Drik gesagt hat. Doch die Interaktion fühlt sich an wie Theater. Drik kann bei dem Jungen keine wahren Gefühle verspüren, und das bereitet ihm wachsendes Unbehagen.

Er schlägt die Akte zu und starrt an die Decke. Was kann er über den Kernkonflikt seines Patienten sagen? Versuch's mal, fordert er sich selbst auf, in einfachen Worten. Der Junge ist stinkwütend auf den Vater, der ihn verlassen hat. Der Junge ist verzweifelt auf der Suche nach dem Vater, der ihn auf den Schoß nehmen wird. Wenn es sich um eine echte Ambivalenz handelte, könnte er beides nebeneinander empfinden. So ist es aber nicht. Er kann das, was in ihm vorgeht, nicht mal als Gefühl benennen, sondern lebt es in Handlungen aus: Er breitet seinen Besitz auf Driks Couch aus, rennt aus der Sitzung davon, ohne sich zu verabschieden. Wenn ich die Wut benenne, reagiert Allard mit Überanpassung. Wenn ich ihn auf diesen Gehorsam aufmerksam mache, wird er böse. So geht es schon seit Monaten. Wir kommen nicht von der Stelle.

Ich mache irgendetwas nicht richtig, denkt Drik, den Kopf in die Hände gestützt. Was würde ich sagen, wenn ein Supervisand meinen Rat zu dieser Behandlung einholte? Lass das mit der Ambivalenz, so weit ist der Patient noch nicht. Versuch zunächst, die Schauspielerei, das Agieren mit dem darunterliegenden Gefühl in Zusammenhang zu bringen. Also: Immer die

Wut benennen und darauf achten, dass du die richtigen Worte wählst. Keine Beschuldigung. Wut ist normal, dafür braucht man sich nicht zu schämen. Verwende Ausdrücke, die das gemeinsame Arbeiten hervorheben, damit sich der Patient nicht allein fühlt. Aber wahre die Distanz, sonst verscheuchst du ihn. Das würde ich sagen. Klingt eigentlich ganz gut. Fehlt nur noch die Umsetzung.

Doch als ihm der Junge gegenübersitzt, befängt ihn die übliche Unsicherheit. Allard erzählt von seinem Wochenende. Er hat ein Konzert besucht, zu dem ihn seine Mutter eingeladen hatte.

»Ich hatte vorher noch daran gedacht, sie nach der Scheidung zu fragen. Aber das ging dann nicht. Sie hatte sich auf diesen Abend gefreut. In Schale geworfen und so. Wir sind essen gegangen, haben über meine Arbeit und ihre Arbeit geredet. Ich wollte nicht, dass sie traurig wird.«

»Was macht deine Mutter eigentlich?«

»Sie ist bei der Polizei. Leitet die Einsatzzentrale für Gewaltverbrechen.«

»Das klingt tough. Würde es sie nach all den Jahren wirklich noch traurig machen, wenn du dich nach der Scheidung erkundigst?«

Allard presst die Lippen aufeinander.

»Hat sie einen neuen Partner?«

Das hätte ich alles schon vor Monaten fragen müssen, denkt Drik, das gehört zum Erstgespräch. Wie hat er mich so weit gekriegt, dass ich es nicht getan habe? Er bringt mich dazu, genauso chaotisch zu denken, wie er selbst es tut. Aber ach, besser spät als nie. Er sieht Allard fragend an, als sei er davon überzeugt, dass er eine Antwort bekommen wird.

»Schon seit Jahren. Harry. Geiger. Wir sind in ein Konzert von seinem Orchester gegangen. Schönes Konzert übrigens. Strawinsky. Und das Violinkonzert von Alban Berg. Mögen Sie Musik?«

»Ich bin ein ausgesprochener Strawinsky-Liebhaber«, sagt

Drik spontan. Er hätte natürlich zuerst fragen müssen, welche Vorlieben der Junge hat und was es für ihn bedeutet. Der orthodoxen Auffassung nach hätte er überhaupt nichts von sich erzählen dürfen. Nach dem allmählich populärer werdenden Dogma der *Self-Disclosure* ist das schon erlaubt. Drik vermutet, dass er so prompt geantwortet hat, weil er den Jungen nicht in Harnisch bringen wollte. Oder weil er sich einen abfälligen Kommentar ersparen wollte – typisches Therapeutengehabe, nie auf irgendetwas zu antworten, ganz schön feige, ganz schön armselig –, ja, dadurch, dass er seine Liebe zu Strawinsky gleich auf den Tisch legte, hat er sich davor geschützt.

Allard nickt zustimmend.

»Keine schlechte Wahl, diesen Komponisten zu lieben.«

Er sagt nicht: Ich liebe Strawinsky auch. Die Nähe, die er ertragen kann, hat Grenzen, denkt Drik. Und wünscht sich, dass er es jetzt mal für eine Weile schafft, den Mund zu halten.

»Anschließend sind wir noch in ein Café gegangen und haben uns über die Musik unterhalten, den Dirigenten. Da konnte ich auch nicht einfach von früher anfangen. Zumal Harry dabei war. Es war nett. Das wollte ich nicht verderben.«

»Hört sich plausibel an. Umgänglich, freundlich. Aber du versagst dir damit die Beantwortung deiner Fragen. Du arrangierst dich lieber, als deine Neugierde ernst zu nehmen.«

Das wird nichts. Die Sitzung wird sich dahinschleppen, zäh, unbehaglich.

»Sie meinen, ich müsste mich für mich entscheiden? Ich sitze doch schon einmal die Woche hier und rede eine ganze Stunde lang von mir selbst. Soll ich meiner Mutter auch noch damit auf die Nerven gehen?«

»Ich meine: Du möchtest zwei Dinge, die in dem Moment nicht miteinander vereinbar sind. Du möchtest, dass man dich nett findet, und du möchtest wissen, wie es während der Scheidung war. Du entscheidest dich fürs Nettsein und lässt die Fragen fallen. Du könntest auch zu deiner Mutter sagen: Ich würde dich gern mal etwas fragen, hättest du diese Woche Zeit, dann komme ich zu dir.«

Drik findet, dass das wie ein Auftrag klingt, streng. Das findet Allard offenbar auch.

»Da brauchen Sie sich wirklich nicht einzumischen. Ich werde meine Mutter nicht belästigen, nur weil *Sie* es für nötig halten, haarklein zu wissen, was sie mit meinem Vater ausgefochten hat. Ich entscheide selbst, was ich mit ihr bespreche und was nicht.«

»Natürlich. Es ist dein Leben. Aber es ist meine Aufgabe, dir mögliche Gedanken und Vorgehensweisen zu unterbreiten, damit wir untersuchen können, was du davon hältst. Ich trage dir nichts auf, du bestimmst selbst, was du tust.«

»Am liebsten gar nichts«, sagt Allard leise. »Sie fängt an zu weinen, da bin ich mir sicher. Und sagt mir, wie schwer es war, mich allein großzuziehen. Und vermittelt mir das Gefühl, dass ich nicht ganz dicht bin, weil ich mir immer noch Gedanken über früher mache. Nein, das lasse ich lieber bleiben.«

»Das klingt, als müsstest du dich mit ihr streiten, aber es geht doch nur um eine Information, oder nicht? Ich glaube nicht, dass es einen Sinn hätte, jetzt einen Konflikt mit deiner Mutter vom Zaun zu brechen. Der Konflikt steckt in dir selbst. Damit müssen wir uns befassen.«

Drik ist ziemlich zufrieden über diese Intervention – er hat die Überflüssigkeit des Agierens angesprochen, den inneren Konflikt in den Vordergrund gestellt. Seine Gedanken schweifen kurz ab, er denkt an seine eigene Mutter, die sich vielleicht von einer Steilküste hat hinunterstoßen lassen. Geht er selbst auf Faktensuche? O nein, das traut er sich genauso wenig wie Allard. Aber man darf nicht aufhören zu hoffen, dass die Patienten Dinge bewältigen, denen man selbst nicht gewachsen ist. So ist es. Er setzt sich gerade auf.

»Apropos für sich entscheiden«, sagt Allard, »dazu hätte ich noch was zu erzählen. Ich hatte am Freitag ein Gespräch mit dem Anästhesiologieprofessor in der Uniklinik. Vereycken heißt er. Ein sehr sympathischer Mann. Belgier. Ich habe ihn gefragt, ob ich einen Weiterbildungsplatz bei ihm bekommen könnte. Es war gewissermaßen ein Bewerbungsgespräch.«

Drik verschlägt es die Sprache. Da denkst du, du hast die Agiererei beim Wickel, und dann wird dir das serviert!

»Aber du befindest dich doch bereits in einer Ausbildung«, wendet er schwach ein.

»Ich gehe dort weg.«

Allard zieht ein Kuvert aus seiner Brusttasche.

»Die Kündigung. Gestern geschrieben. Gebe ich nachher dem für die Weiterbildung zuständigen Psychiater. Ich höre einfach damit auf.«

Ruhig bleiben, denkt Drik, weiterforschen.

»Was hat denn dieser Vereycken gesagt?«

»Ich habe ihm alles erklärt. Dass ich entdeckt habe, dass die Psychiatrie nichts für mich ist. Dass ich bei diesen Elektroschocks dabei war. Dass ich viel von Biochemie verstehe. Er hat sich Zeit für mich genommen. Er hat mich verstanden.«

Drik könnte aus der Haut fahren. Positive Übertragung ade, und ich bleibe auf der nicht behandelbaren Wut sitzen. Ich muss diesen Jungen vor seinen idiotischen Impulsen behüten. Wenn es nicht schon zu spät ist.

»Hast du etwas mit diesem Professor vereinbart?«

Allard grinst breit.

»Drei Monate auf Probe. Nächsten Monat fange ich an. Ich habe riesige Lust dazu.«

14

Livia kommt mit einer Kanne Kaffee herein.

»In der Küche stehen drei Kartons mit Kuchen. Kann ich euch etwas davon bringen? Bram Veenstra hat ein Söhnchen bekommen.«

Vereycken und Suzan schütteln unisono den Kopf. Schwitzende Cremeschnitten, lauwarme Rumkugeln – bloß nicht. Vereycken wird wohl bemüht sein, Maß zu halten, damit er nicht zu sehr aus dem Leim geht. Oder er isst nur Gebäck, wenn es gutes Gebäck ist.

»Ein Glas Wasser gern, Livia, und sorgst du bitte dafür, dass wir nicht gestört werden?«

Suzan trägt einen weißen Kittel über ihrer Straßenkleidung. So sieht Vereycken es gern, wenn seine Fachärzte ihren Bürotag haben. Man bleibe immer Arzt, findet er, auch wenn man Mails schreibe.

Eine Seite seines Zimmers besteht aus einer Glasfront, die Aussicht auf den weitläufigen Park bietet. Büsche und Bäume tragen das stumpfe Dunkelgrün des Augusts. Suzan seufzt. Als Livia das Wasser gebracht hat, schiebt Vereycken seinen Stuhl näher an den Tisch heran.

»Willkommen, Suzan. Schön, dass wir mal kurz miteinander reden können. Ich möchte dir das eine und andere unterbreiten. Aber vor allem möchte ich gern wissen, wie es dir geht.« Aus seinen braunen Hundeaugen sieht er sie treuherzig an.

»Tut es dir um den Kuchen leid? Nein, oder?«

Sie schüttelt den Kopf. Warum ist sie so schwerfällig, was hindert sie bloß daran, etwas zu sagen?

»Gut, glaube ich«, bringt sie schließlich hervor. »Es geht mir gut. Ich habe in letzter Zeit viel HNO gemacht. Das war nett.«

Gut, nett – welcher Wortschatz! Fällt ihr nichts Besseres ein? Ich habe den Kontakt zu meinem Kind verloren. Ich bin geschockt über das Herzversagen meiner Freundin. Ich weiß manchmal, ganz kurz, nicht, was ich zu tun habe, so als hätte ich noch nie ein Narkosegerät gesehen. Da wird er mich doch wohl nicht gleich entlassen?

»Und aus welchem Grund empfindest du die HNO-Eingriffe als so angenehm?«

»Zusammenarbeit«, entfährt es Suzan prompt. Sie sieht das fröhliche Gesicht von HNO-Arzt Ruud vor sich, mit dieser lächerlich großen Duschhaube auf dem Kopf.

»Vielleicht hat es einfach etwas damit zu tun, dass man dabei gemeinsam am Kopf des Patienten steht. Ganz anders als sonst, wenn man hinter einem Tuch arbeiten muss. Man berät sich mehr, auch bevor wir anfangen. Oder liegt es am Operateur?«

»Ja, ja«, sagt Vereycken, »das kann natürlich sein. Wir haben die unterschiedlichsten Charaktere hier im Haus versammelt. Was mich interessiert, ist, welchen Eindruck du von unserer Abteilung hast. Du warst eine Weile raus aus dem Betrieb, da bekommt man doch einen frischen Blick auf alles. Was ist dir aufgefallen, als du deine Arbeit wieder aufgenommen hast?«

»Kleine Streitereien. Ärgernisse. Keine Abstimmung zwischen Operationsplan und Intensivstation oder Aufwachraum. Jetzt zähle ich nur die negativen Dinge auf. Aber die meisten machen ihre Arbeit hier gern. Das ist mir auch aufgefallen. Man springt füreinander ein, hilft sich gegenseitig. Ich will nicht klagen. Oder petzen.«

»Alles, was wir besprechen, soll der Verbesserung dienen. So musst du es sehen. Du hast die Arbeitsatmosphäre bei den HNO-Operationen hervorgehoben. Könnten wir uns etwas davon abschauen?«

»Seit du hier bist, machen wir Teamtrainings«, sagt Suzan

nachdenklich. »Wir üben gemeinsam, mit den Assistenzärzten und den Anästhesiepflegern zusammen. Vorige Woche hatte ich so einen Nachmittag mit Bram Veenstra. Wenn man sich erst einmal an diese komische Gummipuppe gewöhnt hat, wirkt sie sehr echt. Ein TURP-Syndrom war dran. Bram spielte den Urologen, so einen richtigen Autisten, der nichts anderes im Kopf hat, als die riesige Prostata so schnell wie möglich klein zu kriegen. Er hockte zwischen den Beinen des Patienten und war völlig unzugänglich. Wir hinter dem Tuch wurden immer unruhiger, wir dachten an Natriummangel und Hirnödem, aber aus irgendeinem Grund trauten wir uns nicht, etwas zum Operateur zu sagen. Bis Sjoerd, dieser junge Pfleger, ein netter Junge ist das, bis Sjoerd also plötzlich rief, dass er jetzt auf der Stelle aufhören müsse mit dem Spülen und wir den Patienten wach machen würden – na, da gab es natürlich mächtigen Streit. Warum erzähle ich das eigentlich? Ach ja, ich dachte: Wir von der Anästhesie werden durch diese Trainings zwar schon zu einem Team, aber wenn die Operateure nicht mitmachen, bringt uns das nicht viel.«

»Wir müssen irgendwo anfangen«, sagt Vereycken. »In unseren eigenen Reihen. Der nächste Schritt wird die Einbeziehung der Chirurgie sein. Ich führe bereits Unterredungen darüber, aber sie gestalten sich, ehrlich gesagt, nicht ganz so einfach. Sie wollen schon, einige jedenfalls, aber das kostet Stunden – und wer bezahlt das?«

»Sie wollen? Auch die Herzchirurgen?«

»Dort ist mein Vorschlag auf gewisse Vorbehalte gestoßen, will ich mal sagen. Es scheint um Revierstreitigkeiten zu gehen, sie sind der Meinung, dass die Operationssäle ihnen gehören. Und so benehmen sie sich auch.«

Suzan denkt an Bobby Harinxma, den aufbrausenden Kardiochirurgen, der gerne mal ruft, er wolle Stille in *seinem* OP. Wie sehr sie das ärgert und wie unfähig sie jedes Mal ist, ihm zu verstehen zu geben, dass er Gast im OP ist. Ihr Gast im Grunde.

»Wir sollten mit den Operateuren zusammen ein Team bilden. Der Anästhesiologe ist der Anführer, der hat den besten Überblick. Man kann das mit dem Konzertmeister in einem Orchester vergleichen. Wir wollen nicht der Chef sein, sondern die Richtung in der Zusammenarbeit vorgeben. Das Wissen des kooperierenden Teams ist größer als die Summe dessen, was jedes einzelne Teammitglied weiß. Man schaut über die Grenzen seines Fachgebiets hinaus. Das ist die Zukunft. Das neue Arbeiten.«

Es klingt nach Luftschlössern, aber Suzan glaubt trotzdem daran. Sie bezweifelt allerdings, dass alle so darüber denken.

»Es ist eine Frage der Persönlichkeit«, findet Vereycken. »Mir ist schon oft aufgefallen, dass unsere Kollegen eher schüchtern sind. Vielleicht eine Folge der Auswahl. Wer bewirbt sich für unseren Ausbildungszweig? In sich gekehrte Menschen mit Interesse für Chemie. Menschen, die sich nicht für intensive, lang anhaltende Patientenkontakte erwärmen können. Ich formuliere es negativ. Man könnte auch sagen: Der durchschnittliche Anästhesist ist dienstbar und hält sich im Hintergrund. Schüchternheit ist ein eigenartiges Phänomen. Ein schüchterner Mensch fühlt sich beobachtet, als drehe sich die ganze Welt nur um ihn. Eigentlich genau wie der Chirurg, nur im umgekehrten Sinne. Ein und derselbe Gedanke äußert sich bei dem einen in starkem Geltungsdrang und bei dem anderen in ängstlicher Scheu. Ich begebe mich jetzt auf ein Terrain, das nicht das meine ist. Was hältst du davon?«

»Es kann bei uns auch schon mal in Geltungsdrang und Herrschsucht ausarten. Dafür finden sich durchaus Beispiele. Man sollte nicht pauschalisieren. Und auch nicht psychologisieren. Es kann gut sein, dass wir in der Weiterbildung Bewerbern den Vorzug geben, mit denen wir uns verwandt fühlen, aber ich betrachte uns nicht als einen Klub aus menschenscheuen oder angstbesetzten Menschen.«

Sie ist erbost. Er bringt sie auf die Palme mit seinen voreingenommenen Ansichten. Psychologie ist für zu Hause, mit Peter am Tisch. Hier will sie nichts davon hören.

»Jetzt sag doch mal«, fordert Vereycken sie auf, »wie würdest du die Entwicklung eines stärkeren Teamgefühls stimulieren?«

»Man sollte von dem ausgehen, was man hat, was schon da ist. Die Operateure ins Trainingsprogramm einbeziehen, auch wenn es Geld kostet. Man bekommt es wieder zurück, es ist eine lohnende Investition.«

»Würdest du in diesem Programm eine leitende Funktion übernehmen?«

»Ich denke nicht daran. Bram macht das hervorragend. Wenn du noch jemanden zusätzlich einspannen willst, würde ich einen Kollegen nehmen, der sich schwer damit tut. Der kann sich gut in die Chirurgen hineinversetzen – mangelnde Begeisterung, kein Sinn für Flachsereien. Da schlägt man dann zwei Fliegen mit einer Klappe.«

Vereycken nickt anerkennend.

»Ein unorthodoxer Ansatz. Werde ich mir überlegen. Wir brauchen keine Namen zu nennen. Ich begreife, was du meinst. Bemerkenswert.«

Er erhebt sich und schaut aus dem Fenster.

»Wohltuend, diese Aussicht. Sie spendet Ruhe. Wir könnten ein wenig durch den Park spazieren, hast du Lust?«

In ihren weißen Kitteln wandern sie über die mit Rindenmulch bedeckten Pfade. Die meisten Stauden sind verblüht, und am Rand der Wasserläufe ragt vertrocknetes Schilf auf. Vereycken keucht.

»Du hast aber ein Tempo drauf. Komm, setzen wir uns kurz.«

Auf einem Baumstamm sitzend, streckt Suzan die Beine aus. Wenn man einander nicht anzusehen braucht, kann man leichter reden, findet sie.

»Wenn ich dich recht verstehe, möchtest du mich also gern noch etwas Zusätzliches machen lassen. Neben dem Unterricht.«

»Ja. Mir ist daran gelegen, dass alle meine Fachärzte ein spezifisches Interessengebiet, eine besondere Aufgabe haben oder sich der Forschung widmen. Die Abteilung heißt Anästhesiologie, das riecht doch nach Wissenschaft, nicht wahr? Wir haben zwar Wissenschaftler im Dienst, aber ich finde, dass wir selbst auch Forschung betreiben sollten. Hast du schon einmal daran gedacht?«

»Simone promoviert. Ich will nicht so hoch hinaus, das reizt mich nicht. Ich mag die normale Arbeit, was soll es da zu erforschen geben?«

»Denk mal etwas besser nach. Daran lässt sich alles Mögliche erforschen. Als universitäre Einrichtung sind wir auch dazu verpflichtet.«

Lass ihn jetzt bitte nicht sagen, dass wir ein *center of excellence* sind, denkt Suzan, ich hasse diese großkotzigen Worthülsen. Was er über die Rollenverteilung im OP gesagt hat, spricht mich schon an, ja, wir haben die Rolle der Gastgeber. Man empfängt seine Gäste wohlwollend, man bespricht, was sie gerne hätten, und sorgt dafür, dass es ihnen an nichts fehlt. Im Rahmen des Möglichen, wie er immer sagt. Wir sollten die Chirurgen empfangen, als führten wir ein Sterne-Restaurant, in dem Bewusstsein, dass die Küche uns gehört und niemandem sonst.

Vereycken spricht unterdessen von Forschungszielen und -ergebnissen. Sie muss besser zuhören. Was will er eigentlich?

»Worauf bist du neugierig? Was möchtest du von einem Patienten wissen, bei dem du eine Narkose gemacht hast?«

Er wendet das Gesicht Suzan zu und kann auf dem dicken Baumstamm nur mit Mühe das Gleichgewicht halten.

»Wie spät ist es? Das will ich von ihm wissen, gleich, wenn er wach wird, noch auf dem Tisch. Dann darf natürlich keine Uhr in seinem Blickfeld sein. Ich möchte wissen, ob er ein Gefühl dafür hat, wie viel Zeit vergangen ist. Und falls nicht, ob das mit der Narkosetiefe oder der Dauer des Eingriffs zusammenhängt. Ich habe noch nie etwas darüber gefunden.«

Sie sieht Vereyckens Gesicht an, dass er das Gespräch gleich in andere Bahnen lenken wird.

»Ich dachte an etwas anderes«, sagt er. »In den letzten Jahren wird regelmäßig über unschöne Zwischenfälle während Operationen publiziert, die sich leider immer erst hinterher herausstellen: Dass Patienten während des Eingriffs aus der Narkose erwachen. Stell dir das mal vor – das Bewusstsein ist da, der Patient nimmt etwas wahr, aber er ist gelähmt, er hat Muskelrelaxanzien bekommen und kann sich nicht bewegen, nicht stöhnen, nichts! In der Hälfte der gemeldeten Fälle verspürt der Patient auch Schmerzen. Starke Schmerzen. Das ist ein Katastrophenszenario, der blanke Horror! Es passiert vor allem während Operationen, bei denen die Narkose so leicht wie möglich gehalten wird: Kardio, Geburtshilfe. Der Prozentsatz der Fälle ist zwar äußerst niedrig, aber dennoch. Patienten leiden in der Folge unter posttraumatischen Belastungsstörungen. Sie schlafen nicht mehr, sie haben Angst und furchtbare Albträume. Ob es bei uns in der Klinik auch vorkommt, weiß ich nicht. Statistisch gesehen, müsste es schon so sein. Vorigen Monat erst hörte ich so etwas von Bibi, es betraf einen kleinen Jungen. Er wiederholte Sätze, die er nur während der Narkose gehört haben konnte. Sie hat ihn gefragt, ob er Schmerzen gehabt habe, aber daran erinnerte er sich nicht.«

Suzan versucht es sich vorzustellen. Dass man daliegt, auf diesem schmalen Bügelbrett, die Arme in den Armstützen, die Augen zugeklebt. Sie sägen einem den Brustkorb auf, man hört das Krachen, wenn der Rippenspreizer betätigt wird, man weiß, dass der Körper offen ist. Jemand sagt: »Du kannst dann gleich mal kurz weg, Sjoerd, im Kaffeeraum steht Suppe.« Vielleicht spürt man das von den Opiaten zugedeckte Vorhandensein von Schmerzen. Man möchte dem Anästhesisten zuschreien, dass er die Propofolgabe erhöhen, schnell noch einmal Fentanyl spritzen soll. Bitte, schau doch her, warum siehst du denn nicht, dass hier etwas überhaupt nicht in Ordnung ist!

»Wie oft kommt das vor?«, fragt Suzan.

»Selten. Bei schätzungsweise 0,2 Prozent, bei Herzoperationen etwas häufiger, da sind es vielleicht sogar 2 Prozent. Aber das ist über den Daumen gepeilt. Für genauere Untersuchungen braucht man eine enorm große Zahl operierter Patienten.«

»Dann kommt das für uns doch gar nicht in Frage, oder? Wir operieren zwar viel, aber niemals genug für so etwas.«

Vereycken findet das kurzsichtig. Wenn alle Krankenhäuser vergleichbare Untersuchungen anstellten, aufeinander abgestimmt, so dass man die Ergebnisse zusammenführen könnte, würde man sehr wohl sinnvolle, statistisch signifikante Ergebnisse erhalten. Auch da wieder das Teamdenken, konstatiert Suzan. Darauf ist er richtig versessen. Nichts, was man allein unternimmt, kann etwas taugen. Meine Untersuchung zum Zeitgefühl kann ich wohl in den Wind schreiben.

Vereycken erhebt sich und klopft sich die Baumrinde von der Hose. »Lauf bitte nicht wieder so schnell, Suzan, ich bin ein alter Mann. Wir kommen noch früh genug an unsere Wirkungsstätte zurück.«

Soll ich ihm meinen Arm anbieten, doch wohl nicht, oder? Er ist zu dick, er müsste was dagegen tun. Kleine Schritte. Pass dich an.

»Ich habe vorhin vom Konzertmeister gesprochen, aber man könnte vielleicht besser an ein Streichquartett denken, wenn es um ein Operationsteam geht. Der Operateur ist natürlich der Primarius, der hat das schwierigste Kunststück zu vollbringen. Aber wenn das Cello keine volle, reine Basslinie darunter spielt, klingt es nach nichts! Dank des Cellos kann die erste Geige glänzen. Das ist doch ein schöner Vergleich, findest du nicht?«

Suzan nickt.

»Ich gehe nämlich immer in die Reihe der Streichquartette«, erklärt Vereycken seinen Vergleich. »Da achte ich vor allem auf das Zusammenwirken. Wie man einander Raum gibt. Acht gibt, folgt. Sehr lehrreich.«

»Und schön, hoffe ich. Die Musik. Man könnte meinen, du bist permanent mit unserem Fachgebiet beschäftigt.«

»Und ob«, bestätigt Vereycken. »Unser Fachgebiet bereitet mir Vergnügen. Wie es expandiert! Wie rasch es sich entwickelt, unglaublich. Kein Wunder, dass die Kollegen der anderen Disziplinen Mühe haben, mit dieser Entwicklung Schritt zu halten. Es gelingt uns ja selbst kaum. Ich betrachte es als meine Aufgabe, den Fortschritt noch zu stimulieren. Wir sollten uns mit der Vorreiterrolle identifizieren. Deshalb wollte ich mit dir reden. Denk mal über meinen Vorschlag nach.«

»Eine postoperative Sprechstunde«, sinniert Suzan. »Jeder Patient, der eine Vollnarkose bekommen hat, sollte zwei Wochen nach der Operation den Anästhesisten sehen. Ein Gespräch anhand eines standardisierten Fragebogens.«

»Dabei können dir die Psychologen unter die Arme greifen«, sagt Vereycken enthusiastisch. »Die formulieren sehr gute, objektive Fragen.«

»Man muss Daten über den Patienten haben: Alter, Gewicht, Disposition, Art des Eingriffs und so weiter. Und Daten über die jeweilige Anästhesie: Dauer, Medikation, Blutdruck, Sauerstoffsättigung – alles, was routinemäßig aufgezeichnet wird. Das muss eine gewisse Uniformität haben. Man sollte am besten gleich im Aufwachraum fragen, wie es war. Und das Gespräch dann einige Zeit später führen.«

Wer weiß, vielleicht kann ich meine Frage nach dem Zeitempfinden ja auch irgendwie darin unterbringen. Nun hat er es tatsächlich verstanden, mich dafür zu begeistern, wie macht er das bloß?

»Siehst du, Suzan, wenn du erst mal darüber nachdenkst, kommen dir auch Ideen.«

Der Krankenhauskoloss liegt in seiner ganzen Breite vor ihnen. Er hat leicht reden, denkt Suzan. Ich werde schon müde, wenn ich nur an die Organisation so eines Projekts denke. All die Kollegen auf eine Linie zu bekommen, die Beratungen, die

Einwände, die es geben wird, das Gemurre wegen der Kosten und des Aufwands.

Sie nehmen den Hintereingang, und Vereycken hält ihr die Tür auf. Im Fahrstuhl stehen sie einander gegenüber. Er lacht.

»An der frischen Luft denkt sich's am besten. Sauerstoff. Jetzt unterwerfen wir uns wieder der Abteilungsdisziplin. Was machst du heute Nachmittag?«

»Ich unterrichte, erstes Weiterbildungsjahr. Wie ein peripherer Zugang und ein zentralvenöser Katheter gelegt werden.«

Vereycken nickt. »Ich lasse dir einen Artikel zukommen, darin sind alle Untersuchungen zur *awareness* zusammengefasst. Die Schlussfolgerungen, die daraus gezogen werden, würde ich gern hier bei uns überprüfen. Der merkwürdigste Befund ist wohl, dass Patienten, die während der Operation wach werden, klar bei Bewusstsein sind und unerträgliche Schmerzen leiden, geringere Probleme damit haben als diejenigen, die wohl nur halb zu Bewusstsein kommen – die denken nämlich, dass sie verrückt werden, die haben keinen Bezug zur Wirklichkeit. Wer Schmerzen spürt, weiß, dass es wahr ist, der braucht nicht zu zweifeln. Es ist zwar die Hölle, aber er trägt keine Belastungsstörungen davon, die anderen dagegen schon.«

Drik hat also doch recht, denkt Suzan. Dies ist der Beweis. Wenn jemand fühlen kann, was eigentlich in ihm vorgeht, und wenn es noch so schrecklich ist – Kummer, Wut, Machtlosigkeit und was einem sonst noch alles das Leben schwermachen kann –, dann hilft ihm das, sich besser zu fühlen als zuvor, als er es mit aller Macht aus seinem Bewusstsein verdrängt hat. Er fühlt sich wieder ganz. Er steht mitten in der Realität. Er ist geheilt.

Im Grunde ist ihr das völlig unverständlich. Was sie anstrebt, ist die Betäubung. Wo sie Schmerzen vermutet, ist sie mit Opiaten zur Stelle. Sie betäubt die Nervenbahnen, über welche die Schmerzreize zum Cortex schnellen, würde sie sogar eher zerstören, als zuzulassen, dass der Reiz dort oben in den Gehirnwindungen in eine Wahrnehmung umgesetzt wird. Dass es einem Menschen guttun soll, zu wissen, wie er leidet, ist ihr ein Rätsel.

Das Gespräch hat sie verunsichert. Sie möchte nichts davon wissen, dass die Menschen, die sie unter ihrer Obhut hat und sorgfältig betäubt, womöglich insgeheim doch mitbekommen, was mit ihnen geschieht, wenn die OP-Leuchten eingeschaltet sind, wenn alle sich ihren Mundschutz vorgebunden haben und der Chirurg um das Skalpell bittet.

Vereycken sieht sie ermunternd an. Die Fahrstuhltüren öffnen sich.

»Wir wissen noch so wenig«, sagt er. »Wie das Gedächtnis funktioniert. Was wir meinen, wenn wir von Erinnerung sprechen, wie wir die Erfahrungen aus unseren ersten Lebensjahren speichern, der Zeit, da wir noch keine Sprache zur Verfügung hatten. Es gibt noch eine ganze Welt zu entdecken. Dazu kannst du etwas beitragen.«

Sie wäre gern skeptisch, würde gern intelligente Einwände gegen seine Argumentation vorbringen, die ihrem Empfinden nach zu sehr verallgemeinert, zu sehr von seinem wissenschaftlichen Eroberungsdrang gefärbt ist. Aber sie fühlt sich ertappt, zum kleinen Mädchen gemacht. Sie kennt ihre Vergangenheit nicht, weiß Gott sei Dank nichts von den Verzweiflungsszenen, die sich in ihrer frühen Kindheit abgespielt haben dürften. Ein wütend kreischendes Baby muss sie da gewesen sein, ein Baby, das in den steifen Armen Leidas apathisch wurde, ein Kindchen, dem etwas fehlte, was es aber nicht benennen und schließlich nicht mehr fühlen konnte. Nein. Besser so, wie sie es macht. Als ob Drik so glücklich wäre mit seiner Analysiererei. Das klingt alles großartig, vielleicht sogar plausibel, aber es ist völlig aus der Luft gegriffen. Sie ist die Betäubungsspezialistin. Durch die Untersuchung, die Vereycken ihr aufdrängt, kann sie ihre Betäubungskunst vervollkommnen.

Livia kommt ihnen aus ihrem Büro heraus entgegen. Sie sieht etwas verstört aus.

»Ach, wie gut, da sind Sie ja wieder. Ihr nächster Termin wartet. Ein Allard Schuurman hat angerufen. Er kann tatsächlich zum ersten September anfangen, sagt er. Soll ich schon mal einen Vertrag aufsetzen?«

»Ja, gern, Livia. Drei Monate Probezeit. Lass es mich anschließend kurz lesen.«

Er wendet sich Suzan zu und erzählt, dass ein neuer Assistent dazukomme, ein unerfahrener, aber motivierter junger Mann. Habe nie eine Wahlfamulatur in der Anästhesiologie gemacht, müsse also bei null anfangen.

»Das wäre doch eine schöne Aufgabe für dich, nicht? Würdest du ihn in den ersten Monaten betreuen und mal schauen, ob er sich für unser Fach eignet?«

15

In seinem immer lauter klopfenden Audi rast Drik über die Landstraße. Die geraden Alleebäume am Straßenrand brechen das Sonnenlicht mit einem Stroboskop-Effekt, von dem man epileptische Anfälle bekommen kann, wenn man eine Veranlagung dazu hat. Hinter den Pappeln erstrecken sich öde Felder. Kein Vieh zu sehen, auch nichts Angepflanztes, aber hie und da eine rechteckige Scheune aus rostigem Stahlblech. Was heißt da Arbeitsplätze in der Landwirtschaft? Hier ist kein Mensch.

Driks Verlag hat seinen Sitz in der Provinz, ein Flachbau in einem Gewerbegebiet. Die Anfahrt dorthin dauert zwar etwas länger, aber dafür hat man als Autor die Gewissheit, dass die Gewinne des Verlags nicht restlos in ein Grachtenhaus mit Marmorfluren fließen. Wohin dann? Öffentlichkeitsarbeit, so der Verleger. Gratisexemplare. Eine junge Dame, die den Redaktionen wissenschaftlicher Zeitschriften Dampf macht, dass sie das Buch besprechen. Vielleicht auch mal eine Anzeige in so einem Blatt. Eine sorgfältig geführte Website. Mehr als die üblichen zehn Prozent Beteiligung könne er leider nicht bieten. Die Hochzeiten des gedruckten Buchs seien vorbei, die gesamte Branche zittere. In dem Vertrag, den Drik gerade unterschrieben hat, steht ein Passus über die Verbreitung des Textes in elektronischer Form, gegen armselige fünfzehn Prozent.

»Du hast ja glücklicherweise in mehreren Berufsfeldern eine ausgezeichnete Reputation«, sagte der Mann. »Da können wir mühelos tausend Exemplare absetzen. Psychiater, klinische Psychologen, Psychotherapeuten diverser Richtungen und Schulen. Großartig. Und es ist so eingängig geschrieben, dass ich es sogar bei Hausärzten versuchen werde.« Er rieb sich die Hände und trank mit hörbarem Schlürfen von seinem Kaffee.

Drik unterdrückte ein angewidertes Schaudern. Das Buch lag umgedreht auf dem protzigen Glastisch. Den hinteren Deckel füllte ein Foto von ihm selbst aus, mit einigen sorgfältig ausgewählten Zitaten aus Rezensionen zu früheren Werken darunter.

Er sah wirklich sehr vertrauenerweckend darauf aus. Nicht fröhlich, aber auch nicht sorgenvoll oder gar schwermütig. Wie jemand, der im Leben stand und viel mitmachte, ohne darüber den Mut verloren zu haben. Der sich in Oberhemd und Jackett wohlfühlte, die nicht nagelneu, aber auch bestimmt nicht abgewetzt zu sein hatten. Frisch aus der Reinigung eigentlich. Informell, ohne Krawatte, aber nicht zu häuslich. Bloß kein Pullover. Etwa drei Wochen vor dem Fototermin beim Friseur. Der Mann auf dem Buch blickte den Leser freundlich an. Nicht aufdringlich. Als wartete er geduldig darauf, dass man ihm seine Geheimnisse erzählen würde. Als hätte er Freude daran, sich tiefe, intelligente Gedanken zu machen. Dieser Mann brauchte keine Rechtfertigung für sein Dasein, dieser Mann konnte sich sehen lassen, ohne eitel zu wirken. Er hatte sich fotografieren lassen, weil das dazugehörte, weil der Leser ein Recht darauf hatte zu erfahren, wie der Autor aussah; so seine Meinung, das sah man ihm an. Es ging ihm nicht darum, sich zu produzieren und in seiner Wichtigkeit zu sonnen.

»Gutes Foto«, sagte der Verleger. »Tolle Arbeit, der Junge versteht was von seinem Fach, sind froh, dass wir ihn haben.«

Drik erinnerte sich, woran er gedacht hatte, als das Foto gemacht wurde. Eier, Butter, Tomaten, solche Schwammtücher zum Abwischen von Spüle und Arbeitsplatte, Bier und Mülltüten. Er hatte die Einkaufsliste visualisiert, um nichts zu vergessen. Sobald dieser Heini mit seinen Lampen, Schirmen und Apparaten abgehauen war, würde er zum Supermarkt stürmen.

»Die heutige psychodynamische Theorie liefert die umfänglichste Erklärung für die Entwicklung der Persönlichkeit und verhilft Therapeuten der verschiedensten Disziplinen zu Einordnung und Verständnis ihrer Interventionen. Überzeugend berichtet Drik de Jong von seinen jahrelangen Erfahrungen in der Psychotherapie.«

Auf einem übersichtlichen, geraden Straßenabschnitt setzt er zum Überholen eines Traktors mit einem Anhänger voller Zuckerrüben oder Blumenzwiebeln an. Die Wand seines Sprechzimmers sah auf diesem Scheißfoto richtig schick aus. Es war nicht zu übersehen – da stand ein gemachter Mann.

Er schießt an dem Traktor vorbei und hustet dem verdutzt blickenden Bauern einen Schwall Auspuffgase ins Gesicht. Wenn die alle wüssten! Hinter dieser gebildeten, teilnahmsvollen Fassade verbirgt sich ein Wrack von einem Therapeuten. Ein Analytiker, dem es bei einem seiner Patienten neun Monate lang nicht gelungen ist, ein solides Arbeitsbündnis zustande zu bringen. Der neun Monate lang im gleichen Trott weitergemacht, gedeutet und die Deutungen wieder zurückgenommen hat, gewarnt und wieder beschwichtigt hat. Alles ohne Wirkung. Er haut frustriert aufs Lenkrad und erschrickt zu Tode, als die Hupe losgeht.

Ein agierender Patient, einer, der vor deinen Augen sein Leben ruiniert, ohne dass du eingreifen kannst, das ist ein Albtraum. Ach, mach nicht so ein Drama draus, denkt Drik. Du hast getan, was du konntest. Die Angst angesprochen. Die unbewussten Sehnsüchte angetippt. Die Übertragung benannt, damit das im Raum steht und man darüber reden kann und der Patient seine Konflikte nicht mehr in der Welt außerhalb des Sprechzimmers auszuleben braucht. Es hatte zwar alles keinen Sinn, aber du hast dein Bestes gegeben. Wahrscheinlich war die Indikation falsch, und dieser Junge kann gar nicht von einer Therapie profitieren, die zu Einsichten verhilft. Du hättest ihn an jemanden überweisen sollen, der kognitive Verhaltenstherapie macht. Die soll ja gegen alles helfen, wenn man der Presse glauben darf. Ließe sich nach wie vor machen. Aber er ist ja nicht mehr in der Psychiatrieausbildung, er braucht überhaupt keine Therapie mehr zu machen! Er kann gehen!

Ihm ist, als breche plötzlich die Sonne durch. Warum hat er nicht gleich daran gedacht? Offenbar ist er so sehr mit Allard befasst, dass er ihm wie selbstverständlich bei seiner spontanen Kursänderung folgen will, als sei *er* dafür verantwortlich.

Er fährt langsamer. Es *ist* auch seine Schuld. Wenn er es verstanden hätte, an den Jungen heranzukommen, wäre das nicht passiert. Jetzt hat Allard seinen Weiterbildungsplatz verspielt und begibt sich in ein ungewisses Abenteuer. Anästhesie! Ein Unterschlupf für die Neurose! Allard braucht sich nicht mehr mit seiner Angst auseinanderzusetzen, sondern kann sie mit Betäubungstechniken schön fest zudecken. Er kann sich mit Dingen wie Atemwegssicherung und Transfusionsmethodik befassen und muss nie mehr über Gefühle nachdenken.

»Ich möchte gern weiterhin kommen«, sagt Allard. »Vorläufig. Aber ich bekomme dafür natürlich nicht frei. Könnten wir eine andere Zeit vereinbaren?«

Sei großzügig, denkt Drik, du bist doch heilfroh, dass er nicht gleich abhaut. Am früheren Vormittag ist keine Option, die Leute fangen ja schon um halb acht zu arbeiten an.

»Um sechs Uhr abends, ginge das? Dann könnten wir bei Montag bleiben.«

Allard nickt und notiert es in seinem Terminkalender.

»Da du jetzt nicht mehr in der Psychiatrieausbildung bist, bekommst du die Therapie nicht mehr von der Klinik bezahlt. Wie bist du versichert?«

»Ich zahle das aus eigener Tasche. Ich möchte nirgendwo als Therapiepatient registriert sein.«

»Ich muss aber eine Datei über Diagnose und Behandlung für dich anlegen. Selbst wenn du privat bezahlst, bin ich verpflichtet, diese Daten ans zentrale Erfassungssystem weiterzuleiten, so widersinnig das auch ist.«

Allard bleibt kurz still.

»Interessant. Und welche Diagnose werden Sie eingeben?«

Tja, da trifft er den Nagel auf den Kopf. Angstneurose? Persönlichkeitsstörung? Berufliche Probleme, das geht fast immer, aber dann ziehe ich mich allzu bequem aus der Affäre. Meine Patienten passen ja meistens nicht in die vorgegebene Klassifikation, ich denke mir laufend irgendetwas aus.

»Was würdest du selbst vorschlagen?«

»Ich mache da nicht mit, nicht mal spaßeshalber. Ich will das nicht. Man sollte nie an solchen undurchsichtigen Systemen mitarbeiten. Die elektronische Patientenakte habe ich auch abgelehnt. Man hat doch keinerlei Garantie, dass vertraulich damit umgegangen wird. Irgendwelche Buchhalter und Tippsen in Büros unseres Gesundheitswesens gehen meine Diagnosen überhaupt nichts an. Ich verstehe nicht, dass Sie bei diesem Mist mitmachen. Das enttäuscht mich schwer, wirklich.«

»Ich muss wohl oder übel. Nein, das ist nicht wahr. Ich habe mich letztlich dafür entschieden, weil die meisten Patienten ihre Versicherung in Anspruch nehmen möchten. Das steht ihnen auch zu. Aber eigentlich bin ich ganz deiner Meinung, dass es ein unangenehmes und risikoreiches System ist.«

»Was machen wir jetzt?«

Drik überlegt. Wenn er sich nicht an die Vorschriften hält, macht er sich strafbar. Das wäre ein »Wirtschaftsdelikt« unter Mitwisserschaft des Patienten. Kann man sich mit einem Patienten darauf einigen, gemeinsam das Gesetz zu übertreten? Was würde das für die therapeutische Beziehung bedeuten? Der Patient könnte sich einbilden: Dieser Mann hat so viel für mich übrig, dass er zu einer Straftat bereit ist. Oder: Er hält sich nicht an die Vorschriften, da kann es hier wohl nicht ganz koscher sein. Der Patient könnte den Therapeuten erpressen. Der Therapeut könnte seinen Unmut über dieses Theater in Wut auf den Patienten ummünzen.

»Angehende Psychiater sind nicht die Einzigen, die eine

Lehrtherapie in Anspruch nehmen können. Ich habe Hausärzte in meiner Praxis, Fachärzte verschiedener Disziplinen, Kollegen. Bei allen schreibe ich auf die Rechnung: Lehrtherapie. Das mache ich auch bei dir. Kannst du damit leben?«

Allard nickt. Er rutscht auf die Stuhlkante vor und sieht Drik eindringlich an.

»Alles muss geheim bleiben. Sonst wagt man ja gar nichts mehr zu erzählen. Ich habe übrigens noch nie eine Patientenakte gesehen, die nicht von Fehlern strotzte. Die Angaben sind zwanzig Jahre alt, wurden falsch notiert und nie korrigiert, oder sie betreffen einen ganz anderen Patienten. Es ist schlicht Irreführung zu suggerieren, dass die Lösung aller Probleme darin läge, den ganzen Kram öffentlich zugänglich zu machen. Müssen Sie meinem Ausbildungsleiter einen Bericht über mich zukommen lassen?«

»Nein. Ich tue gar nichts. Du bestimmst selbst, wann du anfängst und wann du aufhörst. Das ist alles. Du kannst hier sagen, was du willst.«

»Die waren nicht erfreut, dass ich dort aufhöre«, sagt Allard. »Die dürfen den Weiterbildungsplatz ja nicht einfach mit jemand anderem besetzen, also haben sie jetzt vier Jahre einen Arzt zu wenig. Ich düpiere meine Kollegen, haben sie gesagt. Ob ich mir das nicht noch einmal ernsthaft überlegen will. Der Ausbilder tat zwar ganz freundlich und sagte, das komme häufiger vor, es sei eben sehr gewöhnungsbedürftig und dauere seine Zeit, bis man erkennt, wie großartig der Beruf ist. Ich bin eisern geblieben.

Meine Supervisorin war stinkig. Fragte, ob es ihre Schuld sei, ob sie mich nicht gut genug betreut habe. Ich erwartete ja schon sehr viel Aufmerksamkeit, sagte sie. Das sind die Richtigen, erst so tun, als ob sie sich selbst die Schuld geben, und mir dann vorhalten, ich verlange zu viel! Auf so ein Gespräch hatte ich keinen Bock. Ich habe ihr einen Strauß Blumen gekauft, da konnte sie nichts mehr sagen. Es ist mir eigentlich auch egal, was sie sagen. Ich bin so erleichtert, dass ich diese Leute nie mehr wiederzusehen brauche. Meine Mutter meinte, dass sie meine Entscheidung gut findet. Als sie noch Streifendienst gemacht hat, sagte sie, war sie oft in der Notaufnahme. Das seien zupackende Menschen dort, die hätten wirklich was drauf. Jemanden reanimieren oder am Leben erhalten. Ich fange Montag an.«

Als Allard weg ist, macht Drik das Fenster auf. Mit einer Tasse Kaffee in der Hand wandert er im Zimmer umher. Er ist ganz zufrieden, der Junge läuft ihm nicht davon, vorerst. Es muss also etwas geben, was ihn an die Therapie bindet. Er war damit einverstanden, die Behandlung weiterhin »Lehrtherapie« zu nennen; vielleicht bedeutet das ja doch, dass er etwas lernen, etwas verändern möchte? Wie auch immer, es ist positiv, dass er bleiben möchte.

Drik schreibt einiges in die Akte. Das Telefon klingelt, Suzan fragt, ob er heute Abend zum Essen kommt. Ja, gern, denkt Drik im ersten Moment, dann kann ich mal von diesem Jungen erzählen, er kommt ja jetzt zur Weiterbildung auf Suzans Abteilung, ich muss sie vielleicht vorwarnen – doch bevor er eine Antwort formuliert hat, wird ihm bewusst, dass er, gerade weil Suzan Allard nächste Woche kennenlernen wird, gar nichts sagen kann. Mit einem Mal sieht er schwierige Abende auf sich zukommen, Abende, da er lauter Fragen zur Abteilung, zu den Ärzten, den Abläufen haben und keine Antwort bekommen wird. Abende, da er Suzans Geschichten lauschen und dabei die ganze Zeit daran denken wird, dass er diese Kenntnisse in Gesprächen mit Allard nicht offenbaren darf. Es verspricht kompliziert zu werden.

»Weißt du, Suzan, ich möchte versuchen, wieder etwas mehr auf eigenen Beinen zu stehen. Öfter zu Hause zu bleiben. Ich muss doch irgendwann einmal wieder ohne deine Betreuung auskommen können.«

»Oh«, sagt Suzan.

Was hat sie denn gedacht?, denkt er böse. Dass ich bei ihr

einziehe? Für immer und ewig versorgt und gebunden? Ich will diese Kontrolle nicht, ich will da raus! Genauso habe ich mich früher zu Hause gefühlt – so was Blödes, dafür kann sie natürlich nichts. Verhalte dich endlich mal wie ein Erwachsener, versetz dich mal in andere hinein. Sie findet es schön, mit dir zu reden, über Roos, über alles, was sie auf dem Herzen hat. Du enttäuschst sie.

»Ich finde es schön, euch alle zu sehen, das ist es nicht. Aber ich möchte mich hier wieder mehr zu Hause fühlen, verstehst du, und deshalb muss ich auch mal hier sein und nicht jeden Abend davonlaufen.«

Sie verabreden sich für später in der Woche. Suzan klingt matt, und Drik hat ein schlechtes Gewissen und ist verstimmt. Er hat seine Schwester angelogen, sieht aber auch keine Möglichkeit, wie er das hätte vermeiden können. Er kann schwerlich sagen: Hör mal, ich habe einen Patienten, der nächste Woche deinen Weg kreuzen wird, und das bereitet mir Unbehagen. Was soll der Quatsch überhaupt, so etwas kommt doch häufiger vor. Du musst einfach den Mund halten, nichts sagen, was du nicht wissen kannst oder der andere nicht wissen darf. Wieso er in diesem Fall so ein Riesending daraus macht, weiß er nicht.

Sein pubertärer Freiheitsdrang lässt ihn an früher denken. Er nimmt sich vor, am Nachmittag Leida zu besuchen, er ist seit Monaten nicht dort gewesen. Somit wird Leida davon profitieren, dass er jetzt, da er Suzan eine Absage erteilt hat, das Bedürfnis verspürt, etwas Nettes zu tun. Er weiß, so etwas nennt man Verschiebung, aber er schwingt sich trotzdem aufs Fahrrad.

In der Buchhandlung findet er eine reich bebilderte Abhandlung über Krankenhäuser im Laufe der Zeit. Er lässt das Buch als Geschenk verpacken.

»Von einem Extrem ins andere«, sagt Leida, als er bei ihr ist. »Vorige Woche war Suzanne hier, mit Roos. Sieh mal, da stehen noch ihre Blumen. Und jetzt du. Das ist ja eine richtige Invasion.«

Er sieht, wie sie zärtlich mit der Hand über den Buchumschlag streicht. Sie schaut ins Inhaltsverzeichnis.

»Wie nett von dir. Mein Krankenhaus steht auch drin. Das existiert gar nicht mehr.«

Sie schlägt die entsprechende Seite auf.

»Schau mal, was für ein schönes Gebäude. Ein Jammer, dass man es abgerissen hat. Hier hinten war das Schwesternheim, da habe ich gewohnt.«

»Ich habe gehört, dass Roos dich zu berufstätigen Frauen befragt. Macht's Spaß?«

»Spaß, Spaß«, sagt Leida mit unwirscher Miene. »Es freut mich, dass sie an mich gedacht hat, aber das Thema ist alles andere als spaßig. Es hat mich in die damalige Zeit zurückversetzt, und dabei ist mir bewusst geworden, welche Freude ich an der Arbeit hatte und wie selbstverständlich ich sie aufgegeben habe. Für immer. Es war keine Rede davon, dass das nur eine vorübergehende Lösung sein würde. Ich war auf einen Schlag Exkrankenschwester.«

»Warum hast du nicht wieder angefangen, als wir aus dem Haus waren? An Pflegepersonal mangelt es immer, es gibt Schulungskurse und Programme für den Wiedereinstieg in den Beruf, alles gratis. Mit offenen Armen hätten sie dich genommen!«

»Als Suzanne anfing zu studieren, war ich fünfundfünfzig.«

»Da hättest du doch noch zehn Jahre arbeiten können.«

Leida steht auf, legt das Buch auf den Tisch und beugt sich über das Teeservice. Die Tassen klirren.

»Ehrlich gesagt glaubte ich nicht, dass ich es noch gekonnt hätte. Da hatte sich so schrecklich viel verändert. Technische Neuerungen, damals schon, Computer, Monitore – alles war unbekannt und kompliziert. Heutzutage kann man Krankenpflege an der Universität studieren. Für mich hieß es noch Bettpfannen mit Lysol abseifen, schlaflosen Patienten eine warme Milch machen, Tabletten austeilen, Nägel schneiden. Nein, ich hätte es nicht mehr gekonnt.«

Sie wischt sich mit einem Taschentuch, das sie aus ihrem Ärmel gezogen hat, über die Augenwinkel.

»Das geht mir schon nahe. Aber du musst nicht denken, dass ich mein Leben bereue. Mein Beruf hat mich in die Lage versetzt, für euch zu sorgen. Ich hatte ja auch die Zusatzausbildung zur Kinderkrankenschwester gemacht und wusste daher, wie man ein Baby badet und ihm die Windeln wechselt. Und ich war es gewohnt, viele Dinge gleichzeitig zu machen.«

»Hat Hendrik dich nie angespornt, wieder arbeiten zu gehen?«

Leida verschränkt die Arme vor der Brust. Ihre in dicke, fleischfarbene Strümpfe verpackten Beine stehen ordentlich nebeneinander auf dem Boden.

»Ach, Hendrik. Er ist mein Bruder, ich würde ihn niemals im Stich lassen. Aber ob das andersherum auch so wäre? Ich will es mal so sagen: Er hat sich seit dem Unglück stark verändert. Er war danach nicht mehr imstande, etwas mit euch aufzubauen. Der Anblick kleiner Kinder machte ihn krank. Was ihn am Leben hielt, waren seine Arbeit, sein Studierzimmer, seine Dienstreisen. Sein privates Leben hörte auf, als Fenny starb.«

Fenny, denkt Drik, das ist meine Mutter. Niemand sagt je ihren Namen. Fenny. Hier spricht eine, die weiß, wie ihre Stimme klang, wie sie sich bewegte.

»Ich habe Hendrik im letzten Winter besucht.«

»Und, hat er dich erkannt?«

»Anfangs nicht. Erst als ich gehen wollte, begriff er, wen er vor sich hatte. Das war kein sehr schönes Gefühl für mich. Wir haben einen Spaziergang gemacht. Ich komme jetzt darauf, weil er anfing, von dem fatalen Urlaub damals zu reden. Weißt du eigentlich, wie es genau passiert ist?«

Es hat den Anschein, als verschließe sich Leidas Gesicht.

»Nein. Hendrik wollte nie darüber reden. Ich weiß, dass er anfangs verdächtigt wurde, Fenny von den Felsen gestoßen zu haben. Das hat ihn ganz aus der Fassung gebracht. Ich glaube, die Polizei muss das immer untersuchen, das ist Routine. Die meisten Verbrechen werden von nahen Angehörigen begangen. Aber er hat sehr darunter gelitten.«

»Was meinst du, könnte es sein, dass er es getan hat?«

»Aus Wut? Er hatte schon als Kind unkontrollierbare Wutausbrüche. Und er hatte Schwierigkeiten damit, dass Fenny so in den Kindern aufging. Wenn ein Kind geboren wird, verschiebt sich vieles. Das ist für einen Mann nicht so einfach. Er liebte Fenny von ganzem Herzen. Ich kann mir jedoch nicht vorstellen, dass er sie ermordet hat. Oder besser gesagt: Ich könnte es mir schon vorstellen, aber ich glaube nicht, dass es so war. Fenny war nicht sehr sportlich, weißt du. Es kann gut sein, dass sie aus eigener Schuld runtergestürzt ist.«

Was für ein idiotisches Gespräch, denkt Drik. Was suche ich hier eigentlich? Leida ist eine beschränkte Frau, einsam, eigen. Sie hat uns mit strenger Hand aufgezogen, ohne Nähe, als hätte sie Angst davor gehabt, sich an uns zu binden. Das hat uns beide gezeichnet.

»Ein Fluch«, murmelt Leida, während sie mit einer Gießkanne die Pflanzensammlung auf der Fensterbank durchgeht, Rücken gerade, Beine stramm. Sie drückt die Gießkanne an die Brust und wendet das Gesicht Drik zu.

»Ein Fluch für die Familie. Es gibt zu wenige Kinder. Ich bin natürlich kinderlos, du hast keine Nachkommen, und Suzanne hat nur Roos. Die Familie stirbt aus, wir sind verdammt. Ist vielleicht sogar gut so. Du bist genauso ein Choleriker wie dein Vater. Du kannst es gut verbergen, aber ich habe es gesehen.«

Meint sie etwa, dass ich ein potenzieller Mörder bin? Was geht eigentlich in ihrem Kopf vor? Meine Kinderlosigkeit ist ganz allein meine Sache, was erlaubt sie sich! Und wieso höre ich mir das überhaupt an?

Leida sitzt wieder, mit der Gießkanne auf dem Schoß.

»Fennys Unfall hat einen Schatten über alles geworfen, was danach kam. Wir gehen keine Bindungen mehr ein. Wir haben

Angst vor dem Verlust. Daher wollen wir uns auch nicht fortpflanzen. So denke ich darüber. Ein Fluch. Aber es ist sehr nett von dir, dass du mir dieses Buch mitgebracht hast. Jetzt geh lieber wieder, es wird mir zu lang.«

Ein wenig verdattert verabschiedet sich Drik. Es fühlt sich an, als verließe er das Haus einer Hexe, als wäre er ihr im allerletzten Moment entkommen. Kopfschüttelnd radelt er davon.

In der darauffolgenden Woche kommt Allard um sechs Uhr abends. Drik hat den ganzen Tag über Patienten empfangen. Er ist müde, möchte ein Gläschen trinken, schlurft aber pflichtgetreu zur Tür, als es klingelt. Energiegeladen marschiert Allard den Flur hinunter. Sowie er sitzt, beginnt er zu reden, lächelnd, lebendig, heiter. Drik unterdrückt einen Seufzer.

»Was für ein Tag! Toll! Die beste Entscheidung, die ich treffen konnte. Total anders als die Psychiatrie, überhaupt kein Vergleich. Ich wusste nicht, dass es das gibt, wirklich nicht.«

Idealisierung, denkt Drik. Er macht das Gleiche wie bei der vorherigen Stelle, nur mit umgekehrtem Vorzeichen.

»Was ist denn deinem Empfinden nach so anders?«

»Klarheit. Man weiß, was man zu tun hat. Die Leute machen sich nicht wichtig, reden nicht verschwommen daher. Das ist kein Tummelplatz für Machtspielchen und Eitelkeiten, dort wird ganz einfach gearbeitet. Man blickt nicht auf die Assistenzärzte herab, sondern hilft ihnen! Ich habe einen schon fortgeschritteneren Assistenzarzt zum Mentor bekommen, der mir alles zeigt. Und ich habe eine Supervisorin, die mich in der Probezeit, in den ersten drei Monaten betreut. Was für eine Frau! Alle haben dort den gleichen blauen Anzug an, aber sie ist mir schon gleich morgens bei der Übergabe aufgefallen. Gute Figur. Wilde Mähne. Große graue Augen. Und so ein liebes Gesicht. Geistreich ist sie auch, wir haben heute viel gelacht. Zu den Patienten sagte sie immer: ›Das ist mein Kollege, Doktor Schuurman.‹ Einfach nett. Alles, was ich nicht weiß oder kann, erklärt sie mir. Dann lässt sie es mich versuchen, und sie ist froh, wenn ich es hinkriege! Ich freue mich schon auf morgen, dann kann ich wieder den ganzen Tag mit ihr zusammen sein. Suzan heißt sie.«

Der Seufzer, den Drik nun nicht mehr unterdrücken kann, kommt aus tiefster Seele.

6

Ein unerwartet warmer Septemberabend. Die Terrassentür steht offen.

»Soll ich sie zumachen, wenn wir essen?«, fragt Peter. Suzan zuckt die Achseln. Sie stellt zwei Töpfe auf den Tisch. Dann geht sie nach oben, um sich einen Pullover und Socken zu holen.

»Kalt«, sagt sie, als Peter sie fragend ansieht. Er hat sich aufgetan: grüne Bohnen, eine Kartoffel.

»Shit, das Steak.« Gas wieder an, Bratpfanne, Butter, Kampf mit der Plastikverpackung, ein Fluch, das Zischen von heißem Fett.

Dann sitzen sie einander gegenüber – mit lauwarmen Bohnen und rohem Fleisch. Peter lacht.

»Du bist genervt. Die Arbeit oder etwas anderes?«

Suzan brummt.

»Hat nichts mit dir zu tun. Entschuldige das ungenießbare Essen.«

»Wenn du morgen beizeiten fertig bist, gehen wir in der Stadt essen. Zum Ausgleich.«

Unglaublich, dass ein Mensch so positiv und nett reagieren kann! Wenn sie selbst mit jemandem zu tun hat, der schlecht gelaunt ist, denkt sie immer gleich, es sei ihretwegen. Und sie hat keine Mittel, es zu durchbrechen, sie kann höchstens weglaufen oder grob werden. Könnte sie doch so denken wie er: Hier sitzt jemand, der genervt ist, und das hat nichts mit mir zu tun. Sie stellt ihren Teller neben das Spülbecken.

»Geht es nicht?«

Er tunkt den Steaksaft mit einem Stück Brot auf. Suzan

muss an die Absaugpumpe denken, die Sekrete des Patienten in einen Behälter unter dem Operationstisch befördert. Es ekelt sie dabei nicht. Eiweiße, rote Blutkörperchen – kein Grund, sich unangenehm berührt zu fühlen. Dazu geben andere Dinge Anlass.

»Drik«, stößt sie hervor. Peter sieht sie ernst an.

»Was ist mit Drik?«

»Er kommt nicht mehr.«

»Freitag war er doch noch hier. Er kommt nicht mehr jeden Tag, das stimmt. Hat er etwas gesagt?«

Suzan nickt. Peter wartet. Sie holt tief Luft.

»Er möchte selbstständig sein. Sich von meiner Fürsorge befreien, so wie er es ausgedrückt hat. Als wenn ich ihn gefangen halten würde!«

Peter legt seine Serviette auf den Tisch und setzt sich neben seine Frau. Er legt den Arm um sie.

»Mensch, Suus, jetzt machst du's schon wieder. Gibst dir die Schuld. Das musst du nicht. Hör auf damit.«

»Aber er hat es doch gesagt!«

»Was er sagt, entspringt seinen Beweggründen und seinen Wünschen. Vielleicht legt sich die Trauer jetzt ein wenig, vielleicht hat er eine Freundin, vielleicht möchte er sich jeden Abend betrinken. *Seine* Sache, verstehst du? Das hat nichts mit dir zu tun.«

Sie wischt sich mit ihrer Serviette über die Augen.

»Als ich so etwa zwölf war, bin ich oft zu ihm ins Zimmer gegangen, und wir haben zusammen Platten gehört. Er konnte verstehen, was die da sangen. Ich durfte stundenlang dableiben, auf seinem Bett liegen, während er seine Hausaufgaben machte. Unten hörten wir Leida staubsaugen, aber wir waren zusammen in Sicherheit. Am Ende des Schuljahrs verschwand er. Ganz plötzlich. Ich muss das zwar gewusst haben, natürlich ist darüber gesprochen worden, dass er studieren wollte, aber ich hatte mir wohl nicht klargemacht, dass er damit auch ein für alle Mal weggehen würde.«

»Hat er selbst nichts darüber gesagt?«

»Er ließ mich einfach bei diesen beiden Menschen zurück. Einfach so, ohne vorherige Ankündigung.«

»Und du?«

»Ich weiß es nicht mehr so genau. Ich schrieb ihm Briefe. Und ich durfte ihn hin und wieder besuchen. Nach stundenlanger Bahnfahrt kam ich dann in ein Haus, in dem lauter Jungs wohnten. Die Küche war der reinste Sauhaufen, und sie pinkelten ins Waschbecken. Leida gab mir Geld für die Fahrkarte. Aber geredet wurde nicht.«

»Vielleicht konnte er nicht mit dir darüber reden. Vielleicht hatte er Gewissensbisse. Er war keine achtzehn, noch ein halbes Kind.«

»Musst du ihn jetzt wieder verteidigen? Ich war dreizehn, ich musste noch die ganze Schule hinter mich bringen. Es würde noch Jahre dauern, bis ich es ihm nachtun konnte. Böse war ich ihm nicht, ich hatte nur Sehnsucht. Und jetzt lässt er mich wieder im Stich. Ich dachte, ich wäre ihm wichtig. Mit Hanna und so. Immer dieses Weglaufen. Alle laufen weg.«

»Aber doch nicht, um dir eins auszuwischen! Er versucht sich wieder ein eigenes Leben aufzubauen. Genau wie Roos. Deswegen sollten wir nicht beleidigt oder verletzt sein. Höchstens traurig, weil uns etwas fehlt.«

»Roos ist aber böse auf mich. Einmal rufe ich zu oft an, dann wieder nicht oft genug. Sie ist sauer, weil ich mich nicht nach diesem Referat über Leida erkundigt habe. Hatte ich auch vergessen. Ich will nicht an diese Frau denken.«

Peter steht auf und geht in den Garten hinaus.

»Komm mit raus. Es ist so ein milder Abend. Lass alles stehen, ich mach das nachher.«

Sie sitzen zusammen auf der Gartenbank. Das hier ist mein Leben, denkt Suzan, dieser Garten, in dem unsere Tochter ihren Sandkasten hatte und später ihr eigenes kleines Gemüsebeet. Das hier ist das Haus, in das Menschen kommen, die gestärkt werden wollen und Fürsorge brauchen. Aus dem sie weggehen, wenn es genug ist. Wie nimmt man Abschied ohne Wut? Ich weiß mir keinen Rat mehr. Am liebsten würde ich alles, was damit zusammenhängt, einfach nur betäuben, so wie ich meine gesamte Schulzeit in einer Art Nebel zugebracht habe. Ich halte es nicht aus, verlassen zu werden. Ich kann das einfach nicht.

Am nächsten Tag sitzt sie bei der morgendlichen Übergabe neben Ab Taselaar.

»Du machst gleich die Wirbelstabilisierung. Nimmst du deinen Schützling mit?«

»Ja, das habe ich vor.« Sie blickt in die Runde und sieht Allard neben seinem Mentor Winston sitzen. Die beiden unterhalten sich angeregt und lachen.

»Es dürfte ziemlich voll werden im OP«, sagt Ab. »Das Röntgenteam natürlich, ein Haufen Assistenten und zwei Unfallchirurgen aus Indien. Ich hoffe nur, es findet nicht gerade eine Inspektion statt, denn wir stehen bestimmt mit mehr als vierzehn Leuten um den Tisch. Das ist nicht erlaubt.«

»Du könntest doch eine Sondergenehmigung einholen. Das Krankenhaus ist so stolz auf experimentelle Behandlungen wie diese! Bisher wird es nirgendwo so gemacht, das muss man doch zeigen.«

Taselaar brummt.

»Ja, ja. Wenn sie in einem separaten Raum mit Videoübertragung sitzen könnten, wäre nichts dagegen einzuwenden. Es kommen natürlich auch Leute von uns zum Zuschauen.« Er schüttelt den Kopf.

Suzan denkt an den Eingriff. Hohe Querschnittslähmung, vor drei Tagen. An die Wirbelsäule muss ein Haltegerüst gezimmert werden, damit sich der Patient auf lange Sicht wenigstens in einen Rollstuhl hieven kann, ohne dass noch weitere Nerven gequetscht werden. Das gängige Verfahren beinhaltet, dass der Brustkorb geöffnet und die Rippen durchgesägt werden. Dann kann der Chirurg Titanstrips und Schrauben anbringen und alles wieder schließen. Eine stundenlange Operation, die den Patienten schwer belastet und ihm eine Narbe über den gesamten Oberkörper beschert. Heute machen die Unfallchirurgen es anders. Sie bringen durch kleine Inzisionen vier Ports an, durch die sie mit Kameras und Instrumenten in den Brustkorb hineinkönnen. Mithilfe eines Videoschirms und der Röntgenapparatur orientieren sie sich im Innern des Patienten, während sie das stabilisierende Gerüst zimmern. Erfindungsgeist und Technik, fabelhaft. Sie freut sich darauf.

Nach der Übergabe kommt Allard zu ihr herüber.

»Ich habe die Patientenakte eingesehen. Er kommt aus Marokko. Ist auf einen Stuhl gestiegen, um irgendwas vom Schrank runterzuholen. Umgefallen.«

Sie gehen in die Holding Area.

»Möchtest du die Prämedikation machen?«, fragt Suzan.

Allard nickt. Er tritt an das Bett, macht eine Art Verbeugung und stellt sich vor. Dann fragt er langsam und deutlich nach Namen und Geburtsdatum. Suzan lehnt schmunzelnd an der Wand.

Im Operationssaal herrscht schon ziemlich viel Betrieb. Suzan und Allard konzentrieren sich ganz auf den Patienten, als wollten sie ihn gegen den Lärm um ihn herum abschirmen. Es gelingt Allard, einen venösen Zugang zu legen und den Mann in Schlaf zu versetzen. Dann erst sehen sie sich an.

»Hat er keine Angehörigen?«, fragt Allard. »Es ist überhaupt niemand da. Und das nach so einem Unfall, der Ärmste.«

»Darüber wissen wir nie Bescheid. Aber tragisch ist es schon. Was soll aus so einem Mann werden? Pflegeheim, denke ich.«

Da der Eingriff Schritt für Schritt mit dem Röntgengerät verfolgt wird, müssen alle eine Bleischürze umlegen. Der Chirurg, ein kleiner Mann mit ernsten Augen, lässt sich in den sterilen Kittel helfen, den er darüber trägt. Er heißt Hjalmar, aber in diesem seriösen Kontext traut sich Suzan nicht, ihn mit seinem Vornamen anzusprechen.

»Doktor Kooiman, wir intubieren jetzt.« Der Chirurg nickt. Suzan führt einen Doppellumentubus ein, damit sie einen Lungenflügel beatmen kann. Der andere Flügel fällt in sich zusammen, wodurch dem Chirurgen mehr Raum für seine Arbeit bleibt. Es funktioniert reibungslos. Sie legt einen zentralen Venenkatheter. Und einen Arterienkatheter. Mit vereinten Kräften positionieren sie den Patienten in Seitenlage, mit dem Arm über dem Kopf, damit der Brustkorb freiliegt. Dann decken sie alles mit grünen Tüchern ab. Der Kopf des Mannes verschwindet darunter.

»Sieht aus, als ersetze der Monitor jetzt seinen Kopf«, sagt Allard. »Und der Videoschirm seinen Thorax. Alles aus zweiter Hand.«

Kooiman zieht unbeirrt Striche auf dem Brustkorb. Mit seiner sanften Stimme bittet er regelmäßig um Aufnahmen. Anhand der Bilder bringt er die Inzisionen an und schiebt die grünen Kunststoffports hinein.

Der Operationssaal wird immer voller. Suzan sieht Tjalling hereinschlüpfen, mit Fotoapparat, um diesen aufsehenerregenden Eingriff festzuhalten. Der Zähler, der anzeigt, wie oft während der Operation eine Tür aufgeht, tickt mit hoher Frequenz. Kooiman scheint es nicht zu merken. Er hantiert mit seinen Greifern und Zangen und kontrolliert seine Bewegungen auf dem Videoschirm. Der eingefallene Lungenflügel liegt wie eine graue Decke hinter dem Rückgrat. Man sieht die dicke Aorta, die sich windet wie ein Gartenschlauch unter Wasserdruck. Allard schiebt die Hand unter das Tuch und befühlt die Stirn des Patienten.

»Bisschen schwitzig«, sagt er. Suzan justiert die Schmerzmittelzufuhr. Sie stehen auf dem kleinen Raum zwischen dem Patienten und dem Narkosegerät, aber sind sich nicht im Weg. Die beiden Anästhesiepfleger haben nichts zu tun und unterhalten sich über ihren Urlaub.

»Schau dir mal die Sauerstoffsättigung an«, sagt Suzan besorgt. »Viel zu niedrig. Was ist denn da los?«

Sie blicken beide auf den Monitor. Zu wenig Sauerstoff im Blut. Suzan bückt sich, um inmitten des Kabelgewirrs den Weg des Sauerstoffschlauchs zu verfolgen. Sie kriecht unter den Tisch. Dort liegt Allard bereits auf den Knien, um die Anschlüsse zu kontrollieren. Sein Mundschutz ist heruntergerutscht.

»Ich kann keine undichte Stelle finden. Alles in Ordnung.«

Das gefilterte, grünliche Licht fällt auf sein ernstes Gesicht. Wir sitzen in einem Campingzelt, denkt Suzan, gleich gehen wir hinaus in die Dünen und hören das Meer.

»Sättigung sechzig«, ruft jemand.

»Ich glaube, ich weiß, woran es liegt.« Allard lacht erfreut auf. Suzan schiebt sich näher zu ihm hin. Was hat er überlegt, was macht ihn so froh? Mit beiden Händen zieht er ihren Mundschutz nach unten. Dann umfasst er ihr Gesicht und küsst sie. Wie selbstverständlich öffnet sie den Mund, als sie seine Lippen fühlt. Zähne berühren sich, Zungen beginnen zu tanzen.

»Sättigung fällt auf fünfundfünfzig!«

Allard kriecht zwischen den Tüchern hervor und richtet sich auf. Suzan sieht, wie sich seine Füße bewegen, und hört, was er sagt.

»Siehst du, sein Arm ist eingequetscht. Der Finger ist nicht gut durchblutet. Soll ich den Sensor an einem Zeh anbringen? Nimm mal und reich ihn weiter, Suzan, ich komme auf deine Seite rüber.«

Sie nimmt den weißen Clip und reicht ihn Allard hoch, sowie sie seine Clogs auf der anderen Seite des Patienten auftauchen sieht. Dann bündelt sie Schläuche und Kabel, damit keiner der Chirurgen darüberstolpert oder versehentlich darauftritt. Kooimans Kollege hat seine OP-Clogs abgestreift und arbeitet auf Socken.

Als sie unter dem Tisch hervorkommt, blickt das gesamte Anästhesieteam bewundernd auf den Monitor. Ausreichend Sauerstoff im Blut. Messfehler. Es war nichts.

Sie hat ihren Mundschutz wieder hochgeschoben und verfolgt andächtig, was Kooiman macht.

»Ihr könnt ruhig einen Kaffee trinken gehen«, sagt sie, ohne jemanden anzusehen. Allard und ein Anästhesiepfleger verziehen sich.

Ich bin wirklich nicht ganz bei Trost, denkt Suzan. Ein brechend voller OP, doppelte Anästhesiebesetzung, vollzähliges Röntgenteam – und ich hocke unter dem Tisch und knutsche mit einem Assistenzarzt. Einem Schüler.

Mit einigen hellen Schlägen hämmert Kooiman die Stütze am Knochengerüst fest, ein angenehmes mechanisches Geräusch in dem Spiegelkabinett aus Kameras und Bildschirmen. Es ist einfach nicht passiert. Es war nur eine Eingebung, ein Wink des Lebens. Das kommt davon, wenn man neben einem Scheintoten steht. Es ist nichts passiert. Aber was schmeckt sie dann, was erzählt ihre Zunge, woran erinnern sich ihre Lippen?

Auf dem Bildschirm ist eine Konstruktion wie aus dem Stabilbaukasten zu sehen, die die Wirbel tadellos zusammenhält. Selbst Kooimans Blick verrät Zufriedenheit. Durch die Ports saugt er das Operationsgebiet sauber. Dann wartet er ab. Keine Blutungen.

»Möchtest du nicht auch mal kurz weg?«, fragt Allard. Er steht plötzlich hinter ihr und strahlt Wärme ab.

»Ich warte bis zum Schließen.« Sie schaut sich nicht um. Es ist nichts passiert.

Als die Plastikports entfernt und die Inzisionen genäht sind, macht sie sich daran, den kollabierten Lungenflügel wieder zum Leben zu erwecken. Auf dem Schirm quillt die weißgraue Masse langsam auf, wölbt sich im Atemrhythmus Woge für Woge über Aorta und Wirbelsäule, wächst und wächst, bis der gesamte Schirm damit ausgefüllt ist. Alle schauen zu. Nichts passiert, denkt sie, siehst du, nichts passiert. Sie horcht die Lunge ab und nickt Kooiman zu. Alles unter Kontrolle.

Zu zweit fahren sie den Mann in den Aufwachraum. Er

stöhnt laut, ja schreit schon fast. Wer kann ihm erklären, wie eine Morphinpumpe funktioniert? Ginge das per Dolmetschertelefon? Arbeitet nicht eine Marokkanerin bei uns in der Anästhesie?

»Ob es eine Frage der Kultur ist, dass er so jammert?«, fragt Allard. »In Marokko macht man das vielleicht so, wenn etwas Schlimmes passiert ist.«

»Wir werden fürs Erste die Schmerzmitteldosis erhöhen. Danach müssen sie weitersehen.«

Suzan macht die Übergabe für den Patienten, und Allard stöpselt alles ein, hängt den Infusionsbeutel auf und deckt den Mann sorgsam zu.

»Komisch, ihn so zurückzulassen. Sollten wir uns nicht danach erkundigen, ob Angehörige da sind und ob die kommen? Oder ein Hausarzt? Gehen wir einfach weg?«

Suzan schaut von der Patientenakte auf, in die sie gerade etwas hineinschreibt. »Er ist nicht unser Patient. Nicht mehr. Er ist Patient des Chirurgen und später des Stationsarztes. Wir sind fertig. Ich schaue heute Mittag noch mal kurz, wie es mit der Lunge aussieht, auch mit den Schmerzen, aber wir sind nicht mehr zuständig.«

»Der Mann hat vielleicht niemanden! Er ist gelähmt, sein ganzes Leben ist vor nicht mal drei Tagen in sich zusammengestürzt. Und niemand kann ihn verstehen. Eine psychiatrische Konsultation ist doch wohl das Mindeste, sollten wir die nicht in die Wege leiten?«

Suzan schüttelt den Kopf. Sie weist Allard auf den Nascheimer hinter dem Computer hin. Er greift hinein und fischt ein rosafarbenes Herzchen aus dem Sortiment. Das überreicht er ihr mit leichtem Erröten. Sie lachen beide.

»Ich, äh ...«, setzt er an.

»Sag nichts. Wir können kurz etwas essen gehen, bevor wir weitermachen.«

Im Kaffeeraum trifft Suzan Rudolf Kronenburg, der einen Dufthauch teuren Rasierwassers um sich verbreitet. Sie setzt sich zu ihm.

»Warst du bei dieser Wirbelstabilisierung? Mann, was für ein Zirkus. Lief es gut?«

»Sehr gut.« Während sie es sagt, empfindet sie es auch so. Die Anästhesie lief gut, die Probleme mit der Sauerstoffsättigung konnten rechtzeitig gelöst werden, die Lunge faltete sich in beeindruckender Weise wieder auf. Es lief gut. Was unter dem Tisch vorgefallen ist, gehört dazu. Weiterdenken kann sie nicht, oder sie wagt es nicht, aber sie ist sich ihrer Hüftknochen, ihrer Lippen, ihrer Haare unter der Haube sehr bewusst.

»Ich hatte heute Morgen eine Unterredung mit dem Chef«, sagt Rudolf. »Die lief nicht so gut. War richtig unangenehm. Du behältst das für dich, das bleibt unter uns, ja?«

Suzan nickt. »Worum ging's denn?«

»Meine Funktionstüchtigkeit. Die ist ungenügend. Der übliche Sermon, weißt du, dass wir nicht solistisch arbeiten sollen, sondern als Team. Wieso ich das nicht hinkriege. Was soll man darauf antworten?«

»Du bist natürlich auch verdammt eigensinnig. Hast du früher Fußball gespielt?«

Er schüttelt betrübt den Kopf.

»Mannschaftssport, nein. Fechten, das hab ich gern gemacht. Ich bestimme gern alles selbst. Das führt dann schon mal zu Reibungen, das stimmt. Ich habe quasi eine Abmahnung bekommen und drei Monate Zeit, mich zu bessern. Gott steh mir bei! Dazu Zwischenberichte von mir selbst und einem erfahrenen Kollegen, der zu meiner Besserung beitragen soll. Gott steh ihm oder ihr bei! Unglaublich müde macht mich das.«

In der hinteren Ecke des Raums sieht Suzan Allard, der sich mit einer Anästhesiepflegerin unterhält, der Marokkanerin Leila. Sie schmunzelt.

»Das ist nicht zum Lachen. Das ist das reine Trauerspiel. Und scheinheilig natürlich. Er sagt nicht, dass ich ein schlechter Anästhesist bin, aber insgeheim glaubt er das natürlich schon. Nein, angeblich geht es um den Mehrwert des sogenannten Teams. Als ob die paar festgefahrenen Pfleger und Kardiotechnikerärsche irgendetwas zur Sache täten! Er hält es für lehrreich, wenn wir ein Auge aufeinander haben und einander Schnitzer unter die Nase reiben. Eine Abmahnung! Wenn es nicht besser wird, müssen wir ›uns voneinander trennen‹. Das ist doch die Höhe! Und als ob das nicht schon schlimm genug wäre, kam er zum Schluss auch noch damit: Ich bin für das Simulationstraining eingeteilt worden. Wie findest du das! Da kann ich in sicherer Umgebung meine Gruppentauglichkeit entwickeln, verstehst du.«

»Das ist aber wirklich prima. Ich habe schon ein paarmal mitgemacht. Da werden dir Zustände aufgetischt, die du in Wirklichkeit nie erlebst.«

»Mir reicht die Krise, die ich sehr wohl erlebe. Ich fühle mich taxiert und verurteilt. Das darf ich aber nicht denken, sondern die Kritik soll mir ›helfen‹. Bah.«

»Ich muss wieder weiter. Wenn dir die Simulation zusagt, kannst du ja in die Arbeitsgruppe gehen und dir selbst Krisensituationen ausdenken. Ist vielleicht besser für dich.«

»Hat er schon gefragt! Mach ich auch, im Rahmen meiner Besserung.«

Angewidert wendet Rudolf sich ab. Er winkt freundlich, als sie zu Allard hinüberläuft.

Ich gehe einfach auf ihn zu, denkt sie. Er muss mit, das Programm muss laufen, und die Arbeit darf nicht darunter leiden. Worunter? Es ist nichts passiert.

Als sie nach Hause radelt, ist sie zufrieden. Sie hat Allard allein arbeiten lassen, der Patient war gesund, es war ein kleiner Eingriff, und sie war ja zur Not dabei. Allard war von sich selbst überzeugt. Sie rüttelte nicht daran, befragte ihn nicht – was hättest du gemacht, wenn der Blutdruck gestiegen, wenn es zu einer Blutung gekommen, wenn die Temperatur in die Höhe gegangen wäre? Im Aufwachraum saß Leila am Bett des Mannes mit der Querschnittslähmung.

»Er hat einen Neffen, der morgen kommt, aus Frankreich!«

Sie sah kurz nach dem Mann, fast beschämt über das Unglück, das ihm widerfahren war. Die Schmerzen schienen unter Kontrolle zu sein, die Lunge funktionierte passabel. Sie konnte nichts mehr machen. Sie dankte Leila.

»Gute Idee von dir«, sagte sie zu Allard. Sie verabschiedeten sich im Flur zwischen den Damen- und den Herrenumkleideräumen. Sie haben sich angesehen und »Bis morgen« gesagt.

Peter hält sich an sein Vorhaben und nimmt Suzan mit in die Stadt. Als wäre ich eine andere, denkt sie, eine aufgeräumte, in sich ruhende, geschmackvoll gekleidete Frau, die nicht zu schnell ihr Glas leer trinkt und ihrem Mann interessiert zuhört. Je später der Abend, desto stimmiger wird diese Rolle. Die gelenkige Anästhesistin, die mühelos ins Campingzelt taucht und sich von ihrem Supervisanden küssen lässt, hat sie abgelegt. Bis sie sich erheben und Peter sagt: »Wir gehen. Du musst schlafen. Morgen ist wieder ein Tag.«

Sie verspürt ein Kribbeln in der Magengegend. Ein neuer Tag. Morgen.

7

Es ist Herbst geworden. Wenn Allard am Ende des Tages zu seiner Therapiesitzung kommt, müssen die Lampen angemacht werden. Das Sprechzimmer ist dank Driks gehamstertem Glühbirnenvorrat in warmes Licht getaucht. Das therapeutische Bündnis scheint synchron mit der Beleuchtung in eine neue Phase zu treten: von störrisch und stockend zu fließend und freundlich.

Die Arbeit tut dem Jungen gut, denkt Drik, er fühlt sich gewürdigt. Jetzt, da er keine so große Angst mehr zu haben braucht, gesteht er sich zu, ein Lernender zu sein, jetzt ist er wirklich in Weiterbildung. Es war also eine gute Entscheidung, obwohl ich das nicht so eingeschätzt habe. Ich fand, es ähnelte eher einer Flucht. Finde ich eigentlich immer noch. Einer Flucht in die vermeintliche Gesundheit. Was ist dagegen einzuwenden? Es geht ihm doch bedeutend besser. Die Dysphorie ist verschwunden, er kann sich besser konzentrieren, eine Zusammenarbeit zwischen uns ist möglich. Was stört mich dann? Der Gedanke, dass er all die unverarbeitete Wut niederhält? Ich habe gelernt, dass das ungesund ist und schaden wird – aber ist es auch immer so?

»Ich bin schon seit halb acht heute Morgen auf den Beinen«, sagt Allard, »und trotzdem bin ich nicht wirklich müde. Es ist abwechslungsreich, immer wieder andere Vorgehensweisen, andere Patienten. Ich versuche mir die ganzen Medikamente und Dosierungen einzuprägen. Man hilft mir, ich kann alles fragen. Im Vergleich zu dieser Frau bei meiner vorigen Stelle ist meine jetzige Supervisorin der reinste Engel. Mit ihr geht alles wie von selbst, wir stehen einander nicht im Weg, wir wissen, was der andere vorhat, noch bevor er es sagt. Sie hört zu. Bei ihr habe ich das Gefühl, am richtigen Ort zu sein.«

»Das klingt ja, als wärst du von der Hölle in den Himmel gelangt. Sind die Gegensätze wirklich so groß, oder willst du es nur gern so sehen, was meinst du?«

»Warum sollte ich es denn so sehen wollen?«

»Um deine Entscheidung zu rechtfertigen? Um dich möglichst weit von all der Aggressivität in der Psychiatrie zu distanzieren? Um es mit deiner Supervisorin noch schöner zu haben?«

»Sie ist was Besonderes. Das mache ich nicht aus ihr, das ist einfach so. Ich muss dauernd an sie denken. Sie ist auch sehr anziehend.«

Wird er jetzt rot? Drik kann es in diesem Licht nicht richtig sehen. Wir sprechen hier von Suzan, denkt er. Absurd, von ihr als »deine Supervisorin« oder »diese Frau, mit der du zusammenarbeitest« zu sprechen. Das fühlt sich wie Verrat an. Soll ich sagen, dass ich ihr Bruder bin? Oder, zur Not, dass ich sie kenne? Dann hält er in Zukunft den Mund über sie. Nein, du darfst deinen Patienten nicht bremsen, du darfst keinen Bereich für tabu erklären. Du musst das ertragen.

»Es ist ein Beruf mit viel Körperkontakt.« Allard fährt mit seinem Lobgesang fort. »Man hat keine Hemmungen, einander anzufassen, da ist man ganz frei. Massiert die Schultern, wenn einer einen verspannten Nacken hat, man steht eng beisammen, auf Tuchfühlung. Sie riecht so gut.«

Als ob er in sie verliebt wäre! Was fange ich jetzt damit an? Es geht um meine Schwester! Sie ist zwanzig Jahre älter, er könnte ihr Sohn sein!

Drik versucht, seine Ruhe wiederzugewinnen. Zwischen Müttern und Söhnen kann sich alles Mögliche abspielen, das weiß er nur zu gut. Und seine Aufgabe ist es, die Gefühle seines Patienten zu untersuchen. Er sieht Allard fragend an.

»Ja, also«, murmelt der Junge, »ich bin, glaube ich, in sie verliebt. Wir haben uns geküsst. Unabsichtlich. Wir saßen unter dem Operationstisch. Ich sah ihr Gesicht, und sie schaute so froh, weil wir gerade eine brenzlige Situation gelöst hatten. Da ist es plötzlich passiert. Danach haben wir ganz normal weitergearbeitet.«

»Normal?«

Jetzt ist das tiefe Erröten Allards unverkennbar.

»Ja«, seufzt er. Dann ist es still.

»Vielleicht sollten wir uns fragen, warum du es unbedingt so rosarot haben willst«, sagt Drik nach längerem Insichgehen.

»Damit ich hier auch mal was Positives zu erzählen habe. Etwas, was gut läuft, etwas, was ich kann.«

Es klingt spöttisch. Unter der Ironie macht Drik etwas anderes aus: den Wunsch nach Anerkennung, nach Lob. Er legt Allard dar, dass die Missbilligung wegen seines Psychiatriefiaskos ausschließlich in seinem eigenen Kopf existiert. Allard zuckt die Achseln.

»Wenn Sie es sagen. Aber so fühlt es sich nicht an.«

Drik ist missmutig. Das führt zu nichts. Ich kann keinen vernünftigen Gedanken fassen. Er saß mit Suus unter dem Tisch! Was *treiben* diese Anästhesisten eigentlich? Seltsame Leute sind das!

»Du hast die psychiatrischen Patienten als bedrohlich empfunden, aber was du jetzt erlebst, ist auch nicht ohne. Aufgeschnittene Menschen, Amputationen, zum Stillstand gebrachte Herzen. Und dabei empfindest du gar nichts?«

»Nein. Das ist die Arbeit des Chirurgen. Es ist interessant, nicht unheimlich. Es geschieht einfach. Wir sorgen dafür, dass der Patient nichts davon merkt.«

Wieder dieses unbeschwerte Lächeln. Das ist es also, der Junge ist in eine kollektive Betäubungsmission aufgenommen worden. Alle blocken ihre Angst oder ihre Aversionen ab, notgedrungen. Also darf er es auch.

»Die Zeit ist um«, sagt Drik. »Lass uns nächste Woche weitermachen.«

Hör auf mit dieser idiotischen Verliebtheit, möchte er sagen, denk um Himmels willen mal darüber nach, was sie bedeutet – aber er weiß, dass Verliebte nicht auf solche Kommentare hören. Und dass Therapeuten solche Kommentare besser für sich behalten.

Als Allard weg ist, sinkt Drik auf seinem Sessel in sich zusammen. Was für ein Schlamassel. Ich kann nicht mehr zurück. Ich hätte gleich, als er von der Abteilung anfing, vor Monaten schon, sagen müssen, dass ich dort jemanden kenne. Gut kenne. Jetzt ist es zu spät. Soll ich mal ein ernstes Wörtchen mit Suzan reden? Was denkt sie sich eigentlich! Lächerlich, ihr Verhalten. Völlig daneben. Aber ich kann natürlich nichts sagen, *weiß* ja offiziell nichts, kenne den Jungen gar nicht. Bei Peter und Suzan am Tisch zu sitzen wird jetzt reichlich kompliziert. Da muss ich ständig aufpassen, was ich wissen kann und was nicht. Was ich sage. Ist es diesem Burschen doch tatsächlich gelungen, mir den Kontakt mit meiner Familie unmöglich zu machen! Und ich habe es geschehen lassen. Ich werde diese Therapie ganz einfach beenden. Wenn er das nächste Mal kommt, sage ich: Keine Beschwerden mehr, also ist es an der Zeit, einen Schlussstrich zu ziehen. Er möchte doch so gern Anerkennung für das, was gut läuft, oder? Die kann er haben. Und dann tschüs.

Drik hat sich mit Roos verabredet, mitten am Tag. Sie sitzen in einem Straßencafé und essen eine Kleinigkeit. Es ist gerade noch warm genug, um draußen sitzen zu können. Warum habe ich sie angerufen, fragt er sich, weil sie die Einzige in der Familie ist, die noch nicht infiziert wurde? Seit er von Suzans Fehlverhalten weiß, fällt es ihm schwer, sich mit Peter zu unterhalten. Mit Suzan selbst möchte er nicht reden, dafür ist er zu wütend. Roos hat nichts mit alldem zu tun. Bei ihr kann er frei sprechen. Außer über ihre Mutter natürlich.

Sie schwatzt über ihr Referat und die Gespräche mit Leida. Sie hat was Hübsches daraus gemacht, Drik hat das Interview gelesen und war beeindruckt.

»Du kannst gut zuhören und die richtigen Fragen stellen. Für mich eine ganz besondere Lektüre. Sie hat mein Bild von Leida verändert. Machst du noch mehr solche Projekte? Du kannst gut schreiben.«

»Och. Weiß nicht«, sagt Roos. Sie sieht nicht gerade fröhlich aus. Als Drik sie fragt, wie es ihr gehe, lässt sie die Schultern hängen und stützt den Kopf in die Hände.

»Zu nichts Lust. Aber nichts zu Hause sagen, ja?«

»Natürlich nicht. Hattest du nicht einen Freund? Läuft es nicht so, wie du es gern hättest?«

Sie legt die Hände um ihre Tasse. Genau wie Suzan, denkt Drik. Wie schrecklich jung sie noch ist und viel zu verletzlich. Wie kann so ein Mädchen den unaufhörlich über sie hinwegschlagenden Wellen gewachsen sein? Wer beschützt sie?

»Doch. An sich ist es schön, wir sehen uns ziemlich oft, und wir können miteinander lachen. Er lässt sich immer etwas Besonderes einfallen. Er spielt auch im Orchester mit.«

»Aber es ist nicht ganz und gar schön, wenn ich es richtig heraushöre?«

Roos nickt.

»Er ist so alt. Fast dreißig. Das Studentenleben, das ich so liebe, hat er schon hinter sich. Aber ich kann doch meine Freunde nicht einfach aufgeben! Das versteht er, glaube ich, nicht.«

Drik hört zu und schweigt.

»Er kommt und geht. Mal sehen, was wird. Manchmal denke ich, dass ich zu alten Leuten verdammt bin. Als ich klein war, hatte ich nur Erwachsene um mich herum. Papa und Mama und euch. Nie Cousins oder Cousinen, keinen Bruder und keine Schwester. Für mich war das okay, die Ferien und so, wirklich. Aber eigentlich ist es doch sonderbar, oder? Ich muss bei Leuten in meinem Alter immer überlegen, was sie meinen, wie ich mich verhalten soll. Bei älteren Leuten geht das von selbst, das bin ich gewohnt. Weißt du, ich habe mir immer einen Bruder gewünscht. Wie Mama und du, dass man das Gleiche erlebt, dass man einander ähnelt. Ihr habt die gleiche Art von Gesicht, die gleichen Augen. Ihr steht nicht allein da. Das habe ich mir früher oft ausgemalt, bevor ich eingeschlafen bin.«

Drik nickt. Es fühlt sich wie ein Vorwurf an. Wir hätten ein Kind bekommen müssen, einen Kameraden für Roos. Notfalls adoptieren. In den Ferien hatten Peter und Suzan manchmal Freundinnen von Roos mitgenommen, die aber Heimweh bekommen hatten und vorzeitig von genervten Eltern wieder abgeholt werden mussten. Eine richtige Familie wäre besser gewesen, für uns alle. Außer für das Kind selbst, denn das hätte jetzt keine Mutter mehr gehabt.

Roos schwatzt weiter. Sie beklagt sich. Immer Schuldgefühle, wenn sie keine Lust hat, zu den Geburtstagen nach Hause zu gehen. Nie mit jemandem darüber witzeln zu können.

»Du bist fast zwanzig, da brauchst du wegen deiner Abnabelung keine Schuldgefühle zu haben«, sagt Drik entschieden. »Deine Eltern mögen ihre Schwierigkeiten damit haben, aber das ist ihre Sache, das braucht dich nicht zu kümmern.«

»Peter ist viel zu lieb, der sagt, dass er alles okay findet, aber ich spüre einfach, dass es nicht wahr ist. Mama verhält sich komisch. Sie merkt sich nie, was ich ihr erzählt habe. Sie tut, als gäbe es mich gar nicht mehr. Oder etwa nicht?«

»Ich glaube, dass du ihr fehlst. Dass sie nicht so recht weiß, wie sie damit umgehen soll. Sie muss sich daran gewöhnen, genau wie du.«

Suzan ist gestört, denkt Drik, aber darüber werde ich jetzt nicht reden. Sie bäumt sich mit einer Tochterimitation gegen den Verlust ihrer Tochter auf und benimmt sich wie ein zwanzigjähriges Mädchen, ohne sich zu fragen, was sie damit erreichen oder ungeschehen machen will.

»Kommst du zu unserer Aufführung? Wir müssen alle beim

Kartenverkauf helfen, sonst kriegen wir den Saal nicht voll. Möchtest du?«

»Ich komme sehr gern, um dir zuzuhören, auch wenn ich alt bin.«

Roos lacht und legt die Hand auf seinen Arm.

»Ich muss gehen«, sagt sie. Sie drückt die Studienbücher an die Brust und geht mit kerzengeradem Rücken davon. Drik schaut ihr nach.

»Wir hatten zusammen Nachtdienst«, sagt Allard. »Letzte Woche. Zwei Nächte hintereinander, dann ein paar Tage frei. Viele Kollegen hassen das, aber mir gefällt es ganz gut. Es ist still im Krankenhaus, man geht von einer Abteilung zur nächsten, alle sind froh, wenn man kommt. Nach Morgenbesprechung und Übergabe darf man gehen – als lebte man gegen den Strom.

Wir fingen mit einem Kaiserschnitt an. Die Frau bekam Zwillinge. Ein Kind hatte sie schon normal geboren, das zweite wollte nicht raus. Dem Kind ging es nicht gut, es musste eingegriffen werden. Suzan hat den Zugang gelegt. Sobald die Anästhesie sitzt, geht alles rasend schnell. Die Patientin schrie, dass sie ihre Füße noch fühlen könne, sie sollten warten, es dürfe noch nicht geschnitten werden. Aber das ist so ein Hexenkessel, dass keiner daran dachte, die Frau zu beruhigen. Sie schrie immer noch, als wir das Baby über das Tuch hoben. Der Vater schwitzte wie verrückt. Angehörige, die mit in den OP gehen, müssen so einen idiotischen Anzug anziehen, einen viel zu großen knallgrünen Overall, man denkt unweigerlich an ein Monster aus der Sesamstraße, unmöglich sieht das aus. Er verschwand hinter dem Baby her in den Nebenraum für die Erstversorgung, wo schon der Kinderarzt bereitstand.

Ich habe in den offenen Bauch geschaut. Sie würden den Uterus ›mit Respekt vor der Anatomie‹ nähen, sagte die Chirurgin. Sie ließ das von ihrem Assistenten machen, aber der konnte sich kaum rühren, weil die Tante direkt mit der Nase drüberhing. Sie triefte nur so vor Missbilligung. Dabei fand ich, dass es ganz ordentlich aussah. Er hatte auch erst alles mit Tupfern gesäubert. Die Plazenta lag in einer Schale auf einem Tisch. Ich hatte der Mutter etwas zur Beruhigung gegeben. Sie fragte nach ihrem Kind, und ich schaute durch das Fenster in den Nebenraum. Sie waren zu viert oder fünft mit dem Baby beschäftigt, der Vater stand hilflos daneben. Suzan wollte, dass ich ihn holte, sie fand, dass er bei seiner Frau sein sollte. Als er in diesem Froschkostüm hereinkam, wusste ich gleich, dass es schlecht ausgegangen war. Das Kind war tot. Die Mutter wirkte abwesend, als hätte sie das gar nicht richtig mitbekommen. Unterdessen wurde letzte Hand an die Nähte gelegt. Für uns war die Sache erledigt, sie war stabil und hatte etwas gegen die Schmerzen bekommen. Aber was sollte das Paar in dieser irrealen Umgebung? Daran dachte ich. Wir fuhren die Mutter in den Aufwachraum. Der Vater schlurfte mit und versuchte die Hand seiner Frau zu halten.«

Drik fragt sich, ob er etwas dazu sagen soll, welche Erleichterung man verspüren kann, wenn man sich von unbehebbarem Elend wie diesem entfernt, doch die Dringlichkeit von Allards Erzählung lässt ihn davon absehen.

»Die Nacht vergeht in Windeseile, man weiß gar nicht, wie spät es ist. Man trinkt Kaffee oder isst etwas, und dann macht man wieder weiter. Suzan ging zu einer Lungenoperation, und ich machte eine Kieferfraktur. Einleitung ohne Supervision, wohlgemerkt! Es war eine Zeitlang sehr hektisch, ich rief sie im anderen OP an, wenn ich etwas fragen wollte. Beides waren hoffnungslose Fälle. Ihrer war voller Tumoren, meiner hatte eine irreversible Hirnverletzung. Ich sah den Patienten später im Aufwachraum, er war verwirrt und delirant. Der Kaiserschnitt lag auch noch dort, die Frau hatte starke Blutungen. Der Gynäkologe war bei ihr. Nichts lief glatt in dieser Nacht.

Wir wurden von der Notaufnahme angepiepst, wo ein bewusstloser Mann eingeliefert wurde. Vollkommen unklar, wieso und warum. Keinerlei Angaben. Er atmete nur ganz schwach,

Suzan intubierte ihn. Seine Kinder waren dabei, sie hatten ihn gefunden. Ob er trinke, Medikamente nehme, abhängig sei? Sie waren empört, wie wir auf so etwas kämen, so sei ihr Vater ganz und gar nicht, ihr Vater sei heiter und fröhlich und immer unternehmungslustig. Wir fuhren ihn noch zu einem Scan nach oben, es konnte ja sein, dass er eine Gehirnblutung hatte. Der Radiologe konnte nichts finden. Der Neurologe auch nicht. Dann kamen die Ergebnisse vom Intoxikationsscreening: Alkohol, Opiate, genug, um zu sterben. Suzan gab gleich ein Gegengift. Schließlich und endlich standen wir wieder allein davor. Wenn die Spezialisten nichts finden, was ihre Hausnummer ist, drehen sie sich um und sind weg. Die überlegen nicht mal kurz mit oder so. Inzwischen waren Stunden vergangen, und wir wussten immer noch nichts. Der Mann begann sich zu bewegen. Der Tubus konnte raus, er atmete. Also hatten wir unseren Part erledigt. Auf die Intensivstation, dachten wir. Seine Kinder trotteten hinter dem Bett her, noch immer verdattert. Ein Scheißgefühl hatte ich dabei.«

»Was dachtest du?«

»Hausarzt anrufen. Psychiatrie kommen lassen. Ich war froh, dass ich nicht der diensthabende Psychiater war. Ich dachte über diesen Mann nach: Da nimmt man seinen ganzen Mut zusammen, schluckt die Tabletten, wartet. Und dann wacht man auf und hat einen Schlauch im Arm, am Bett stehen die vorwurfsvollen Kinder, und neben ihnen irgend so ein Hansel mit Notizblock, der sagt, er sei Psychiater, und wissen will, warum man Selbstmordgedanken hatte. Ich wollte nicht dabei sein, wenn er wirklich zu sich kam. Suzan war auch angeschlagen. Es stand nichts mehr auf der Liste, wir konnten kurz schlafen gehen.«

Bis jetzt konnte Drik mühelos Blickkontakt mit Allard halten und fühlte sich von dessen Geschichte mitgerissen. Nun schleicht sich etwas Ausweichendes in den Blick des Jungen, und seine Bewegungen wirken gekünstelt. Er reibt sich das Kinn, setzt sich anders hin und starrt auf den Boden. Drik wartet.

»Wir gingen zu den Bereitschaftszimmern. Wir waren beide still. Eine schreckliche Vorstellung, dass es jemandem so schlecht geht, dass er sich das Leben nehmen will. Wir hatten unsere Arbeit gut gemacht, aber aus medizinischer Sicht war in dieser Nacht alles misslungen. Ein totes Baby, unheilbar kranke Patienten, ein Selbstmordversuch. Ich legte den Arm um Suzan, ich wollte sie trösten.«

Driks Denkvermögen setzt komplett aus. Das Bild seiner zierlichen Schwester in Allards Armen, wie sie langsam durch einen spärlich erleuchteten Flur gehen, um ... Bloß nicht daran denken, wohin die beiden gehen.

»Wir gingen in ihr Zimmer. Sie schloss die Tür hinter uns ab. Wir sagten nichts. Ich umarmte sie. Um sie zu trösten.«

Er spricht fast unhörbar leise. Drik drückt sich in seinen Sessel. Allard räuspert sich und setzt sich gerade auf.

»Ich, äh... wir... wir haben miteinander geschlafen. Waren miteinander im Bett, ja. In diesem komischen Kabuff. Ich sag es jetzt einfach. Das darf natürlich nicht sein, als Assistent mit der Supervisorin. Deswegen meine ich.«

Halt den Mund, denkt Drik, halt einfach den Mund. Bevor du es noch schlimmer machst. Herrgottverdammtnochmal.

»Als wir in diesem Jugendherbergsbett lagen, war sie nicht meine Supervisorin. Sie ist der Wahnsinn. So schön. Ich wusste, was sie empfand. Ich empfand es genauso. Es war gut. Phantastisch war es. So etwas Besonderes kann ich nicht bedauern. Ich bin vielmehr sehr glücklich darüber. Obwohl ich weiß, dass Sie das missbilligen.«

Eine Einladung, denkt Drik mit dem Bruchstück seines therapeutischen Hirns, das noch funktioniert. Er lässt mich eine Strafe verhängen, statt sich selbst zu verurteilen und schuldig zu fühlen. Halt den Mund.

»Wir sind kurz eingeschlafen. Dann der Piepser. Notaufnahme, in fünf Minuten. Sie zog sich blitzschnell an. Ich dachte: Sie baut sich auf, bis sie wieder meine Supervisorin ist. Ich musste warten, denn der Neurologe und der Internist würden auch auf den Flur hinausstürmen. Erst wenn alle anderen weg waren, durfte ich das Zimmer verlassen. Sie gab mir ihren Schlüssel und ging. Ich blieb liegen, das Bett roch nach ihrem Parfüm. Was für eine Nacht.«

Mit Menschen, die ernstlich verliebt sind, kann man keine Therapie machen, denkt Drik. Das gleicht einer Psychose. Es gibt nur ein einziges Thema, und es ist unmöglich, davon Abstand zu nehmen. Ist die Zeit schon um? Ja, Gott sei Dank, ich kann abschließen.

»Du hast eine Menge erlebt«, presst er hervor. »Die Zeit reicht jetzt nicht mehr, das alles zu besprechen. Wir sehen uns nächste Woche.«

Blickt Allard enttäuscht? Er erhebt sich, gibt Drik schlaff die Hand und geht mit gesenktem Kopf hinaus.

Unter diesen Umständen kann Drik die Therapie nicht beenden. Das ist ein einziges großes Agieren, und er muss dafür sorgen, dass Allard wieder mit beiden Beinen auf die Erde kommt. Möglichst ohne allzu großen Schaden. Drik greift zur Akte. Doch er ist nicht imstande aufzuschreiben, was Allard erzählt hat. Wenn es zu Papier gebracht ist, wird es wirklich wahr.

Wenn ich alle Daten verändere und verdrehe, überlegt Drik, kann ich den Fall dann mit Peter besprechen? Vielleicht. Aber ich hätte nichts davon, denn es geht um diesen spezifischen Fall. Es geht vor allem um mich. Ein Patient drängt sich tief in mein Leben hinein, und ich weiß mir nicht zu helfen.

Mein Lehranalytiker ist tot, meine alten Supervisoren leiden unter Gedächtnisschwund. Den unseligen Fall mit einem Mitglied der Vereinigung zu besprechen, kann ich Peter nicht antun, falls ich denn überhaupt jemanden finden sollte, dem ich vertrauen kann. Einbahnstraße. Nachher zum Essen zu Suzan. Ich habe es versprochen.

Die Kraft der Abwehr befähigt ihn, so zu tun, als wenn nichts wäre. Mit Peter bespricht er einen Artikel, den sie zusammen schreiben – über den Nutzen der Lehrtherapie für Psychiater. Dieser einen elenden Lehrtherapie, die ihn ganz in Beschlag nimmt, widmet er keinen einzigen Gedanken. Suzan wirkt beschwingt und erzählt von ihren Forschungsplänen. Sie habe ein Konzept erarbeitet und mit einem Forschungspsychologen Fragen entworfen.

»Eine Pilotstudie«, sagt sie. Drik sieht sie am Herd stehen, mit dem Kochlöffel gestikulierend.

Es gehe um *awareness*, wie übersetze man das? Bewusstsein? Wahrnehmung? Sie hoffe, bei keinem Patienten darauf zu stoßen.

Das kann ich mir vorstellen, denkt Drik, es ist ihre Rettung, dass sie sich über nichts bewusst ist. Im Geiste zieht er sie aus, weg mit der großen Küchenschürze, dem kurzen Rock, der zarten Unterwäsche. So, nackt, hat sie bei Allard gelegen. Unwillkürlich schüttelt er den Kopf. Unmöglich.

Was, wenn es gar nicht stimmt, wenn Allard sich das nur ausgedacht hat? Könnte sein. Aber was, wenn es *tatsächlich* passiert ist?

Drik spürt, wie ihm das Blut aus dem Gesicht weicht. Weiß Allard, dass Suzan seine Schwester ist, hat er sich deshalb in sie verliebt? Schaut er zufrieden zu, wie er ihn damit immer stärker in die Bredouille bringt? Wartet er, bis er daran zerbricht? Allard, der mit zynischem Grinsen im Gesicht austestet, wie weit die Solidarität mit dem Patienten geht, wie weit Drik sich sein Privatleben vergiften lässt, nur um für seinen Patienten da sein zu können.

Hör auf. Natürlich weiß der Junge von nichts. Du musst sachlich sein, nachdenken. Disziplin. Es kann sein, dass er lügt, diese Möglichkeit muss offenbleiben.

Er sieht, wie Peter und Suzan sich anlachen. Es ist nichts, denkt er, nichts, was dich beunruhigen müsste. Schau doch hin.

8

Halb fünf. Harinxma heftet die beiden Hälften des zerteilten Brustbeins mit Eisendraht und Kneifzange zusammen. Unter seinem Mundschutz pfeift er ein Liedchen dazu. Die Kardiotechniker räumen auf, schieben die Herz-Lungen-Maschine zur Seite und rollen die Schläuche auf.

Den ganzen Tag über ist mit äußerster Konzentration gearbeitet worden. Auf der Südseite des Patienten stand der chirurgische Assistenzarzt und präparierte ein dreißig Zentimeter langes Aderstück aus dem Unterbein, während der Chirurg nördlich vom Zwerchfell den Brustkorb aufspreizte. Das Herz, zur Hälfte von einer gelblichen Fettschicht bedeckt, wurde stillgelegt, und der Patient kühlte ab. Er lag weitgehend entblößt auf dem Tisch, nichts an ihm bewegte sich mehr, als hätte der Tod die Regie übernommen. Aber das schien nur so: Dank der Herz-Lungen-Maschine wurde die Sauerstoffversorgung der Organe über verschiedenfarbige Schläuche sichergestellt – rote für die Zufuhr, blaue für den Abtransport des sauerstoffarmen Blutes. »Mehr Blau!«, schrie Harinxma, »MEHR BLAU!«, wiederholte der Kardiotechniker wie in einem skurrilen Kanon. Suzan jonglierte mit Heparin gegen die Blutgerinnung und hängte einen Infusionsbeutel nach dem anderen an den Ständer, um den Flüssigkeitsverlust auszugleichen. Die Leblosigkeit war nur Schein, darunter lief ein vollständiger, wenn auch künstlich in Gang gehaltener Stoffwechsel ab.

Harinxma hatte laut schimpfend die morschen Herzklappen abgetrennt und sich an die endlose Serie von Nähten für die Ersatzklappen gemacht. Eine mühsame Kleinarbeit, bei der er sich von seiner schlechtesten Seite zeigte; zum Glück verstand die indische OP-Schwester nicht, was er sagte, und reichte ihm weiterhin freundlich Scheren und Zangen. Sie hatte eine magnetische Duschmatte auf den Bauch des Patienten gelegt, auf der die Instrumente haften blieben. Suzan sah, wie die Schwester Harinxmas Händen aufmerksam mit den Augen folgte und den Rhythmus seiner Handlungen zu antizipieren versuchte. Auf jedes Stocken folgte ein Fluch. Suzan hatte sich gefragt, ob sie etwas sagen sollte. Es hatte schon gleich morgens angefangen – die neuen Leuchten taugten nichts, der Wandcomputer sei kaputt –, und das cholerische Geschimpfe ging den ganzen Tag so weiter. Das ist seine Art zu arbeiten, dachte sie, ich störe ihn in seiner Konzentration, wenn ich ihn darauf anspreche. Er benimmt sich unmöglich, aber seine Kollegen rufen immer ihn, wenn sie selbst nicht mehr weiterwissen. Und er kommt dann auch. Wenn es um seine Patienten geht, ist ihm nichts zu viel.

Stunden später schwebte die künstliche Herzklappe an einem Bündel schwarzer Fäden herab und landete im Herzen des kalten Patienten. Faden für Faden verknotete der Chirurg die Nähte. Ein Seufzer der Erleichterung ging durch den Operationssaal. Harinxma machte sich daran, mit dem herauspräparierten Gefäß, das wie ein bleicher Regenwurm in einer Schale wartete, den Bypass zu legen.

»Sinnlos, diese ganze Übung«, zischte er. »Die Gefäße sind so miserabel, dass ohnehin bald alles vorbei ist. Schade um die teure Klappe.«

Als er fertig war, warteten sie alle gespannt, was passierte: Würde das Herz von selbst wieder zu schlagen beginnen? Harinxma hielt die Elektroden bereit. Atemlos schauten sie zu, wie der Herzmuskel vibrierte, sich zusammenzog und sich dem vertrauten Rhythmus ergab. Harinxma entdeckte noch eine undichte Stelle und zwängte eine weitere Naht unter das Herz.

Man hielt ihm einen Becher Kaffee hin. Er sog am Trinkhalm und ließ sich auf einen Hocker sinken. Suzan pumpte mittels Druckinfusion angewärmte Infusionslösung in den Patienten und schob unter das Tuch, das jetzt über den Patienten gebreitet worden war, einen Staubsaugerschlauch, durch den heiße Luft geblasen wurde. Die Temperatur musste wieder nach oben, das würde dauern. Auf einer Tafel an der Wand war festgehalten worden, welche Tupfer in welcher Zahl im Patienten verschwunden waren. Die Springerin faltete die blutigen Lumpen langsam und ordentlich zusammen und türmte sie mit den Etiketten daneben zu kleinen Stapeln. Sie zählte, strich durch, zählte noch einmal.

Es war halb fünf.

Während der eiligen Mahlzeit, die Peter bereitet hat, denkt Suzan an den Mann, der den ganzen Tag wie tot auf dem Tisch gelegen hatte und gegen sechs, aufgewärmt und wieder bei Bewusstsein, in seinem Bett im Aufwachraum mit seiner Frau plauderte. Sie stellt sich vor, wie unter der vernähten Haut unterdessen das Blut seinen Weg durch den neuen Bypass sucht und kraftvoll durch die künstliche neue Klappe strömt. Wie schnell vergisst man so einen Ausflug ins Totenreich? Sofort, denkt sie, sowie man wieder lebt.

Sie fahren mit dem Rad zu dem Konzertsaal, in dem Roos eine Aufführung mit ihrem Orchester hat. Am Eingang treffen sie Drik, der Leida mit dem Auto zu Hause abgeholt und ins Schlepptau genommen hat. Die alte Frau schreitet am Arm ihres Neffen erhobenen Hauptes hinein. Sie suchen ihre Plätze auf, mitten im Saal, Drik und Leida links vom Mittelgang, Peter und Suzan rechts.

»Schön, dass Roos so etwas macht«, sagt Peter. »Das Bratschespiel ist wirklich ihrs. War ganz allein ihre Idee. Und so knüpft sie auch neue Freundschaften. Ich frage mich, woher sie diese Musikalität hat. Von uns jedenfalls nicht.«

Neue Freundschaften, denkt Suzan. Der Rasierpinsel. Nicht daran denken. Wir werden hier einfach sitzen und stolz sein, genau wie früher beim Schulmusical. Gut, dass Drik Leida mitgelotst hat. Wir wirken fast wie eine richtige Familie.

Die Musiker betreten mit ihren Instrumenten das Podium. Peter stupst sie an, als Roos erscheint, in einem engen schwarzen Kleid. Die glänzende rotbraune Bratsche hebt sich prachtvoll dagegen ab.

»Bildschön«, flüstert Peter, »mit ihren schwarzen Locken, schau doch mal!«

Aber Suzan starrt auf die hereinmarschierenden Cellisten. Ein großgewachsener junger Mann trägt sein Cello hoch erhoben vor sich her und nimmt am vordersten Notenpult Platz. Als er sitzt, spannt er seinen Bogen und kontrolliert rasch seine Saiten. Dann schaut er sich um. Er fängt Roos' Blick auf, und Suzan sieht das Gesicht ihrer Tochter in einem wehrlosen Lächeln aufblühen. Der junge Mann lässt den Blick über das Publikum schweifen, als suche er jemanden.

Gott steh mir bei, denkt Suzan. Was jetzt, was soll ich machen? Vorläufig nichts, einfach sitzen bleiben. Ich bin die Mutter eines Orchestermitglieds, ich sitze zwischen Tanten und Opas und Freunden von Orchestermitgliedern, ganz normal, es ist nichts Ungewöhnliches, ich bin ganz einfach kurzsichtig.

Wieder ein Rippenstoß von Peter.

»Siehst du den jungen Mann da vorn, bei den Cellos? Den kenne ich, der war bei uns in der Weiterbildung, Schuurman heißt er. Ich wusste gar nicht, dass er Musik macht.«

Der Oboist hat sich erhoben und bläst einen langen, hellen Ton, der von allen Instrumenten übernommen wird. Darauf werden die Instrumente gestimmt – ein chaotisches Klanggewirr, das abrupt abbricht, als der Dirigent erscheint.

Das Geschehen auf dem Podium beginnt und nimmt seinen Lauf, Suzan bekommt nichts davon mit, sie starrt nur. Sie sieht Roos treuherzig zum Dirigenten schauen, sie sieht Allard sein Instrument umarmen, sie sieht den Paukisten auf seine Felle schlagen. Was sie spielen, entgeht ihr. Sie erschrickt über den Applaus.

»Er hat die Weiterbildung ganz plötzlich abgebrochen«, sagt Peter. »Das sei nichts für ihn. Er war bei Drik in der Lehrtherapie.«

Suzan wirft einen Seitenblick zu ihrem Bruder jenseits des Mittelgangs hinüber. Er blättert mit mürrischem Gesicht im Programmheft. Leida späht, die Arme vor der Brust verschränkt, auf das Podium, wo Platz für den Solisten geschaffen wird. Zwei Studenten fahren einen großen Flügel nach vorn. Allard und seine Mitstreiter sind aufgestanden und schieben ihre Stühle zur Seite. Ich brauche Lärm, denkt Suzan, lass sie um Himmels willen wieder anfangen und Krach machen, dann kann ich vielleicht kurz nachdenken.

Aber von Denken kann keine Rede sein. Wie gelähmt sitzt sie neben Peter und starrt auf das Podium, ohne aufnehmen zu können, was dort abläuft. Ein junger Pianist spielt laut und virtuos. Das Orchester hat wohl Probleme damit, denn die Musiker blicken ernst und besorgt. Mit einem Mal spielt das erste Cello allein. Suzan sieht, wie Allard sich bewegt: ökonomisch, kein bisschen zu viel, ganz ohne Gehabe. Die Melodie entgeht ihr. Sie hört Peter bewundernd seufzen.

Lehrtherapie. Wie geht so etwas? Genauso wie eine normale Therapie, denkt sie sich, vielleicht etwas mehr auf berufliche Probleme zugespitzt. Was weiß sie darüber? Nichts. Dass so eine Lehrtherapie in der psychiatrischen Ausbildung obligatorisch ist. Aber Allard wird nicht Psychiater, da ist diese Therapie also nicht mehr nötig. Sie kann beruhigt sein, er hat schon im September in der Anästhesiologie angefangen. Und bei uns braucht man keine Therapie zu machen, denkt sie, im Gegenteil, je weniger Gefühle, desto besser. Entspann dich, es besteht keine Gefahr, du musst nur aufpassen, dass du ihm nachher in der Pause nicht über den Weg läufst. Müssen wir Roos etwa hinter der Bühne aufsuchen, in den Garderoben oder wie man das nennt? Ich gehe nicht mit. Ich schließe mich auf der Toilette ein. Peter kann das sehr gut allein erledigen. Und wenn er mit Allard spricht? Fragt, was er jetzt macht? Dann hat sie ein Problem, denn Peter wird sich wundern, warum sie nicht gesagt hat, dass sie Allard kennt. Ach, bei uns laufen so viele herum, könnte sie sagen. Ohne OP-Kleidung erkennen wir einander gar nicht wieder.

»Kennst du meine Frau?«, wird Peter Allard fragen. Und dann? Eine gestotterte Antwort? Nein, bloß keine Begegnung, sie muss eine List ersinnen, für nachher. Dass Roos' Konzentration nicht gestört werden dürfe zum Beispiel, besser, sie sähen sie erst im Anschluss.

Sie schließt die Augen und versucht sich zu vergegenwärtigen, was Drik einmal über seine Lehrtherapieklienten erzählt hat. Dass sie selten damit aufhörten, wenn die vorgeschriebene Zeit absolviert sei, hat er gesagt. Sie schießt in ihrem Sitz hoch. Peter schaut verdutzt zur Seite. Es könnte sein! Angenommen, Allard geht noch einmal die Woche zu Drik, und sei es nur, um den Wechsel in seiner Weiterbildung zu besprechen. Doch dabei bleibt es natürlich nicht. Man soll ja alles sagen, was einem in den Sinn kommt, wie sie weiß. Sie stöhnt und schlingt die Arme um ihren Bauch.

»Bauchschmerzen«, flüstert sie. Peter legt tröstend die Hand auf ihren Oberschenkel.

Versuch nachzudenken! Vielleicht hat Allard nichts gesagt. Man erzählt seinem Therapeuten doch wohl nicht, dass man mit seiner Schwester schläft. Aber ihm ist womöglich gar nicht klar, dass ich Driks Schwester bin. Dafür hat Drik bestimmt mit der Therapie aufgehört, als Allard auf ihrer Abteilung anfing. Wenn eine zu große Nähe besteht, ist keine Behandlung möglich, das sagen sie beide, Peter und Drik. Freunde, Angehörige – auf keinen Fall. Die sollte man überweisen. Dann gibt es also vielleicht einen anderen Therapeuten irgendwo in der Stadt, der weiß, was während der Nachtdienste passiert.

Sie weiß nichts. Nicht, ob Allard noch in Therapie ist, nicht, ob er Drik etwas erzählt hat, nicht, ob Drik das mit Peter besprochen hat. Intervision. Denk lieber nicht daran. Stell dich dumm, lass alles geschehen. Gib Allard die Hand und stell dich vor. Ach, du arbeitest bei uns? Die Abteilung ist aber auch so groß geworden. Obwohl, doch, dein Gesicht kommt mir bekannt vor.

Ohrenbetäubender Applaus bricht los. Der Pianist bekommt Blumen, der Dirigent bittet Allard, sich zu erheben, auch er bekommt Beifall für sein gelungenes Solo.

»Hast du den jungen Schuurman gesehen?«, sagt Peter in der Pause zu Drik. »Der kann ja wirklich großartig spielen. Hätte ich ihm gar nicht zugetraut. Kommt er eigentlich noch zu dir? Wusstest du, dass er Cello spielt?«

»Entschuldige, ich komme gleich«, sagt Drik, »ich muss erst was für Leida besorgen.«

Er holt am Büfett einen Tee und geht für Zucker und einen Löffel noch zweimal hin und her. Als er sich endlich neben Leida setzt, verschwindet Suzan zu den Toiletten. Sie schließt sich in einer Kabine ein und setzt sich auf den Klodeckel.

Erschöpft. Ich will nach Hause. Ruhig atmen jetzt, alles geht vorbei, auch dieser Abend. In den nächsten paar Minuten noch kurz aufpassen, keine Fehler machen. »Der Weiterbildungsassistent trennt sorgfältig zwischen Arbeit und Privatem«, steht im neuen Lehrbuch. Hier sieht man, was passiert, wenn man das nicht kann. Ich hätte nicht kommen sollen, aber ich wusste es ja nicht. Sie erhebt sich, trinkt Wasser aus dem Hahn und hält die Hände lange unter den kalten Strahl. Als sie von den Toiletten zurückkommt, drängt das Publikum schon wieder in den Saal.

»Geht es?«, fragt Peter. »Du hast kalte Hände. Fühlst du dich auch gut?«

»Geht schon«, sagt Suzan. Das Orchester sitzt bereit, der Dirigent erhält Applaus, verbeugt sich und wendet sich seinen Musikern zu. Eine Dreiviertelstunde dauert das intonierte Stück, dauert das Warten. Als das Konzert beendet ist, schaut Suzan auf Roos' Gesicht, das erhitzt ist vom Spielen, erregt vom

Erfolg. Einen Moment lang ist sie stolz, dann schlägt die ängstliche Anspannung wieder zu.

Die Orchestermitglieder trudeln im Foyer ein, um ihre Freunde und Verwandten zu begrüßen. Drik hat Leida mit einem Glas Rotwein an einem Tisch in der Ecke geparkt. Suzan nimmt neben ihr Platz. So kann sie den Raum überblicken. Allard steht weit weg, mit dem Rücken zu ihr. Er unterhält sich mit einer kleinen, schlanken Frau, die eine gewisse Ähnlichkeit mit ihm aufweist. Die Augen, die Brauen. Seine Mutter also. Neben ihr steht ein ungepflegter Mann mit schlaffem Körper, aber sympathischem Gesicht. Er haut Allard auf die Schulter. Er trinkt Bier.

Roos stößt auf das Grüppchen, als sie das Foyer betritt. Allard legt die Hand auf ihren Rücken und scheint sie den anderen vorzustellen. Roos strahlt.

Jetzt sagt sie gleich, dass sie kurz zu ihren Eltern muss, denkt Suzan. Jetzt kommt sie zu uns herüber. Kommt Allard mit? Ihr stockt das Herz. Sie fühlt, dass ihr schwindlig wird, gleich wird ihr schwarz vor Augen, nein, bitte nicht, bleib wach, bleib aufmerksam.

Roos kommt allein. Peter umarmt sie, und alle reden durcheinander über den Riesenerfolg des Orchesters. Drik ist nicht da. In dem Moment, als Roos nach ihm fragt, taucht er mit Mänteln über dem Arm auf.

»Du warst ein Genuss«, sagt er zu Roos. »Und ich habe dich bewundert. Ein toller Abend. Jetzt bringe ich Leida nach Hause, es ist zu anstrengend für sie.«

»Was redest du denn«, sagt Leida, »ich habe noch nicht mal meinen Wein ausgetrunken.«

Drik insistiert und legt ihr den schweren Mantel um die Schultern. Im Nu sind sie verschwunden.

»Der ist aber schnell weg«, sagt Roos enttäuscht. »Gefällt es ihm hier nicht?« Sie schaut von Suzan zu Peter und zurück.

»Ich möchte euch mit einem Freund bekannt machen. Kommt ihr mal mit?«

Peter macht Anstalten mitzugehen, aber Suzan bleibt sitzen.

»Jetzt nicht, Roos, ich möchte auch nach Hause. Muss morgen so früh raus.«

»Mama hat Bauchschmerzen«, sagt Peter. »Wir gehen jetzt besser. Vielleicht kannst du ihn uns ein anderes Mal vorstellen?«

»Oh. Na gut. Ich bleibe noch. Schön, dass ihr da wart.«

Sie verabschiedet sich und hüpft zu Allard hinüber. Der schlaffe Biertrinker palavert mit einer Gruppe Orchestermitglieder, sie lachen, es schallt durch den Raum. Roos zwängt sich dazwischen, bis sie dicht neben Allard steht. Wink bitte nicht, denkt Suzan, dann gucken sich die Leute um, wem du winkst. Mit fünf Schritten sind Peter und Suzan draußen.

»Ich habe Kronenburg dazugeholt, er soll sich brenzlige Situationen ausdenken«, sagt Bram Veenstra. »Macht er. Aber ihn so weit zu bekommen, dass er sie dann auch vorführt, erfordert schon noch einiges. Man kann ihn am besten einen arroganten Chirurgen spielen lassen. Aber im Grunde hält er überhaupt nichts von den Simulationen. Da hat mir Vereycken vielleicht was aufgehalst.«

Suzan zuckt die Achseln. »Das ist doch eine gute Übung, oder? Du wirst bestimmt häufiger mit Quertreibern konfrontiert sein, wenn du das Training ausweitest. Wie geht es deinem Kleinen?«

Sie sitzen nach einer unschönen Brustamputation bei einem Teller Suppe. Als Bram den Mund öffnet, um zu antworten, klingelt Suzans Handy. Drik, wie sie sieht. Annehmen? Muss sie wohl.

»Sie haben gerade aus dem Altenheim angerufen, sie konnten dich nicht erreichen. Vater geht es schlecht. Er ist plötzlich sehr unruhig und aggressiv. Der Arzt war nicht da, diese Pflegemanagerin hat angerufen.«

»Wie ist sein körperlicher Zustand?«

»Mies, soweit diese Frau überhaupt Auskunft darüber geben konnte. Ich habe kein gutes Gefühl, ich fahre hin. Habe den letzten drei Patienten heute abgesagt. Kannst du mitkommen?«

»Ich habe noch eine Operation auf dem Programm. Ich versuch es, warte mal kurz.«

Bram will und kann. Das sind Kollegen, denkt Suzan, fabelhaft.

»Drik? Bram Veenstra vertritt mich. Holst du mich ab?«

»In einer Viertelstunde am Eingang.«

Im Umkleideraum wirft sie ihre OP-Kleidung in den Waschkorb. Sie hockt sich vor ihren Spind, um ihre Schuhe herauszufischen. Ich muss hier mal ausmisten, denkt sie, es stinkt, und alles fällt raus, wenn man die Tür öffnet. Einen Sauhaufen habe ich daraus gemacht. Alte Jeans und ein Pullover mit Snoopy-Logo, der mal Roos gehört hat. Es sieht verboten aus. Anästhesisten laufen in Lumpen herum, sie haben ohnehin kaum mal ihre eigene Kleidung an. Man verschleißt nichts, der Kleiderschrank hängt voll ungetragener Sachen, die einem schon lange nicht mehr gefallen. Aber was soll's, sie hat jetzt keine Zeit mehr, nach Hause zu fahren. Dann eben Snoopy.

Der Audi gleitet in dem Moment heran, da sie durch die Drehtür ins Freie tritt. Drik beugt sich zur Beifahrerseite, um ihr die Tür aufzumachen, und Suzan schlüpft ins Auto.

»Ich habe nichts mitgenommen. Medikamente, meine ich. Für den Fall, dass sie nichts dahaben.«

Drik fährt schweigend auf die Autobahn. Suzan horcht auf das Klopfen des Motors und versucht an nichts zu denken. Wie lange dauert es, bis die Stille auffällig, verdächtig wird? Wie lange muss man schweigen, bevor der andere zu ahnen beginnt, dass man etwas zu verschweigen hat?

Nach anderthalb Stunden nimmt Drik die Ausfahrt in den Nadelwald hinein.

»Ich habe so eine Ahnung, dass es zu Ende geht«, sagt er. »Wir sollten mit dem Arzt dort, Gaarland, sprechen. Uns erkundigen, was er in Sachen Palliation macht. Vereinbarungen hinsichtlich lebensverlängernder Maßnahmen treffen.«

»Er hatte eine eiserne Kondition. Aber seit dieser Grippe ist es mit ihm bergab gegangen. Irgendwann wird das eine oder andere Organ versagen.«

»Herz? Nieren? Ich habe keine hohe Meinung von unserem Kollegen. Pflegeheimärzte verachten sich selbst und denken, dass wir es auch tun. Und infolgedessen tun wir es tatsächlich. Dabei sollten wir ihnen dankbar sein, denn sie leisten die Betreuung, zu der wir keine Lust haben. Dieser Gaarland ist ein pedantisches Arschloch, unheimlich von oben herab, nie zu sprechen. Was er kann, weiß ich nicht. Du?«

»Mich kann er auf den Tod nicht leiden«, sagt Suzan. »Ich bin ihm wohl zu vorlaut. Na ja, wir werden sehen.«

In dem kleinen Krankensaal sind drei der sechs Betten belegt. Zwei sehr alte Frauen mit eingefallenen Mümmelmündchen liegen totenstill unter pfirsichfarbenen Decken an ihren Infusionen. Ihnen gegenüber, am Fenster, liegt Hendrik. Man hat ihm die Arme ans Bett gefesselt. Er hebt in einem fort den Kopf vom Kissen und sieht sich mit ängstlichen Augen um. Der Anblick seiner beiden Kinder scheint ihn zu beruhigen: Der Kopf sinkt aufs Kissen, die Sehnen in seinem Hals entspannen sich.

»Hilf mir mal, die Dinger loszumachen, ich kann mich nicht mal am Kopf kratzen«, sagt Hendrik, an Suzan gewandt, die Drik fragend anschaut. Als Drik nickt, löst sie die Fesseln. Hendrik massiert seine Handgelenke.

»Es muss doch Personal hier sein«, sagt Drik, »ich mach mich mal auf die Suche.«

»Suusje«, flüstert Hendrik, »ich bin so müde.«

Aus dem Büro ist Driks aufgebrachte Stimme zu hören. Kurz darauf kommt er mit dröhnenden Schritten in den Saal zurück.

»Der Arzt weigert sich zu kommen. Er hat Dienstschluss.«

Drik schnaubt und stampft mit dem Fuß auf. Hendrik schießt im Bett hoch und fuchtelt mit den befreiten Armen.

»Betrug!«, ruft er. »Ein Haufen Betrüger hier!« Er zupft unruhig an seiner Decke. Dann sieht er Drik an.

»Es war doch lebenslänglich, nicht? Aber sie haben das wohl umgewandelt. Nehmen Sie jetzt die Hinrichtung vor?«

»Schön wieder hinlegen, Herr de Jong, Sie müssen doch wieder zu Kräften kommen.« Die eingetretene Schwester schüttelt Suzan und Drik die Hand.

»Er ist so verwirrt. Er weiß gar nicht, wo er ist. Ich glaube, er sollte lieber ins Krankenhaus, aber Doktor Gaarland möchte noch abwarten.« Sie streichelt Hendriks Hände.

Suzan schlägt die Decke zurück und tastet seinen Bauch ab.

»Harnverhaltung«, konstatiert sie. »Er deliriert. Übervolle Blase. Haben Sie ein Katheterset zur Hand?«

Die Schwester ist schon davongestürzt.

»Dürfen wir das so ohne weiteres?«, fragt Drik. »Ohne uns mit diesem Knilch abzusprechen?«

»Notfall. Wir *müssen*.«

Resolut öffnet Suzan das von der Schwester gebrachte Päckchen. Sie streift die sterilen Handschuhe über, zieht ihrem Vater die Pyjamahose herunter und schiebt ihm, ohne mit der Wimper zu zucken, den Katheter in den Penis. Die Schwester hängt den Auffangbeutel ans Bett. Sie blicken zu dritt auf das Ingangkommen des Harnstroms.

»Ich werde das mal eben in die Patientenakte schreiben«, sagt die Schwester mit feinem Lächeln. »Doktor Gaarland wird morgen ganz schön gucken.«

»Geben Sie ihm am besten auch Haldol«, sagt Drik, »zweimal drei Milligramm pro Tag. Wenn wir schon dabei sind.«

Der gewaltige Harnabgang scheint Hendrik erleichtert zu haben. Sie warten, bis er eingeschlafen ist, und sprechen dann noch kurz mit der Schwester in ihrem Büro.

Es ist stockfinster, als sie sich auf die Rückfahrt machen. Ich muss etwas sagen, denkt Suzan, ich habe die ganze Zeit nur Angst.

»Drik?«

Drik brummt und starrt unverwandt geradeaus. Suzan muss weinen. Mit dem Ärmel ihres Snoopypullovers wischt sie sich den Rotz weg. Die Tränen strömen weiter.

»Ich kann nichts sagen, Suzan. Aber über das, was *du* mir erzählst, darüber können wir reden.«

Sie schluchzt so heftig, dass sie kein Wort herausbekommt. Erst als sie auf die Autobahn fahren, hat sie ihre Stimme wieder in der Gewalt.

»Hanna«, sagt sie. »Die würde wissen, wie ich mich Roos gegenüber verhalten soll. Wie soll ich das allein können?«

Während sie es sagt, wallt Wut in ihr auf. Eine Heilige, ihre Schwägerin, eine über alles erhabene Frau, die alles verstand und alles konnte. Die sie aber im Stich ließ und nur noch zur Bewunderung gut ist.

»Du könntest dir Hilfe suchen. Um wieder ins Gleichgewicht zu kommen. Wenn du mich bittest, jemanden für dich zu kontaktieren, tue ich es sofort.«

»Ich kann es nicht sagen. Wenn ich es ausspreche, ist es nie so, wie es sich anfühlt. Ich habe solche Sehnsucht. Danach, dass alles gut ist, dass ich zu Hause angekommen bin. Aber es gibt kein Zuhause. Und ich *weiß* nicht, was gut ist. Ich weiß nur, dass ich mich so schrecklich sehne. Es zerreißt mich. Ich falle auseinander vor Sehnsucht. Irgendwer muss mich festhalten.«

Sie fühlt Driks Hand auf ihrem Bein. Schweigend fahren sie durch den Abend, Bruder und Schwester.

19   Der Zersetzungsprozess in der Behandlung von Allard schlägt sich auch auf die anderen Therapien Driks nieder. Er hat sein Selbstvertrauen verloren, kann sich schlecht konzentrieren und vergisst Wesentliches. Er erschrickt, als ein mündiger Patient ihn fragt, ob er nicht zu früh nach dem Tod seiner Frau wieder zu arbeiten begonnen habe. Eine sympathische Studentin, die ihn wegen einer Angststörung konsultiert hat, meint, er sei urlaubsreif: »Sie wirken so abwesend, das sieht Ihnen gar nicht ähnlich, sind Sie übermüdet?«

An jedem Arbeitstag gibt es verlorene Stunden. Die Patienten erzählen von ihrer Woche, was sie gemacht und mit wem sie gesprochen haben. Drik hört es sich an und ist unfähig, eine Verbindung zu den darunter schwelenden Konflikten oder Problemen herzustellen. Er wartet nur darauf, dass die Stunde vorüber ist und der Patient, leicht enttäuscht, wieder geht. Erste Sitzungen werden ausgelassen. Es geht schleichend, fast unmerklich. Bei seinen Patienten handelt es sich überwiegend um neurotische, gehemmte Menschen, die nicht so schnell Krach schlagen oder rebellieren. Sie schweigen. Sie bleiben weg.

Am Sonntag geht er am späten Nachmittag mit Blumen auf den Friedhof. Inzwischen liegt ein Stein auf Hannas Grab, der ihren Namen und Geburts- und Sterbedatum trägt. Suzan hat für die passende Bepflanzung gesorgt, und an den Blumensträußen, die nicht von ihm selbst sind, kann er ablesen, dass Freunde und Studenten Hanna noch nicht vergessen haben. Ein gut gepflegtes Grab eines geliebten Menschen, der zu früh gehen musste. Bedauernswert, schrecklich, tragisch.

Und was ist mit mir, denkt er, wer kümmert sich um mich? Selbstmitleid – er lässt es zu, setzt sich auf einen umgekehrten Eimer, stützt sich mit den Armen auf den Oberschenkeln ab und bedauert sich. Er ist allein, festgefahren, von seinen besten Freunden abgeschnitten. Seine Frau liegt stumm unter der Erde, unverletzlich, vollkommen. Sie ist aus allem raus.

Das ärgert ihn. Als er merkt, dass er laut vor sich hin flucht, ruft er sich zur Ordnung. Denk nach, streng mal eben deinen Kopf an und entwirf einen Plan. Er stellt den Eimer weg und setzt sich in Bewegung.

Ich fühle mich als Opfer eines schwierigen Patienten, aber ich bin selbst nicht unschuldig daran. Ich will nicht hören, was er mir über Suzan erzählt, lasse ihn aber trotzdem jeden Montag kommen. Und erzählen. Ich kann damit aufhören. Wenn er morgen kommt, sage ich, noch bevor er den Mund aufmachen kann: »Das ist unsere letzte Sitzung. Ich sehe für dich kein Heil in dieser Therapieform, sie bringt dir nichts, und deshalb ist es unverantwortlich, damit fortzufahren.« Was tun, wenn er protestiert? Hart bleiben. Einseitig den Vertrag aufkündigen. Eine Überweisung anbieten, ihm zu bedenken geben, ob nicht eine Gruppentherapie etwas für ihn wäre. Anderer Ansatz, andere Technik. Ja, das sollte er versuchen. Vielleicht sind die Gruppenmitglieder Manns genug zu rufen: »Du hast sie wohl nicht alle, wie kannst du bloß ein Verhältnis mit deiner Supervisorin anfangen!«

Ich muss die Sache in der Hand behalten und darf ihn auf keinen Fall ans Institut überweisen, wo er all die heiklen Informationen auf den Tisch legen wird. Ich rufe einfach diesen alten Kollegen an, der noch mit fünfundsiebzig Gruppen bei sich zu Hause empfängt, in einer ausgebauten Garage voll verschlissener Sitzmöbel.

Nun, da er einen Plan hat, marschiert er energisch zum Friedhofstor hinaus. Wie oft hat er Patienten nicht schon unterbreitet, dass es sinnvoll ist, schwierige Gespräche im Voraus im Geiste durchzuspielen. Ein sehr guter Rat, findet er selbst.

Er fühlt sich immer noch tatkräftig, als Allard am Montag um kurz vor sechs auf die Klingel drückt. Er lässt den Jungen ins Sprechzimmer vorangehen und staunt wieder einmal über dessen athletische, hochgewachsene Gestalt. Er nimmt im Therapeutensessel Platz und wartet den Bruchteil einer Sekunde zu lange.

»Es ist aus«, sagt Allard mit starrem Gesicht. Jetzt kann Drik nicht anders, als um nähere Erläuterung zu bitten. Er nimmt sich vor, die Beendigung der Therapie später zur Sprache zu bringen, egal was passiert, spätestens um halb sieben. Lieber früher.

»Wir hatten eine Simulationsübung. Suzan spielte eine Pflegekraft, und ich war der Anästhesist. Rudolf Kronenburg mimte den Chirurgen. Er macht erst seit kurzem mit. Es lief völlig aus dem Ruder. Wir müssen vor einem Eingriff immer mit dem gesamten Team besprechen, wie das Ganze angegangen werden soll. Auch die Kontrolle gehört dazu: Ob der richtige Patient daliegt, ob alle nötigen Utensilien vorhanden sind. Jeder muss sagen, wie er heißt und was seine Funktion ist, damit man einander zuordnen kann. Der Chirurg hatte das in der Simulation vergessen, und ich sprach ihn darauf an. Er rastete derartig aus, dass ich unsicher wurde, weil es so echt wirkte. Ich fand das sehr unangenehm. Bedrohlich. Aber ich war der Anästhesist. Und der muss eingreifen, wenn so etwas in Wirklichkeit passiert. Also sagte ich, dass wir die Operation in so einer Atmosphäre nicht durchführen könnten. Dass ich mich weigerte, daran mitzuwirken. Wir sollten den Patienten zurückschicken, meinte ich.

Da bekam er tatsächlich einen Wutanfall. Suzan blieb zuerst noch in ihrer Rolle und tat, als wüsste sie nicht, wem sie jetzt Folge leisten sollte, dem Chirurgen oder mir. Als Kronenburg aber mit Scheren zu werfen begann, nahm sie ihren Haarschutz ab und versuchte, normal mit ihm zu reden, unter Kollegen, meine ich. Ich ging raus, das erschien mir besser. Im Beobachtungsraum saß Veenstra vor der Einwegscheibe und schaute zu.

Er fragte, ob er eingreifen müsse, aber ich ging davon aus, dass Suzan Kronenburg schon zur Räson bringen würde. Das gelang ihr auch. Sie kamen zu uns, und er entschuldigte sich. Er hasse all diese Richtlinien und Vorschriften, sagte er, da sehe er rot. Wenn er in so einer Simulationsübung dann auch noch für diesen Unsinn einstehen solle, werde es ihm schon mal zu viel. Er habe sich vergessen, sorry, sorry. Suzan war ganz still. Kronenburg und Veenstra wollten das unter sich besprechen, und wir gingen.

Da hat sie es dann gesagt. Dass Schluss sein müsse. Es sei Wahnsinn, was wir da machten. Sie sagte, unser Verhältnis sei auch nur eine Simulation. Nicht echt. Ein Theaterstück. Das hat sie gesagt.«

Drik registriert eine gewaltige Erleichterung: Suzan ist zur Besinnung gekommen, Gott sei Dank. Ein bisschen von dieser Erleichterung ist ihm wahrscheinlich vom Gesicht abzulesen, denn Allard wird zornig.

»Ja, das halten Sie bestimmt für eine gute Entwicklung! Grinsen Sie bloß nicht so selbstgefällig, für mich ist das eine Katastrophe! Eine Katastrophe! Sie haben ja keine Ahnung, was das für mich bedeutet, Sie wollten ja nie hören, wie wichtig sie mir ist. Ich dachte, es ist Ihre Aufgabe, nach der Bedeutung der Dinge zu suchen, aber Sie wollen doch nur, dass alles so schnell wie möglich vorbei ist. Tja, das wird aber nicht gehen. Ich liebe diese Frau nämlich. Sie gibt mir alles, was ich brauche, um durchzuhalten. Ohne sie kann ich nicht leben.«

Allard beginnt herzzerreißend zu weinen. Er hat recht, denkt Drik. Ich wollte mir nie ansehen beziehungsweise habe mich davor gescheut, mir anzusehen, welche Bedeutung diese idiotische Beziehung haben könnte. Es musste einfach Schluss sein damit. Ich wollte lieber nichts davon hören, das stimmt.

Allard schluchzt hemmungslos weiter, ihm laufen Rotz und Tränen über das Gesicht, und seine Atmung geht stoßweise und unregelmäßig. Drik reicht ihm die Box mit den Papiertaschentüchern. Allard lässt sie in seinen Schoß fallen.

»Putz dir die Nase«, sagt Drik schließlich. »Ich hole dir ein Glas Wasser.«

Als er zurückkommt, sitzt Allard noch genauso in seinem Sessel, die Papiertaschentücher im Schoß. Drik hält ihm das Glas Wasser hin. Für einen Moment steht das Bild: Der ältere Mann beugt sich fürsorglich über den Jüngeren. Dann hebt Allard die Arme und nimmt das Glas in beide Hände.

»Ich gefährde meine Ausbildung, sagte sie. Als wenn mich das kümmern würde! Sie hatte für Vereycken gerade eine Beurteilung über mich schreiben müssen. Die ließ sie mich lesen. Ich bin großartig: in kurzer Zeit viel gelernt, große Übersicht, ausgezeichneter Kontakt zu den Patienten und dem Personal, gute Zusammenarbeit. Steht alles drin. Jetzt kappt sie diese Zusammenarbeit. Warum?«

»Deine Probezeit ist also um?«

Allard nickt. Er hat sich geschnäuzt und presst die Taschentücher zu einem Knäuel zusammen, das er fest umklammert.

»Vielleicht hilft dir deine Supervisorin, der Realität ins Auge zu sehen und deine Weiterbildung in ruhigere Bahnen zu lenken. Bist du nicht, so weh es tut, doch auch ein bisschen erleichtert, dass diese explosive Situation vorüber ist?«

Das Schluchzen wird wieder heftiger.

»Ich fühle mich so abserviert, so im Stich gelassen.«

»Genauso wie damals, als dein Vater wegging?«

Allard schaut wütend auf und sackt dann wieder in seinem Sessel zusammen.

»Nein. Ja. Weiß ich nicht. Suchen Sie es sich aus.«

»Bist du ihr böse?«

Keine Reaktion. Was tun, denkt Drik. Ich kann ihn jetzt auf keinen Fall wegschicken, vielmehr müsste ich ihm eine zusätzliche Stunde anbieten, so durcheinander, wie er jetzt ist.

»Hör zu«, sagt er resolut, »was geschehen ist, rüttelt heftige Gefühle in dir auf. Verwirrende Gefühle, die zum Teil auch mit früheren Ereignissen zu tun haben dürften. Das lassen wir vorläufig beiseite, denn jetzt kommt es darauf an, dass du die nächsten Tage gut überstehst. Schlafen, essen, zur Arbeit gehen, etwas mit Freunden unternehmen. Bringst du das fertig? Kann ich dir dabei helfen?«

»Wie denn?«

»Ich könnte dir etwas verschreiben, damit du schlafen kannst. Und wir könnten zur Überbrückung einen zusätzlichen Termin vereinbaren, am Donnerstag zum Beispiel.«

»Ich will keine Hilfe. Ich will, dass sich alles wieder einrenkt. Sie haben mich immer abgelehnt, und jetzt, wo ich am Boden bin, tun Sie plötzlich nett und freundlich. Ich werde gedemütigt und betrogen, was gibt es da zu helfen?«

»Nett oder nicht nett, das steht jetzt nicht zur Debatte«, sagt Drik gemessen. »Wir vereinbaren, dass du am Donnerstag um sechs Uhr kommst und dass du in den Tagen bis dahin keine Dummheiten machst. Abgemacht?«

Allard steht auf. Sein Gesicht ist verquollen, und er zittert ein wenig.

»Morgen sehe ich sie wieder. Es ist ein Missverständnis, sie nimmt das zurück. Sie kann gar nicht ohne mich. Kronenburgs Ausbruch hat sie erschreckt. Es ist einfach nicht wahr, da bin ich mir ganz sicher.«

Die Sitzung hat Drik erschöpft. Er schreibt nur kurz ein paar Stichworte in die Akte und schließt dann sein Sprechzimmer ab. Whisky, denkt er, als er nach oben geht. Noch bevor er sich eingeschenkt hat, läutet das Telefon. Er hat sich vor ein Auto gestürzt, die Polizei hat diese Nummer in seinem Terminkalender gefunden – solche Gedanken schießen ihm schnell und flüchtig durch den Kopf.

»Onkel Drik? Hier Roos. Wollen wir zusammen essen, oder ist es schon zu spät?«

Drik setzt sich, er braucht einen Augenblick, um wieder im normalen Leben anzukommen. Essen mit Roos. Warum nicht?

Weil sie Allard kennt, darum nicht. Aber ich kann doch nicht wegen eines schwierigen Patienten mein gesamtes soziales Leben einschränken! Sie ist schließlich meine Nichte, ich wär ja verrückt, wenn ich mir das nehmen ließe. Alles hat Grenzen. Ich mache, was ich will.

Sie verabreden, sich in einer halben Stunde bei einem Italiener zu treffen. Drik kippt den Whisky runter und kratzt sich am Kopf. Nicht gut gemacht, denkt er, nicht sorgfältig genug. Den Krisendienst hätte ich erwähnen sollen, obwohl, da arbeiten seine Exkollegen, da wird er nicht hingehen. Aber den Hausarzt hätte ich unbedingt anrufen müssen. Ich weiß nicht mal, ob er einen Hausarzt *hat*! Er hat unsere Terminvereinbarung nicht wirklich bestätigt. Ich habe ihn einfach gehen lassen. Ich war froh, dass er ging. Ich habe mich dazu verleiten lassen, ihn zu vernachlässigen. Genau das bewirken vernachlässigte Menschen. Ich hätte das durchschauen müssen. Es gab einen einzigen Moment, da er mir aufrichtig leidtat, und zwar, als ich den Vergleich zu seinem Vater zog. Ein Kind, das es nicht wert ist, dass jemand seinetwegen bleibt, ja, ich habe seinen Schmerz gespürt. Er konnte nichts mit meiner Bemerkung anfangen. Er saß da wie ein böser, unverstandener Pubertierender, der müde abwinkt und »Ach, lass« ruft. Was, wenn er jetzt durchdreht? Sich erhängt? Suzans Haus in Brand steckt?

Warum nur mache ich mich derartig verrückt, gerade so, als hätte ich zum ersten Mal mit so etwas zu tun! Der Junge ist achtundzwanzig Jahre alt und hat bis jetzt nie dekompensiert, also wird das wohl auch jetzt nicht passieren. Aber vom Alter her befindet er sich durchaus noch in der Gefahrenzone. Statistik bietet keinen Schutz. *Ich* hätte Schutz bieten müssen. Ich rufe ihn morgen an, erkundige mich, wie es ihm geht, und mache den Termin fest.

Er geht ins Schlafzimmer, um andere Schuhe zu holen und einen Pullover anzuziehen.

Er muss sich beeilen, um rechtzeitig da zu sein. Roos gibt gerade eine SMS in ihr Handy ein und schaut auf, als Driks Schatten über ihre Hände fällt. Sie hat einen duftigen Rock und ein schwarzes Jäckchen an. Zu knapp das Ganze und nicht warm genug, denkt Drik, sie sollte besser für sich sorgen. Ihr Geld und ihren Ausweis und ihr Handy auch nicht in so einem offenen Korb mit sich herumtragen zum Beispiel.

»Möchtest du eine schöne Tasche von mir geschenkt haben, mit Lasche und Reißverschluss?«

»Warum?«

»Weil du mir mit dem Haus geholfen hast?«

»Aber das ist doch schon Ewigkeiten her!«

»Na, dann einfach so. Weil ich dir gern etwas schenken möchte.«

»Okay. Lieb von dir. Dann gehen wir nächste Woche zusammen shoppen.«

Endlich mal jemand, der ein Angebot von mir annimmt, denkt Drik. Aber wie lächerlich und armselig, dass ich darauf aus bin.

Roos möchte einen Riesenteller leckere Vorspeisen, gegrilltes Gemüse, orangerote Wurst, geräucherten Schinken, doch als alles in voller Pracht auf dem Tisch steht, lässt sie ihre Gabel sinken.

»Ich habe ein Problem. Darf ich es dir erzählen?«

Drik kann gerade noch einen Seufzer unterdrücken.

»Selbstverständlich«, sagt er. Er beobachtet Roos' Gesicht, so ernst, so voller Vertrauen, dass es schon fast wehtut.

»Mein Freund. Von dem habe ich dir doch erzählt, nicht? Hast du ihn neulich gesehen, im Orchester? Ich wollte ihn noch vorstellen, aber ihr wart auf einmal weg.«

»Der Cellomann«, sagt Drik und kommt sich vor wie ein Verräter.

»Ja. Ich habe seine Mutter gesehen. Und jemanden, der zu seiner Mutter gehört, ein Geiger. Er fand uns gut!«

»Du sagtest letztens, dass der Altersunterschied manchmal schwierig ist?«

Roos presst ihre Serviette zu einem Knäuel zusammen, und Drik sieht Allard mit den zusammengeknüllten Taschentüchern in den Händen vor sich. So viel Aufregung, Sorgen, Theater. Aber man kann so einem Kind nicht sagen, dass das unangebracht ist, dass sich alles wieder legen und vorbeigehen wird.

»Ich glaube, dass er eine andere hat. Bestimmt eine, die älter ist als ich. Das braucht er vielleicht, er findet mich wohl kindisch, schätze ich. Aber warum sagt er dann nichts?«

Ihre Stimme zittert. Drik trinkt einen Schluck Wein. Dieser Scheißkerl, denkt er, dieser gemeine Schuft. Dem Kind den Kopf verdrehen und sich nicht zurückziehen, wenn es schiefgeht. Der Feigling. Der Betrüger. Ich rufe ihn morgen nicht an. Soll er doch selbst sehen, wo er bleibt.

»Was weißt du eigentlich von ihm?«

Roos erzählt. Dass sie ihn kennengelernt hat, als sie in das Orchester kam, dass er ihr sofort aufgefallen ist, weil er immer im selben Moment lachen musste wie sie, dass er zuerst ihr Instrument bewundert hat und mit den Händen berühren wollte und dann sie.

»Er ist einfach unheimlich lieb. Er macht mir kleine Geschenke, er denkt an mich. Ich kann mit ihm über alles Mögliche reden. Oder vor der Glotze hängen und Filme angucken. Er ist gleich über Nacht geblieben. Ich war verliebt, weißt du.«

»Passt du auch auf? Ob du verhütest, meine ich. Damit du dich nicht ansteckst, nicht schwanger wirst?«

»Mann! Verliebt, sagte ich. Und da redest du von Ansteckung! Natürlich verhüte ich. Er auch.«

»Aber was weißt du von ihm? Arbeit, Freunde, Familie, solche Dinge.«

»Er arbeitet in einer Art Anstalt oder einem Krankenhaus. Aber darüber reden wir nicht. Darüber hab ich zu Hause genug gehört. Wozu soll man das alles wissen?«

»Vertraust du ihm?«

Jetzt verstummt Roos für einen Moment. Drik schenkt ihr Glas noch einmal voll und blickt ihr aufmerksam ins Gesicht.

»Anfangs ja. Aber in letzter Zeit benimmt er sich merkwürdig. Dann kommt er nicht oder viel zu spät. Neulich lagen wir zusammen im Bett, tagsüber, und da ist er plötzlich aufgestanden, hat sich angezogen und ist gegangen. Ohne etwas zu sagen. Ich versteh das einfach nicht.«

»Warum glaubst du, dass er eine andere hat?«

»Er fragt nie, ob *ich* mit einem anderen schlafe. Er findet das wohl normal. Dass das drin sein muss und so. Na, ich finde das nicht. Er roch nach Parfüm. Er hatte einen Knutschfleck am Hals. Willst du noch mehr wissen?«

Sie klingt böse und verletzt.

»Nach dem Konzert hat er mich seiner Mutter vorgestellt. ›Das ist Roos‹, sagte er. Nicht: Das ist meine Freundin. Als ob er es geheim halten will.«

»Fragst du ihn dann, wie es sich damit verhält?«

Sie nickt. »Dann sagt er: ›Roosje, Roosje, nicht so misstrauisch sein, ich bin doch jetzt da!‹ Das bringt mir nicht viel. Was soll ich tun?«

»Gib ihm den Laufpass«, sagt Drik streng. »Du quälst dich doch selbst, wenn du damit weitermachst.«

»Aber es ist *schön*!«

»Nein, es ist nicht schön. Jemand, der dich so verunsichert, ist deiner nicht wert. Ein Verhältnis mit jemandem, der nicht auf deine Fragen und Vermutungen eingehen kann, führt zu nichts. Egozentrisch, unerwachsen. Unmöglich!«

Jetzt hört Roos aufmerksam zu.

»Dabei dachte ich: Er wird schon wissen, wie es geht, wie es zu sein hat, weil er schon so viel älter ist. Er ist doch erwachsen!«

»Auch Erwachsene können sich wie Kinder benehmen. Du musst das, was du spürst, ernst nehmen. Wenn du ihm etwas vorhältst und er so tut, als ginge ihn das nichts an, ist Schluss. Aus und vorbei.«

»Soll ich dann sagen: Hier hast du eine Tragetasche für deine Zahnbürste und deinen Rasierpinsel und deine DVDs, und jetzt hau ab? Ist es so einfach?«

Sie hat sich kerzengerade aufgesetzt und ist rot geworden.

»Nein«, sagt Drik, »einfach ist es nicht. Es ist immer schmerzlich. Aber die Alternative ist schlimmer. Das solltest du abwägen. Du kannst mehr, als du denkst!«

Roos nickt. Dann fängt sie an zu essen.

»Ich habe Schuurman jetzt drei Monate lang betreut«, sagt Suzan zu Ab Taselaar. »Es lief gut, keine Frage, aber ich finde, du solltest ihn jetzt bei jemand anders einteilen.«

»Hatte ich schon vor. Ich setze ihn nächste Woche zu Kees. Da kann er in die Kardioanästhesie reinschnuppern. Diese Woche darf er sich mal hier, mal da umgucken, das hat er bis jetzt noch gar nicht gemacht, und alle Neuanfänger dürfen das. Er war gerade zwei Tage bei Berend in der Schmerzambulanz. Apropos Ambulanz, wie sieht es denn mit deinen Forschungsplänen aus? Kommst du voran?«

»Ich arbeite noch am Konzept. Vom Dienstplan her dürfte es sehr schwierig werden, diese postoperativen Sprechstunden unterzubringen. Aber inhaltlich krieg ich das schon hin, ein netter Psychologe hilft mir dabei. Die Fragen haben wir schon fertig. Jetzt fehlt nur noch die Umsetzung in die Praxis.«

»Implementierung nennt man das«, sagt Taselaar feierlich. »Wenn alles mit dem Chef besprochen und abgesegnet ist, würde ich es an deiner Stelle mal bei unserer Sitzung einbringen. Dann wissen die Kollegen, dass es dein Projekt ist, und das macht eine Menge aus. Für dich haben sie ziemlich viel übrig. Und dann setzen wir uns auch mal zusammen und schauen, wie wir das mit diesen Anschlusssprechstunden hinkriegen. Wird schon werden. Ich gehe übrigens nicht davon aus, dass du irgendetwas finden wirst, so präzise, wie wir bei der Propofoldosierung sind.«

Suzan ist sich da nicht so sicher. Bei Notfalloperationen wird das Gewicht des Patienten geschätzt, da kann man wirklich mal

Fehler machen. Und der eine braucht mehr als der andere, um das Bewusstsein zu verlieren.

»Seit ich mich intensiver damit befasst habe, bin ich bei den Muskelrelaxanzien vorsichtiger geworden«, sagt sie. »Dann können sie notfalls noch mit dem Bein zucken oder so, um etwas zu signalisieren. Der Chirurg findet das zwar nicht so toll, aber für mich ist es eine beruhigende Vorstellung. Danke für deine Ratschläge, Ab. Ich schreibe weiter.«

Sie zapft sich einen Becher Kaffee aus dem Automaten und geht zum Treppenhaus. Ihr Zimmer ist ein Stockwerk höher. Die Betontreppe befindet sich in einem Glasköcher, man kann den Haupteingang des Krankenhauses sehen und die Stationen im gegenüberliegenden Flügel. Unten neben dem Eingang stehen einige Raucher; in einer der kleinen Gestalten, mit rosafarbener Duschhaube auf dem Kopf, erkennt sie HNO-Arzt Ruud. Die schwindelerregende Höhe lässt sie einen Moment innehalten, ein flaues Gefühl im Magen und ein Kribbeln in den Kniekehlen. Eine Tür knallt zu. Schnelle Schritte hinter ihr die Treppe herauf. Zwei warme Hände um ihre Mitte, der Kaffee schwappt über den Becherrand und brennt auf ihren Beinen.

»Was?«, sagt sie, während sie sich umdreht, während sie weiß, dass das keine Frage ist und sie jetzt einen großen Fehler macht. Sie schmiegt sich in Allards Arme, legt den Kopf an seine Schulter und fühlt Tränen aufsteigen. Tu das nicht, denkt sie, reiß dich los, geh weiter, sag nichts. Allard küsst sie. Sie lässt es geschehen. Nur ganz kurz, denkt sie, nur noch einen Moment.

»Du hast das nicht ernst gemeint«, flüstert Allard, »du kannst nicht vor mir weglaufen. Du musstest das vielleicht sagen, aber nichts davon ist wahr. Ich halte dich fest, du kannst nicht einfach verschwinden.«

Die Tränen rollen ihr über die Wangen. Jetzt verläuft meine Wimperntusche, denkt sie, das sehen alle sofort. Ich bin nicht bei Trost, warum weine ich so, was treibe ich hier, womöglich stürmt gleich irgendwer vom Pflegepersonal durchs Treppenhaus, oder

Ruud schaut hoch, wenn er seine Kippe wegschnippt, jemand, der so rege ist wie er, schaut nach oben, und dann werden wir entdeckt, ertappt. Es muss Schluss sein damit. Wenn nicht von ihm aus, dann von mir. Sie löst sich aus seiner Umarmung.

»Guten Morgen zusammen«, sagt der vorbeigehende Pfleger. Sie brummen eine Erwiderung. Allard lehnt an der Glaswand. Sie würde ihn am liebsten hindurchstoßen, so dass es ihn unten neben der Raucherecke zerschmettert und sie ein für alle Mal von ihrem Verlangen kuriert wäre. Geschockt wäre sie, verzweifelt, aber sie hätte ihre Ruhe wieder. Der Gewaltakt würde einer Entwicklung ein Ende setzen, die sie nicht zu stoppen vermag. So wie ein hundertfünfzig Kilo schwerer Patient seine Sucht mit einer Verstümmelung bekämpft und sich den Magen herausnehmen lässt. So schlimm kann es doch nicht sein, denkt sie, ich arbeite hier, und niemand hält mich für komplett verrückt. Ich muss einfach zurück in die Realität.

Sie wischt sich auf gut Glück die schwarzen Flecken von den Wangen. Allard hilft mit nassem Finger nach. Sie tritt einen Schritt zurück.

»Ich meine es sehr wohl ernst«, sagt sie. »Wir sind Kollegen. Mehr nicht.«

Sie sieht, dass er etwas sagen will. Aber dann versteinert sein Gesicht.

»Gut, in Ordnung, wir sind Kollegen. Vielen Dank noch für die Beurteilung. Vereycken war beeindruckt. Ich bin jetzt offiziell angenommen.«

Suzan nickt. »Das solltest du nicht aufs Spiel setzen. Dafür ist die Arbeit viel zu wichtig. Und deine Ausbildung.«

»Ja, das weiß ich jetzt zur Genüge, darüber brauchen wir nicht mehr zu reden. Du bist eine ideale Frau, die dumme Dinge sagt. Was tun wir, wenn wir Kollegen sind? Wie geht das?«

»Ich frage dich, ob du heute Abend zur Fallpräsentation gehst. Was du davon hältst, dass der Nascheimer verschwindet. Solche Sachen.«

»Um den Eimer geht es heute Abend? Ich kann nicht kommen, ich muss woanders hin.«

»Die Assistenten kommen immer. Die Nascheimerproblematik ist inzwischen dem demokratischen Prozess entzogen worden. Einfach weg, Ukas von Taselaar. Was machst du diese Woche?«

»Orientierung. Ich war auf der Intensivstation, nicht gerade aufmunternd. Und in der Schmerzambulanz. Auch das reinste Elend, sollte man meinen, aber ich find's schön. Jemand hat irgendwo Schmerzen, du schaust, welcher Nerv die entsprechende Region innerviert, und dann rückst du dem zu Leibe. Mit Medikamenten, mit dem Skalpell, mit Wärme oder Kälte. Dieser Berend friert Nervenbahnen ein! Mit einer Schnelligkeit und Mühelosigkeit, dass es eine Freude ist. Du fehlst mir so, Suzan.«

»Sag das nicht, bitte. Ich gehe jetzt übrigens, ich muss heute noch was schaffen.«

»Ich fliege gleich«, sagt Allard. »Mit Luc Delvaux. Bin gerade auf dem Weg zum Hubschrauber. Bist du schon mal mitgeflogen?«

»Nein. Höhenangst. Hast du die nicht?«

»Siehst du, wir wissen noch gar nichts voneinander. Da kannst du nicht Schluss machen. Ich weiß nicht, ob ich Angst vor großen Höhen habe. Nie getestet. Kommst du kurz mit nach oben, nur zum Zuschauen?«

Ich kann nicht zu allem nein sagen, denkt sie, das ist doch eine ganz unschuldige Bitte. Ich begleite ihn kurz, und dann gehe ich wieder.

Gemeinsam gehen sie die Treppe hinauf. Als sich die Türen öffnen, wird spürbar, dass auf dem Dach ein kräftiger Wind bläst, ganz anders als unten am Boden. Der Rettungshubschrauber sieht aus der Nähe riesig aus und scheint sie zu beäugen wie ein gruseliges Insekt. Luc trägt Erste-Hilfe-Koffer und Pakete mit Infusionslösung herbei. Er hat seinen imposanten orangefarbenen Anzug an.

»Hallo, Suzan!«, schreit er gegen den Wind an. »Möchtest du mitfliegen?«

Sie schüttelt den Kopf und zeigt nach unten. Pflichten. Eine Horrorvorstellung, in dieses Ungetüm zu steigen, das ohrenbetäubende Röhren des Motors zu hören und zu spüren, wie man sich vom Boden löst, nein, bloß nicht. Luc kommt mit einer orangefarbenen Weste in der Hand zu Allard herüber, die er anziehen muss. Suzan winkt den beiden Männern kurz zu und verschwindet wieder ins Treppenhaus.

Endlich sitzt sie an ihrem Computer. Noch bevor sie die Datei mit den Fragelisten geöffnet hat, hört sie das Stampfen des wegfliegenden Hubschraubers. Sie blickt dem gelben Insekt auf seinem Flug über die Stadt nach, hin zu irgendeinem Unheilsort, wo Luc und Allard hinausspringen werden, um Leben zu retten. Wenn das gelingt, fährt später der Krankenwagen bei der Notaufnahme vor, wenn nicht, folgt ein anderes Szenario. Abstürzen, denkt sie, lass dieses gelbe Biest abstürzen, damit alles vorbei ist.

Tjalling streckt den Kopf zur halb geöffneten Tür herein.

»Kaffee?« Schon sitzt er neben ihr und schaut mit auf den Computerbildschirm.

»Ich hab noch.« Diese unerbetene Nähe würde sie von sonst keinem Kollegen ertragen. Bei Tjalling ist es anders, er ist so bescheiden und zurückhaltend, dass sie seine Gegenwart nicht als Verletzung ihres Territoriums empfindet. Sie freut sich, dass er da ist.

»Schöne Liste«, sagt er. »Ist alles drin: Schmerzen, Lähmung, Lärm, Stimmen, damit verbundene Emotionen. Man darf sich das gar nicht vorstellen. Grauenvoll, dass so etwas in unserem Beisein passieren kann.«

»Man scheint das aber schon verhindern zu können, soweit ich der Literatur entnommen habe. Man muss mit den Anästhetika großzügig sein und mit den Muskelrelaxanzien knauserig.«

»Man bringt sie dem Tod nahe«, sagt Tjalling ernst. »Je stärker man betäubt, desto tiefer taucht der Patient in einen Zustand ab, den man nicht mehr Leben nennen kann. Das ist doch der eigentliche Kern unseres Metiers, dass wir die Menschen am Rande des Todes schweben lassen, dort, wo man nichts mehr spürt, wohin kein Reiz mehr vordringt. Und dass dann wir für den Fortgang der lebenswichtigen Prozesse sorgen, künstlich, anstelle des Patienten. Für ein paar Stunden sind wir so etwas wie sein extrakorporärer Hirnstamm. Wenn alles vollbracht ist, holen wir den Patienten aus dem Totenreich zurück. Bist du selbst schon einmal unter Narkose gewesen?«

Suzan schüttelt den Kopf.

»Auch keine Epiduralanästhesie bei der Entbindung?«

»Nein, bloß nicht, dafür war ich überhaupt nicht zu haben. Die Herumstocherei in meinem Rücken fand ich viel zu riskant. Und du?«

»Mandeloperation, als ich klein war. Eine traumatische Erfahrung, ich kann diese Gummimaske heute noch riechen. Du wurdest festgehalten, bekamst etwas Lachgas, und sobald du geschrien hast, haben sie dir die Zange in den Rachen geschoben. Ein Skandal, dass diese Folter so lange für völlig normal gehalten wurde.« Er verstummt für einen Moment und kneift die Augen zu.

»Später hatte ich mal eine Vollnarkose, bei der Blinddarmoperation. Herrlich. Warme Decken, liebe Worte, einfach weggleiten, nichts mehr müssen. Ich fand das großartig.«

»Hattest du keine Angst?«

»Wovor? Dass ich nicht mehr aufwachen würde? Nein, ich hatte Vertrauen zu dem Anästhesisten. Ich habe daraus gelernt, und versuche es heute auch so zu machen. Beruhigen, das Gefühl vermitteln, dass man jetzt alles übernimmt, und vor allem ganz lieb zum Patienten sein. Das ist wichtig. Man muss für diesen einen Moment über dem Tohuwabohu und der Anspannung im OP stehen und darf es sich niemals anmerken lassen, wenn man beunruhigt oder verärgert ist, sondern muss sich ganz auf den Patienten konzentrieren. Und dann lässt man ihn gehen.«

»Ins Totenreich«, sagt Suzan lächelnd.

Auf dem Flur werden Schritte laut. Jemand ruft. Suzan und Tjalling erheben sich, um nachzuschauen, was los ist. Draußen steht Ab Taselaar, der mit erhöhter Lautstärke in sein Handy spricht.

»Nein! Mach nichts! Bleib stehen, wo du bist. Ich gebe dir Bescheid, wenn sie so weit sind. Behalt das Telefon in der Hand. Beruhige dich. Ich rufe jetzt sofort die Polizei an. Dann melde ich mich wieder bei dir. Bis gleich.«

Taselaar drückt konzentriert auf die Zifferntasten seines Telefons. Seine graublonde Stirntolle steht senkrecht in die Höhe. Er hebt die Hand, um Tjalling und Suzan zu signalisieren, dass sie kurz warten, kurz still sein sollen.

»Taselaar hier, OP-Koordinator. Wir haben einen Notfall. Möglicher Selbstmordkandidat auf dem Hubschrauberdach. Polizei und Feuerwehr. *Sofort* alarmieren. Danach diese Nummer anrufen. Gleich!«

»Was ist los?«, fragt Tjalling. »Ein Selbstmörder? Wer?«

Ab reibt sich die Stirn.

»Setz dich lieber«, sagt Suzan. Aber das kann er nicht, dafür ist er zu unruhig. Er tigert zwischen den Flurwänden auf und ab, während er erzählt. Luc ist mit einem Assistenten zu einem Unfall im Stadtzentrum geflogen. Auf der Straße haben sie sich lange um den Verunglückten bemüht, aber vergeblich, er war nicht mehr zu retten und ist in ihrem Beisein verblutet. Sie haben den Leichentransport abgewartet und mit der Polizei gesprochen. Dann sind sie wieder zurückgeflogen.

»Nichts Außergewöhnliches, sagte Luc, abgesehen davon, dass der Tod dieses Mannes sie mitgenommen hat.«

»Ein Assistent«, sagt Suzan. »Welcher Assistent?«

»Schuurman. Es war sein erster Flug. Du kennst ihn natürlich, du hast ihn ja betreut. Dieser Schuurman ist es also. Nachdem sie gelandet waren und rausgesprungen sind, ist er gleich zur Dachkante gerannt. Dort hockt er jetzt. Luc hat einen Heidenschrecken gekriegt. Er hat ihm noch etwas zugerufen, komm zurück oder so etwas, aber dann hat er sich an die Instruktionen erinnert. Mit einer suizidalen Person in einer kritischen Situation darf man niemals reden. Erst wenn die Feuerwehr mit Sprungtüchern bereitsteht, darf man was sagen.«

Das Telefon. Ab hört zu und nickt.

»In fünf bis acht Minuten. Gut. Ich weiß nicht, ob mein Kollege da oben Sicht nach unten hat. Ich gehe jetzt selbst rauf. Rufen Sie mich an, sowie sie parat stehen.«

Suzan merkt, dass sie am ganzen Leib zittert. Sie läuft in die Stationsküche und schenkt sich ein Glas Wasser ein. Ihre Zähne schlagen gegen das Glas, und sie kann kaum schlucken. Ihre Sinne arbeiten auf Hochtouren. Mühelos kann sie das geflüsterte Gespräch zwischen Ab und Tjalling verstehen.

»Wir müssen einen Psychiater hinzuziehen, wir verstehen doch nichts von solchen Zuständen – ruf den Konsultationsdienst an!«

»Meinst du?«, fragt Ab. »Vielleicht hast du recht, steht wahrscheinlich auch in irgendeiner Anleitung. Aber dann dauert alles noch länger, weil wir auf so einen Lahmarsch warten müssen.«

Suzan verschluckt sich an ihrem Wasser. Hustend läuft sie auf die beiden Männer zu. Tjalling klopft ihr zwischen die Schulterblätter.

»Psychiatrie geht nicht. Er war dort in der Weiterbildung. Bevor er hier anfing. Hatte dort Konflikte. Er kennt die Leute alle.«

»Dann springt er gleich, meinst du?« Taselaar schüttelt den Kopf. »Wir müssen aber doch irgendetwas tun. Nicht auf eigene Faust eingreifen.«

Wieder das Telefon. Ab hört zu. »Ich gebe es weiter«, sagt er.

»Muss kurz Luc anrufen, der steht da die ganze Zeit rum.«

Er erzählt Luc, dass die Feuerwehr eingetroffen ist.

»In fünf Minuten sind die Sprungtücher ausgebreitet. Polizei ist auch da. Wir versuchen, psychiatrische Hilfe einzuschalten. Ich komme jetzt nach oben. So, dass er mich nicht sieht, ja. Darauf werde ich achten.«

»Ich rufe Peter an«, sagt Suzan. Tjalling und Ab sehen sie fragend an.

»Meinen Mann. Er arbeitet in der Psychiatrie. Ist Psychotherapie-Ausbilder.« Sie hat schon die Kurzwahltaste gedrückt.

Die Männer rennen die Treppe hinauf. Suzan geht langsam hinterher, das Telefon am Ohr. Nimm ab, denkt sie, nimm ab, jetzt...

»Suus! Ich hole Fisch für heute Abend, dafür brauchst du nicht...«

»Hör mir zu. Allard Schuurman sitzt auf dem Dach. Er wird springen. Sie wollen hier die Psychiatrie einschalten. Was soll ich machen?«

»Nicht reden. Und auf keinen Fall zu ihm hingehen. Abstand halten. Ich überlege mal schnell. Jemand von hier wäre nicht gut für ihn, das empfindet er bestimmt als Niederlage. Oder Bedrohung, was weiß ich. Drik! Er war bei Drik in Lehrtherapie. Ich ruf ihn an. Ruf dich gleich zurück.«

Ab und Tjalling stehen auf dem nächsten Treppenabsatz und schauen nach unten. Die Polizei hat den Platz mit rot-weißen Bändern abgesperrt. Dahinter drängen sich Neugierige. Die Feuerwehr bringt entlang dem gesamten Krankenhausflügel Sprungtücher an. Drei Feuerwehrautos stehen kreuz und quer auf dem Pflaster. Es ist wahr, denkt Suzan, es passiert tatsächlich, und es ist meine Schuld.

»Er ruft gleich zurück«, sagt sie zu ihren Kollegen.

»Warten wir noch?«, fragt Taselaar.

»Man darf sich ihm nicht nähern, dann bekommt er es mit der Angst zu tun und springt. Nicht mit ihm reden, bevor alles in Ordnung ist. Sagt Peter.«

Es dauert. Sie sieht die Menschen unten zum Dach hinaufstarren. Was sehen sie dort? Großer Gott, beeil dich, ruf zurück, mach schon...

»Man sollte es wie bei Tigern im Zoo machen«, sagt Ab. »Einfach einen Pfeil mit Succinylcholin auf ihn abschießen.«

Tjalling erschrickt.

»Dann fällt er vielleicht zur falschen Seite um. Und du musst dich sofort auf ihn stürzen und intubieren. Sonst erstickt er. Viel zu riskant.«

Taselaar zuckt die Achseln.

Telefon. Suzan knallt den Apparat an ihr Ohr.

»Entschuldige«, sagt Peter, »es hat einen Moment gedauert, bis ich ihn erreicht habe, er war beschäftigt. Habe einfach weiter angerufen, bis er zum Glück drangegangen ist. Er ist unterwegs. Sorgst du dafür, dass er gleich nach oben gebracht wird?«

»Ja«, sagt Suzan. Sie unterbricht die Verbindung und ruft den Pförtner an. Tjalling und Ab lauschen imponiert ihren Anweisungen.

»Ein Doktor de Jong kommt gleich. Psychiater. Er muss, so schnell es geht, zum Hubschrauberdach gebracht werden. Steht der Sicherheitsmann neben Ihnen? Hat er den Fahrstuhl blockiert? Gut. Sie informieren die Polizei und fahren sein Auto aus dem Weg. Danke.«

Sie lässt sich auf eine Stufe sinken. Taselaar legt die Hand auf ihre Schulter.

»Gut gemacht, Suzan. Kommst du jetzt mit?«

Sie gehen zum Dach hinauf. Die Türen stehen offen. Sie bleiben am Eingang stehen, ohne es abgesprochen zu haben. Drohend ragt der Hubschrauber vor ihnen auf. Luc und der Pilot stehen stocksteif daneben. Langsam zwingt Suzan ihren Blick zur Dachkante, zu einem zusammengekrümmten Körper, der auf der Grenze des immensen Abgrunds balanciert. Sie fühlt eine Woge der Übelkeit in sich hochsteigen.

Allard hockt mit dem Rücken zu ihnen da, sein Gesicht ist

nicht zu sehen. Er hat die Arme um die Knie geschlungen. Es ist böig. Mal scheint sich kein Lüftchen zu regen, dann wieder stürmt es regelrecht.

Aus dem Fahrstuhlschacht ertönt ein Summen. Die Fahrstuhltür schiebt sich auf. Ein breiter, kahlköpfiger Mann in schwarzer Uniform tritt heraus. Hinter ihm taucht Drik auf. Er ist käsebleich. Er nickt Suzan und ihren Kollegen zu und richtet den Blick auf Allard.

Dann betritt er das Dach. Zwei Schritte. Drei. Er setzt sich auf den Boden. Er wartet, bis der Wind kurz nachlässt, und sagt dann leise Allards Namen. Und ein zweites Mal. Keiner rührt sich.

Ganz langsam hebt Allard den Kopf und schaut über seine Schulter. Drik fängt seinen Blick auf.

»Leg dich am besten hin«, sagt Drik, »und roll dich zu mir rüber.«

Allard lässt sich auf die Seite fallen. Jetzt liegt er auf dem Bauch. Drik spiegelt das Manöver und liegt nun auch bäuchlings auf den spitzen Kieselsteinen. Er sieht den Jungen unverwandt an.

»Komm«, sagt er, »komm her. Ich bin hier, um dich zu holen.«

Mit steifen, ruckartigen Bewegungen beginnt Allard über das Dach zu robben. Suzan sieht, dass Luc Anstalten macht, sich auf den Jungen zu werfen. Sie bedeutet ihm mit einer Gebärde, dass er das lassen soll.

Ganz langsam nähert sich Allard seinem Therapeuten. Drik setzt sich jetzt auch in Bewegung und rutscht auf Allard zu. Drei Meter, zwei – Drik fasst Allard bei den Handgelenken.

»Komm, es ist gut.«

Mit einem animalischen Schrei kriecht Allard zu Drik heran. Drik legt die Arme um ihn und hält ihn ganz fest.

III. Reprise

1

Wieder wartet Drik auf Allard. Ihm graut vor der Konfrontation, aber er hat nicht die Energie, sich selbst Mut zu machen. Er denkt an das Geschehen auf dem Krankenhausdach und beschließt, sich zunächst in Ruhe anzuschauen, was er im Gespräch erfahren wird. Falls der Junge überhaupt kommt.

Allard hatte sich wie ein kleines Kind an Drik geklammert, alle anderen waren wie gelähmt stehen geblieben – einen Augenblick lang, dann war die Hölle losgebrochen. Taselaar schrie in sein Telefon, dass die Feuerwehr abrücken könne, Luc und Tjalling kamen zu ihnen herübergerannt, während Drik fühlte, wie der Junge in seinen Armen schlapp wurde. Er ließ ihn der Länge nach auf den Boden gleiten und legte die Finger an seinen Hals. Kein Herzschlag. Graue Gesichtsfarbe. Ein Pissfleck in der Hose. Drik hatte dem Himmel gedankt, dass er von Anästhesisten umringt war. Tjalling hockte schon neben ihm und reanimierte, Ab stand zur Ablösung bereit. Luc eilte mit dem Defibrillator herbei, den er aus dem Hubschrauber gezerrt hatte. Aus dem Augenwinkel sah Drik Suzan, die mit einem Beatmungsbeutel und der Sauerstoffflasche agierte.

»Müssen wir Epinephrin geben?«, fragte jemand.

»Nein, zuerst defibrillieren«, rief ein anderer.

»Ich habe einen Puls«, sagte Tjalling keuchend.

Sie legten Allard auf die inzwischen heraufbeförderte Krankentrage. Suzan drückte ihm die Atemmaske aufs Gesicht und klemmte den Beutel unter ihren Arm, um ihm Sauerstoff zuzuführen. Sie zwängten sich allesamt in den Fahrstuhl, zur Herzüberwachung.

Das Elektrokardiogramm ließ keinerlei Auffälligkeiten erkennen.

Taselaar ging, um der Polizei und der Feuerwehr zu danken, und Luc verschwand, um einer neuerlichen Unglücksmeldung Folge zu leisten. Tjalling rüttelte Allard an der Schulter und rief seinen Namen.

»Was ist?«, fragte der Junge.

»Du bist kurz bewusstlos gewesen. Wir mussten dich reanimieren. Wie fühlst du dich jetzt?«

»Komisch. Müde.«

Vierundzwanzig Stunden an den Monitor, meinte Tjalling. Um kein Risiko einzugehen.

»Paroxysmale Tachykardie, könnte sein, infolge heftigen Erschreckens. Emotionen und so. Man könnte mit Betablockern anfangen. Der Kardiologe soll das entscheiden.«

Zu guter Letzt waren Suzan und Drik bei Allard zurückgeblieben, jeder auf einer Seite des Bettes. Allard schaute vom einen zum anderen.

»Wie ähnlich ihr euch seht«, sagte er. »Die gleichen Augen, die gleiche Gesichtsform. Das ist mir noch nie aufgefallen.« Dann war er eingeschlafen.

Was soll ich machen?, hatte Drik gedacht. Er hatte solche Kopfschmerzen, dass er kaum aus den Augen gucken konnte. Suzan stand mit um den Leib geschlungenen Armen in dem kleinen Büro. Sie schaute ihn an, aber er wandte sich dem Oberpfleger zu. Murmelte etwas von undeutlichem Hergang und gab seine Telefonnummer an, falls Allard nach ihm fragen sollte oder die Abteilung etwas mit ihm besprechen wollte.

»Und Sie sind?«

»De Jong. Psychiater.« Der Mann kritzelte etwas ins Krankenblatt und nickte.

»Ich warte hier auf die Kardiologie«, sagte Suzan, als sie zusammen auf dem Flur standen. »Irgendwer muss doch so etwas wie eine Übergabe machen.«

Sie sieht jung aus und ganz anders als zu Hause, dachte Drik. Wenn sie jetzt bloß den Mund hält, es wird mir alles zu viel.

»Das ist meine Schuld. Ich habe ihn verlassen. Dass er so heftig reagieren würde, habe ich nicht geahnt«, gestand Suzan mit tiefem Erröten.

»Lass uns erst einmal abwarten, was er selbst dazu sagt«, erwiderte Drik. »Es muss nicht unbedingt alles um dich kreisen, also behalt deine Hypothesen besser für dich. Es ist schon genug Schaden angerichtet worden.«

Sie zuckte zurück, als hätte er ihr ins Gesicht geschlagen. Es war ihm vollkommen egal. Ohne sich noch einmal umzuschauen, ging er.

Ich muss diese Patientin anrufen, dachte er, die Frau, die bei mir war, als Peter anrief. Drik stellt den Apparat im Sprechzimmer immer ab, wenn er jemanden da hat, aber der Apparat in der Küche ist trotzdem schwach zu hören. Er hatte nicht mehr aufgehört zu läuten, minutenlang.

»Ich muss wohl doch mal kurz rangehen«, hatte er entschuldigend gesagt. Und dann hatte er die Frau wegschicken müssen. Als er aus dem Haus stürmte, stand sie noch vor der Tür und schloss ihr Fahrrad auf.

Er hatte sein Auto direkt vor dem Krankenhauseingang stehen lassen, dem Pförtner seine Schlüssel zugeworfen und war mit dem Sicherheitsmann in den Fahrstuhl gerannt. Beim ersten Blick aufs Dach hatte er gewusst, wie sich die Sache verhielt. Gewusst? Nein, gespürt. Ein ernsthafter Selbstmörder, der Mut hat, steht am Abgrund. Traut er sich nicht so recht, liegt er ausgestreckt an der Dachkante, um sich in die Tiefe rollen zu lassen, mit geschlossenen Augen. Hier hockte ein banges Kind. An einem sehr gefährlichen Ort. Ruhe, hatte er gedacht. Du darfst ihn nicht erschrecken. Du musst irgendwie Entwarnung vermitteln und einen Anreiz geben.

Jetzt, da er sich den verzweifelten Jungen vergegenwärtigt, schießen ihm Tränen in die Augen. Es ärgert ihn, er verbietet sich das, er will nicht wissen, woher seine Rührung kommt. Gleich, wenn sie einander gegenübersitzen, müssen sie über die Fakten reden. Was genau passiert ist, wie so etwas in Zukunft zu verhindern wäre, ob von der Therapie noch irgendein Heil zu erwarten ist.

Die Klingel. Drik schlurft zur Tür. Seine Knie tun noch weh von der harten Kiesdecke auf dem Dach.

Allard schiebt sich in den Flur, ohne Drik anzusehen. Er wird sich wohl schämen, denkt Drik. Nach der extremen Annäherung auf dem Dach muss er mich von sich stoßen. Seufzend läuft er hinter Allard her. Wenn er jetzt alles an mir auslässt, schicke ich ihn gleich weg, das halte ich nicht mehr aus. Unsinn, man setzt jemanden, der gerade ein solches Trauma durchgemacht hat, nicht auf die Straße. Reiß dich zusammen, schau's dir erst mal an.

»Vielen Dank«, sagt Allard. »Als ich auf der Herzüberwachung lag, habe ich vergessen, mich bei dir zu bedanken. Du hast mich von diesem Dach gerettet.«

Er duzt dich. Er sagt etwas Nettes. Kaum zu glauben!

»Kannst du erzählen, wie es dich dorthin verschlagen hat?«

»Das lief ganz blöd. Ich bin sofort nach der Landung aus dem Hubschrauber gesprungen und habe mich wahnsinnig über den Propeller erschrocken. Die Rotorblätter direkt über mir drehten sich so irre schnell, dass ich dachte, sie würden mich köpfen. Ich bin weggerannt und stand plötzlich an der Dachkante. Da bin ich, glaube ich, zusammengesackt, ich hätte ja runterfallen können. Luc schrie. Aber ich konnte mich nicht mehr von der Stelle rühren. Ich konnte überhaupt nichts mehr. Auch nicht sprechen. Ich wollte zum Hubschrauber zurückkriechen, aber es ging nicht. Ich war wie gelähmt. Ich hatte bestimmt eine Herzfrequenz von mindestens zweihundert. Ich hatte Todesangst.«

»Deine Kollegen dachten, dass du die Absicht hattest, vom Dach zu springen.«

Allard schüttelt den Kopf.

»Das würde ich nie wagen. Und das hatte ich auch gar nicht vor. Ich hatte überhaupt nichts vor. Ich habe unbedacht gehandelt und einen Panikanfall bekommen, als ich mich in diese Situation hineinmanövriert hatte.«

»Was war davor passiert?«

»Wir sind zu einem Unfall geflogen. Wir konnten den Verunglückten nicht retten. Das war schon scheiße.«

»Habt ihr noch geredet, auf dem Rückflug?«

»Luc hat vor sich hin geschimpft. Manchmal hasse er diesen Beruf, sagte er. Man müsse so furchtbare Sachen miterleben. Und man sei oft so machtlos. Das könne man nicht immer an sich abprallen lassen. Darunter leide er. Er sah auch richtig mitgenommen aus. Ich habe nicht viel gesagt.«

»Und davor, bevor ihr abgeflogen seid?«

»Da habe ich mit Suzan gesprochen. Im Treppenhaus. Sie fragte, ob ich Höhenangst hätte. Tja, die hab ich wohl, aber das wusste ich da noch nicht.«

»Ist noch etwas anderes zwischen euch zur Sprache gekommen?«

»Ja.«

Drik lässt die Stille anhalten. Allard setzt sich anders hin. Kratzt sich am Kopf.

»Dass sie mir fehlt, habe ich gesagt. Und ich habe sie umarmt. Das ließ sie zu.«

»Und dann?«

»Sie wollte nicht darauf eingehen. Sie findet, dass Schluss sein muss. Meiner Meinung nach meint sie das nicht wirklich, ich bin mir sicher, dass sie zu mir zurückkommt. Wir konnten dort im Treppenhaus nicht darüber reden. Aber das kommt schon noch. Wenn du denkst, dass ich mich umbringen wollte, weil sie mir eine Abfuhr erteilt hat, bist du auf dem Holzweg. Das stand nicht zur Debatte.«

Ich höre zu, denkt Drik, ich registriere, was er sagt, aber ich glaube ihm nur halb. Lassen wir das mal beiseite.

»Kannst du erzählen, wie es für dich war, als du da an der Dachkante gesessen hast?«

»Alles stand still. Ich dachte auch nichts. Erst als du mich gerufen hast, konnte ich mich wieder bewegen. Aber auch da habe ich nichts gedacht, es ging automatisch, ohne mein Zutun. Eine Art Erleichterung war es wohl, dass jemand da war, der mir erklärte, was ich tun sollte. Jemand, der es mir vormachte. Wenn ich darüber nachgedacht hätte, hätte ich mich niemals getraut, zu dir rüberzukriechen.«

»Wieso?«

»Ich hätte mich geschämt. Oder ich hätte gedacht, dass du nur schön daherredest und gar nicht ehrlich meinst, was du sagst.«

»Aber ohne nachzudenken, ging es. Da konntest du mir schon vertrauen.«

Jetzt setzt sich Allard gerade auf.

»Ja, okay, du hast recht. Du warst mein Vater. Der zurückgekommen war, um mich zu holen. Das hast du auch gesagt: Ich bin hier, um dich zu holen. Die Inszenierung des Kindheitstraumas, diesmal mit gutem Ende. Wirklich großartig. Bin ich jetzt geheilt?«

Drik beschließt, den sarkastischen Ton zu überhören.

»Das weiß ich nicht. Ich habe aber schon den Eindruck, dass du dein Leben gerettet hast, indem du den Widerstand gegen deinen Vater – oder für ihn stehende Personen – einen Moment lang aufgegeben hast. Du hast mir erlaubt, dir zu helfen. Zum ersten Mal.«

»Darüber bist du bestimmt sehr zufrieden. Der erfolgreiche Therapeut, der das Leben seines Patienten rettet. Schönes Gefühl, oder?«

»Dass du nicht vom Dach gestürzt bist, hast du dir selbst zu verdanken. Ich habe dir nur insofern geholfen, als ich da war. Ein schönes Gefühl möchte ich das nicht nennen. Ich war sehr beunruhigt, und später, als die Gefahr vorüber war, war ich beeindruckt von dem Augenblick der Nähe zwischen uns. Du ja vielleicht auch.«

»Mir blieb das Herz stehen«, sagt Allard spöttisch.

»Das dachten die Experten auf dem Dach, ja. Ich auch, ich konnte keinen Puls fühlen. Und die Harninkontinenz sprach auch dafür.«

»Das Kind macht sich in die Hosen vor Angst. Das war schon vorher passiert, als ich an diesem Abgrund landete.«

»Was hat der Kardiologe gesagt?«

»Der konnte nichts finden, obwohl er sich alle Mühe gegeben hat. Ich musste die Nacht über zur Beobachtung dortbleiben, am Monitor. Und zu Hause noch vierundzwanzig Stunden mit so einem Ding rumlaufen. Ohne Befund. Schließlich meinte er, dass man sich wohl geirrt hatte und ich einfach vor Schreck ohnmächtig geworden bin. Sie hatten es für einen Herzstillstand gehalten, aber das war es nicht.«

»Könnte gut sein. In der Aufregung habe ich den Herzschlag vielleicht nicht fühlen können. Und die Anästhesisten fingen sofort mit der Thoraxkompression an. Da lag nicht mal eine halbe Minute dazwischen.«

»Das ist eben unser Beruf, nicht?«, sagt Allard. »Sowie einer keinen Puls mehr hat, reanimieren und intubieren wir. Ich wäre von selbst wieder zu mir gekommen, wenn sie mal einen Moment hätten warten können. Weißt du, dass Vereycken das auch gesagt hat? Er war vorige Woche nicht da, auf irgendeinem Kongress oder so, Taselaar vertrat ihn. Er hat die ganze Geschichte erst heute Morgen gehört und wollte sie gleich heute Nachmittag bei unserer Sitzung besprechen. Ich komme gerade von dort.«

In solchen Momenten überkommt Drik tiefe Dankbarkeit für seinen Selbstständigenstatus. Er braucht sich nicht gegenüber Berufsgenossen zu rechtfertigen, er ist keinen Gemeinheiten verbitterter Kollegen ausgesetzt, und niemand kann ihm irgendwelche Ordern erteilen. Er sieht diese Sitzung Allards vor sich – ein großer Kreis von Fachärzten und Assistenten, auf Komplimente lauernd oder Tadel fürchtend. Schleimen und treten. Aber so schlimm wird es wohl nicht sein. Nach dem, was Suzan erzählt hat, müssen es angenehme Runden sein, und sie selbst geht gerne hin. Ja, um neben diesem Jungen sitzen zu können, verdammt! Driks Gedanken schießen plötzlich wer weiß wohin, und es erschreckt ihn, wie heftig und unbeherrschbar sie sind. Er ist müde, doch er ignoriert das mit aller Macht. Hör zu. Sei aufmerksam. Die Anästhesiebesprechung.

»Ich fand es schrecklich, mir graute total davor. Es waren auch so viele da, alle waren neugierig, was denn nun eigentlich vorgefallen war. Luc Delvaux guckte ganz verstört. Dieser orangefarbene Rettungsdienstanzug ist mir jetzt richtig zuwider, den will ich nie mehr anziehen. Suzan setzte sich neben Taselaar, nicht zu mir.

Vereycken hat so eine gewichtige Art, sich auszudrücken, sehr korrekt, aber auch so ernst, dass man immer denkt, es sei eine Katastrophe passiert. Ich saß ein bisschen abseits, neben Winston. Ich traute mich nicht mal, zu meinem Kaffeebecher zu greifen, solche Angst hatte ich, dass sie sehen würden, wie sehr ich zitterte. Der Professor leitete das Ganze ein, dass es diesmal nicht um eine Komplikation bei einem Patienten gehe, sondern um einen Vorfall im Zusammenhang mit einem Assistenten. Mit mir also. Mir wurde ganz mulmig. Luc sollte von unserem Rettungseinsatz erzählen, was er auch tat, aber als er bei der Landung auf dem Dach angelangt war, unterbrach Vereycken ihn. Er fand, dass ich das besser selbst erzählen sollte. Ich kriegte kaum noch Luft. Sie konnten nicht verstehen, was ich sagte, ich sollte aufstehen! Schlimmer ging's nicht. Na ja, ich hab's dann so erzählt, wie ich es hier erzählt habe. Das sorgte für Aufregung, sie riefen alle durcheinander, von wegen Suizidrichtlinien und Polizei. Offenbar hatten sie, bevor ich auf der Abteilung anfing, über Selbstmordrisiken bei Anästhesisten gesprochen. Seither achten sie permanent aufeinander, und deswegen zweifelten sie auch nicht daran, dass ich springen wollte. ›Das hat man nun davon‹, sagte der Kardiomann Kees, ›die objektive Wahrnehmung wird beeinträchtigt, und man hat auf einmal jeden in Verdacht, dass er Selbstmordwünsche hegt.‹

Vereycken fragte weiter, was wer gemacht hätte. Taselaar erzählte von seinem Kontakt mit der Polizei, und Suzan musste erklären, wie du auf der Bildfläche erschienen bist. Sie hatte sich offenbar überlegt, dass es nicht so gut gewesen wäre, mich in so einer kritischen Situation mit einem Exkollegen von der Psychiatrie zu konfrontieren. Fand ich nett von ihr. Irgendwer im psychiatrischen Krankenhaus hatte dann recherchiert, dass du mein Lehrtherapeut warst. Und so weiter und so fort. Bei allem sollte überlegt werden, wie es auch anders gegangen wäre. Als sich herausstellte, dass mir gar nichts fehlte, wurde Tjalling kritisiert. Er habe zu schnell reanimiert.

›Sie haben alle in Panik versetzt‹, sagte Vereycken. ›Hören Sie dem jungen Kollegen gut zu. Er wollte sich nicht das Leben nehmen, sondern bekam eine heftige Panikattacke. Sie haben das nicht erkannt. Sie sind selbst in Panik geraten.‹

Luc sagte, dass er sich Vorwürfe mache, er hätte mich einfach fragen müssen, was denn los sei, wie er mir helfen könne. Aber ein Freund von ihm hat Selbstmord begangen, wie er mir mal erzählt hat. Das nimmt man als Lehre, da verbindet man eine Situation dann im ersten Schreck viel zu schnell mit dem, was man schon einmal erlebt hat. Man schaut nicht mehr genau hin und denkt nicht mehr richtig nach.«

Drik ist so müde, dass er selbst auch nicht mehr fähig ist, nachzudenken. Zu viele Geschichten schwappen über ihn hinweg, es ist ihm unmöglich, zum Eigentlichen vorzudringen. Was ist das Eigentliche? Etwas mit Vätern, etwas mit Vertrauen. Es ist ihm ein volles Jahr lang nicht gelungen, zu besprechen, welchen Einfluss es auf Allard hatte, dass sein Vater die Familie verlassen hat. Er hat es immer wieder versucht und wurde jedes Mal höhnisch abgeschmettert. Und jetzt? Hör dir seine Geschichte an: Er fühlt sich von dem Professor unterstützt, er hat den Mut, sich hinzustellen und seine Panik einzugestehen. Er ist zu mir auf den Schoß gekrochen, er hat mir vertraut. Er hat es sogar fertiggebracht, sich bei mir zu bedanken. Vielleicht ist das ein Durchbruch in der Therapie, meine Geduld ist belohnt worden. Jetzt muss ich dranbleiben. Wenn ich es richtig anstelle, kann die Behandlung auf einer höheren Ebene weitergeführt werden. Aber ich bin zu müde, ich bringe das nicht mehr fertig.

Abends schlägt er in der Mitgliederliste der International Psychoanalytic Association die Telefonnummer einer schwedischen Kollegin nach, mit der er seit Jahren zusammen essen geht, wenn sie sich auf einem Kongress treffen. In der Zeit zwischen den Kongressen haben sie nie Kontakt zueinander, aber wenn sie sich dann sehen, ist die Atmosphäre angenehm und vertraut. Sie ist in seinem Alter, sie arbeitet an der Universität, und sie kann gut zuhören.

Drik ruft sie an. Sie ist zu Hause und hat Zeit. Sie hört zu.

»Du kannst die verschiedensten theoretischen Konstrukte darauf anwenden«, sagt sie, »aber das hat keine Priorität. Er hat es verstanden, dich in eine Lage zu bringen, die mit der seinen vergleichbar ist: von deiner Familie verlassen, von Personen, die dir am Herzen liegen, isoliert. Ob er das bewusst oder unbewusst getan hat, spielt keine Rolle. Es geht um die Situation, wie sie jetzt ist.«

»Was soll ich tun?«, fragt Drik. »Sag mir, was ich tun soll.«

»Du musst damit aufhören. Sofort. Manchmal können wir Menschen nicht helfen, weil sie an alte Wunden von uns rühren. Wir reißen uns zusammen, wir versuchen uns zu schützen, und das kostet uns unsere gesamte Energie. Das blockiert uns, wir sind dem Patienten gegenüber nicht mehr aufgeschlossen. Du kannst diesem Mann nicht helfen. Das ist nicht schlimm, das ist keine Schande – du musst das nur einsehen. Und danach handeln.«

»Was würdest du sagen?«

»Die Wahrheit. Dass du die Behandlung abbrichst, weil du nicht damit weitermachen kannst. Aus persönlichen Gründen. Es wäre unredlich, ihn in der Illusion zu lassen, dass du ihm helfen kannst.«

Federleicht fühlt er sich. Jegliche Müdigkeit ist von ihm abgefallen. Während er sich von seiner fernen Kollegin verabschiedet, schenkt er sich einen Whisky ein. Er dankt ihr ein letztes Mal, dann bricht er in Tränen aus.

22

»Eine echte Herausforderung«, sagt Suzan zum anästhesietechnischen Assistenten Sjoerd. »Du bist ein Glückspilz. Wir arbeiten mit doppelter Besetzung plus Kardiotechnikern und dann zwei Gefäßchirurgen und einem Thoraxchirurgen. Allein schon die Positionierung und Punktierung der Zugänge nimmt mindestens eine Stunde in Anspruch. Schön, dass du dabei bist!«

Auf dem Programm steht ein Ersatz der Aorta bei einer Frau mit einem riesigen thorakalen Aneurysma – eine lebensbedrohliche Situation, eine Zeitbombe, die das behandelnde Team mit Nervosität und Neugierde erfüllt. Während sie darauf warten, dass einer der größeren Operationssäle frei wird, schreibt sich Suzan einige Punkte auf einen Zettel, die sie bei dieser Operation besonders zu beachten hat. Sjoerd geht Kaffee holen.

Rudolf Kronenburg betritt den Kaffeeraum. Er schaut sich desinteressiert um und setzt sich zu Suzan. Sie hat bei der Übergabe, bei der er fehlte, gehört, dass ihm gestern ein Schnitzer unterlaufen ist: Als er einen zentralen Venenkatheter direkt unterhalb des Schlüsselbeins legen musste, hat er versehentlich in die Lungenspitze gestochen. So etwas kann passieren. Dass er die Lage des Katheters aber anschließend nicht überprüft und den entstandenen Pneumothorax nicht bemerkt hat, ist ihm anzulasten.

»Tut mir leid, das mit dem Pneumothorax«, sagt sie. »Hattest du deswegen keine Lust, zur Übergabe zu kommen?«

»Mein Besserungsprojekt führt über stets höhere Bergrücken«, erwidert Rudolf. »Ich brauche ausreichend Schlaf, um das durchzuhalten. Die Herzchirurgen haben Vereycken zu verstehen gegeben, dass sie auf mein Beisein bei ihren Operationen keinen Wert mehr legen.«

»Oje, Rudolf, das ist aber ganz schön blöd.«

»Mir ist dabei eine glänzende Idee gekommen.« Er zieht einen Brief aus seiner Brusttasche und hält ihn hoch.

»Eine Liste von Operateuren, mit denen *ich* nicht länger zusammenzuarbeiten wünsche! Die werde ich gleich unserer unvergleichlichen Livia übergeben.«

»Meinst du, dass das klug ist, wo du dich doch gerade bewähren musst?«

»Wenn sie sich daran halten, trüge das zu einer erheblichen Verbesserung bei, das kann ich dir versichern. Zumindest, was *meine* Arbeitsbedingungen betrifft.«

»Warum gehst du nicht einfach weg? Fängst irgendwo anders an?«

Kronenburg seufzt und sackt ein wenig in sich zusammen.

»Soll ich mich in meinem Alter noch in eine Gemeinschaftspraxis einkaufen? Und seien wir mal ehrlich, wer will mich denn haben, da würde ich doch höchstens irgendwo in Goes oder Delfzijl landen. Nein, Suzan, das ist keine Option, das weißt du genauso gut wie ich. Ich muss hier im Staub kriechen.«

»In der Provinz verdienst du aber mehr.«

»Geld ist nicht ausschlaggebend«, sagt Kronenburg, der sich wieder zu ganzer Größe aufgerichtet hat. »Wenn ich an das soziale Umfeld in so einem Provinzkrankenhaus denke, der blanke Horror! Das wäre Selbstmord für mich. Wusstest du eigentlich, dass die arme Bibi mich bei meinen Besserungsbemühungen betreuen muss? Sie war ziemlich entgeistert über diesen Pneumothorax. Zum Glück hat er den Patienten nicht das Leben gekostet, er hatte ja noch den anderen Lungenflügel. Bibi hat mich gleich angeleitet: Praktisch parallel zum Schlüsselbein und vorsichtig, sagte sie, dann kann nichts schiefgehen. Als wenn ich ein blutiger Anfänger wäre! Ich habe natürlich gar nicht hingehört, habe sie nicht mal angesehen. Ich habe schließlich auch meine Ehre. Zugegeben, ich bin oft ziemlich unbesonnen. Und fahre vielleicht auch zu schnell aus der Haut. Dafür wird Bibi überhaupt nie böse. So mäandern diese Besserungseinheiten vor sich hin und führen zu nichts. Schwierig, schwierig. Und es besteht die berechtigte Annahme, dass das Ganze scheitert.«

Suzan sieht Allard hereinkommen. Er wird gleich von Taselaar angehalten, der in ihre Richtung zeigt. Shit, er wird heute assistieren. So ein anästhesiologisches Kunststück ist natürlich spannend für ihn. Wie schlecht er aussieht, ganz abgemagert und hohläugig. Ach verdammt, warum können wir nicht einfach unserer Arbeit nachgehen, ohne ständig darauf zu achten, wie sich alle fühlen? Das hängt mir zum Hals raus.

Kronenburg redet ungehindert weiter.

»Ist doch ziemlich naiv, mich ändern zu wollen, oder? Als wenn er der Allmächtige persönlich wäre, unser Prof. Ich war schon immer ein aufbrausender Mensch, das wird mir so ein freundliches Frauchen wie Bibi nun wirklich nicht austreiben.«

»Weißt du, was du machen solltest, wenn du deine Stellung behalten möchtest, Rudolf?«, sagt Suzan, während sie sich erhebt. »Du solltest eine Therapie machen. Letzter Strohhalm.« Sie nimmt ihre Papiere und geht zur Tür.

»Glorreiche Idee!«, schallt es hinter ihr her. »Eigeninitiative, eine proaktive Haltung, mit der ich mein Besserungsprojekt enorm beschleunige. Toller Vorschlag! Tausend Dank!«

Sie registriert seinen sarkastischen Unterton, als sie zur Tür hinausgeht. Aber dafür hat sie jetzt keine Geduld mehr, sie will an die Arbeit.

In dem Operationssaal, der ihnen zugewiesen wurde, steigt Harinxma gerade von seinem Tritt herunter.

»Übernimm du das Schließen«, sagt er zu seiner schüchternen Assistentin. »Und ein bisschen ordentlich bitte. Nicht zu straff, sonst fängt das Ganze an zu gammeln.«

Er erzählt Suzan, dass der Patient gestern operiert worden sei und heute Morgen eiligst noch einmal unters Messer gemusst habe. Er habe zwei Kilo Blutgerinnsel aus dem Brustraum entfernt. Sie liegen wie tiefrote Knollen in einer Metallschale.

Suzan bespricht sich mit Kees, der geduldig auf einem Hocker am Kopf des Patienten sitzt.

»Noch zwanzig Minuten«, sagt er, »dann können wir anfangen. Er sagt zehn, aber das ist natürlich Unsinn. Ich habe der Blutbank schon Bescheid gegeben. Es wird sich bis Mitternacht hinziehen, fürchte ich. Eigentlich Wahnsinn, so spät noch anzufangen. Willst du dich heute Abend ablösen lassen? Ich bleibe.«

»Ich auch«, sagt Suzan. Lieber hier als zu Hause, lieber beschäftigt als frei.

Nach einer guten halben Stunde können sie endlich damit beginnen, die Geräte aufzustellen und die Aufgaben zu verteilen. Ein Putzmann wischt das Blut vom Fußboden auf, und die Kardiotechniker fahren ihre Maschinen herein. Suzan lehnt an der Wand und wundert sich über die Heiterkeit der Männer, ihr lautes Gewitzel und ihren uneingeschüchterten Umgang mit dem hereinspazierenden Gefäßchirurgen. Hier herrscht eine Atmosphäre, als brächten wir ein Kriegsschiff in Stellung, denkt sie. Als bereiteten wir uns auf eine entscheidende Schlacht mit unvorhersehbarem Ausgang vor und die Kanoniere machten ihre Geschütze gefechtsklar. Um den Tisch steht ein Wald von Infusionsständern. Auch an dem Querbalken zwischen zwei Pfeilern sind Haken angebracht, an denen Beutel und Päckchen aufgehängt werden können. Die zahlreichen Schläuche werden einen regelrechten Vorhang bilden. Sjoerd schleppt große Pakete Infusionslösung herbei und stapelt sie in Kisten an der Wand auf.

»Vorsorge ist die halbe Arbeit!«

Suzan lacht. Allard schiebt sich mit gesenktem Kopf in den OP und nimmt sich der Medikamente an. Er zieht eine Spritze nach der anderen auf und legt sie säuberlich nebeneinander auf ein Tablett. Sein Haar kräuselt sich im Nacken unter der Haube hervor. Suzan kann den Blick nicht von ihm lösen. Sie ist froh, als Kees alle zusammenruft.

»Die Patientin wurde vor zehn Jahren schon einmal aufgemacht, eine lange Geschichte von Herzproblemen. Heute ersetzen wir die Aorta. Wir werden gleich positionieren – holst du sie schon mal, Suzan? – und Zugänge legen. Sie bekommt zwei periphere Zugänge und einen zentralen Venenkatheter. Drei Arterienkatheter, einen in der Lende. Den spinalen Drain mache ich selbst. Die untere Körperhälfte kommt an die Herz-Lungen-Maschine, die obere beatmen wir.« Er sieht die Kardiotechniker an; die heben die Daumen.

»Das Blut fangen wir auf und bereiten es mit dem Cellsaver für die Rücktransfusion auf. Sjoerd, du kümmerst dich um die Lösungen. An- und Abfuhr.« Sjoerd nickt.

»Das Ganze ist nicht ohne, wenn wir Pech haben, laufen ohne weiteres hundert Liter durch. Während der Operation mache ich im Prinzip die Gesamtüberwachung, und Suzan kümmert sich um Flüssigkeitshaushalt und Medikation. Assistiert von Allard, nicht wahr?«

Allard schaut auf. Er steht etwas abseits, eine Spritze in der Hand. Er weicht meinem Blick aus, denkt Suzan, er will nicht hier sein, nicht bei mir. Unsinn, wir müssen arbeiten. Wir können nicht ungeschehen machen, was geschehen ist, aber vergessen können wir es schon. Einfach eine neue Seite aufschlagen, oder wie sagt man das, einen Neustart machen, was auch immer. Keine Vorwürfe, kein Gejammer, keine Probleme.

Sie macht sich auf den Weg, um die Patientin zu holen, und bittet Sjoerd, sie zu begleiten.

»Bist du nervös?«, fragt er.

»Angespannt«, sagt Suzan. »Es wird ein Blutbad werden, wir werden also alle Hände voll zu tun haben, das auszugleichen. Wir müssen auf alles Mögliche achten. Elektrolyte. Gerinnungsfaktoren. Wenn sie die Aorta abklemmen, gerät die Blutzufuhr zum Rückenmark in Gefahr, und die Patientin könnte eine Querschnittslähmung bekommen. Ich verlasse mich auf Kees. Für einen solchen Eingriff braucht man ein gutes Team und jemanden, der alles überblickt, ohne in Panik zu geraten. Kees kann das. Also bin ich nicht nervös.«

Im Bett liegt eine etwa fünfzigjährige Frau, die ruhig wartet. Sie schaut Suzan und Sjoerd freundlich an.

»Es hat ein Weilchen gedauert«, sagt Suzan, »wir stellen noch alles bereit, was wir benötigen werden. Erschrecken Sie bitte nicht, der OP steht ziemlich voll.«

Sie erkundigt sich, ob die Frau weiß, was gemacht wird, kontrolliert das Armband und fragt die Patientin, ob sie Angst vor der Operation hat.

»Nein, nein. Es ist gut, dass das gemacht wird. Ich habe es satt, wie eine Behinderte zu leben, und kann mir nichts Schöneres vorstellen, als wieder zu arbeiten.«

»Försterin«, antwortet sie auf Sjoerds Frage nach ihrem Beruf. »Klingt stark, aber in den letzten Jahren habe ich nur am Schreibtisch gehockt. Keine Puste, wissen Sie. Ich hoffe, dass ich anschließend wieder in den Außendienst kann. Also, legen Sie los.«

Als sie im OP angelangt sind, stellt Kees sich vor und beugt sich dann über den Rücken der Patientin, um den Drain anzubringen. Suzan hält den Blick der Frau und legt ihr die Hand auf die Schulter. Sie achtet bewusst auf nichts anderes, nicht auf die Gefäßchirurgin, die ihre Vergrößerungsbrille aufprobiert, nicht auf den Laboranten, der sich mit einem Ultraschallgerät neben den Tisch stellt, und nicht auf Allard, der sich den Koffer mit den Opiaten vornimmt.

»Wir sorgen dafür, dass Sie tief schlafen«, sagt sie. »Ich bleibe bei Ihnen und wecke Sie, sobald wir fertig sind.«

Wie kann ich das sagen, denkt sie, das ist Schönrederei. Alles kann schiefgehen. Ich wiege sie fälschlich in Sicherheit. Sie tätschelt die Wange der Frau und sieht aus dem Augenwinkel, dass Sjoerd schon mit dem Intubationstubus bereitsteht.

»Schlafen Sie gut, denken Sie an die Wälder. Bis später«, sagt sie.

Zwölf Zentimeter breit ist das Aneurysma. Bei den Ultraschallbildern reagieren die Ärzte mit einem aufgeregten Aufschrei, so etwas sieht man nicht oft. Suzan und Kees machen sich beherzt daran, die Zugänge zu legen; die rechte Lunge wird beatmet, und die linke fällt zusammen, so dass die Chirurgen Platz haben. Allard hat die Propofolpumpe eingestellt und spritzt ein Schmerzmittel. Der letzte Teil der vorbereitenden Maßnahmen besteht darin, dass die Patientin so gut wie möglich in Position gebracht wird. Arme weit auseinander auf den Armstützen, Torso für das Skalpell entblößt. Wehrloser geht es nicht, denkt Suzan. Sie kontrolliert zum wiederholten Mal, ob die Gelkissen richtig liegen und Fersen, Ellbogen und Steißbein vor dem Durchliegen bewahren. Dann nickt sie dem Chirurgen zu.

»Wir sind so weit.«

Er schneidet sie durch. Mit einem schrägen Schnitt über den gesamten Körper macht er sie auf. Die Rippen müssen daran glauben. Mit Gewalt werden die Knochen auseinandergetrieben. Ein Schlachthaus, denkt Suzan, oder nein, eine anatomische Zeichnung, auf der alle Organe deutlich zu erkennen sind. Man kann sie anfassen. Man kann sie herausheben und wieder zurücklegen.

Das Herz klopft wie wild. Sie sieht Allard an.

»Ich habe gerade Fentanyl gegeben«, sagt er.

»Dann gib noch etwas mehr, sie reagiert nicht sonderlich darauf.«

Unterdessen kühlt die Frau ab, es scheint, als steige Dampf aus der klaffenden Wunde auf. Die Gefäßchirurgin auf der anderen Tischseite bittet Suzan, die Lupe auf ihrer Brille hinunterzuklappen. Danach beugt sie sich tief über den Brustkorb.

»Ich will mehr Licht«, sagt sie.

Kees befestigt einen dicken Schnürsenkel, ein Seil, eine blutige Binde an Haut und Bindegewebe oberhalb des offenen Thorax. Er klettert auf einen Hocker, macht das Seil an dem Querbalken fest, an dem die Beutel mit Infusionslösung hängen, und zieht es straff.

»Jetzt den Tisch nicht mehr runterfahren, ja«, warnt er. »Sonst wird sie zerrissen.«

Derweil arbeiten die Chirurgen weiter und zerstören alles, was ihnen in die Quere kommt, notgedrungen. Die Anästhesisten fangen den Schaden auf, indem sie verlorengegangene Substanzen nachfüllen. Suzan hängt Beutel mit Elektrolytlösungen an den Querbalken. Der Cellsaver schleudert kontinuierlich; übrig bleibt eine rote Paste, die wiederverwendet werden soll, während alles Flüssige durch einen Schlauch in einen weiten schwarzen Kübel fließt. Seltsame Kombination aus hoch entwickelter Technik und primitivem Campingzubehör, denkt sie. Sjoerd geht von Zeit zu Zeit hinaus, um den Kübel auszugießen.

»Darf dieser Harnbeutel auch darin ausgeleert werden?«, fragt er.

»Erst kurz messen. Sie strullt wie ein Pferd.« Suzan bückt sich, um die Litermenge abzulesen, und tippt diese auf dem Schirm ein. Sjoerd entleert den Sammelbehälter in den Eimer.

»Überschwemmung!«, ruft der Chirurg. Der Brustkorb ist plötzlich bis an den Rand voll Blut. Es beginnt schon über den Tisch und auf den Boden zu schwappen. Flüche, Klammern, Absaugen. Jemand legt Moltontücher auf den Boden, um das Blut aufzunehmen. Sjoerd hängt unerschütterlich weitere Infusionsbeutel auf.

Es kehrt wieder Ruhe ein, aber die Patientin reagiert mit erhöhter Herzfrequenz.

»Anscheinend merkt sie nicht viel vom Schmerzmittel«, sagt Suzan. »Gib ihr noch etwas mehr.«

Der Opiatkoffer steht in einer Ecke des Saals, halb hinter dem Medizinschrank, auf dem Boden. Allard hockt davor und kramt darin herum. Er richtet sich auf und hält Suzan den geöffneten Koffer hin. In dem grauen Plastikschaum, in dem die Ampullen stehen sollten, ist ein dunkler, nasser Fleck zu sehen.

»Zerbrochen, denke ich«, sagt er. »Es ist ganz nass. Verflüchtigt sich das einfach, oder werden wir alle high davon?«

»Frag mal schnell in einem anderen OP. Wir brauchen jetzt Fentanyl.« Sie ist kurz angebunden, ungeduldig, fühlt sich nicht wohl in ihrer Haut. Er bleibt lange weg; sie reißt ihm die Ampulle aus der Hand, sowie er zurück ist.

Die Aortaprothese liegt in einer Schale bereit: ein geriffelter Staubsaugerschlauch von gut einem halben Meter Länge, von dem Antibiotikum, in dem er schwimmt, leuchtend orange gefärbt. Alle Gefäße müssen Stück für Stück mit winzigen Stichen in diesen Schlauch eingenäht werden. Das nimmt Stunden in Anspruch. Kees flachst unermüdlich mit den Kardiotechnikern herum. Dann stellt er sich zu Suzan und blickt auf den Bildschirm.

»Das Herz ist jetzt ruhig. Ihr könnt kurz essen gehen.«

Sie hört, dass Allard hinter ihr hergeht. Sie spürt, wie müde sie ist. Bloß jetzt nicht wieder in diesem pseudogemütlichen Kaffeeraum sitzen und sich die starken Geschichten über heroische Eingriffe anhören müssen! Als die frohgemute Försterin durchgehackt wurde, hat sich bei ihr ein Gefühl der Entfremdung eingestellt, das sie nicht abschütteln kann. Was tun wir hier eigentlich, warum denken wir, dass die Frau wieder leben kann, wenn wir ihr diese dicke Vuvuzela in der Brust annähen? Hat sie Schmerzen verspürt, als ihre Herzfrequenz so hoch war? Wird sie je wieder aufwachen?

»Weißt du, dass in der Onkologie ein Hund herumläuft?«, sagt Allard. »Er kann Melanome diagnostizieren. Es gibt auch Hunde, die bei Patienten einen nahenden epileptischen Anfall wittern.«

Siehst du, denkt Suzan, das hier ist ein Irrenhaus, ein Horrorfilm. Ich träume.

Allard macht eine Tür auf und zieht sie mit hinein.

»Du kannst sie darauf abrichten, seltene Schmutzkeime zu entdecken«, fährt er fort. »Sie selbst schleppen natürlich auch allen möglichen Dreck mit auf die Station. Und dann die Bellerei – keine leichte Entscheidung, scheint mir.«

Jede Abteilung hat so ein Zimmerchen, das eigentlich keine Funktion hat und von allen vergessen wird. In diesem sind veraltete Computer und herrenlose Tastaturen abgestellt, Kartons voller Sonderdrucke von Artikeln, die niemand mehr lesen wird, kaputte Rollmatten, eine Schachtel Verbandsscheren und ein Rollstuhl ohne Fußstützen. In den lässt sich Allard fallen, der Stuhl rollt nach hinten und knallt gegen einen verbogenen Infusionsständer.

Er zieht Suzan auf seinen Schoß. Sie stößt sich an der Armlehne, fühlt seine warmen Schenkel unter ihrer dünnen OP-Hose. Das Licht ist automatisch angegangen, als sie hereingekommen sind, es wirft scharfe Schatten auf Allards Gesicht. Er zieht seinen Mundschutz ab – sie hört die Bänder reißen – und wirft ihn über die Schulter. Sie ist so müde, sie hat so schwere, ungehorsame Muskeln, dass sie sich nicht wehrt, als er den Bindegürtel ihrer Hose aufzieht und die Hand auf ihren nackten Bauch legt. Sie sieht seine Füße weit auseinander auf dem Boden stehen. Er trägt abartig dicke Socken in seinen OP-Clogs. Unterdessen schwatzt er weiter, als wolle er verhindern, dass sie etwas sagt. Braucht er gar nicht, denkt sie, dafür bin ich zu müde, mir würde kein Wort einfallen.

»Das bedeutet nichts, keine Angst. Nur kurz zusammensitzen. Gleich machen wir wieder weiter. Nur kurz deinen Bauch fühlen. Weißt du, dass ich jetzt eine Freundin habe, ein ganz liebes Mädchen. Es ist mir ernst mit ihr, wirklich. Aber ich muss jetzt trotzdem kurz bei dir sein, du riechst so gut, so vertraut. Wenn ich so ein Onkohund wäre, würde ich dich den ganzen Tag beschnüffeln.«

Während er ihren Bauch küsst – sie fühlt seine um ihren Nabel kreisende Zunge und wundert sich über ihre ungewollte Erregung –, fliegt die Tür auf, und sie schaut direkt in das Gesicht von Rudolf Kronenburg.

»Jeder amüsiert sich auf seine Weise«, sagt er. »Es liegt mir fern, das zu kritisieren. Das stünde mir angesichts meines Status als Besserungsobjekt auch gar nicht zu. Aber eine gewisse Verwunderung kann ich nicht verhehlen. Du wirst übrigens gesucht, Suzan, deine Tochter ist am Telefon. Ich ziehe mich diskret zurück. Schönen Tag noch.«

Jetzt erst hebt Allard den Kopf. Suzan versucht, von seinem Schoß zu klettern, und bindet ihre Hose zu.

»Ertappt«, sagt Allard kichernd. »Mann, der drückt sich vielleicht geschwollen aus, dieser Gimpel. Meinst du, dass er uns verpfeift?«

»Ich habe meinen Piepser verloren«, sagt Suzan. »Deshalb konnten sie mich nicht erreichen. Ich muss Roos anrufen. Meine Tochter. Wir müssen zurück.«

»Roos? So heißt meine Freundin auch. Wunderschöner Name. Diesem komischen Kauz glaubt sowieso keiner, wenn er etwas über uns sagt. Am besten abstreiten, das Ganze. Er verbreitet Gerüchte. Aus Rache oder was auch immer.«

Suzan ist kreidebleich geworden. Ohne Allard anzusehen, geht sie zur Tür.

»Bist du böse?«, fragt er. »Sag was, bitte.« Er hängt mit ausgebreiteten Armen in dem Rollstuhl.

»Kronenburg hat viele unangenehme Eigenschaften, aber intrigant ist er nicht. Also mach dir keine Sorgen. Abstreiten ist eine gute Idee. Allen gegenüber. Hörst du? Allen. Auch außerhalb vom Krankenhaus. Tust du das?«

Er sieht sie niedergeschlagen an. Sagt nichts.

»Es ist nie etwas zwischen uns gewesen«, sagt Suzan. »Nie.«

Sie tritt auf den Flur hinaus und zieht die Tür hinter sich zu.

3

Drik ist bei seinem zweiten Whisky, als das Telefon läutet. Er überlegt, ob er abnehmen soll. Wer könnte das sein? Peter, Suzan, ein Patient, der einen Termin verschieben möchte – wer immer es auch sein mag, er will jetzt mit niemandem sprechen. Er schlurft in die Küche, um sein Glas noch einmal zu füllen. Vielleicht ist es ja seine schwedische Kollegin, die neugierig sein wird, ob er ihren Rat befolgt hat, und bestimmt wissen möchte, wie es gelaufen ist. Er wird sie dann später anrufen. Erst mal ein Weilchen sitzen. Dieser Junge ist gerade erst zur Tür raus. Er möchte nach diesem bemerkenswerten letzten Gespräch seine Gedanken ordnen. Er trinkt.

Allard kam zu spät, fast eine Viertelstunde. Drik dachte schon, dass er gar nicht mehr kommen würde, und fragte sich, ob er sich nicht schon mal ein Gläschen einschenken könnte. Das verwarf er, auch die ungenutzte Stunde gehört dem Patienten. Er musste einen klaren Kopf bewahren.

Nur gut, denn Allard tauchte tatsächlich noch auf. Er wirkte gehetzt und erzählte weitschweifig, dass er von einem komplizierten Eingriff weggelaufen sei, während die anderen geblieben seien, aber er habe sich verdrückt, um zu seiner Therapie zu kommen. Er gähnte und schaute Drik mit großen Augen an.

Jetzt, hatte Drik gedacht, jetzt muss ich zuschlagen, jetzt ist der Moment. Allard rieb sich die Waden, als habe er Krämpfe.

»Die Therapie«, hat Drik zu Allards gesenktem Kopf hin gesagt, »über die möchte ich mit dir sprechen. Die Therapie ist nach dieser Sitzung beendet. Wir hören auf.«

Der Junge knetete und kratzte weiter, als ob er nichts gehört hätte. Zu guter Letzt schaute er auf. Ihm stand der Schweiß auf der Stirn, Drik sah einen Film aus kleinen Tröpfchen auf seiner Haut liegen.

»Wir haben ihr ein Jahr lang die Chance gegeben. Sie hat nicht angeschlagen. Wir müssen realistisch sein und dürfen den Prozess nicht unnötig in die Länge ziehen. Dir ist vielleicht mit einem anderen Ansatz besser gedient, oder du versuchst es mal eine Zeitlang ohne Therapie. Auf jeden Fall werden wir Abschied voneinander nehmen.«

Wie bringe ich das nur über die Lippen, hat Drik gedacht, was für eine grässliche Wortwahl. Daraus spricht die reine Ohnmacht. Ich habe mich noch nie so sehr als Scharlatan gefühlt. Zum Kotzen.

»Wir?«, fragte Allard. »Ich habe nichts zu sagen. Mir scheint, das ist ganz allein deine Entscheidung.« Er verstummte, als sei er durch irgendetwas abgelenkt. Auch Drik schwieg. Er wusste nicht, was er sagen sollte.

»Ich dachte eigentlich schon, dass ich Fortschritte mache. Ich arbeite. Ich habe eine Freundin. Das Verhältnis mit Suzan ist vorbei. Ich komme jede Woche hierher. Ich höre auf das, was du sagst. Was mache ich falsch?«

Soll ich sagen, dass er mir in keinster Weise zugesteht, auch nur ein Fitzelchen seiner Konflikte zutage zu fördern? Dass ich noch nie derartig zähen und derartig massiven Abwehrmechanismen begegnet bin? Soll ich sagen, was längst offensichtlich ist?

Allard tropfte die Nase. Drik reichte ihm die Box Papiertaschentücher und verachtete sich selbst. Ich lasse ihn im Stich, dachte er, und er kann sich das nur damit erklären, dass er wohl nichts taugt. So sorge ich für eine Wiederholung seines Traumas. Er sitzt da wie ein Vogelküken, er zittert, als friere er. Ich bin der Henker.

»Du hast recht. Ich höre auf, nicht ›wir‹. Dich trifft keine Schuld daran. Ich muss diese Entscheidung treffen, weil ich außerstande bin, die Therapie fortzusetzen. Ich kann es nicht. So einfach ist das.«

Und fang jetzt nicht von seinem Vater an, hat er gedacht, versuch dich nicht noch zwischen Tür und Angel an einer Deutung, was den Mann veranlasst haben könnte, seine Familie zu verlassen. Du musst diesen Jungen loswerden, er wirkt überall destruktiv, so unschuldig er auch aussieht.

Allard brach in Gelächter aus. Hämisch, triumphierend? Drik war unsicher, wusste nicht, was in ihm vorging. Jetzt, da er es nicht mehr als seine Aufgabe betrachtete, Allard zu analysieren, war er in Verlegenheit. Wie sollte er sich verhalten, wenn er kein Therapeut mehr war? Was war er denn überhaupt noch? Ein müder alter Sack in schmuddeligem Anzug, ein Versager, der sich dabei helfen lassen musste, den Mist zu beseitigen, den er verbockt hatte. Einer, der nach Alkohol gierte.

»Du kannst es nicht«, wiederholte Allard. »Gut. Das ist wenigstens ehrlich. Es ist eigentlich eine Erleichterung für mich, dass du auch mal versagst. Du richtest einen ziemlichen Schlamassel an. Als würdest du alle Infusionsschläuche gleichzeitig rausziehen. Soll der Patient doch sehen, wie er sich behilft. Wenn ich das bei meinen Patienten machen würde, hätte ich sofort eine Klage am Hals. Die Suspendierung! Und wenn es schlecht ausginge, einen Prozess wegen Totschlags. Es ist mir unbegreiflich, wie du es wagen kannst. Was dir einfällt, mich ein Jahr lang in Verwirrung zu bringen, um dann zu sagen, dass ich selbst weitersehen muss. Weil du es nicht kannst. Wo kann ich Klage einreichen?«

»Bei der Aufsichtskommission«, antwortete Drik prompt. »Oder beim BIG-Register. Das steht dir frei, das kannst du gern machen.«

»Sehen wir uns dann vor Gericht wieder?«

Er ist verrückt, hat Drik gedacht, er ist völlig durchgeknallt. Ich muss jetzt eisern bleiben. Er muss aus dem Haus, das ist das Einzige, was ich erreichen muss.

»Ich weiß nicht, wie diese Verfahren ablaufen. Es könnte sein. Oder auch nicht.«

Er verstummte, weil er nicht weiterwusste. Allard starrte ihn mit leisem Lächeln an. Jetzt, hat Drik gedacht, jetzt musst du zuschlagen, bloß nicht mehr warten.

»Es wird Zeit.« Er erhob sich. »Solltest du es allein nicht schaffen, lass dich von deinem Hausarzt an einen anderen Therapeuten überweisen. Ich verabschiede mich jetzt von dir.«

Auch Allard erhob sich. Er schien etwas unsicher auf den Beinen zu sein und schüttelte ungläubig den Kopf. Immer noch dieses eigenartige Lächeln und die laufende Nase. Weinte er?

Drik griff in seine Taschentücherbox und drückte dem Jungen ein paar in die Hand. Er öffnete ihm die Tür. Mit kleinen Schrittchen trottete Allard den Flur hinunter. Drik blieb direkt hinter ihm, öffnete um Allard herum die Haustür und wartete, bis der Junge draußen stand.

Was sagen? »Mach's gut?«, »Auf Wiedersehen?«, »Halt die Ohren steif?« – das war alles gleichermaßen lächerlich und unangebracht.

Wie ein Zombie ging Allard durch den Vorgarten zur Straße. Drik schloss die Tür.

Als er jetzt seinen dritten Whisky hinunterkippt, läutet das Telefon erneut. Reflexartig nimmt er den Hörer ab und bedauert es schon, bevor er ihn ans Ohr hält.

»Onkel Drik?«

»Roos«, sagt er. »Warum rufst du an?«

»Du musst zu Leida. Sie hat eine Nachricht auf meinem Anrufbeantworter hinterlassen. Es ist was mit Opa, sagt sie. Und dass sie niemanden erreichen konnte. Ich habe sie noch nicht zurückgerufen. Ich habe gerade Besuch.«

Allard, denkt Drik. Der ist von hier gleich zu Roos gegangen. Der lässt sich trösten. Der bleibt in der Familie.

»Ich werde sie anrufen«, verspricht Drik. »Tschüs, Roos.«

Leida nimmt beim ersten Klingelton den Hörer ab.

»Ich habe schon gewartet«, sagt sie. »Hendrik ist gestorben. Jemand aus dem Pflegeheim hat mich angerufen. Eine Frau mit sehr unangenehmer Stimme. Sie war verärgert, weil sie dich und Suzan nicht erreichen konnte.«

»Oh«, sagt Drik. Mein Vater tot, warum nicht auch das noch. Ich muss handeln. Ich bin der Ältere. Aber zu betrunken zum Autofahren.

»Ich rufe jetzt dort an, und dann komme ich zu dir. Bis nachher.«

Es dauert eine Weile, bevor er irgendwo hinten in seinem Terminkalender die Nummer des Pflegeheims gefunden hat. Einem ziemlich begriffsstutzigen Pförtner muss er mühsam erklären, weswegen er anruft. Endlich wird er mit der Schwester der Krankenabteilung verbunden.

»Es kam noch eine Lungenentzündung hinzu«, sagt sie. »Er lag schon wochenlang flach, das ist ein Risiko. Wir haben Sie nicht alarmiert, weil wir nicht von einem so dramatischen Verlauf ausgingen. Doktor Gaarland hat Antibiotika verschrieben, aber die Kur schlug nicht an. Er ist heute Mittag gestorben. Wir haben das nicht vorhergesehen, er war so stark.«

Sie spricht ihm ihr Beileid aus. Drik bemüht sich, seine Wut zu bezähmen. Warum hat dieser Gaarland nicht Kontakt zu ihnen aufgenommen? Es schreit zum Himmel, wie inkompetent dieser Mann ist. Ich sollte ihn verklagen. Vor die Aufsichtskommission zerren. Beruhige dich. Die Schwester ist in Ordnung. Du musst das trennen. Er reißt sich zusammen und erkundigt sich nach dem Hergang.

»Ich war nicht dabei, mein Dienst hat erst heute Abend um sieben Uhr angefangen. Meine Kollegin sagte, dass er ganz friedlich eingeschlafen ist. Ihr Vater war schon den ganzen Tag nicht mehr bei Bewusstsein. Er ist langsam weggeglitten, so kann man es wohl sagen. Er hat nicht mehr kämpfen müssen.«

Drik nickt, obwohl seine Gesprächspartnerin das nicht sehen

kann. Ihm sind die Tränen gekommen; dem Alkohol geschuldete Gefühlsduselei, denkt er, wenn man sich vorstellt, dass Hendrik den Tod akzeptiert hat, ja ihn vielleicht sogar als gerechte Strafe für ein vermeintliches oder auch tatsächliches Verbrechen begrüßte. Hendrik hat sich lieber in den Tod verabschiedet, als an seine Kinder und seine Enkelin zu denken. Drik weiß, dass es der Lauf der Dinge ist, dass alte Leute das Interesse verlieren, sich lösen, die Energie nicht mehr aufbringen. Er empfindet es als Beleidigung, als Zurückweisung.

Hendrik liegt gekühlt in der Leichenhalle des Pflegeheims. Es läuft alles wie am Schnürchen. Mit der Krankenschwester verabredet Drik, dass er morgen Mittag, wahrscheinlich zusammen mit seiner Schwester, kommen wird, um sich von seinem Vater zu verabschieden.

»Soll ich dann auch gleich den Bestattungsunternehmer kommen lassen? Dann können wir alles in einem abwickeln und Sie brauchen nicht ständig hin- und herzufahren.«

Nette Frau, denkt Drik, mit praktischer Einstellung. Er verspürt jetzt auch eine große Unternehmungslust, er wird nachher gleich mal nach einem Testament suchen, ob er eine Erdbestattung oder kremiert werden will, mal sehen, ob Leida das weiß. Er hat sich schon aus seinem Sessel erhoben, als er sich von der Schwester verabschiedet.

Hinter der Fassade der Tatkraft lauert eine schwermütige Abgeschlagenheit. Er muss mit aller Macht Bilder von seiner sterbenden Frau unterdrücken, von den Besprechungen mit dem Mann vom Bestattungsinstitut, einem betagten, sehr langsam sprechenden Sachwalter, der einen Ordner mit Fotos von dreißig verschiedenen Sargmodellen auf den Tisch legte. Nicht schon wieder, denkt er, warum muss ich *wieder*... Aber er hat schon den Mantel an und sein Fahrrad aufgeschlossen.

Leida empfängt ihn gefasst und unerschüttert.

»Das war abzusehen«, sagt sie. »Ich werde jetzt seine Sachen aussortieren, sonst müsst ihr euch damit herumschlagen, wenn ich sterbe. Das Zeug, das er im Heim herumstehen hat, kann man wegwerfen. Ich habe Tee für dich gemacht.«

Drik zieht sein Handy heraus und versucht, Suzan zu erreichen. Peter nimmt ab, und er teilt ihm mit, was passiert ist.

»Suzan ist noch im Krankenhaus, eine Operation, die sich in die Länge zieht. Ich werde es ihr sagen. Dann muss sie sich morgen eben freinehmen. Bist du jetzt bei Leida? Wie nimmt sie es auf?«

»Leida hat als Erste davon gehört. Sie hat Roos angerufen, weil wir alle nicht zu erreichen waren. Aber sie hat es ihr nicht gesagt, oder, Leida?«

Leida schüttelt den Kopf, mit zusammengekniffenen Lippen.

»Das tue ich dann«, sagt Peter. »Hast du deinen Klienten für morgen schon abgesagt? Ich lasse später noch mal von mir hören, wenn ich Suus und Roos gesprochen habe.«

Drik zieht die Telefonliste von seinen Patienten hervor. Wer hat morgen einen Termin? Er legt die Liste neben seinen Kalender auf den Tisch. Konzentriert tippt er die Nummern ein, sagt den Termin ab oder hinterlässt eine entsprechende Nachricht auf dem Anrufbeantworter. Nach jedem Anruf macht er ein Kreuzchen hinter die Initialen in seinem Terminkalender. Ich bin angetrunken, denkt er, aber wenn ich achtsam bin, werde ich schon alles auf die Reihe kriegen.

Dann sitzen sie einander gegenüber, die Zwillingsschwester und der Sohn.

»Er möchte eingeäschert werden«, sagt Leida. »Fenny ist auch verbrannt worden. Und ihre Asche verstreut. Das möchte er auch. Da brauchst du kein Grab zu pflegen.«

Unsere Eltern werden vom Wind verweht, denkt Drik, sie düngen einen Fußballplatz, sie sinken auf den Grund eines Grabens, sie werden von einem verärgerten Autobesitzer von der Motorhaube gewaschen.

»Wäre es dir lieber, jetzt nicht allein zu sein? Möchtest du bei mir übernachten?«

Was mache ich, wenn sie ja sagt? Nehme ich sie dann hinten auf dem Gepäckträger mit?

»Ich bin schon seit Jahren allein, und es gefällt mir gut. Es ist lieb von dir, dass du das anbietest, aber es ist nicht nötig.«

Die Audienz ist vorbei, ich kann gehen. Drik steht auf. Bleischwere Beine.

»Ich lasse dich dann morgen kurz wissen, was wir besprochen haben. Möchtest du ihn eigentlich noch sehen? Dich von ihm verabschieden?«

»Ach, nein, dieses Begaffen so einer Leiche, dafür kann ich mich nicht erwärmen. Da ist nichts, wovon ich mich verabschieden könnte. Hendrik ist längst weg. Jetzt geh du nur.«

Er müsste sie berühren, ihr einen Kuss geben. Ihm läuft ein Schauder über den Rücken. Er muss plötzlich an Allard denken, der wortlos davontrottete, vor zwei Stunden erst. Was passiert da alles – Patient verloren, Vater verloren, dich selbst verloren. Hör auf zu lamentieren, raus mit dir, in die Kälte.

Bei Peter trinkt er noch ein Glas, was macht das schon, er muss ja morgen nicht arbeiten. Suzan ist nach Hause gekommen, und sie verabreden, wann sie am nächsten Tag fahren werden. Sie formulieren einen Text für die Todesanzeige, die erst nach der Einäscherung in die Zeitung gesetzt werden soll. Statt Karten. Sie sind sich in allem einig. Als schämten wir uns für ihn, denkt Drik. Wir halten sein Leben und seinen Tod geheim. Das muss eine Art Gegenübertragung sein, aber ich habe keine Lust, darüber nachzudenken.

Zu Hause fällt er in traumlosen Schlaf. Um sieben Uhr wird er wach, wie immer, als wenn nichts geschehen wäre. Ein blitzblanker Tag. Es hängt Frost in der Luft.

Drik fährt mit Suzan ins Pflegeheim. Dort angekommen, staunt er über das reibungslose Prozedere. In diesem Sterbehaus, wo jeder seine Rolle kennt, ist das Routine, es läuft wie geschmiert.

Die Pflegemanagerin mit der schrillen Stimme halten sie wohlweislich auf Abstand. Suzan sucht aus Hendriks Kleiderschrank einen Anzug und ein Oberhemd heraus. Drik wählt die Krawatte aus. Dann ziehen sie Hendrik ratternd aus der Kühlung und stehen linkisch neben der großen Schublade, in der er liegt. Während Suzan und die nette Schwester Hendrik anziehen, geht Drik hinaus. So schlicht wie möglich, denkt er, wenige Worte, Leida möchte bestimmt etwas sagen, Musik, ich muss mir seine Plattensammlung ansehen, Schubert vielleicht, ein Streichquartett, Hauptsache, es ist kurz, eine Viertelstunde alles in allem, höchstens zwanzig Minuten, und dann in den Ofen. Ein Essen zu fünft, in irgend so einem Schickimickiding im Wald, das wird wohl sein müssen. Was zu trinken.

Der Bestattungsunternehmer sitzt im Büro der Pflegemanagerin, die Drik energisch weggeschickt hat. Suzan kommt mit hochgekrempelten Ärmeln hinzu. Binnen einer halben Stunde haben sie alles festgelegt: die Anzeige, den Sarg, Tag und Uhrzeit der Zeremonie.

»Beim Krematorium gibt es ein Feld, auf dem die Asche verstreut werden kann«, sagt der Bestattungsunternehmer. »Falls Sie nichts Anderweitiges im Sinn hatten.«

Drik würde ihn eigentlich gern auf dieser Steilküste in Wales in den Wind werfen, er sieht schon vor sich, wie die Möwen über die graue Wolke erschrecken und in scharfem Bogen abschwenken. Aber er hält den Mund. Streufeld, auch gut.

»Empfindest du irgendetwas dabei?«, fragt er Suzan auf der Rückfahrt. »Müsste man doch eigentlich. Unser Vater ist tot, jetzt sind wir Waisen. Ich empfinde nichts. Ein bisschen Erleichterung, dass es vorbei ist. Ärger über die ganze Organisiererei. Keine Trauer, kein Bedauern. Du?«

»Ich frage mich, was für ein Leben er hatte«, sagt Suzan nachdenklich. »In den letzten Jahren war er natürlich jenseits von allem, da lebte er in einer Wahnwelt, oder wie man es nennen soll. Aber davor? Ich kann mich nicht erinnern, dass es je so etwas wie Freude gegeben hat, dass er froh war über uns. Das Leben war ein Auftrag, eine Aufgabe, die er zu erledigen hatte. Nach dem Unglück konnte er nichts mehr genießen, glaube ich. Oder Gefühle für jemanden hegen. Für uns zum Beispiel. Ein abgestumpftes Leben.«

Drik schaut verdutzt zur Seite. Suzan sagt das, als akzeptiere sie es, als sei sie gar nicht nachtragend. Er selbst schäumt vor Wut und Vorwürfen, als er sich klarmacht, was sie eigentlich meint. Doch das ist ein isoliertes Aufflackern, das gleich wieder abebbt und ihn in wattiger Leere zurücklässt.

Einige Tage später kommen sie im Andachtsraum des kleinen Friedhofs zusammen. Roos ist mit ihren Eltern mitgefahren, Drik hat Leida chauffiert. Sie hat stocksteif neben ihm gesessen, in schwarzem Kostüm, ihre große Tasche auf dem Schoß. Sie hat kein Wort gesagt.

Im Wald liegt Schnee. Auf der Straße und auf den Gehwegen ist daraus schmutziger Matsch geworden. Umsichtig lotst Drik Leida zum Eingang.

Sie sitzen zu fünft in der vordersten Reihe. Hinter ihnen nehmen einige Pflegerinnen Platz. Suzan dreht sich um und gibt der Frau die Hand, die ihr geholfen hat, Hendrik anzuziehen. Im letzten Moment kommen noch zwei Frauen mit Rollator herein. Ein Fahrer schiebt einen alten Mann im Rollstuhl nach vorn und setzt sich neben ihn.

Der Bestattungsunternehmer spricht einige Begrüßungsworte, Drik gibt einen verlogenen Abriss vom Leben seines Vaters und dankt dem Personal des Pflegeheims. Musik. In Hendriks Plattensammlung hat Drik eine Aufnahme der Mozart-Streichquartette mit dem Amadeus-Quartett gefunden. Er hat sich für den langsamen Teil des *Dissonanzen-Quartetts* entschieden. Die Anlage ist nicht richtig eingestellt, er gibt dem Bestattungsunternehmer durch Gesten zu verstehen, dass er den Lautstärkeregler aufdrehen soll. Dann strömt die Musik in den Raum und zeugt ohne Worte vom traurigen Leben des Hendrik de Jong. Drik merkt, dass er beinahe bekräftigend genickt hätte.

Leida nimmt ein Blatt Papier aus ihrer Tasche und erhebt sich. Am Mikrofon überlegt sie es sich anders und steckt den Zettel wieder weg.

»Ich wollte etwas sagen«, sagt sie, »aber es hat keinen Sinn. Mein Zwillingsbruder ist tot. Bis er hierherkam, habe ich für ihn gesorgt. Jetzt ist es vorbei.«

Sie setzt sich wieder neben Drik. Roos hat während des Streichquartetts geweint. Sie legt Blumen auf den Sarg. Nach Anleitung des Bestattungsunternehmers gehen die Anwesenden einmal um den Sarg herum und lassen den Toten dann zurück. Peter und Suzan nehmen Leida in ihre Mitte. Drik legt den Arm um Roos.

»Gleich wandert er in den Ofen«, sagt sie. »Ich finde das grauenhaft. Hannas Begräbnis, das war schön. Traurig, aber schön. Die Musik, die du ausgesucht hast, war klasse, sie hat mich zum Weinen gebracht.«

Drik drückt sie an sich. Sie stehen draußen im Matsch, und alle verabschieden sich mit Händeschütteln. Suzan unterhält sich mit der netten Krankenschwester. Sie vereinbaren wohl etwas wegen der Abholung von Hendriks Sachen und der Erledigung des Papierkrams, denkt Drik.

»Es geht jetzt besser mit meinem Freund«, sagt Roos. Drik erschrickt und wird sich bewusst, dass er tatsächlich eine ganze Stunde lang nicht an Allard gedacht hat.

»Ich tue, was du gesagt hast. Ich frage einfach alles, was ich von ihm wissen will. Du hast recht, nur so kann man jemanden wirklich kennenlernen. Ich werde auch kein Geheimnis mehr daraus machen. Demnächst nehme ich ihn mal mit nach Hause, dann können sie sehen, mit wem ich jetzt zusammen bin. Ich mach das einfach.«

In dem Restaurant mit Ausblick auf den verschneiten Wald

lässt Drik den besten Weißwein von der Karte kommen. Roos, die ihm gegenübersitzt, tuschelt mit ihrer Mutter und erzählt ihr sicher allerlei Vertraulichkeiten über ihre Beziehung zu Allard. Er achtet auf Suzans Gesichtsausdruck. Sie sieht wie betäubt aus und zeigt keinerlei Reaktion.

Der Wein ist eingeschenkt worden. Drik hebt sein Glas, weiß aber plötzlich nicht, worauf er einen Toast ausbringen soll. Die Familie? Die Zukunft? Das wäre fehl am Platze, so flüchtig, wie alles sein kann. Auf den Tod, würde er am liebsten sagen, auf die Betäubung. Die Tischrunde sieht ihn abwartend an.

»Auf Opa«, sagt Roos.

Simone und Berend sitzen nebeneinander am Schreibtisch und spähen auf den Computerbildschirm. In dem kleinen Zimmer duftet es nach Kaffee. Suzan lässt sich in einen tiefen Sessel fallen und streckt die Beine von sich.

»Den ganzen Tag Ambulanz«, sagt sie. »Und gleich noch Komplikationsbesprechung. Ihr kommt doch auch, oder?«

Berend reicht ihr einen Becher Kaffee.

»Na klar«, antwortet er. »Ich habe Vereycken heute Morgen wegen des Dramas mit dem Roboter gesprochen. Das will er thematisieren.«

Suzan schaut verwundert.

»Was denn?«

»Ach, du warst ja nicht da, du warst ja bei der Beerdigung deines Vaters«, sagt Simone. »Ein scheußlicher Unfall bei einer Roboter-OP. Alles war glatt gelaufen, aber am Ende riss die Aorta ein, eine Perforation durch einen scharfen kleinen Haken, den sie daran entlangzogen. Man konnte auf dem Monitor sehen, wie der Thorax volllief, haben sie erzählt.«

»Aufschneiden, abklemmen?« Suzan kann es sich lebhaft vorstellen, sie findet es toll, so eine unerwartete, akute Situation, in der kurze Befehle gegeben werden und der Anästhesist die Verpackungen der Substanzen, die er einspritzt, in die Ecke auf ein Laken wirft, weil die Zeit nicht reicht, alles säuberlich einzugeben.

»Sie konnten den Apparat nicht abstellen. Der Mann ist verblutet. Sie mussten tatenlos zusehen.«

»Das muss man üben«, sagt Berend. »Sie werden die Installation von dem Ding trainiert haben, aber nicht, wie man es auf die Schnelle wieder entfernt. Für die betroffenen Kollegen ist das ziemlich schlimm.«

»Ich hoffe, es bleibt noch ein bisschen Zeit für mich übrig, ich möchte nämlich etwas über mein sogenanntes Forschungsprojekt sagen. Um Mitarbeit bei der Pilotstudie bitten, wie der Psychologe es nennt. Eine Woche lang sollen allen Patienten, bei denen eine Anästhesie gemacht wurde, einige Stunden nach der Operation ein paar Fragen gestellt werden. Ich habe die Fragebögen schon fertig. Das bedeutet für jeden von uns zusätzliche Arbeit.«

»Was soll denn gefragt werden?« Berend sieht Suzan interessiert an.

»Ob sich der Patient an etwas erinnern kann, als er unter Narkose war. An Geräusche oder Stimmen. Ob er etwas gespürt hat. Ob er geträumt hat. Und der Anästhesist muss notieren, ob das stimmen kann, deshalb muss es jeder selbst machen, man muss ja dabei gewesen sein. Ganz schön viel Arbeit.«

»Was tut man nicht alles für die Wissenschaft«, sagt Berend. »Kommt, wir gehen.«

Auf dem Weg zum Konferenzraum fragt Simone, wie es Suzan eigentlich gehe.

»Ich weiß nicht«, sagt Suzan. »Ich weiß es wirklich nicht.«

Simone drückt kurz ihre Hand. Berend ist schon drinnen. Sie setzen sich nebeneinander. Suzan wirft einen raschen Blick in die Runde. Allard ist nicht da. Er hat wieder Dienst, wie sie jemanden sagen hört. Er springe in letzter Zeit für jeden ein.

Rudolf Kronenburg habe sich krank gemeldet, sagt Vereycken, schade, er sei bei dem fatalen Eingriff dabei gewesen und hätte vielleicht relevante Informationen beisteuern können. Während der heftig geführten Diskussion muss er wiederholt eingreifen. Zum Schluss steht Bram Veenstra auf und gibt bekannt, dass man vorhabe, das Hantieren mit dem Roboter im Simulationsraum einzuüben, mit der Chirurgie. So habe ein Unglücksfall auch sein Gutes, meint er.

Ja, ja, denkt Suzan, dank des Waldbrandes gewinnen wir fruchtbaren Boden. Aber alles ist weg. Woher nimmt dieser Mann seine derart positive Haltung, was veranlasst ihn dazu? Wenn hier alles zusammenbricht, freut er sich womöglich über die neuen Chancen, die so eine Katastrophe bietet.

Sie beteiligt sich nicht am Gespräch und sagt nur Simone auf Wiedersehen, als sie geht.

Sie hat die Haustür noch gar nicht richtig zugemacht, als Peter die Treppe heruntergestürmt kommt. Sie erschrickt über sein versteinertes Gesicht.

»Ist irgendetwas?« Sie will ihren Mantel ausziehen, setzt sich dann aber so, wie sie ist, auf einen Küchenstuhl.

»Ist irgendetwas?!«, brüllt Peter. »Ja, es ist was. Mir ist gerade zu Ohren gekommen, dass du dich auf der Abteilung in den Ecken herumdrückst und mit diesem jungen Schuurman vögelst. Ist mir etwas entgangen? Habe ich nicht aufgepasst, wenn du von deiner Arbeit erzählt hast?«

Alles abstreiten, denkt sie. Eisern.

»Wie kommst du denn darauf?«

»Das hat mir ein Augenzeuge erzählt. Vor einer Stunde. Ich möchte also gern hören, was du dazu sagst.«

»Auf solchen Klatsch reagiere ich nicht. Wer sagt so was?«

»Ein Kollege von dir. Kronenburg. Untadeliger Mann.«

Herrje, denkt sie. Wie rede ich mich da heraus? Und wozu überhaupt?

»Du glaubst doch wohl nicht so ohne weiteres, was dieser Kerl sagt. Der spinnt doch. Wie ist der überhaupt auf dich gekommen?«

»Er rief wegen eines Termins in der Ambulanz an. Berufliche Probleme, sagte er. Man habe ihm geraten, sich mal nach Coachinggesprächen zu erkundigen. Wie gut ist deine Beziehung zu Schuurman?«

»Gut. Ich war seine Supervisorin. Bisschen besorgt, nach

dem Theater auf dem Dach. Ansonsten habe ich nichts mit ihm zu schaffen.«

Kann ich meinen Mantel ausziehen? In den Kühlschrank schauen? Das Gespräch als beendet betrachten? Nein, er ist noch aufgebracht.

»Er hat euch in einer Besenkammer überrascht. Schuurman hatte die Hand in deiner Hose. Was hast du dazu zu sagen?«

Peters Stimme zittert.

»Wir haben auf unserer Abteilung gar keine Besenkammer. Vielleicht hat er uns im Kaffeeraum nebeneinander sitzen sehen, was weiß ich. Dieser Kronenburg ist am Ende, Vereycken will ihn rausschmeißen und hat ihn schon abgemahnt. Er ist ein schlechter Anästhesist und unmöglich in der Zusammenarbeit. Der spinnt, Peter.«

Nicht zu viel sagen. Ruhig bleiben. Abwarten.

»Hm, könnte sein. Als ich ihn aus dem Wartezimmer holte, kam ihm die Sekretärin nach. Er habe seinen Wagen auf den Parkplatz der Akuthilfe gestellt. Ein Porsche übrigens. ›Es ist akut, meine Gnädigste, und ich habe Dienst‹, erwiderte er und ließ sie einfach stehen. Er hat behauptet, die gesamte Abteilung rede darüber, dass du ein Verhältnis mit diesem Schuurman hast. Wie kommt er denn dazu?«

Suzan zuckt die Achseln.

»Keine Ahnung.«

»Er hat gleich davon angefangen. ›Lagrouw‹, sagte er, ›ich habe eine Kollegin, die auch Lagrouw heißt.‹ Und dann legte er los. Ich wurde natürlich wütend. Sagte, dass mir die Probleme seiner Kollegen wenig relevant erschienen, er wolle doch wohl über seine eigenen Probleme sprechen, wenn ich ihn recht verstanden hätte. Es stimmt also nicht?«

»Natürlich nicht. Er saugt sich das aus den Fingern.«

»Aber das muss doch irgendeinen Grund haben, Suus!«

Peter hat sich endlich gesetzt. Suzan knöpft ihren Mantel auf. Ein Grund. Gib ihm eine Erklärung. Ist Rudolf neidisch auf deinen herausragenden Status unter den fest angestellten Anästhesisten? Hast du ihn mit irgendwas vor den Kopf gestoßen? Trägt er dir irgendwas nach?

»Er hat mich hin und wieder ins Vertrauen gezogen. Wegen seiner Probleme. Ich durfte mit niemandem darüber reden. Hab ich gern gemacht, es tut mir ja auch leid für ihn, mit seiner Reputation kommt er doch nirgendwo mehr unter. Vorige Woche fing er wieder davon an. Da habe ich nicht richtig zugehört, weil ich eine schwierige Operation vorzubereiten hatte. Er hat geredet und geredet. Schließlich habe ich gesagt: ›Hör auf zu jammern und mach eine Therapie.‹ Ich hatte das im Scherz gesagt, aber so hat er es offenbar nicht aufgefasst. Jetzt will er es mir heimzahlen. Anders kann ich es mir nicht erklären.«

Peter nickt. Suzan spürt, wie sich ihr Herzschlag beruhigt. Sie steht auf, um ihren Mantel in den Flur zu bringen.

»Du dürftest mir das gar nicht erzählen«, sagt sie, als sie zurückkommt. »Du unterliegst doch der Schweigepflicht.«

Peter hat Wein eingeschenkt. Gut, denkt sie, es legt sich, ich habe ihn beruhigt.

»Das mag sein«, erwidert Peter, »aber wenn mich ein Patient derart aufstachelt und in Harnisch bringt, kann ich nicht einfach weitermachen. Das muss aus der Welt, das hat dann Priorität. Solche Geschichten muss ich überprüfen, so viel Freiheit muss sein, wo käme man denn sonst hin. Es gehört sich natürlich nicht, da hast du recht, aber ich tue es trotzdem. Und du bist ja nicht irgendwer. Du wirst nicht herumposaunen, dass dieser Kerl zu mir kommt. Davon gehe ich zumindest aus.«

»Denkst du, dass er wiederkommen wird? Machst du mit ihm weiter?«

»Er hat noch einen Folgetermin. Ich schätze mal, den wird er absagen. Oder er kommt einfach nicht. Der Mann ist ein narzisstisches Bollwerk. Ein hoffnungsloser Fall, in therapeutischer Hinsicht. Ein typischer Klient, der geschickt wurde, dem sein Chef nahegelegt hat, an sich zu arbeiten, der aber selbst überhaupt keinen Bock darauf hat und sich höchstens darüber aufregt. Nein, ich denke nicht, dass etwas daraus wird.«

Sie essen. Peter geht in sein Arbeitszimmer, um ein Seminar vorzubereiten. Suzan sitzt untätig auf dem Sofa. Erstaunlich, dass andere sich offenbar mit dem befassen, was ich tue oder lasse, denkt sie. Und irritierend. Der Vorhang muss schnell wieder zugezogen werden. Ich bin besser für mich allein. Ist schon alles kompliziert genug. Sie sollen mich in Ruhe lassen.

Die Zeit verstreicht, während sie reglos vor sich hin starrt. Ich warte, denkt sie, ich warte darauf, dass ich ins Bett gehen kann, und dort warte ich darauf, dass ich wieder arbeiten gehen kann. So ist es.

Die Klingel. Ob das Drik ist, so spät noch? Der Klingelton schrillt durchs Haus, da hat einer den Finger auf den Knopf gedrückt und nimmt ihn nicht mehr weg. Suzan schüttelt den Kopf und die Schultern wie ein Hund, der aus dem Wasser kommt. Sie geht zur Tür.

»Du hast ja gar keinen Mantel an! Komm schnell rein!«

Sie streckt die Arme nach Roos aus, die breitbeinig vor der Tür steht und sie mit bohrendem Blick anstarrt.

»Fass mich nicht an! Wo ist Papa?«

Suzan tritt erschrocken zur Seite. Roos stürmt in den Flur und ruft laut nach ihrem Vater. Peter kommt die Treppe heruntergerannt und schließt seine Tochter in die Arme.

»Sch, ganz ruhig«, sagt er, den Mund in ihren wirren Haaren, »komm erst mal zu dir, du bist zu Hause, jetzt ist alles gut.«

»Nein! Es ist überhaupt nicht gut, es ist schrecklich!«

Sie reißt sich aus seiner Umarmung los und zeigt auf Suzan.

»Sie, sie...« Von einem Weinkrampf überwältigt, klappt Roos vornüber. Speichelfäden hängen ihr aus dem Mund, und sie drückt die Fingerknöchel in ihre Augenhöhlen. Dann richtet sie sich auf und sieht Suzan an.

»Du hast mit meinem Freund geschlafen. Er hat mir alles erzählt. Die Rumpelkammer. Die Nachtdienste. Alles. Du hast ein

Verhältnis mit ihm gehabt, du hast ihn verführt. Es ist zum Kotzen. Mit *meinem* Freund!«

Peter erstarrt.

»Gottverdammt, Suus, das darf doch nicht wahr sein! Es stimmt also doch? Du hast mich angelogen? Was ist los mit dir? Antworte!«

Suzan lehnt an der Wand. Über die Köpfe von Peter und Roos hinweg starrt sie auf die gegenüberliegende Wand. Sie bleibt stumm.

»Du warst meine Mutter, erinnerst du dich?«, sagt Roos sarkastisch. Peters Unterstützung tut ihr offensichtlich gut.

»Mütter haben ihren Töchtern nicht den Freund auszuspannen. Dafür sind sie auch viel zu alt. Aber das blendest du natürlich aus. Du denkst ja nur an dich.«

Peter steht regungslos neben seiner Tochter. Seine Arme hängen schlaff am Körper herab. Er fixiert Suzan. Sein Gesichtsausdruck ist nicht zu ergründen.

Roos schluchzt laut.

»Dieser Scheißkerl«, stößt sie hervor. »Dieser Betrüger. Ging weg, leider, leider, wie blöd, dass er zur Arbeit muss, wenn er doch bei mir bleiben könnte – und dabei ging er zu dir!«

Jetzt wird Peter aktiv. Er reibt Roos über den Rücken.

»Wasch dir kurz das Gesicht, Roos. Und dann gehen wir.«

Sie schleppt sich die Treppe hinauf ins Badezimmer. Wasser rauscht durch die Leitungen. Peter wendet sich an Suzan.

»Dass du eine Affäre mit einem Kollegen hast, mag ja noch angehen. So was passiert schon mal. Dass dieser Kollege ein Schützling von dir ist, macht es nicht besser, aber bis zu einem gewissen Punkt ist auch das zu verstehen. Sogar von mir, vorausgesetzt, ich wüsste, dass du dich bemühst, das Ganze zu beenden, sowie du zur Vernunft gekommen bist.

Dass du mich aber knallhart anlügst, wenn ich dich mit der Sache konfrontiere, ist etwas anderes. Das akzeptiere ich nicht. Wir sind immer Kameraden gewesen, Freunde. Ich will nicht von dir hintergangen werden. Es gibt Grenzen. Die hast du überschritten.«

Suzan hört seine Worte, aber deren Bedeutung erreicht sie nicht. Sie blickt in Peters verzerrtes Gesicht, sie sieht seine hochgezogenen Schultern.

»Was du Roos angetan hast, ist wirklich das Allerletzte! Mit der eigenen Tochter zu konkurrieren, das eigene Kind auszubooten und derartig zu demütigen! Mit einer, die so etwas tut, möchte ich nicht mehr unter einem Dach leben.«

Er will noch mehr sagen, aber oben wird die Badezimmertür zugeschlagen, und Roos kommt die Treppe herunter.

Peter reißt seinen Mantel von der Garderobe. Roos macht die Tür auf, und ein kalter Windhauch zieht durch den Flur.

Wo gehen sie hin?, denkt Suzan. Ob Peter bei Drik auf dem Sofa schlafen wird? Nein, das geht nicht. Drik weiß alles, der hat sich Allards Geschichten ein Jahr lang angehört. Und nichts gesagt. Woche für Woche hat er zugehört, hat gewusst, dass sein bester Freund von Allard betrogen wurde. Und von mir. Das weiß Peter jetzt. Drik hat sich von seiner Schweigepflicht knebeln lassen, die ging für ihn offenbar über die Freundschaft. Komisch. Warum musste er sich so treu und heilig an die Regeln halten? Er hätte mich doch gleich, als Allard sich in mich verliebt hat, zur Rede stellen können. Dann wäre alles anders ausgegangen.

Sie schließt die Tür und schiebt den Riegel vor. Sie macht die Lichter aus. Drik hätte mich beschützen müssen, denkt sie. Jetzt habe ich Peter gegen mich aufgebracht und Roos verletzt. Auf einen Schlag habe ich meine ganze Familie verloren. Drik hätte für mich sorgen müssen. Es ist zu kompliziert, ich überblicke das nicht. Mein Bruder entscheidet sich gegen mich, lässt mich zugunsten einer Welt, die ihm wichtiger ist, im Stich. Ich will schlafen. Aufhören zu denken. Vielleicht sollte ich Allard die Schuld geben, er hat angefangen, damals, unter dem OP-Tisch. War er da schon hinter Roos her?

Suzans Gedanken schwirren hierhin und dorthin, und überall stoßen sie auf Wut oder Schuld. Im Badezimmer öffnet sie den Medizinschrank. Schlaf ist der einzige Ausweg. Da muss noch ein Döschen Nembutal stehen, schon ziemlich alt, sollte man gar nicht mehr nehmen, aber jetzt könnte es die Lösung sein. Sie schiebt Döschen und Fläschchen beiseite, um in den hinteren Bereich zu schauen. Nichts. Sie kann sich nicht erinnern, die Tabletten weggeworfen zu haben, aber das wird sie wohl, denn sie sind nicht mehr da.

Wollte ich sie alle auf einmal nehmen, denkt Suzan, als sie im Bett liegt, will ich ein für alle Mal von allem befreit sein? Doch bevor sie eine Antwort formulieren kann, versinkt sie in tiefen Schlaf.

Die morgendliche Übergabe verläuft schluderig. Während Winston vorn über den Nachtdienst berichtet, hören die Kollegen nicht auf zu schwatzen. Vereycken ist nicht da, und Taselaar blättert in seinen Operationsplänen. Niemand greift ein.

Hettie sitzt neben Suzan. »Ich bin heute bei dir eingeteilt«, sagt sie. »Da freue ich mich.«

Sowie die Sitzung beendet ist, suchen sie das Weite. HNO, denkt Suzan, mit Ruud. Kinder. Da müssen wir uns einfühlen und achtsam sein. Die Eltern beruhigen. Arbeit. Ich bin wieder da. Hettie hat inzwischen fast ein Jahr Erfahrung. Suzan überlässt ihr die Initiative und sieht, dass es ihr gut von der Hand geht. Als das erste Kind in Narkose ist, lässt sie Hettie allein und holt den kleinen Patienten für den anderen OP ab.

Auf dem Flur herrscht Aufregung. Luc steht vor der Tür der Rumpelkammer. Er zittert und ist ganz bleich. Kees ist bei ihm. Bram Veenstra kommt hinzu. Auch Suzan bleibt stehen.

»Also doch«, sagt Luc. »Hat mich mein Gefühl also doch nicht getäuscht. Auf dem Dach. Dass etwas mit ihm war.«

Kees hat sein Handy gezückt.

»Livia? Ist der Chef schon da? Gibst du ihn mir bitte mal?«

»Er ist gerade reingekommen«, sagt Kees zu seinen Kollegen. Dann spricht er wieder ins Handy. Vereycken solle kommen. Sofort. Etwas Ernstes, das keinen Aufschub dulde.

»Was ist denn?«, fragt Suzan.

Lucs Hand liegt schützend auf der Türklinke.

»Da drinnen«, sagt er. »Erschrick nicht, es ist unfassbar.«

Alle, die vorüberkommen – Reinigungskräfte, Chirurgen –, blicken erstaunt auf das Grüppchen vor der Tür.

»Ich schlage vor, dass wir reingehen«, sagt Kees. »Wir erregen zu viel Aufmerksamkeit, die können wir nicht brauchen.«

Bram bietet an, dass er auf dem Flur auf Vereycken wartet. Luc, Kees und Suzan betreten das Kämmerchen.

Automatisch springt das grelle Licht an und beleuchtet Allard Schuurman, der in dem kaputten Rollstuhl hängt. Seine Haut ist gelblich und wächsern. Sein Kopf ruht merkwürdig abgeknickt auf der Rückenlehne. Der linke Arm liegt entspannt auf seinem Oberschenkel, der rechte ist runtergerutscht.

Zu dritt stehen sie da und betrachten ihn, eingehend, konzentriert.

»Ich war auf der Suche nach einer Verbandsschere«, sagt Luc leise. Er hustet und räuspert sich. »Ich dachte zuerst, dass er sich hier kurz ausruht, und entschuldigte mich noch dafür, dass ich ihn geweckt hätte.«

»Und dann?«, fragt Kees. »Hast du ihn untersucht?«

Luc nickt.

»Kein Puls. Entrundete Pupillen. Er wurde schon kalt.«

»Unnatürlicher Tod. Das bedeutet, dass wir ihn hier lassen müssen, bis der Leichenbeschauer kommt. Und die Polizei. Der Raum muss verschlossen werden. Das Ganze muss gemeldet werden. Wird ein ziemliches Theater geben. Das soll Vereycken in die Hand nehmen. Wo bleibt er denn?«

Luc murmelt etwas vor sich hin, ohne Kees anzusehen.

»Intoxikation. Muss man untersuchen. Ein gesunder junger Mann stirbt nicht so einfach. Keine sichtbare Verletzung.«

Kees führt die Möglichkeiten an: Embolie, gesprungenes Aneurysma, fatale Herzrhythmusstörung. Während die Männer diverse Todesursachen durchgehen, schiebt sich Vereycken in den Raum. Suzan macht ihm Platz. Er sieht es sich an.

»Ach, Junge«, sagt er. »Musste das sein, war es so schlimm?«

Suzan stößt ihn an und zeigt auf Allards Fuß. Die Socke ist ein Stück heruntergestreift. Unterhalb vom Spann ist ein fleischfarbener Verband erkennbar. Vereycken geht in die Hocke und zieht die Socke weiter hinunter. Suzan sieht die Kanüle. Fein säuberlich mit einem grünen Plastikstöpsel verschlossen. Ächzend bückt sich Vereycken noch tiefer und hebt einen Gegenstand auf, der unter den Stuhl gerollt war. Eine Ampulle. Fentanyl.

Klar und ruhig entsinnt sich Suzan der Patienten, die trotz der gespritzten Opiate einen erhöhten Blutdruck und eine beunruhigende Herzfrequenz behielten. Und zwar immer bei den Operationen, bei denen Allard die Spritzen aufgezogen hatte. Halbe Dosierung, denkt sie, und der Rest verschwand in seiner Hosentasche. Während der Nachtdienste, für die er in letzter Zeit eine solche Vorliebe hatte, konnte er mitnehmen, was er wollte. Er trug diese komischen dicken Socken. Er magerte ab. Er war unruhig. Oder viel zu ruhig. Ich bin blind gewesen. Ich habe alles gesehen und nichts begriffen. Und jetzt ist es vorbei.

Eine unermessliche Müdigkeit befällt sie. Sie kann sich nicht mehr auf den Beinen halten und rutscht mit dem Rücken an der Wand auf den Boden hinunter.

Die drei Männer laufen hin und her und durchsuchen den Raum nach weiteren aufschlussreichen Hinweisen. Sie reden von Schock, Überdosis, Atemdepression.

Suzan sitzt mit gefalteten Händen auf dem Boden und starrt auf den venösen Zugang im entblößten Fuß ihres Liebhabers. So weit, denkt sie, so weit bringt uns die Liebe zur Betäubung. Das ist die Erlösung, der Ausweg, die Ruhe.

IV. Coda

Der Fluss, an dem der Bauernhof liegt, nährt sich vom Regen. In diesem absonderlichen Frühjahr, das eher etwas von einem stürmischen Herbst hat, klettert das Wasser Tag für Tag weiter die Ufer empor. Wenn Drik unter halb geschlossenen Lidern auf die Wiese schaut, sieht er eine spiegelnde Wasserfläche zwischen den Grashalmen. Im verwahrlosten Garten stehen Pfützen, aus dem Strohdach ergießen sich bräunliche Rinnsale.

Drinnen ist die Luft klamm. Es will ihm nicht recht gelingen, die Küche warm zu bekommen. Drik sitzt in Mantel und Gummistiefeln auf einem Campingstuhl. Die Whiskyflasche neben sich auf dem Boden. Das dunkle Kabuff, dessen Fußboden so schmutzig ist, dass er aus festgestampftem Lehm gemacht zu sein scheint, ist der einzige Raum im Bauernhaus, in dem er sich ein bisschen heimisch fühlt. Im Wohnzimmer mit dem herrlichen Blick auf den Fluss ist er nie; ins Schlafzimmer, in dem sein säuerlich riechendes Bett wartet, schleppt er sich erst, wenn er vom Alkohol ausreichend betäubt ist.

Der Erlös aus dem Verkauf seines Hauses und die Erbschaft von Hendrik haben es ihm ermöglicht, den Bauernhof mit Nebengebäuden, Wiesen und einem Stück Wald zu erwerben. Er ist nun Eigentümer eines riesigen Grundstücks, in dessen Mitte er sich verschanzen kann. Am liebsten hätte er noch eine hohe Mauer um alles herum. Es ging alles blitzschnell. Er hat sich noch gar nicht richtig von den Veränderungen erholt, verspürt andauernd das Bedürfnis, auf dem Campingstuhl zu verschnaufen, mit dem Whiskyglas in der Hand. Der Karton mit den zwölf Flaschen, den er beim Getränkehändler im fünfundzwanzig Kilometer entfernten Ort gekauft hat, steht auf der Arbeitsplatte.

Nach Allards Tod fand Drik sich in einem Niemandsland wieder. Peter und Roos wollten nicht mehr mit ihm sprechen. Mit Suzan hatte er noch im Zusammenhang mit dem Nachlass ihres Vaters zu tun, steif und förmlich. Danach Funkstille. Von einem Polizeibeamten wurde er über Allards Geisteszustand befragt und erfuhr, welche Mengen an Opiaten und Schlafmitteln in Allards Blut gefunden worden waren. Das Fentanyl hatte sich der Junge selbst verabreicht, das stand fest. Ob er sich auch mit den Barbituraten sediert hatte, war nicht eindeutig zu belegen. Die hätte ihm auch jemand in den Kaffee rühren können. Der Leichenbeschauer schrieb »Überdosis« in seinen Bericht, und die Polizei begnügte sich damit. Allards Mutter war schließlich eine Kollegin, und die Angelegenheit war schon schmerzlich genug.

Drik betrachtete Allards Tod als Selbstmord. Das gab seinem professionellen Selbstvertrauen den Rest. Vorzeitiger Ruhestand, dachte er, Schluss mit den Therapien, sorg dafür, dass du niemanden mehr ins Verderben reißt. Zieh dich zurück, irgendwo in den allerletzten Winkel des Landes, möglichst weit von allen entfernt. Zum zweiten Mal machte er seine Praxis zu, diesmal endgültig. Seine Patienten wimmelte er ab, umgeben von einem Nebel der Depersonalisierung. Die meisten dachten wohl, dass er sterbenskrank sei, und er ließ sie in dem Glauben.

Allards Mutter empfing er. Händeringend saß sie in dem Sessel, in dem ihr Sohn ein Jahr lang einmal die Woche gesessen hatte – eine nervöse, schlanke Frau mit beunruhigend bekannten Augen. Drik versteckte sich hinter seiner Schweigepflicht. Er bot ihr eine Überweisung an. Die wollte sie nicht, natürlich nicht, dachte Drik, sie wird alles, was mit Psychiatrie zu tun hat, hassen, wie der Sohn, so die Mutter. Binnen einer halben Stunde hatte er sie wieder zur Tür hinauskomplimentiert.

»Ich habe mir alle Mühe gegeben, ihn gut zu erziehen«, hatte sie noch gesagt. »Ist es meine Schuld, dass er so schwach geworden ist?«

Drik hatte etwas von der Macht der Sucht gemurmelt, dass dagegen kein Kraut gewachsen und dass es auch genetisch bedingt sei. Ein tragischer, unglücklicher Umstand, wenn solche Mittel dann im Arbeitsumfeld verfügbar seien. Als er die Frau hinausbegleitete, hatte er die starke Anwandlung gehabt, Allard zu loben – wie gut er in seiner Arbeit gewesen sei, wie schön er Cello gespielt habe. Aber er hielt den Mund.

Abends, nach etlichen Gläsern, hatte er seine schwedische Kollegin angerufen.

»Ich habe deinen weisen Rat befolgt. Der Patient hat sich umgebracht.«

Es war geraume Zeit still. Er hörte das Verrücken eines Stuhls, einen Seufzer, ein Knattern in der Leitung. Ja, ja, dachte er, das muss sie erst mal verdauen.

»Wie schlimm«, sagte sie schließlich. »Schrecklich. Aber das ändert nichts an der Tatsache, dass du ihm nicht mehr helfen konntest. Schuldgefühle sind unangebracht. Patient und Methode passten einfach nicht zusammen.«

»Aber das hätte ich doch früher erkennen können, oder? Dieser Junge agierte nur, kroch auf den Schoß oder rannte türenschlagend davon. Über beides war nicht zu reden, zu reflektieren. Ein volles Jahr lang. Wie hartnäckig muss man als Therapeut sein?«

»Es ist so traurig, dass wir uns die Schuld geben, wenn eine Behandlung nicht anschlägt«, sagte die Kollegin. »Wenn wir Erfolg haben, führen wir das auf die Methode zurück, aber für einen Fehlschlag machen wir uns selbst verantwortlich. Denk mal darüber nach. Das ist reiner Masochismus. Den darfst du nicht zulassen.«

Während des Gesprächs hatte Drik feste weitergetrunken, lautlos schluckend und geschickt mit dem Glas, der Flasche, dem

Telefonhörer jonglierend. Er erzählte, dass er sein Berufsleben beenden und sich aufs Land zurückziehen werde.

»Du agierst«, entgegnete sie. »Du begehst partiellen Selbstmord, du spiegelst deinen Patienten. Damit machst du dein Scheitern nicht ungeschehen. Das bringt ihn dir nicht zurück. Rede mit jemandem, mach eine Supervision, tu was!«

Er hatte das Gespräch abrupt beendet. Der Alkohol sorgte dafür, dass er nicht über die Bedeutung ihrer Worte nachdenken konnte. Vom Whisky benebelt, in seinen Sessel gefläzt, fühlte er sich einen Augenblick lang mit Allard verwandt, verstand für einen flüchtigen Moment den Trost der Betäubung. Ich suche ihn in diesem Nebel, dachte er verwundert, er fehlt mir.

Der Regen schlägt gegen die Scheiben. Morgen, denkt Drik, morgen fange ich mit dem Zaun an. Die Pfosten sind geliefert, der schwere Holzhammer liegt in der Tenne, nichts steht mir im Weg. Er schlurft über den klebrigen Fußboden zum Fenster und blickt auf den unordentlichen Stapel aus fünfhundert Rundhölzern, die ein Lastwagen vor ein paar Tagen auf der Wiese abgeladen hat. Stück für Stück wird er die Pfähle in den sumpfigen Boden treiben, mit gut gezielten Schlägen seines Hammers. Abends wird er Muskelkater haben und zufrieden sein über die Fortschritte bei der Abschirmung seines Reviers. Dann wird er den Alkohol wirklich verdient haben.

Es ist schon ein Haufen Arbeit, denkt er, das kostet viel Zeit. Die Hölzer werden im Regen vergammeln. Ich muss sie abdecken. Plane. Leiter. Regenkleidung. Ich muss aktiv werden. Jetzt.

Die Tenne ist eine dunkle Kathedrale. Hoch oben an der Decke hängt eine schwache Lampe. Der Raum steht voller Möbel aus Driks Haus – die von Roos ausgesuchten Bücherregale, der neue Therapeutensessel, Betten, Kartons mit Geschirr. Dahinter befinden sich Sachen, die der vorherige Eigentümer zurückgelassen hat: Eimer, ein Rasenmäher, eine Schubkarre. Drik gibt seinen Augen Zeit, sich an das Dämmerlicht zu gewöhnen. Hier muss irgendwo Abdeckplane sein, denkt er, aus glänzendem schwarzem Plastik, wie jeder Bauer sie verwendet. Von einem Nagel an der Wand nimmt er eine Taschenlampe, die unerwartet viel Licht gibt. Er fährt mit dem Lichtstrahl über die hohen Gerüste an der hinteren Wand und stößt auf eine dunkle Masse, die er auf einer Leiter stehend gerade eben erreichen kann. Mit viel Geruckel und Gezerre gelingt es ihm, den Packen auf den Boden hinunterzubefördern. Während er wieder von der Leiter steigt, murmelt er Aufmunterndes in sich hinein. Regenmantel an, die mächtigen Türen der Tenne aufgestemmt, die Plane nach draußen gezogen. Der Regen sticht ihm eiskalt ins Gesicht. Er zerrt seine Beute zu dem Holzhaufen, der im Licht, das aus dem Küchenfenster fällt, aufleuchtet.

Mit dem Wind arbeiten, denkt er, dann weht die Plane von ganz allein über den Stapel. Keine Kraft vergeuden, umsichtig zu Werke gehen. Am Fuß beschweren, eine Verankerung ist notwendig. Steine. Sind hier Steine? Am Waldrand? Er trottet dorthin, die Steine, die er findet, sind zu schwer für ihn, er tritt in eine Pfütze, und das Wasser spritzt hoch auf. Erst einmal die Plane auseinanderfalten. Er kämpft mit dem Wind. Die Plane klatscht ihm ins Gesicht, er erschrickt über die plötzliche Blindheit und fällt gegen die Hölzer.

Pfähle, ich kann das Ganze mit Pfählen verankern, das ist die Lösung. Er zerrt einen Pfahl vom Stapel, noch einen. Sie sind schwerer, als er gedacht hätte, und sperrig. Er lässt sie auf den Rand der Plane fallen und bleibt mit dem schwarzen Plastik in den Armen stehen. Vergeblich versucht er es über den Haufen zu werfen, zuerst aus dem Stand, dann hochspringend. Fluchend steigt er ein Stück den Berg aus Holzpfählen hinauf und zieht das unwillige Plastik mit. Der Wind brüllt in seinen Ohren. Sein Fuß verkeilt sich zwischen den Hölzern, er hat kurz eine Vision von seinem Bein, wie es in einem Streckverband aufgehängt ist, mit Nagel im Knie, dann lässt er sich fallen und landet am Fuße des Stapels. Über ihm schlägt und knattert die Plastikplane im Sturm.

Er drückt das Gesicht an das Holz. Ein chemischer Geruch. Imprägniert, denkt er, gegen Wind und Wasser unempfindlich gemacht, nachher stehen die Pfähle ungeschützt im Freien, ich mache mir unnütze Sorgen. Schon wieder etwas, was ich nicht kann. Auf den Wangen fühlt er deutlich den Unterschied zwischen den eisigen Regentropfen und seinen heißen Tränen.

»Jetzt iss doch mal was«, sagt Simone. »Oder schmeckt es dir nicht? Du wirst immer dünner, das ist nicht gut.«

Sie sitzen in ihrem vertrauten Restaurant neben dem Hummerbecken. Suzan stochert zerstreut in ihrem Seebarsch und schafft es nicht, die Gabel an den Mund zu führen.

»Du hast mir nie erzählt, wie eigentlich der Abschied war«, sagt sie. »Von Allard, meine ich.«

»Berend ist zur Beerdigung gegangen«, antwortet Simone. »Allard hatte in der Woche davor gerade in der Schmerzambulanz angefangen, deshalb fühlte er sich dazu verpflichtet. Es waren viele Assistenzärzte da, sagte er. Hettie und Jeroen. Winston und, wie heißt sie noch, Birgit. Von uns Anästhesisten waren nicht so viele da. Vereycken hat sich von Taselaar vertreten lassen. Aber Livia war da, sie hatte in unser aller Namen einen potthässlichen Kranz bestellt. Aus dem Topf für Liebe und Leid. Berend fand es ergreifend, vor allem die Musik von Mitgliedern des Orchesters, in dem Allard spielte.«

»Hat irgendeiner von uns noch etwas gesagt?«

»Luc hat eine Ansprache gehalten. Darüber, dass Allard seine Arbeit so geliebt habe. Und über die Gefahren. Berend fand sie ziemlich düster, so als ob zwangsläufig alle paar Jahre mal ein Anästhesist an seinem Beruf zugrunde gehen würde. Luc war sehr emotional.«

Suzan hat den Seebarsch jetzt vollständig zerlegt. Gerade aufgerichtet, die Hände im Schoß, sitzt sie hinter dem Kadaver. Simone sieht sie an.

»Wie geht es dir denn? Hast du etwas von Peter gehört?«

»Tansania«, sagt Suzan. »Er wird dort ein Jahr lang im Krankenhaus arbeiten. Ein Projekt der psychiatrischen Klinik. Er ist schon oft dort gewesen, immer für eine Woche oder so, um Kurse zu geben. Jetzt wird er alles neu organisieren und Therapeuten schulen. Er mailt ab und zu, rein geschäftlich. Er und Drik und Roos sind wütend auf mich. Auf Drik ist er auch stinksauer. Das braucht seine Zeit, denke ich.«

»Und Roos?«

Suzan seufzt.

»Sie will keinen Kontakt. Ich habe sie zu sehr verletzt.«

»Aber du wusstest doch gar nicht, dass sie etwas mit Allard hatte!«

»Ich hätte es wissen können. Wissen müssen. Wenn ich aufmerksam gewesen wäre. Wenn ich mich getraut hätte, mit ihr zu reden. Wenn ich eine bessere Mutter gewesen wäre.«

»Jetzt hör doch mal mit diesen Selbstvorwürfen auf! Und iss! Weiß Peter, wie es Roos geht?«

»Sie telefonieren jede Woche miteinander. Worüber sie reden, hat er mir nicht verraten. Nur, dass ich mir keine Sorgen zu machen brauche. Er ist so ein lieber Mensch. Schlimm, dass ich ihn verjagt habe. Der Fisch ist kalt, ich mag ihn nicht mehr.«

Suzan kommt plötzlich eine Erinnerung an ihre Tochter, wie sie vor Wut aufstampfend im Flur stand, als sie sie zum letzten Mal gesehen hat. Hat Roos den Medizinschrank geplündert, hat sie Allard hinterrücks mit dem geklauten Nembutal vergiftet? Und unter dem Tabletteneinfluss hat er sich dann versehentlich eine Überdosis gespritzt. Wäre möglich. Peter kann es auch getan haben, der wusste, wo das Döschen stand. Ist er ins Badezimmer gegangen, um seine Zahnbürste zu holen, bevor sie aus dem Haus geflüchtet sind? Ich weiß es nicht mehr. Es ist auch egal. Ich muss durchhalten. Abwarten.

»Ich habe Rudolf Kronenburg getroffen«, sagt Simone. »In einem schicken Blumenladen. Ich hatte mich zwischen den Levkojen versteckt, aber er sprach mich an.«

Dieser Arsch hat mich verraten, denkt Suzan. Wenn er den Mund gehalten hätte, wäre nichts passiert. Warum bin ich nicht wütend auf diesen Mann? Dass Vereycken ihn entlassen hat, tat mir sogar noch leid.

»Der wird wohl nirgendwo mehr unterkommen«, sagt sie. »Hat er noch was erzählt?«

»Er hat eine Stelle!«, sagt Simone lachend. »In einer Privatklinik, so 'ner Botoxspritzerei, weißt du. Sie machen Brustvergrößerungen, Schamlippenkorrekturen und Fettabsaugungen, er hat das ziemlich plastisch beschrieben. Eimer voll Glibber und Blut. Die Rezeptionistin bindet sich eine Schürze um und reicht kurz die Schläuche an, eine so effiziente Chirurgie habe er noch nie erlebt, sagte er. Keine präoperativen Beratungen, keine Besserungsvorschriften, dafür massenhaft Geld im Portemonnaie. So ein Armleuchter!«

Ich sitze hier mit meiner Freundin, denkt Suzan. Wo könnte ich mich sicherer fühlen? Sie macht mir keine Vorhaltungen, sie bleibt mir treu, egal was ich anstelle. Trotzdem bin ich gespannt wie eine Feder, jeder Muskel ist geballt. Worauf warte ich bloß?

»Komm, wir gehen«, sagt Simone. »Morgen wieder um halb acht auf dem Posten. Wir müssen schlafen.«

Ich warte auf Drik, denkt Suzan. Ich warte auf meinen Bruder.

Der Waldweg kreuzt den überschwemmten Graben, der Driks Grundstücksgrenze markiert. Jetzt geht es unter Nadelbäumen weiter. Jeden Tag ein Stück laufen, denkt Drik, dann mit Hammer und Pfählen ans Werk, danach erst der Whisky. Gestern hat er mit dem Einzäunen begonnen und drei Pfähle in den Boden gerammt. Sie haben nicht die gleiche Höhe, und einer steht schief. Übungssache, denkt er. Das wird schon. Er hat Muskelkater in den Schultern vom Hammerschwingen und Pfähletragen. Macht nichts, das gehört zum Landleben dazu.

Der Weg steigt an und führt über ein Stück Heide mit da

und dort einer Gruppe Wacholderbüsche. Das Handy in Driks Innentasche gibt zwei kurze Klingeltöne von sich.

»Sie haben eine Mitteilung«, liest er. Der Empfang ist hier so schlecht, dass Anrufe ihn nur sporadisch erreichen, meist, wenn er irgendwo auf einer Anhöhe steht. Er ist vom Festnetzanschluss im Haus abhängig, dem schweren Bakelitungetüm mit Wählscheibe, das an der Küchenwand montiert ist. Jetzt wählt er die Mailbox an und hört Leidas Stimme.

»Wieso nimmst du nicht ab? Wenn ich nichts Gegenteiliges von dir höre, bin ich Donnerstag um halb zwei am Bahnhof.«

Ach du Schreck. Donnerstag. Ist das heute? Wie spät ist es? Drik macht auf dem Absatz kehrt und läuft im Eiltempo nach Hause. Dort gleich ins Auto, keuchend, ungewaschen, unrasiert. Ein Überfall, ein Einbruch in seine Isolation. Wie kommt sie dazu? Viertel nach eins ist es, gerade rechtzeitig. Tolles Auto, der neue Jeep, man sitzt so hoch, dass man alles überblickt, und die riesigen Reifen haben in dem Matsch eine gute Haftung.

Vor dem kleinen Bahnhofsgebäude wartet Leida mit einer Handtasche. Sie trägt einen altmodischen Regenmantel und einen schrulligen Südwester. Drik hält mit quietschenden Reifen, direkt vor Leidas Füßen. Sie zuckt nicht mit der Wimper.

Prüfend schaut sie auf seinen Stoppelbart, dann wandert ihr Blick zu seinen Gummistiefeln hinunter. Sie hält ihm ihre Wange hin und lässt sich küssen.

»Soweit ich verstanden habe, hast du dich mit der Familie überworfen«, sagt sie, als Drik sie mit Mühe in den Jeep gehievt hat. »Also habe ich beschlossen, mir selbst ein Bild davon zu machen, wie es dir geht. Du siehst vernachlässigt aus.«

Er kann keinerlei Ausdruck von ihrem Gesicht ablesen, als sie auf den Hof fahren und der unordentliche Holzstapel in Sicht kommt. Die schwarze Plastikplane liegt daneben. Drik hilft Leida aus dem Wagen, und sie gehen hinein. Jetzt, da sie dabei ist, merkt er, dass es stinkt.

»Schließt du das Haus nicht ab, wenn du wegfährst?«

»Nein«, sagt er resolut, »hier lässt man Tag und Nacht die Türen offen stehen. Unter Bauern, weißt du, so machen wir das hier. Entschuldige die Unordnung, ich habe draußen gearbeitet und bin hier noch nicht zum Aufräumen gekommen. Möchtest du Kaffee?«

Leida lässt sich auf dem Campingstuhl nieder. Ihren Mantel behält sie an. Den Hut hat sie auf den Tisch gelegt. Sie schaut sich um. Spüle voll schmutzigem Geschirr. Leere und volle Whiskyflaschen. Umzugskartons mit feucht gewordenen Büchern. Das nackte Fenster.

»Hast du keine Vorhänge?«

»Ich bin jetzt mit dem Zaun beschäftigt. Zur Abgrenzung des Grundstücks. Diese Spaziergänger latschen einfach quer über mein Land mit ihren Navis und Karten. Das möchte ich so schnell wie möglich abstellen.«

»Ein Jammer«, findet Leida. »Damit durchbrichst du die Einheit der Felder und Wiesen. Absurd, dass man das so einfach darf, gibt es hier denn keine Landschaftsschutzkommission? Hast du überhaupt eine Genehmigung eingeholt?«

»Ich stelle alle drei Meter einen Pfahl auf. Und die verbinde ich mit Stacheldraht. Es ist *mein* Land. Ich habe keine Milch mehr, du bekommst deinen Kaffee schwarz.«

Die Rehe könnten sich die Bäuche aufreißen, fürchtet Leida, und wie er den Draht straff spannen wolle, wenn die Pfähle derart krumm und schief im Boden stünden? Drik schweigt und schaut in den Kühlschrank. Ich kann ihr ein Spiegelei braten. Das Brot ist schimmelig. Wenn ich die leeren Flaschen einsammle, kann ich eine volle dazwischenlegen und draußen auf dem Flur kurz einen Schluck daraus nehmen.

Er stellt die Tragetasche mit dem Leergut in den Hausflur und die angebrochene Flasche in den Sicherungskasten, wischt sich über die Lippen und geht wieder in die Küche zurück.

Als Leida isst, erkundigt er sich nach Roos. Leida legt Messer und Gabel neben ihren Teller und sieht ihn an.

»Ich weiß nicht, was passiert ist. Ich habe den Eindruck, dass sie sich von dir verraten fühlt, aber sie hat mir nichts erzählt. Ihre Mutter will sie auf keinen Fall sehen, darüber spricht sie schon mit mir. Ich kann nichts dazu sagen. Das ist etwas zwischen ihr und Suzan. Roos hat ihr Studium aufgegeben, wusstest du das? Sie war in Rückstand geraten und konnte sich nicht dazu aufraffen, das wieder einzuholen. Jetzt arbeitet sie bei Aldi an der Kasse, bis sie weiß, was sie will. Sie wohnt bei mir, in Hendriks Räumen. In ihrer Wohnung hat sie es nicht mehr ausgehalten.«

Der Wind hat aufgefrischt und lässt die schwarze Plane flattern. Von Zeit zu Zeit brechen Sonnenstrahlen durch die Wolken. Dann blinkt der Fluss wie ein silbernes Band.

»Hast du Probleme mit der Blase? Du musst so oft auf die Toilette. Hendrik hatte das auch. Ein Altmännerleiden.«

Die Flasche im Sicherungskasten ist jetzt halb leer. Leida muss weg, denkt Drik, bevor ich sie erwürge.

»Es ist gut, dass du dich um Roos kümmerst«, sagt er. »Was mich betrifft: Ich habe das Bedürfnis, eine Weile allein zu sein und nachzudenken. Um Viertel vor fünf geht ein Zug. Den kriegen wir leicht.«

»Du hättest diese Pfähle in kleinen Stapeln entlang der Grundstücksgrenze abladen lassen sollen«, sagt Leida, als sie draußen stehen. »Jetzt musst du sie Hunderte Meter weit schleppen.«

Drik ist froh, dass er etwas getrunken hat. Da fällt es ihm nicht schwer zu schweigen. Mit Bedacht öffnet er die Wagentür, stemmt die Schulter unter Leidas spitze Hüfte und schiebt sie hinein.

»Suzan macht mir Sorgen«, sagt Leida, als sie durch den Wald fahren. »Der ganze Zustand erinnert mich an die Zeit, als du damals anfingst zu studieren. Da hat sie sich auch verändert. Sie wurde still. Sie fühlte sich von dir im Stich gelassen. Natürlich dachte sie, es wäre ihretwegen. Aber es war deinetwegen.

Du hast es zu Hause nicht mehr ausgehalten, du musstest weg. Weit weg. Genau wie jetzt. Du hast sie zum zweiten Mal verlassen.«

»Dafür hatte ich meine Gründe«, brummt Drik. Er umklammert das Lenkrad so fest, dass seine Fingerknöchel weiß hervortreten. Was mischt sie sich ein? Alles nur Projektion, sie selbst hat ihren Bruder verloren und identifiziert sich jetzt mit Suzan. Damit habe ich nichts zu tun.

»Was zwischen euch vorgefallen ist, weiß ich nicht und will ich nicht wissen. Aber sie ist deine Schwester, sie hat für dich gesorgt, sie ist mit dir verbunden. Ich hoffe, dass du das nicht vergisst, wenn du wieder zu dir gekommen bist. Das wollte ich sagen. Darum habe ich dich in dieser Bruchbude besucht, in die du dich zurückgezogen hast.«

Bevor Drik zur Stelle ist, springt Leida aus dem Wagen und landet mit beiden Beinen auf dem Boden. Unbeirrt stapft sie auf den Eingang des Bahnhofs zu. Drik geht langsam hinterher.

Es ist noch nicht einmal sieben Uhr, als Suzan zum Krankenhaus radelt. Die Weiden am Teich der James-Cook-Anlage sind schon mit einem Hauch Grün überzogen. Zwei Schwäne gleiten ruhig über das Wasser. Entspannt, denkt sie, unbefangen. Ich weiß nicht, wie das ist, ich habe mich immer beurteilt gefühlt. Ich kann nicht das kleinste Tanzschrittchen machen, ohne dass ich mich dabei selbst kritisch überwache. Ich habe mich nie unschuldig gefühlt.

Bei den Fahrstühlen trifft sie Hettie. Zusammen fahren sie nach oben. Heute Neuro. Gestern haben sie beide mit dem Patienten gesprochen und ihm ausführlich erzählt, was heute gemacht wird.

»Dass der Mann den Mut dazu hat«, sagt Hettie. »Mitten in der Operation geweckt zu werden, während der Kopf geöffnet ist.«

»Es geht nicht anders«, sagt Suzan. »Der Chirurg muss sichergehen, dass er keine essentiellen Bereiche zerstört, und deshalb muss der Patient sprechen. Bildtafeln benennen, Fragen beantworten. Das geht nur, wenn man wach ist.«

»Aber was, wenn er in Panik gerät?«

»Ruhig bleiben. Mit ihm sprechen. Valium geben. Schlimmstenfalls versetzen wir ihn wieder in Narkose. Wir behüten ihn vor der Angst, wir sind die Betäuber. Hast du Muffe?«

Hettie nickt. Sie öffnet mit ihrem Ausweis die Tür zum Umkleideraum und lässt Suzan vorangehen. Birgit und Carla stehen drinnen und schwatzen, das Gespräch verstummt, als sie Suzan sehen. Sie nickt den Frauen zu und nimmt sich wie Hettie aus dem Behälter mit der sterilen Kleidung ein Hemd und eine Hose. Die mit den roten Biesen, die kleinste Größe. Sie setzen sich nebeneinander auf die Bank, um ihre Schuhe auszuziehen.

»Wie steht's mit deinem Forschungsprojekt?«, fragt Hettie.

»Fertig. Es war nur eine Vorstudie. Jetzt kann ein anderer damit weitermachen.«

»Hast du etwas gefunden?«

»Eigentlich nicht. Ein paar Patienten hatten Erinnerungen, aber aus den Interviews mit den jeweiligen Anästhesisten ergab sich jedes Mal, dass das, was sie erzählten – was im OP gesagt wurde oder welchen Lärm der Instrumententisch machte, als er hereingefahren wurde –, vor der Narkose stattgefunden hatte.«

»Trügerische Erinnerungen also«, sagt Hettie.

»Ein Mann hat einen Traum gehabt. Von einem Wasserfall. Das könnte sein, meint Kees. Ein Urinbeutel, der plätschernd in einen Eimer geleert wird. Das ist mein einziger Fund.«

Suzan bindet ihre Hose zu und nimmt eine Haube aus dem Spender an der Wand. In dem danebenhängenden Spiegel kontrolliert sie, ob sie alle Haare gut darunter verstaut hat. Sie schaut sich in das nackte Gesicht. In ihrem Mantel, der noch auf der Bank liegt, brummt das Handy.

»Geh du schon mal vor«, sagt sie zu Hettie, »ich komme gleich.«

Sie zieht das Handy aus der Manteltasche und schaut aufs Display. Eine unbekannte Nummer.

»Hallo?«

Ich muss zur Übergabe, denkt sie, und dann den Mann für die Hirnoperation abholen. Wo stehen meine Clogs? Tasche in den Spind, hier wird alles geklaut, Mantel reinstopfen, Kleider, abschließen.

»Hallo«, sagt sie noch einmal. Sie hört ein Rauschen. Jemand holt tief Luft.

»Suus? Bist du das?«

Die Stimme von Drik. Heiser, unstet. Schlechter Empfang auch. Aus ihrer Kehle kommt kein Laut, als sie etwas sagen will.

»Hörst du mich, Suzan?«

»Ich höre dich«, sagt sie flüsternd. Ihre Beine geben nach, sie lässt sich schnell auf die Bank nieder.

»Ich bin noch da«, hört sie Drik sagen. »Ich bin nicht weg. Ich habe es nicht richtig gemacht. Fehler begangen. Du hattest darunter zu leiden. Früher schon. Deshalb rufe ich dich an. So darf es nicht mehr weitergehen, zwischen uns. Ich habe etwas getrunken, aber ich meine, was ich sage. Suus?«

»Es ist gut, Drik. Schlaf dich erst mal aus. Dann telefonieren wir heute Abend.«

»Suus, Suusje. Bis später dann.«

»Tschüs, Drik, bis heute Abend.«

Sie steckt das Handy in die Hosentasche, verlässt erhobenen Hauptes den Umkleideraum und begibt sich zur Übergabesitzung unter ihre Kollegen. Lächelnd setzt sie sich neben Hettie. Gleich wird sie einen Mann in Schlaf versetzen, so tief, dass er nicht mitbekommen wird, wenn der Neurochirurg ihm den Schädel aufsägt. Sie wird dafür sorgen, dass er keine Schmerzen hat, aber auf dem Höhepunkt der Prozedur wird sie die Schlafmittelzufuhr stoppen und den Mann allmählich zu Bewusstsein kommen lassen. Langsam wird er aus der Tiefe der Betäubung auftauchen, in eine unbegreifliche, grausame Welt.

Zum Abschluss

Im Frühjahr 2010 fragte mich Arko Oderwald, am Klinikum der Freien Universität Amsterdam (VUMC) verantwortlich für Aktivitäten auf dem Gebiet »Literatur und Heilkunde«, ob ich Interesse hätte, beim Projekt »Schriftsteller auf der Abteilung« mitzumachen. Ich dürfe die Arbeit einer Abteilung des Krankenhauses begleiten, um dann ein Buch darüber zu schreiben. Vor mir hatte schon Bert Keizer das getan und mit *Onverklaarbaar bewoond* (Unerklärlich bewohnt) einen Bericht über seine Erlebnisse in der Neurochirurgie geliefert.

Ohne zu zögern, entschied ich mich für die Anästhesiologie. In meinem eigenen Fachgebiet, der Psychoanalyse, gehen wir davon aus, dass es für den Patienten in den meisten Fällen heilsam ist, zu fühlen, was in ihm vorgeht. Dazu muss der Widerstand gegen das verborgene Gefühl bearbeitet und aufgehoben werden. Wenn das Gefühl wirklich erlebt werden darf, kommt es zur Ruhe, und die Symptome verschwinden. Der Anästhesist dagegen schützt seinen Patienten vor dem Fühlen und betrachtet seine Arbeit als gelungen, wenn der Patient überhaupt nichts von den Schmerzen weiß, die ihm während einer Operation zugefügt werden. Dieser Gegensatz faszinierte mich schon seit Jahren, und so brauchte ich nicht lange darüber nachzudenken, ob ich die Einladung annehmen sollte oder nicht. Hier bot sich die willkommene Gelegenheit, einen schlummernden Plan zu realisieren.

Im Herbst und Winter 2010/2011 verbrachte ich mehrere

Tage in der Woche bei den Anästhesisten. Ich hatte die Möglichkeit, Fachärzte, in der Weiterbildung befindliche Assistenten und andere zu interviewen, war ganze Tage im Operationssaal dabei und beobachtete Simulationsübungen, Übergaben, Tag- und Nachtdienste. Ich stieß auf große Bereitschaft, mich an diversen Aspekten des Berufs teilhaben zu lassen, und das mit einer Offenheit, die ich außerordentlich zu schätzen gelernt habe.

Ich bin dem VUMC dankbar dafür, dass ich die Chance hatte, mich in ein wundervolles Fachgebiet zu vertiefen. Es ist weit wichtiger und faszinierender, als die meisten Menschen denken.

Ich danke Professor Stephan Loer, Lehrstuhlinhaber und Chefarzt der Abteilung Anästhesiologie, für das in mich gesetzte Vertrauen (und für die Literatur über *awareness*);

ich danke den Fachärzten und Assistenten, die mich ins Schlepptau genommen haben und nicht müde wurden, meine Fragen zu beantworten;

ich danke den Operateuren, die erlaubten, dass ich ihnen auf die Finger schaute;

ich danke den Pflegekräften, den anästhesietechnischen Assistenten, dem Personal von Schockraum und Aufwachraum. Sie alle haben nicht nur meine Anwesenheit geduldet, sondern haben sich auch die Mühe gemacht, mir Dinge zu erklären und vorzuführen. Ich habe viel dabei gelernt.

Jenny und Jildou, meine Begleiterinnen bei den Tag- und Nachtdiensten, hielten mich im Anschluss an meinen Aufenthalt auf der Abteilung auf dem Laufenden über anästhesiologische Neuigkeiten und waren für mich da, als im Laufe des Schreibens noch Fragen auftauchten, die geklärt werden mussten. Ihre Begeisterung für das gesamte Projekt hat mich sehr unterstützt.

Und zu guter Letzt danke ich Bart Rademaker, der das Manuskript auf anästhesiologische Unvollkommenheiten hin durchgesehen hat.

Das Ergebnis des ganzen Unterfangens ist ein Roman. Die

beschriebenen Eingriffe ähneln denen, die ich gesehen habe, aber die Geschichte und die Intrigen darum herum habe ich frei erfunden. Die Betroffenen habe ich anonymisiert. Hier und da lieh ich mir Züge von real existierenden Menschen, mit denen ich neue, erdachte Personen ausstattete. Die Figuren in diesem Buch befinden sich nicht in der aktuellen Wirklichkeit, sondern in der fiktiven Welt des Romans.

Anna Enquist, Amsterdam 2011